EPIS

Angriff der

R. A. S

STAR WARS™

EPISODE II

Angriff der Klonkrieger

R. A. Salvatore

Roman nach der Geschichte
von George Lucas
und dem Drehbuch
von
George Lucas und Jonathan Hales

Deutsch von Regina Winter

LUCAS BOOKS

BLANVALET

Die Originalausgabe erschien unter dem Titel
Star Wars: Episode II Attack of the Clones
bei Del Rey/The Ballantine Publishing Group, Inc., New York

Der Blanvalet Verlag
ist ein Unternehmen der Verlagsgruppe
Random House GmbH

1. Auflage

Lizenzausgabe mit freundlicher Genehmigung
der Copyright Promotions GmbH, Ismaning
Satz: deutsch-türkischer fotosatz, Berlin
Druck und Bindung: GGP Media, Pößneck
Printed in Germany
ISBN 37645-0088-3
www.blanvalet-verlag.de

ES WAR EINMAL VOR
LANGER ZEIT IN EINER WEIT, WEIT
ENTFERNTEN GALAXIS

Prolog

Er versank vollkommen in der Szene, die sich vor ihm auftat. Es war alles so still und ruhig ... so normal.

Das war die Art von Leben, die er sich immer gewünscht hatte, umgeben von Verwandten und Freunden – denn das waren diese Personen wohl, obwohl seine Mutter die einzige war, die er erkannte.

So sollte es sein. Wärme und Liebe, Lachen und ruhige Stunden. So hatte er es sich immer erträumt, darum hatte er gebetet. Liebevolles, freundliches Lächeln. Angenehme Gespräche – obwohl er nicht hören konnte, worüber sie sprachen. Hier und da ein Schultertätscheln.

Aber das Wichtigste war das glückliche Lächeln seiner Mutter, die nun endlich keine Sklavin mehr war. Als sie ihn anschaute, sah er all das und noch viel mehr, erkannte, wie stolz sie auf ihn war, wie sehr sie sich nun ihres Lebens freute.

Nun war sie direkt vor ihm, strahlte ihn an, streckte die Hand aus, um ihm sanft über die Wange zu streicheln. Ihr Lächeln wurde noch freudiger, noch strahlender.

Zu strahlend.

Einen Augenblick lang hatte er dieses übertriebene Strahlen für das Zeichen einer Liebe gehalten, die über alle Grenzen hinausging, aber dann verzog sich das Gesicht seiner Mutter immer mehr, verzerrte sich seltsam.

Es sah aus, als bewegte sie sich in Zeitlupe. Alle bewegten sich nun so, wurden langsamer, als wären ihnen ihre Arme und Beine zu schwer geworden.

Nein, nicht zu schwer, erkannte er plötzlich; aus der wohligen Wärme, die ihn umfangen hatte, wurde nun ein Glühen.

Es war, als würden diese Freunde und seine Mutter starr und steif, als würden sie sich von lebendigen, atmenden Menschen in etwas anderes verwandeln. Wieder starrte er diese Karikatur eines Lächelns an, dieses verzerrte Gesicht, und erkannte die Schmerzen dahinter, eine kristallene Qual.

Er wollte nach ihr rufen, wollte sie fragen, was er tun sollte, wie er ihr helfen könnte.

Ihr Gesicht verzerrte sich noch mehr, und Blut lief ihr aus den Augen. Ihre Haut wurde kristallin, beinahe durchsichtig, beinahe gläsern.

Glas! Sie war zu Glas geworden! Das Licht ließ sie glitzern, das Blut floss rasch über ihre glatte Oberfläche. Und ihre Miene, ein Ausdruck der Resignation, beinahe entschuldigend, ein Blick, der sagte, dass sie ihn nun im Stich ließ und dass er sie im Stich gelassen hatte, trieb dem hilflosen Betrachter einen Stachel direkt ins Herz.

Er versuchte, sie zu berühren, wollte sie unbedingt retten.

Dann bildeten sich erste Risse im Glas. Er hörte das Knirschen, als sie länger und länger wurden.

Er rief nach ihr, streckte verzweifelt die Arme nach ihr aus. Dann fiel ihm die Macht ein, und er entsandte seine Gedanken mit all seiner Willenskraft, griff mit all seiner Energie nach ihr.

Aber sie zerbrach.

Der Jedi-Padawan schoss erschrocken auf seiner Koje im Schiff hoch, die Augen plötzlich weit offen. Er war schweißüberströmt und atmete schwer.

Ein Traum. Es war alles nur ein Traum.

Das sagte er sich immer wieder, während er versuchte, noch einmal einzuschlafen. Es war alles nur ein Traum.

Oder nicht?

Immerhin sah er manchmal Dinge, schon bevor sie geschahen.

»Ansion! Wir sind da!«, erklang eine Stimme weiter vorn im Schiff – die vertraute Stimme seines Meisters.

Er wusste, er musste diesen Traum abschütteln, musste sich auf die Ereignisse konzentrieren, die direkt vor ihnen lagen, auf diesen neuesten Auftrag, den er und sein Meister erhalten hatten. Aber das war leichter gesagt als getan.

Denn er sah immer wieder seine Mutter vor sich, wie sie erstarrte, wie ihr Körper kristallin wurde und dann in Millionen Splittern explodierte.

Er spähte nach vorn, stellte sich vor, wie sein Meister an den Navigationskontrollen saß, fragte sich, ob er dem Jedi alles erzählen sollte, ob sein Meister ihm wohl helfen könnte. Aber dieser Gedanke verschwand so schnell wieder, wie er gekommen war. Obi-Wan Kenobi würde ihm nicht helfen können. Er war zu beschäftigt mit anderen Dingen, mit seiner Ausbildung, mit kleineren Aufträgen wie diesen Grenzstreitigkeiten, die sie so weit von Coruscant weggebracht hatten.

Der Padawan wollte so schnell wie möglich wieder nach Coruscant zurückkehren. Er brauchte Anleitung, aber nicht von der Art, wie Obi-Wan sie ihm gab.

Er musste mit Kanzler Palpatine sprechen, die tröstlichen Worte dieses Mannes hören. Palpatine hatte in den vergangenen zehn Jahren großes Interesse an ihm gezeigt und dafür gesorgt, dass der Padawan immer die Möglichkeit erhielt, mit ihm zu sprechen, wenn er und Obi-Wan auf Coruscant waren.

Das tröstete den Anakin auch jetzt irgendwie, obwohl der schreckliche Traum ihm noch so lebhaft vor Augen stand. Denn der Oberste Kanzler, der weise Anführer der Republik, hatte ihm versichert, dass sich seine Kräfte zu bisher unbekannten Höhen entwickeln würden, dass er selbst unter den mächtigen Jedi ganz und gar ungewöhnlich sein würde.

Vielleicht war das ja die Antwort. Vielleicht könnte ja der mächtigste aller Jedi, der Mächtigste der Mächtigen, das zerbrechliche Glas stärken.

»Wir sind da«, erklang es wieder von vorn. »Komm schon, Anakin!«

Eins

Shmi Skywalker Lars stand am Rand des Sicherheitszauns an der Grenze der Feuchtfarm, einen Fuß oben auf der Mauer, die Hand aufs Knie gestützt. Sie war in mittleren Jahren, ihr dunkles Haar war schon ein wenig ergraut, ihr Gesicht hager und müde. Sie starrte hinauf zu den vielen hellen Sternen, die in dieser klaren Nacht am Himmel von Tatooine zu erkennen waren. In der Landschaft rings um sie her gab es keine scharfen Kanten, nur die glatten und abgerundeten Oberflächen der scheinbar endlosen Sandwüsten dieses Planeten. Irgendwo draußen, weit entfernt, stöhnte ein wildes Tier – ein klagendes Geräusch, das an diesem Abend in Shmis Stimmung seinen Widerhall fand.

An diesem besonderen Abend.

Ihr Sohn Anakin, ihr lieber kleiner Annie, wurde an diesem Abend zwanzig Jahre alt – ein Geburtstag, den Shmi in keinem Jahr vergaß, obwohl sie ihren geliebten Sohn seit zehn Jahren nicht mehr gesehen hatte. Wie anders er jetzt sein musste! Wie groß, wie stark, was für ein weiser Jedi! Shmi, die ihr ganzes Leben in dieser abgelegenen Region des trostlosen Tatooine verbracht hatte, wusste, dass sie sich die Wunder kaum vorstellen konnte, die ihr Junge da draußen in der Galaxis wohl sehen würde, auf Planeten, die so ganz anders waren als dieser hier, mit viel lebendigeren Farben und Wasser, das ganze Täler füllte.

Ein sehnsuchtsvolles Lächeln breitete sich auf ihrem immer noch schönen Gesicht aus, während sie sich an die Tage vor so langer Zeit erinnerte, als sie und ihr Sohn Sklaven des elenden Watto gewesen waren. Annie mit seiner Schalkhaftigkeit und seinen Träumen, seiner Unabhängigkeit und seinem unübertrefflichen Mut hatte den toydarianischen Schrotthändler immer schrecklich geärgert. Aber trotz der vielen Nachteile des Sklavendaseins hatten sie damals auch gute Zeiten erlebt. Sie hatten nie genug zu essen gehabt, nie genug andere Dinge, sie waren beinahe ununterbrochen von Watto herumkommandiert und schikaniert worden, aber Shmi war mit Annie zusammen gewesen, ihrem geliebten Sohn.

»Komm lieber rein«, erklang eine leise Stimme hinter ihr.

Shmis Lächeln wurde noch liebevoller, und sie drehte sich zu ihrem Stiefsohn Owen Lars um, der nun auf sie zukam. Owen war ein kräftiger, untersetzter junger Mann in Anakins Alter, mit kurzem braunem Haar, ein paar Bartstoppeln und einem breiten Gesicht, dem immer deutlich anzusehen war, was sich gerade in seinem Herzen abspielte.

Shmi zauste Owens Haar, als er neben sie trat, und er legte ihr den Arm um die Schultern und gab ihr einen Kuss auf die Wange.

»Kein Sternenschiff heute Abend, Mom?«, fragte Owen liebevoll, denn er wusste, wieso Shmi hier herausgekommen war, warum sie es an stillen Abenden wie diesem so oft tat.

Shmi strich mit dem Handrücken sanft über Owens Wange und lächelte. Sie liebte diesen jungen Mann wie ihren eigenen Sohn, und er war so gut zu ihr gewesen, hatte immer verstanden, dass in ihrem Herzen ein blinder Fleck zurückgeblieben war. Owen hatte Shmis Schmerz wegen Anakin ohne jegliche Eifersucht akzeptiert, und sie hatte bei ihm stets Trost gefunden.

»Nein, heute Abend nicht«, erwiderte sie und blickte wieder zum Sternenhimmel auf. »Anakin ist wahrscheinlich damit beschäftigt, die Galaxis zu retten oder Schmuggler und andere Gesetzlose zu jagen. Er muss diese Dinge jetzt tun, das gehört zu seinen Pflichten.«

»Dann werde ich von nun an besser schlafen können«, erwiderte Owen grinsend.

Shmi hatte ihre Bemerkung nicht ernst gemeint, aber nun begriff sie, dass auch ein wenig Wahrheit darin lag. Anakin war ein besonderes Kind gewesen, ein ungewöhnliches Kind – selbst für einen Jedi, glaubte sie. Anakin hatte immer über den anderen gestanden. Nicht körperlich – körperlich war er, wie Shmi ihn in Erinnerung hatte, einfach ein lächelnder kleiner Junge mit einem neugierigen Ausdruck in den blauen Augen und dunkelblondem Haar. Aber Annie hatte sich bei dem, was er tat, stets ausgezeichnet. Obwohl er damals noch ein Kind gewesen war, hatte er an Podrennen teilgenommen und ein paar der besten Rennfahrer auf Tatooine besiegt. Er war der erste Mensch, der überhaupt je ein Podrennen gewonnen hatte, und das mit neun Jahren! Und ausgerechnet, wie sich Shmi nun lächelnd erinnerte, mit einem Podrenner, den er aus Schrott von Wattos Hinterhof zusammengebaut hatte.

Aber so war Anakin nun einmal – anders als andere Kinder, und sogar anders als andere Erwachsene. Anakin »sah« Dinge, bevor sie geschahen, als wäre er so auf seine Umgebung eingestimmt, dass er sofort instinktiv begriff, wie sich Ereignisse weiterentwickeln würden. Zum Beispiel spürte er oft schon Probleme mit seinem Podrenner, bevor diese Probleme sich wirklich einstellten und eine Katastrophe auslösen konnten. Er hatte seiner Mutter einmal gesagt, dass er die Hindernisse, auf die er mit dem Podrenner zuraste, spüren konnte, noch bevor er sie tatsächlich sah. Es war eben seine besondere Art, und deshalb hatten die beiden Jedi, die nach Tatooine gekommen waren, auch erkannt, wie einzigartig er war, hatten ihn Watto abgekauft und ihn mitgenommen, um sich um ihn zu kümmern und ihn zu unterrichten.

»Ich musste ihn gehen lassen«, sagte Shmi leise. »Ich konnte ihn nicht hier behalten, wenn das bedeutete, dass er als Sklave hätte leben müssen.«

»Das weiß ich doch«, sagte Owen.

»Ich hätte ihn nicht einmal bei mir behalten können, wenn wir keine Sklaven mehr gewesen wären«, fuhr sie fort, und dann sah sie Owen an, als wäre sie von ihren eigenen Worten überrascht. »Annie kann der Galaxis so viel geben. Seine Begabung ist zu groß für Tatooine. Er muss dort draußen sein und durch die Galaxis fliegen. Planeten retten. Er war geboren, um Jedi zu werden, geboren, um so vielen so viel zu geben.«

»Deshalb werde ich von jetzt an ja besser schlafen«, wiederholte Owen, und als Shmi ihn ansah, bemerkte sie, das sein Grinsen noch breiter geworden war.

»Ach, du willst mich nur necken!«, sagte sie und versetzte ihrem Stiefsohn einen Klaps auf die Schulter. Owen zuckte einfach nur die Achseln.

Dann wurde Shmi wieder ernst. »Annie wollte gehen«, fuhr sie mit ihrer Ansprache fort, die sie Owen schon so oft gehalten hatte, die sie für sich selbst lautlos seit zehn Jahren jede Nacht rezitierte. »Sein Traum war es, Raumfahrer zu werden, jeden Planeten in der ganzen Galaxis zu sehen und große Taten zu vollbringen. Er ist als Sklave geboren, aber nicht dazu geboren, Sklave zu sein. Nein, nicht mein Annie. Nicht mein Annie.«

Owen drückte ihre Schulter. »Du hast es ganz richtig gemacht. Wenn ich Anakin wäre, würde ich dir dankbar sein. Ich würde begreifen, dass du getan hast, was für mich das Beste war. Größere Liebe als das gibt es nicht, Mom.«

Shmi streichelte ihm noch einmal über die Wange, und es gelang ihr sogar, noch einmal sehnsuchtsvoll zu lächeln.

»Komm jetzt rein, Mom«, sagte Owen und griff nach ihrer Hand. »Es ist gefährlich hier draußen.«

Shmi nickte und wehrte sich nicht, als Owen begann, sie hinter sich herzuziehen. Plötzlich jedoch blieb sie stehen und starrte ihren Stiefsohn beunruhigt an, als er sich zu ihr umdrehte. »Weiter draußen ist es noch gefährlicher«, sagte sie mit brechender Stimme. Erschrocken schaute sie wieder in den weiten, offenen Himmel hinauf. »Was, wenn man ihm wehgetan hat, Owen? Was, wenn er tot ist?«

»Es ist besser, bei der Verwirklichung seiner Träume zu sterben, als ohne Hoffnung zu leben«, erklärte Owen, aber das klang irgendwie nicht sonderlich überzeugend.

Nun sah Shmi wieder ihren Stiefsohn an, und ihr Lächeln kehrte zurück. Owen war, ebenso wie sein Vater, ganz im Pragmatismus verwurzelt. Sie wusste, dass er das nur um ihretwillen gesagt hatte, und das machte es noch besser.

Sie wehrte sich nicht mehr, als Owen sie weiterführte, zurück zu dem bescheidenen Heim von Cliegg Lars, ihrem Mann, Owens Vater.

Sie hatte das Richtige getan, sagte Shmi sich bei jedem Schritt. Sie und Anakin waren Sklaven gewesen, und außer dem Angebot der Jedi hatte es keine Aussicht auf Freiheit gegeben. Wie hätte sie Anakin auf Tatooine behalten können, wenn doch die Jediritter ihm all seine Träume erfüllen konnten?

Shmi hatte damals selbstverständlich nicht gewusst, dass sie an einem schicksalhaften Tag in Mos Espa Cliegg Lars begegnen würde, dass dieser Feuchtfarmer sich in sie verlieben, sie Watto abkaufen und dann, erst dann, als sie eine freie Frau war, bitten würde, sie zu heiraten. Hätte sie Anakin auch gehen lassen, wenn sie gewusst hätte, wie bald nach seinem Abflug sich ihr Leben verändern sollte?

Wäre ihr Leben jetzt nicht besser, vollständiger, wenn Anakin an ihrer Seite wäre?

Shmi lächelte, als sie darüber nachdachte. Nein, erkannte sie, sie würde immer noch wollen, dass Annie gegangen wäre, selbst wenn sie hätte vorhersehen können, wie dramatisch sich ihr Leben so kurz darauf verändern würde. Nicht um ihretwillen. Aber für Anakin. Sein Platz war da draußen. Das wusste sie.

Shmi schüttelte den Kopf, überwältigt von den vielen Wendungen auf ihrem Weg, auf Anakins Weg. Selbst im Nachhinein konnte sie nicht sicher sein, dass die gegenwärtige Situation das beste Ergebnis darstellte.

Und in ihrem Herzen blieb ein blinder Fleck.

Zwei

Dabei kann ich dir doch helfen«, sagte Beru höflich und stellte sich neben Shmi, die mit der Zubereitung des Abendessens beschäftigt war. Cliegg und Owen waren gerade dabei, den Hof für die Nacht zu sichern – eine Nacht, in der ein Sandsturm drohte.

Mit einem liebevollen Lächeln reichte Shmi der jungen Frau ein Messer. Sie freute sich, dass Beru bald zur Familie gehören würde. Owen hatte noch nichts davon gesagt, dass er Beru heiraten wollte, aber Shmi sah es an der Art, wie die beiden einander anschauten. Es war nur noch eine Frage der Zeit – einer eher kurzen Zeit, wenn sie ihren Stiefsohn kannte. Owen war kein Abenteurer, er war so solide wie ein Fels, aber er wusste, was er wollte, und das holte er sich störrisch und entschlossen.

Und er wollte Beru. Die junge Frau ihrerseits erwiderte Owens Liebe aus ganzem Herzen. Sie war für das Leben als Frau eines Feuchtfarmers hervorragend geeignet, dachte Shmi, als sie beobachtete, wie Beru ihren Pflichten in der Küche nachging. Sie schreckte vor keiner Arbeit zurück, war ausgesprochen fähig und sehr fleißig.

Und sie erwartet nicht viel und braucht nicht viel, um glücklich zu sein, dachte Shmi, und das war, wenn man ehrlich sein wollte, das Wichtigste. Ihr Leben hier war schlicht und einfach. Es gab nur wenig Abenteuer, und keines von ihnen war willkommen, denn Aufregung bedeutete hier draußen für gewöhnlich, dass man Tusken-Banditen in der Nähe gesichtet hatte oder dass ein gewaltiger Sandsturm oder ein anderes potenziell katastrophales Naturereignis drohte.

Die Familie Lars hatte nur die einfachen Dinge, überwiegend ihre eigene Gesellschaft, um sich daran zu erfreuen. Für Cliegg war dies die einzige Art von Leben, die er je gekannt hatte, ein Leben, wie es schon Generationen seiner Vorfahren geführt hatten. Das Gleiche galt für Owen. Und obwohl Beru in Mos Eisley aufgewachsen war, schien sie gut hierher zu passen.

Ja, Owen würde Beru heiraten, das wusste Shmi. Und was für ein glücklicher Tag das sein würde!

Die beiden Männer kehrten schon bald ins Haus zurück, zusammen mit C-3PO, dem Protokolldroiden, den Anakin damals gebaut hatte, als ihm noch Wattos Schrottplatz als Reservoir zur Verfügung stand.

»Hier sind noch zwei Tangarwurzeln für Euch, Mistress Shmi«, sagte der schlanke Droide und reichte Shmi ein paar der orangegrünen Gemüsewurzeln. »Ich hätte noch mehr mitgebracht, aber man hat mich alles andere als höflich darauf hingewiesen, dass ich mich beeilen soll.«

Shmi warf Cliegg einen Blick zu, und er zuckte grinsend die Schultern. »Ich hätte ihn auch für eine frische Sandstrahlreinigung draußen lassen können«, sagte er. »Allerdings wäre es durchaus möglich, dass ein paar von den größeren Steinen einen Schaltkreis oder zwei erledigt hätten.«

»Ich bitte um Verzeihung, Meister Cliegg«, sagte der Droide. »Ich wollte eigentlich nur sagen ...«

»Wir wissen, was du sagen wolltest, 3PO«, versicherte Shmi dem Droiden und legte ihm eine tröstende Hand auf die Schulter, die sie dann rasch wieder wegzog – was für eine alberne Geste einem wandelnden Blechhaufen gegenüber! Sicher, C-3PO war für Shmi Skywalker Lars viel mehr als ein wandelnder Blechhaufen. Anakin hatte den Droiden gebaut ... beinahe jedenfalls. Als Anakin mit den Jedi weggegangen war, hatte C-3PO bereits hervorragend funktioniert, aber keine Abdeckung gehabt. Shmi hatte ihn lange unvollendet gelassen und sich vorgestellt, dass Anakin bald zurückkehren und die Arbeit beenden würde. Erst nach ihrer Heirat mit Cliegg hatte Shmi den Droiden selbst fertiggestellt und ihn mit dieser matten Metallhülle versehen. Es war ein bewegender Augenblick gewesen – in gewisser Weise hatte sie damit eingestanden, dass sowohl sie als auch Anakin nun an dem Platz waren, an den sie gehörten. Der Protokolldroide konnte einem manchmal gewaltig auf die Nerven gehen, aber für Shmi war C-3PO vor allem eine Erinnerung an ihren Sohn

»Wenn da draußen Tusken sind, dann hätten sie ihn allerdings noch vor dem Sturm geschnappt«, fuhr Cliegg fort, dem es offenbar großes Vergnügen bereitete, den armen Droiden zu hänseln. »Du hast doch keine Angst vor Tusken-Banditen, nicht war, 3PO?«

»In meiner Programmierung ist so etwas wie Angst nicht vorgesehen«, erwiderte C-3PO, aber er hätte sich ein wenig überzeugender angehört, wenn er nicht so gezittert hätte und seine Stimme dadurch nicht so quietschend und ungleichmäßig gewesen wäre.

»Das reicht jetzt«, sagte Shmi zu ihrem Mann. »Armer 3PO«, murmelte sie und tätschelte dem Droiden abermals die Schulter. »Verschwinde jetzt. Ich habe heute Abend mehr als genug Hilfe.« Sie bedeutete dem Droiden zu gehen.

»Du bist einfach schrecklich zu diesem armen Droiden«, erklärte sie, schmiegte sich an ihren Mann und versetzte ihm einen liebevollen Klaps auf die breiten Schultern.

»Nun, wenn ich mit ihm keinen Spaß haben darf, muss ich eben etwas anderes versuchen«, erwiderte Cliegg – ein üblicherweise eher ernster Mann –, kniff die Augen zusammen, sah sich um und ließ den drohenden Blick schließlich auf Beru ruhen.

»Cliegg«, warnte Shmi.

»Was ist denn?«, protestierte er theatralisch. »Wenn sie wirklich vorhat, hier einzuziehen, dann sollte sie lieber lernen, sich zu verteidigen!«

»Dad!«, rief Owen.

»Ach, macht euch wegen dem guten alten Cliegg keine Gedanken«, warf Beru ein und betonte dabei das Wort »alt«. »Ich wäre ja eine schöne Ehefrau, wenn ich bei einem Rededuell gegen einen wie den nicht bestehen könnte!«

»Ah! Eine Herausforderung!« Cliegg war begeistert.

»Für mich nicht unbedingt«, erwiderte Beru trocken. Dann begannen die Frotzeleien zwischen den beiden, und auch Owen warf hier und da ein Wort ein.

Shmi hörte kaum hin – sie war zu sehr damit beschäftigt, Beru einfach nur zu beobachten. Ja, sie würde gut auf die Farm passen. Sie hatte genau den richtigen Charakter. Sie war solide, aber wenn die Situation es gestattete, konnte sie auch verspielt sein. Der barsche Cliegg konnte es bei seinen trockenen Witzeleien mit den Besten aufnehmen, aber Beru stand ihm in nichts nach. Shmi machte sich wieder ans Kochen, und ihr Lächeln wurde jedes Mal noch wärmer, wenn Beru Cliegg etwas ganz besonders Boshaftes an den Kopf warf.

Sie konzentrierte sich so auf ihre Arbeit, dass sie das Wurfgeschoss nicht kommen sah und laut aufschrie, als das überreife Gemüse sie am Kopf traf.

Das bewirkte bei den drei anderen selbstverständlich nur noch lauteres Gelächter.

Shmi wandte sich ihnen zu, wie sie da saßen und sie anstarrten, und aus Berus verlegener Miene schloss sie, dass die junge Frau das Ding geworfen hatte. Sie hatte wohl Cliegg treffen wollen, aber ein wenig zu hoch gezielt.

»Das Mädchen hört zumindest gut zu, wenn man ihr sagt, sie soll aufhören«, erklärte Cliegg Lars, aber sein sarkastischer Tonfall wurde durch das darauffolgende laute, herzhafte Lachen ziemlich unglaubwürdig.

Er brach ab, als Shmi ihn mit einem saftigen Stück Obst traf, das an seiner Schulter zerplatzte.

Und so begann eine Schlacht mit Obst und Gemüse – und selbstverständlich gab es dabei noch mehr ironische Drohungen als wirkliche Wurfgeschosse.

Schließlich machte sich Shmi ans Putzen, und die anderen drei halfen ihr eine Weile. »Ihr beiden solltet lieber gehen und ein wenig Zeit ohne diesen boshaften alten Mann verbringen«, sagte Shmi zu Owen und Beru. »Cliegg hat mit dem Unfug angefangen, also kann er auch beim Saubermachen helfen. Geht schon. Ich werde euch rufen, wenn das Essen auf dem Tisch steht.«

Cliegg lachte leise.

»Und wenn du noch mehr von dem Zeug in der Gegend rumwirfst, gehst du hungrig ins Bett«, verkündete Shmi drohend und fuchtelte dabei mit einem Löffel vor seiner Nase herum. »Und alleine.«

»Das will ich lieber nicht riskieren!« Cliegg hob unterwürfig die Hände.

Mit weiterem Löffelfuchteln trieb Shmi Owen und Beru aus der Küche, und die beiden gingen natürlich gerne.

»Sie wird ihm eine gute Frau sein«, sagte Shmi zu ihrem Mann.

Er zog sie fest an sich. »Wir Lars-Männer verlieben uns nur in die Besten.«

Shmi drehte sich um, sah sein liebevolles und ehrliches Lächeln und erwiderte es aus vollem Herzen. So sollte es sein. Gute, ehrliche Arbeit, das Gefühl, etwas geleistet zu haben, und genug Freizeit, um auch ein wenig Spaß zu haben. Das war das Leben, das Shmi sich immer gewünscht hatte. Es war perfekt. Beinahe.

Plötzlich wurde ihre Miene sehnsüchtig.

»Du denkst wieder an deinen Jungen.« Cliegg Lars brauchte nicht erst zu fragen.

Shmi sah ihn an, ihr Ausdruck eine Mischung aus Freude und Trauer. »Ja, aber diesmal ist es in Ordnung«, erklärte sie. »Er ist in Sicherheit, das weiß ich, und vollbringt große Taten.«

»Aber wenn wir so viel Spaß haben, wünschst du dir, dass er hier bei uns wäre.«

Shmi lächelte abermals. »Ja. Und auch zu anderen Zeiten. Ich wünschte, Anakin wäre von Anfang an hier gewesen, seit wir uns kennen gelernt haben.«

»Vor fünf Jahren«, bemerkte Cliegg.

»Er hätte dich ebenso lieb gewonnen wie ich, und er und Owen …« Ihre Stimme war leiser geworden und verklang nun ganz.

»Glaubst du, Anakin und Owen wären Freunde geworden?«, fragte Cliegg. »Bah! Selbstverständlich wären sie das!«

»Du hast meinen Annie nicht mal kennen gelernt«, tadelte Shmi.

»Sie wären die besten Freunde«, versicherte Cliegg ihr und nahm sie noch fester in den Arm. »Das könnte gar nicht anders sein, mit dir als Mutter.«

Shmi nahm das Kompliment erfreut entgegen, dann küsste sie Cliegg liebevoll und anerkennend. Sie musste an Owen denken, an die blühende Liebe des jungen Mannes zu der reizenden Beru. Wie sehr sie die beiden liebte!

Aber dieser Gedanke brachte auch ein gewisses Unbehagen mit sich, denn Shmi hatte sich oft gefragt, ob Owen nicht ein wichtiger Grund gewesen war, dass sie so schnell zugestimmt hatte, Cliegg zu heiraten. Sie sah ihren Mann wieder an und strich mit der Hand über seine breiten Schultern. Ja, sie liebte ihn, sie liebte ihn sehr, und sie konnte nicht abstreiten, dass sie glücklich war, keine Sklavin mehr zu sein. Aber dennoch, welche Rolle hatte die Tatsache, dass Cliegg einen Sohn in Annies Alter hatte, bei ihrer Entscheidung gespielt? Diese Frage war im Lauf der Jahre immer wieder aufgetaucht. Hatte sie tief in ihrem Herzen eine Sehnsucht gehegt, die Owen erfüllt hatte? Eine mütterliche Sehnsucht danach, die Lücke, die Anakins Abreise gerissen hatte, wieder zu füllen?

Tatsächlich waren die beiden Jungen sehr unterschiedlich. Owen war solide und gelassen, ein Fels von einem Mann, der, wenn der Zeitpunkt gekommen war, mit Freude die Feuchtfarm von Cliegg übernehmen würde, wie sie schon seit Generationen innerhalb der Familie Lars weitervererbt worden war. Owen war bereit und freute sich sogar darauf, dieses Erbe anzutreten, und er war mehr als fähig, ein solch schwieriges Leben zu führen. Stolz und das Gefühl, etwas geleistet zu haben, wenn er die Farm angemessen bewirtschaftete, wären ihm Lohn genug.

Aber Annie …

Shmi hätte beinahe laut gelacht, als sie sich ihren ungeduldigen und von Wanderlust getriebenen Sohn in derselben Situation vorstellte. Zweifellos hätte Anakin Cliegg ebenso zu Wutanfällen getrieben, wie er es mit Watto getan hatte. Anakins Abenteuergeist hätte sich von einem Gefühl der Verantwortung gegenüber seinem Erbe nicht zähmen lassen, das wusste Shmi. Sein Bedürfnis nach Abenteuern, nach den Podrennen, nach Reisen durch die Galaxis, wäre nicht geringer geworden, und das hätte Cliegg wahrscheinlich viel Nerven gekostet.

Jetzt kichert Shmi tatsächlich, als sie sich vorstellte, wie Cliegg vor Zorn rot anlief, weil Anakin wieder einmal seine Pflichten nicht erfüllt hatte.

Cliegg umarmte sie noch fester, als er das Kichern hörte, denn er hatte offenbar keine Ahnung, was für ein Bild da vor ihrem geistigen Auge stand.

Shmi ergab sich ganz der Umarmung. Sie wusste, sie gehörte hierher, und sie tröstete sich mit dem Gedanken, dass auch Anakin dort war, wo er wirklich hingehörte.

Sie trug nicht mehr die großartigen Gewänder, die in den letzten mehr als zehn Jahren Zeichen ihrer gesellschaftlichen Stellung gewesen waren. Ihr Haar war nicht mehr kunstvoll frisiert, es gab keine glitzernden Schmuckstücke in den dichten braunen Strähnen mehr, keinen komplizierten Kopfputz. Und in dieser Schlichtheit war Padmé Amidala nur noch schöner und strahlender.

Die Frau, die neben ihr auf der Schaukel saß, ganz offensichtlich eine Verwandte, war ein wenig älter, vielleicht auch ein wenig matronenhafter, und ihre Kleider waren sogar noch einfacher als Padmés, ihre Frisur schlichter. Aber sie war nicht weniger schön; sie strahlte von innen heraus.

»Hattest du eine Besprechung mit Königin Jamillia?«, fragte Sola, und aus ihrem Tonfall wurde sehr deutlich, dass solche Besprechungen nicht gerade einen der vorderen Plätze auf ihrer Wunschliste einnahmen.

Padmé sah sie an, dann schaute sie wieder zurück zu dem Spielhaus, in dem Solas Töchter Ryoo und Pooja mit wildem Tauziehen beschäftigt waren.

»Es war eine wichtige Besprechung«, erklärte Padmé. »Die Königin wollte Informationen an mich weitergeben.«

»Über das Armee-Gesetz«, stellte Sola fest.

Padmé hielt es nicht für notwendig, das Offensichtliche noch zu bestätigen. Das Gesetz über die Aufstellung einer Armee, das nun im Senat diskutiert wurde, war eine der wichtigsten politischen Angelegenheiten seit langem, und seine Bedeutung für die Republik reichte weit über die der Ereignisse jener finsteren Zeiten hinaus, als Padmé Königin gewesen war und die Handelsföderation versucht hatte, Naboo zu erobern.

»Die ganze Republik ist in Aufruhr, aber fürchtet euch nicht, Senatorin Amidala wird alles wieder in Ordnung bringen«, sagte Sola.

Padmé drehte sich wieder zu ihr um, denn sie war überrascht von Solas Sarkasmus.

»Das wirst du doch, oder?«, fragte Sola unschuldig.

»Ich versuche es.«

»Und das ist alles, was du versuchst.«

»Was soll denn das heißen?«, fragte Padmé verblüfft. »Immerhin bin ich tatsächlich Senatorin.«

»Erst Königin, dann Senatorin, und danach wirst du sicher noch viele andere Ämter haben«, sagte Sola. Sie warf wieder einen Blick zum Spielhaus und ermahnte ihre Töchter, nicht so laut zu sein.

»Du sagst das, als wäre es etwas Schlimmes«, bemerkte Padmé.

Sola sah sie ernst an. »Es ist eine gute Sache«, erklärte sie, »wenn du die richtigen Gründe hast.«

»Und was soll das nun wieder bedeuten?«

Sola zuckte die Achseln, als wäre sie selbst nicht ganz sicher. »Ich denke einfach, du hast dich selbst davon überzeugt, dass du für die Republik unersetzlich bist«, sagte sie. »Dass sie ohne dich nicht mehr zurechtkäme.«

»Schwester!«

»Das stimmt doch«, beharrte Sola. »Du gibst und gibst und gibst. Willst du denn nie auch ein wenig zurückhaben?«

Padmés Lächeln zeigte Sola, dass diese Worte sie überrascht hatten. »Was sollte ich denn wollen?«

Sola schaute wieder zu Ryoo und Pooja hin. »Schau sie dir an. Ich sehe doch, wie deine Augen leuchten, wenn du meine Kinder ansiehst. Ich weiß, wie gern du sie hast«

»Aber selbstverständlich!«

»Hättest du nicht gerne eigene Kinder?«, fragte Sola. »Eine Familie?«

Padmé richtete sich auf, und ihre Augen wurden größer. »Ich …«, begann sie und hielt dann wieder inne. »Ich arbeite im Augenblick für etwas, an das ich zutiefst glaube. Für etwas, das mir wichtig ist.«

»Und wenn das erledigt ist, wenn dieses Gesetz verabschiedet oder abgelehnt worden ist, wirst du etwas anderes finden, an das du zutiefst glaubst, etwas, das wirklich wichtig ist. Etwas, das die Republik und die Regierung betrifft, aber nicht dich selbst.«

»Wie kannst du so etwas sagen?«

»Weil es wahr ist, und das weißt du auch. Wann wirst du einmal etwas nur für dich selbst tun?«

»Das tue ich doch.«

»Du weißt, was ich meine.«

Padmé lachte leise, schüttelte den Kopf und wandte sich

wieder Ryoo und Pooja zu. »Ist das immer so, dass Menschen mit Kindern sich gar nichts anderes vorstellen können?«, fragte sie.

»Selbstverständlich nicht«, erwiderte Sola. »Aber darum geht es nicht. Oder nicht nur. Ich rede hier von Größerem, Schwesterchen. Du verschwendest all deine Zeit damit, dir wegen anderer Leute Probleme Gedanken zu machen, über die Streitigkeiten zweier Planeten, oder ob diese Kaufmannsgilde jenes System gerecht behandelt. Deine ganze Energie geht darin auf, das Leben anderer zu verbessern.«

»Was ist daran falsch?«

»Was ist mit *deinem* Leben?«, fragte Sola ganz ernst. »Was ist mit Padmé Amidala? Hast du je auch nur daran gedacht, was *dein* Leben verbessern könnte? Ich weiß, dass du gerne anderen hilfst. Das ist offensichtlich. Aber gibt es nicht noch etwas, was tiefer geht? Was ist mit der Liebe? Ja, und was ist mit Kindern? Hast du je auch nur daran gedacht? Hast du dich je gefragt, wie es sein würde, dich niederzulassen und an die Dinge zu denken, die dein eigenes Leben erfüllter machen?«

Padmé wollte gerade sagen, dass sie kein noch erfüllteres Leben brauchte, aber dann hielt sie sich zu ihrer eigenen Verwunderung zurück. Irgendwie kamen ihr solche Worte im Augenblick hohl vor, während sie beobachtete, wie ihre Nichten im Garten hinter dem Haus tobten und gerade damit angefangen hatten, den armen R2-D2, Padmés Astromechdroiden, in ihr wildes Spiel einzubeziehen.

Zum ersten Mal seit Tagen lösten sich Padmés Gedanken von ihrer Verantwortung, von der wichtigen Abstimmung, an der sie im Senat in weniger als einem Monat teilnehmen musste. Irgendwie drangen die Worte »Gesetz über die Aufstellung einer Armee« nicht durch das alberne kleine Lied, das Ryoo und Pooja über R2-D2 erfanden.

»Das war zu nahe«, sagte Owen ernst zu Cliegg, als die beiden noch einmal die Schutzvorrichtungen der Farm überprüften.

Das Brüllen eines Bantha, eines dieser großen zottigen Tiere, die häufig von den Tusken als Reittier benutzt wurden, hatte ihr Gespräch unterbrochen.

Sie wussten beide, wie unwahrscheinlich es war, dass sich ein wilder Bantha hier herumtrieb, denn in der Nähe der trostlosen Feuchtfarm gab es kaum Futter für ein Tier. Aber sie hatten den Ruf gehört und eindeutig erkannt, und daher nahmen sie an, dass sich Feinde ganz in der Nähe befanden.

»Was treibt sie so nah zu den Farmen?«, fragte Owen.

»Es ist lange her, seit wir gegen sie vorgegangen sind«, erwiderte Cliegg barsch. »Wir lassen diese Bestien frei herumlaufen, und dann vergessen sie, dass wir ihnen in der Vergangenheit beigebracht haben, sich fernzuhalten.« Owens skeptische Miene verärgerte ihn nur noch mehr. »Du musst den Tusken hin und wieder Manieren beibringen. Du stellst einen Trupp zusammen und jagst sie und bringst sie um, und die, die davonkommen, werden sich an die Grenzen erinnern, die du gezogen hast. Sie sind wie wilde Tiere, sie brauchen die Peitsche, und zwar oft!«

Owen stand nur da und antwortete nicht.

»Siehst du, wie lange es schon her ist?«, sagte Cliegg mit einem Schnauben. »Du kannst dich schon nicht mehr daran erinnern, wann wir die Tusken zum letzten Mal gescheucht haben! Und genau das ist das Problem!«

Wieder brüllte der Bantha.

Cliegg knurrte leise in die Richtung, aus der das Brüllen gekommen war, dann winkte er ab und ging zum Haus zurück. »Sorg dafür, dass Beru einige Zeit drin bleibt«, wies er seinen Sohn an. »Ihr bleibt innerhalb des Sicherheitszauns und achtet darauf, dass ihr immer einen Blaster dabei habt.« Owen nickte und folgte seinem Vater zum Haus. Gerade, als sie die Tür erreichten, brüllte der Bantha wieder.

Diesmal schien er näher an der Farm zu sein.

»Was ist denn los?«, fragte Shmi, die sofort gemerkt hatte, dass etwas nicht in Ordnung war.

Ihr Mann blieb stehen, und es gelang ihm, ein halbwegs beruhigendes Lächeln aufzusetzen. »Nur der Sand«, sagte er. »Er hat ein paar Sensoren verschüttet, und ich habe langsam genug davon, die Dinger immer wieder auszugraben.« Jetzt grinste er noch breiter und ging auf den Flur zum Badezimmer zu.

»Cliegg …«, rief Shmi ihm misstrauisch hinterher, und er blieb stehen.

Nun kam auch Owen herein, und Beru sah ihn an. »Was ist denn los?«, fragte sie und wiederholte damit unbewusst Shmis Worte.

»Gar nichts. Alles in Ordnung«, erwiderte Owen, aber als er durchs Zimmer ging, trat ihm Beru in den Weg, packte ihn an den Oberarmen und zwang ihn, sie direkt anzusehen. Sie war zu ernst geworden, als dass er ihre Sorge einfach mit einem Scherz abtun konnte.

»Anzeichen eines Sandsturms«, log Cliegg. »Weit entfernt und wahrscheinlich ungefährlich.«

»Aber jetzt schon schlimm genug, um ein paar Sensoren zu verschütten?«, wollte Shmi wissen.

Owen sah sie neugierig an, dann hörte er, wie Cliegg sich räusperte. Er warf seinem Vater einen Blick zu. Cliegg nickte, und Owen wandte sich wieder Shmi zu und bestätigte Clieggs Worte: »Die ersten Böen. Aber ich glaube nicht, dass er so heftig wird, wie Vater denkt.«

»Wie lang wollt ihr eigentlich noch dastehen und uns anlügen?«, fauchte Beru plötzlich und kam Shmi damit nur um Sekundenbruchteile zuvor.

»Was hast du gesehen, Cliegg?«, wollte Shmi wissen.

»Nichts«, antwortete er, so überzeugend er konnte.

»Dann hast du also etwas gehört«, drängte Shmi weiter, die die Ausweichmanöver ihres Mannes gut genug kannte.

»Ich habe einen Bantha gehört, nichts weiter«, gab Cliegg zu.

»Und du glaubst, dass da draußen Tusken sind«, schloss Shmi. »Wie weit entfernt?«

»Wer könnte das in der Nacht und bei diesem Wind schon sagen? Es könnte kilometerweit entfernt sein.«

»Oder?«

Cliegg kam wieder zurück ins Zimmer und baute sich direkt vor seiner Frau auf. »Was soll ich denn noch alles wissen, Liebes?«, fragt er und umarmte sie fest. »Ich habe einen Bantha gehört. Ich weiß nicht, ob ein Tusken draufsaß.«

»Aber es hat in der letzten Zeit mehr Anzeichen von Banditen gegeben«, gab Owen zu. »Die Dorrs haben einen Haufen Banthadung gefunden, der einen ihrer Grenzsensoren bedeckte.«

»Es ist gut möglich, dass einfach ein paar halb verhungerte wilde Banthas da draußen rumrennen«, meinte Cliegg.

»Oder vielleicht werden die Tusken auch wieder dreister und kommen direkt an die Grenzen der Höfe, um nachzusehen, wie gut die Sicherheitseinrichtungen sind.« Das hätte eine Prophezeiung sein können, denn gerade, als Shmi den Satz zu Ende gesprochen hatte, ging der Alarm los und zeigte an, dass etwas den Sicherheitszaun durchbrochen hatte.

Owen und Cliegg griffen nach ihren Blastergewehren und rannten aus dem Haus, dicht hinter ihnen Shmi und Beru.

»Ihr bleibt hier!«, wies Cliegg die beiden Frauen an. »Oder bewaffnet euch wenigstens!« Er sah sich um, zeigte Owen mit dem Finger die Richtung an, in die sie gehen würden, und bedeutete ihm dann, ihm Deckung zu geben.

Und dann rannte er im Zickzack und geduckt über den Hof, den Blaster in der Hand, und hielt nach verdächtigen Bewegungen Ausschau. Falls er etwas entdecken sollte, das auch nur annähernd nach Tusken oder Bantha aussah, würde er erst schießen und die Fragen später stellen.

Aber dazu kam es nicht. Cliegg und Owen suchten die gesamte Grenzlinie ab und überprüften die Sensoren. Sie fanden kein Anzeichen dafür, dass etwas eingedrungen war.

Alle vier blieben den Rest der Nacht wachsam und unruhig

und achteten darauf, dass sie stets eine Waffe in der Nähe hatten. Sie schliefen nur abwechselnd.

Am nächsten Tag fand Owen draußen an der Ostgrenze, was den Alarm ausgelöst hatte: Ein Fußabdruck nahe einer Stelle mit festerem Boden am Rand der Farm. Es war keiner der großen, runden Abdrücke, wie ihn ein Bantha hinterlassen würde, sondern der eines Fußes, der mit weichem Material umwickelt war – genau, wie es die Tusken taten.

»Wir sollten mit den Dorrs und allen anderen reden«, sagte Cliegg, als Owen ihm den Fußabdruck zeigte. »Dann stellen wir einen Trupp zusammen und treiben diese Bestien wieder in die offene Wüste zurück.«

»Die Banthas?«

»Die auch«, zischte Cliegg und spuckte auf den Boden. Noch nie hatte Owen seinen Vater so zornig und entschlossen gesehen.

Senatorin Padmé Amidala war in ihrem Büro, das sich auf dem Palastgelände befand, wenn auch nicht im gleichen Gebäude wie die Gemächer von Königin Jamillia. Aus irgendeinem Grund, der ihr selbst nicht ganz klar war, fühlte sie sich unbehaglich. Ihr Schreibtisch war mit Holodisketten und all dem anderen Durcheinander übersät, das ihr Amt mit sich brachte. Ganz vorn am Rand der Tischplatte wurde ein Holo projiziert, das eine Waage darstellte. Ein Soldat in einer Waagschale, eine Waffenstillstandsfahne in der anderen zeigten die Prognosen für die Abstimmung auf Coruscant an. Die Waagschalen befanden sich beinahe vollkommen im Gleichgewicht.

Padmé wusste, das Abstimmungsergebnis würde knapp ausfallen, da der Senat über die Frage, ob die Republik eine offizielle Armee aufstellen sollte oder nicht, beinahe genau in zwei Hälften gespalten war. Es ärgerte sie zu wissen, dass sich so viele ihrer Kollegen bei der Abstimmung von ihren Aussichten auf persönliche Bereicherung beeinflussen lassen würden – von möglichen Versorgungsverträgen für ihre Heimatsysteme bis zu direkter Bestechung durch jene Systeme, die sich von der Republik separieren wollten –, statt danach zu gehen, was das Beste für die Republik war.

Padmé war fest entschlossen, sich der Aufstellung dieser Armee entgegenzustellen. Die Republik basierte auf Toleranz. Sie bildete ein ausgedehntes Netz von tausenden von Systemen und noch mehr Spezies, von denen alle über eine unterschiedliche Perspektive verfügten. Das Einzige, was sie gemeinsam hatten, war Toleranz – Toleranz gegenüber jenen, die anders waren. Viele Spezies, die weit entfernt von dem Stadtplaneten Coruscant lebten, würden die Aufstellung einer Armee als beunruhigend, wenn nicht sogar als bedrohlich empfinden.

Draußen wurde es plötzlich unruhig, und Padmé ging ans Fenster und schaute in den Hof hinab. Dort waren Zivilisten und Sicherheitskräfte in ein Handgemenge verstrickt, während weitere Palastwachen rasch herbeieilten, um die Situation unter Kontrolle zu bringen.

Dann klopfte es laut an ihrer Bürotür, und noch während Padmé sich der Tür zuwandte, glitt diese auf und Captain Panaka kam herein.

»Ich wollte nur nach Euch sehen, Senatorin«, erklärte der Mann, der ihre Leibwache befehligt hatte, als sie noch Königin gewesen war. Captain Panaka war ein hoch gewachsener dunkelhäutiger Mann mit stählernem Blick und athletischem Körperbau, der von dem Schnitt seines braunen Lederwamses, des blauen Hemds und der blauen Hose nur noch betont wurde. Schon sein Anblick bewirkte, dass Padmé sich sicherer fühlte. Panaka hatte inzwischen die vierzig überschritten, aber er sah immer noch aus, als könnte er es mit jedem auf Naboo aufnehmen.

»Solltet Ihr Euch nicht um die Sicherheit von Königin Jamillia kümmern?«, fragte sie.

Panaka nickte. »Sie ist gut geschützt, das versichere ich Euch.«

»Vor wem müssen wir eigentlich geschützt werden?«, wollte Padmé wissen und deutete zu dem Fenster, das auf den Hof blickte, wo die Auseinandersetzungen weitergingen.

»Gewürzbergleute«, erklärte Panaka. »Vertragsangelegenheiten. Nichts, was Euch beunruhigen sollte, Senatorin. Tatsächlich war ich ohnehin auf dem Weg zu Euch, um mit Euch über die Sicherheitsmaßnahmen für Euren Flug nach Coruscant zu sprechen.«

»Das wird erst in ein paar Wochen sein.«

Panaka schaute zum Fenster. »Dann haben wir genügend Zeit, uns angemessen vorzubereiten.«

Padmé versuchte erst gar nicht, sich mit diesem störrischen Mann anzulegen. Da sie ein offizielles Schiff der Sternenflotte von Naboo fliegen würde, hatte Panaka das Recht, wenn nicht sogar die Pflicht, sich einzumischen. Und tatsächlich freute sie sich über seine Fürsorge, selbst wenn sie das niemals offen zugegeben hätte.

Ein Schrei draußen und ein erneutes Aufflammen der Kämpfe lenkten ihre Aufmerksamkeit kurz ab. Sie verzog das Gesicht. Noch ein Problem. Es gab immer irgendwo ein Problem. Padmé fragte sich, ob es nicht einfach in der Natur von Lebewesen lag, immer dann, wenn alles eigentlich recht gut aussah, irgendwo Aufruhr zu stiften. Bei diesem beunruhigenden Gedanken fiel ihr ihr Gespräch mit Sola wieder ein, und vor ihrem geistigen Auge sah sie Ryoo und Pooja. Wie sie diese beiden sorglosen kleinen Racker liebte!

»Senatorin?«, sagte Panaka und riss sie damit aus ihren Grübeleien.

»Ja?«

»Wir sollten jetzt über die Sicherheitsmaßnahmen sprechen.«

Es tat Padmé in diesem Augenblick regelrecht weh, sich von dem Gedanken an ihre Nichten loszureißen, aber dann nickte sie und rang sich wieder zu einer verantwortungsvolleren Haltung durch. Captain Panaka hatte gesagt, sie müssten über Sicherheitsvorkehrungen sprechen, und genau das würde Padmé Amidala nun tun.

»Wir hätten sie schon lange umbringen sollen, und zwar alle!«, knurrte Cliegg und knallte den Teller auf den Tisch.

Wieder einmal brachten ihnen mehrere Banthas ein Ständchen, und keiner der vier im Haus zweifelte mehr daran, dass die Tusken dort draußen waren, nicht weit von der Farm, und vielleicht sogar die Lichter beobachteten.

»Sie sind wie wilde Tiere, und wir hätten schon lange die Behörden von Mos Eisley veranlassen sollen, sie auszurotten wie Ungeziefer. Denn nichts anderes sind sie, die Tusken und die stinkenden Jawas!«

Shmi seufzte und legte ihrem Mann die Hand auf den Unterarm. »Die Jawas haben uns geholfen«, erinnerte sie ihn sanft.

»Dann sollen die Jawas eben am Leben bleiben!«, brüllte Cliegg, und Shmi zuckte zusammen. Als ihr Mann ihre entsetzte Miene bemerkte, nahm er sich sofort wieder zusammen. »Tut mir Leid. Dann sollen die Jawas eben am Leben bleiben. Aber die Tusken – sie töten und stehlen, wann immer sie können. Von denen kommt nichts Gutes!«

»Wenn sie versuchen, hier einzudringen, werden am Ende schon weniger übrig sein, die wir in die Wüste zurückjagen müssen«, warf Owen ein, und Cliegg nickte zustimmend.

Sie versuchten weiterzuessen, aber jedes Mal, wenn ein Bantha brüllte, spannten sich alle an und legten die Hände an die Blaster.

»Hört doch«, sagte Shmi plötzlich, und sie wurden alle vollkommen still und spitzten die Ohren. Draußen war alles ruhig geworden: kein Laut mehr von den Banthas.

»Vielleicht sind sie nur in der Nähe vorbeigezogen«, sagte Shmi, als sie sicher sein konnte, dass die anderen es ebenfalls bemerkt hatten.«Auf dem Weg zurück in die offene Wüste, wo sie hingehören.«

»Wir werden morgen zu den Dorrs gehen«, sagte Cliegg zu

Owen. »Wir werden alle Farmer zusammentrommeln, und vielleicht werden wir uns auch an Mos Eisley wenden.« Er sah Shmi an und nickte. »Nur, um ganz sicherzugehen.«

»Morgen früh«, bestätigte Owen.

Am nächsten Tag brachen Owen und Cliegg im Morgengrauen auf, noch vor dem Frühstück, denn Shmi hatte das Haus schon vor ihnen verlassen, wie sie es häufig morgens tat, um an den Verdampfungsanlagen Pilze zu suchen.

Sie erwarteten, ihr auf dem Weg zur Farm der Dorrs zu begegnen, aber stattdessen fanden sie nur ihre Fußspuren, umgeben von den Abdrücken vieler anderer – den weichen Stiefel der Tusken.

Cliegg Lars, einer der stärksten und zähsten Männer in der Region, fiel auf die Knie und weinte.

»Wir werden sie zurückholen«, erklang plötzlich eine feste Stimme.

Cliegg blickte über die Schulter und sah seinen Sohn – kein Junge mehr, sondern ein Mann mit grimmiger, entschlossener Miene.

»Sie ist am Leben, und wir werden sie ihnen nicht überlassen«, erklärte Owen mit ungewöhnlicher, beinahe übernatürlicher Ruhe.

Cliegg wischte sich die letzten Tränen ab und starrte seinen Sohn an, dann nickte er. »Sag den Nachbarn Bescheid.«

Drei

Da sind sie!«, rief Sholh Dorr und zeigte geradeaus, ohne die Geschwindigkeit seines Speederrads zu verlangsamen.

Die anderen Neunundzwanzig folgten mit den Blicken seinem ausgestreckten Arm und entdeckten weit entfernt eine Staubwolke, wie sie mehrere Banthas aufwirbeln würden. Unter lautem Kampfgeschrei eilten die zornigen Farmer weiter, entschlossen, Rache zu üben, entschlossen, Shmi Skywalker zu retten, wenn sie noch am Leben war.

Mit brüllenden Triebwerken und Schreien nach Rache rasten sie in die Senke hinab und holten die Banthas rasch ein.

Cliegg beschleunigte noch mehr, knurrte vor sich hin, als wollte er die Motoren anflehen, ihm noch mehr Schub zu geben. Dicht gefolgt von Owen zog er den Speeder von der linken Flanke in die Mitte der Formation, dann beugte er sich vor und gab vollen Schub. Er wollte die Anführer der Tusken erwischen. Ja, Cliegg wollte mitten im Getümmel sein, wollte seine kräftigen Hände fest um eine Tuskenkehle schließen.

Nun waren die Banthas mit ihren Reitern in den wehenden Gewändern schon deutlich zu erkennen.

Wieder erklangen Rufe nach Rache.

Aber sie wurden rasch zu Schreien des Entsetzens.

Denn die Anführer des Farmertrupps rasten buchstäblich kopflos weiter, nachdem ihre Speeder einen Draht passiert hatten, der tückisch in Halshöhe eines Mannes auf einem Speederrad gespannt worden war.

Auch Cliegg schrie voller Schrecken auf, als er zusehen musste, wie mehrere seiner Freunde geköpft und andere schwer verwundet von ihren Speedern gerissen wurden. Er wusste, auch für ihn war es zu spät auszuweichen, und es war reiner Instinkt, der ihn veranlasste, hoch zu springen, sich mit einem Fuß auf den Sitz des Speeders zu stellen, dann noch einmal zu springen.

Er spürte sengenden Schmerz und überschlug sich. Dann prallte er auf dem Boden auf und rutschte ein Stück weiter.

Die Welt rings um ihn her verschwamm in einem hektischen Wirbel. Er sah die Stiefel anderer Farmer, hörte, wie Owen nach ihm rief, aber es kam ihm so vor, als wäre sein Sohn weit, weit entfernt.

Er sah die Lederbänder eines Tuskenstiefels, das sandfarbene Gewand, und mit einer Wut, die selbst der Sturz nicht hatte mildern können, packte Cliegg das Bein des laufenden Banditen.

Er blickte auf und riss den Arm hoch, um den Stockhieb seines Gegners abzufangen. In seiner Wut spürte er den Schmerz kaum, schob sich vorwärts und schlang die Arme nun um beide Beine des Tusken und riss ihn zu Boden. Er kroch auf seinen Gegner, drosch mit starken Händen auf ihn ein und fand dann, wonach er gesucht hatte.

Schmerzensschreie von Freund und Feind gellten rings um ihn, aber Cliegg hörte sie kaum. Er hatte die Hände fest an der Kehle des Tusken und drückte nun mit all seiner beträchtlichen Kraft zu; er riss den Kopf des Tusken hoch und stieß ihn dann in den Sand, wieder und wieder; er drückte und stieß weiter, auch als der Tusken sich schon lange nicht mehr wehrte.

»Dad!«

Der Ruf riss Cliegg aus seiner Wut. Er ließ den Tusken zu Boden sacken und drehte sich um, sah Owen im Kampf mit einem weiteren Banditen.

Cliegg drehte sich um und wollte aufstehen, zog das Bein unter sich, bewegte sich schwungvoll.

Und lag wieder am Boden, unerwartet aus dem Gleichgewicht geraten. Verwirrt schaute er nach unten und ging davon aus, dort einen anderen Tusken zu sehen, der ihn zu Fall gebracht hatte. Aber dann erkannte er, dass ihn sein eigener Körper im Stich gelassen hatte.

Erst jetzt begriff Cliegg Lars, dass er bei seinem Sprung vom Speederrad ein Bein verloren hatte.

Überall war Blut, strömte rasch aus den Wunden. Mit vor Entsetzen weit aufgerissenen Augen umklammerte Cliegg sein Bein.

Er schrie nach Owen. Er schrie verzweifelt nach Shmi.

Ein Speeder raste an ihm vorbei – ein Farmer, der vor dem Massaker floh –, wurde aber nicht einmal langsamer.

Cliegg versuchte, abermals zu rufen, aber kein Laut kam mehr aus seinem Mund. Das Wissen, dass er versagt hatte und dass nun alles verloren war, schnürte ihm die Kehle zu.

Dann kam ein zweites Speederrad vorbei und bremste ruckartig. Cliegg packte zu, und bevor er sich noch in eine bessere Position bringen konnte, bevor er sich hochziehen konnte, raste der Speeder weiter und zerrte ihn mit.

»Halt dich fest, Dad!«, schrie Owen, der Fahrer, ihm zu.

Das tat Cliegg. Mit derselben Sturheit, die ihn durch alle schweren Zeiten auf der Feuchtfarm gebracht hatte, derselben wilden Entschlossenheit, die es diesem Mann ermöglicht hatte, sich den unwirtlichen Boden von Tatooine untertan zu machen, klammerte Cliegg Lars sich fest.

Es ging um sein Leben. Aber was noch wichtiger war: Sein Überleben war auch für Shmi die einzige Chance, gerettet zu werden. Die Tusken hetzten sie weiter, aber Cliegg Lars ließ nicht los.

Oben auf dem Kamm angekommen, hielt Owen den Speeder an und sprang ab. Er band das zerfetzte Bein seines Vaters so gut ab, wie es ihm in der kurzen Zeit möglich war, dann legte er Cliegg, der rasch schwächer wurde, quer über den Speeder.

Mit vollem Schub floh er weiter. Er wusste, er musste seinen Vater in Sicherheit bringen, und zwar schnell. Die Wunde musste unbedingt gereinigt und verbunden werden.

Erst jetzt fiel ihm auf, dass nur noch zwei weitere Speeder in Sicht waren, die ebenfalls flohen, und dass er in all dem Lärm hinter sich nicht einen einzigen Speedermotor hören konnte.

Dann schob er seine Verzweiflung beiseite. Die gleiche grimmige Entschlossenheit, die seinen Vater weitergetrieben hatte, bestimmte nun auch Owens Handlungen. Er dachte nicht mehr an die vielen Freunde, die er verloren hatte, dachte nicht mehr an die Wunden seines Vaters – jetzt zählte nur noch, sein Ziel so schnell wie möglich zu erreichen.

»Das sind keine guten Nachrichten«, stellte Captain Panaka fest.

»Wir hatten ja schon länger befürchtet, dass Graf Dooku und seine Separatisten um die Handelsföderation und die diversen Kaufmannsgilden buhlen würden.« Padmé ließ sich nicht erschüttern. Panaka war mit Captain Typho, seinem Neffen, zu ihr gekommen, um zu berichten, dass die Neimoidianer und ihre Handelsföderation sich mit der Separatistenbewegung zusammengeschlossen hatten, die nun drohte, die Republik zu spalten.

»Vizekönig Gunray ist ein Opportunist«, fuhr sie fort. »Er tut das, wovon er sich finanziellen Nutzen verspricht. Seine Loyalität hört da auf, wo sein Geldbeutel in Mitleidenschaft gezogen wird. Graf Dooku muss ihm gute Handelsverträge angeboten haben; vermutlich kann er seine Waren produzieren, ohne sich um Arbeiter und Umwelt zu kümmern. Vizekönig Gunray hat mehr als einen Planeten als tote Steinkugel zurückgelassen. Oder vielleicht hat Graf Dooku der Handelsföderation die vollständige, wettbewerbsfreie Beherrschung lukrativer Märkte versprochen.«

»Ich mache mir mehr Sorgen darum, was das für Euch bedeuten könnte, Senatorin«, sagte Panaka, was ihm einen neugierigen Blick seiner Schutzbefohlenen einbrachte.

»Die Separatisten haben schon mehrmals gezeigt, dass sie vor Gewaltanwendung nicht zurückschrecken«, erklärte er. »Es hat überall in der Republik Attentate gegeben.«

»Aber würden Graf Dooku und die Separatisten Senatorin Amidala zu diesem Zeitpunkt nicht beinahe als Verbündete betrachten?«, wandte Captain Typho ein, und sowohl Panaka als auch Padmé starrten den üblicherweise sehr wortkargen Mann überrascht an.

Padmés Blick wurde rasch zu einem zornigen Starren, und in ihren liebenswerten Zügen zeigte sich so etwas wie Aggressivität. »Ich werde nie die Verbündete einer Bewegung sein, die die Republik auflösen will, Captain«, erklärte sie nachdrücklich, und ihr Tonfall ließ keinen Raum für Diskussionen – nicht, dass es ansonsten welche gegeben hätte. In ihren wenigen Jahren als Senatorin hatte sich Amidala als eine der loyalsten und mächtigsten Befürworterinnen der Republik erwiesen, eine Politikerin, die entschlossen war, das System zu verbessern, aber innerhalb des Rahmens der Verfassung der Republik. Senatorin Amidala war immer der Ansicht gewesen, dass die wahre Schönheit des derzeitigen Regierungssystems in seiner Fähigkeit zur Verbesserung bestand.

»Selbstverständlich, Senatorin«, sagte Typho und verbeugte sich. Er war kleiner als sein Onkel, aber kräftig gebaut; Muskeln spannten die blauen Ärmel seiner Uniform, und die Brust unter dem braunen Lederhelm wirkte fest und breit. Er trug eine lederne Augenklappe über der linken Augenhöhle, denn er hatte vor zehn Jahren bei der Schlacht gegen genau jene Handelsföderation, von der sie gerade gesprochen hatten, ein Auge verloren. Er war damals noch ein Junge gewesen, hatte sich aber tapfer geschlagen und seinen Onkel Panaka sehr stolz gemacht. »So hatte ich es auch nicht gemeint. Aber was die Aufstellung einer Armee der Republik angeht, habt Ihr Euch immer für Verhandlungen ausgesprochen und Gewaltanwendung strikt abgelehnt. Würden die Separatisten das nicht begrüßen?«

Nachdem Padmé ihren anfänglichen Zorn beiseite geschoben und über sein Argument nachgedacht hatte, musste sie zugeben, dass er Recht haben könnte.

»Graf Dooku hat sich mit Nute Gunray zusammengetan, heißt es in den Berichten«, warf Panaka ein. »Schon diese Tatsache verlangt, dass wir die Sicherheitsmaßnahmen für Senatorin Amidala verstärken.«

»Hört auf, von mir zu sprechen, als ob ich gar nicht da wäre«, tadelte sie ihren Leibwächter, aber Panaka zuckte mit keiner Wimper.

»In Sicherheitsangelegenheiten, Senatorin, seid Ihr tatsächlich so gut wie nicht anwesend«, erwiderte er. »Zumindest zählt Eure Stimme hier nicht. Mein Neffe untersteht mir, und seine Befehle in dieser Sache könnt Ihr nicht unterlaufen. Er wird alle erdenklichen Vorsichtsmaßnahmen ergreifen.«

Nach diesen Worten verbeugte sich Panaka knapp und ging hinaus, und Padmé verkniff es sich, ihn zu maßregeln. Er hatte ja Recht, und es war nur gut, dass er sie darauf hinwies. Sie wandte sich wieder Captain Typho zu.

»Wir werden wachsam sein, Senatorin.«

»Ich habe Pflichten, und diese Pflichten verlangen, dass ich schon bald nach Coruscant zurückkehre«, erklärte sie.

»Ich habe ebenfalls Pflichten«, versicherte ihr Typho, dann verbeugte er sich ebenso wie Panaka und ging.

Padmé Amidala sah ihm hinterher. Mit einem tiefen Seufzer erinnerte sie sich an Solas Worte. Sie fragte sich ehrlich, ob sie jemals Gelegenheit haben würde, dem Rat ihrer Schwester zu folgen – einem Rat, den sie im Augenblick seltsam verlockend fand. Erst jetzt fiel ihr auf, dass sie seit beinahe zwei Wochen weder Sola und ihre Kinder noch ihre Eltern gesehen hatte, nicht seit diesem Nachmittag mit Ryoo und Pooja im Garten hinter dem Haus.

Die Zeit verging viel zu schnell.

»Das Ding ist nicht schnell genug, um die Tusken einzuholen!«, rief Cliegg Lars wütend, als sein Sohn und seine zukünftige Schwiegertochter ihm in einen Repulsorsessel halfen, den Owen gebastelt hatte.

»Die Tusken sind lange weg, Vater«, sagte Owen Lars leise, und er legte die Hand auf Cliеggs breite Schulter, um ihn zu beruhigen. »Wenn du kein Mech-Bein benutzen willst, muss es erst mal dieser Schwebesessel tun.«

»Ich werde nicht zulassen, dass du mich zu einem halben Droiden machst«, entgegnete Cliegg. »Dann nehme ich noch lieber den Sessel. Und jetzt brauchen wir mehr Männer«, fügte er hektisch hinzu und tastete automatisch nach dem Stumpf seines rechten Beins, das der Draht in der Mitte des Oberschenkels durchtrennt hatte. »Du gehst nach Mos Eisley und siehst zu, dass wir dort Hilfe bekommen. Und Beru kannst du zu den anderen Farmen schicken.«

»Sie werden uns nicht helfen können«, erwiderte Owen ehrlich. Er ging näher zu dem Sessel, beugte sich vor und sah Cliegg ins Gesicht. »Es wird Jahre dauern, bis sich die Farmen von dem Kampf erholt haben. Schon bei dem Angriff sind viele umgekommen, und noch mehr bei dem Rettungsversuch.«

»Wie kannst du so etwas sagen, wenn deine Mutter da draußen ist?«, tobte Cliegg Lars. Tief im Herzen wusste er, dass sein Sohn Recht hatte, aber das ließ ihn nur noch wütender werden.

Owen holte tief Luft, aber er wich nicht vor diesem herrischen Blick zurück. »Wir müssen realistisch sein, Vater. Es ist zwei Wochen her, seit sie sie entführt haben«, sagte er grimmig. Er brauchte nicht auszusprechen, was das bedeuten konnte. Cliegg Lars, der die berüchtigten Tusken gut kannte, wusste genau, was er meinte.

Ganz plötzlich ließ Cliegg die breiten Schultern nach unten sacken, und sein glühender Blick wurde weicher. Er starrte zu Boden. »Sie ist tot«, flüsterte der verwundete Mann. »Sie ist tot.«

Hinter ihm begann Beru Whitesun zu weinen.

Owen kämpfte gegen seine eigenen Tränen an, blieb aber ruhig und stark, fest entschlossen, seiner Familie in dieser schrecklichen Zeit den nötigen Halt zu geben.

Vier

Die vier Sternenschiffe rasten dicht an den hohen Wolkenkratzern von Coruscant vorbei, umkreisten die riesigen bernsteinfarbenen Gebäude – künstliche Stalagmiten, die sich im Lauf der Jahre immer höher erhoben hatten und nun die natürliche Landschaft des Planeten in einer Weise verbargen, wie dies auf keiner anderen Welt in der Galaxis der Fall war. Sonnenlicht glitzerte auf den vielen verspiegelten Fenstern dieser gewaltigen Türme und blitzte hell auf dem Chrom der schlanken Schiffe. Das größere Sternenschiff, das mit seiner glatten, fließenden Form an einen silbernen Bumerang erinnerte und mit riesigen, starken Triebwerken an beiden Armen und einem dritten unter der Spitze ausgestattet war, schien in diesem Licht beinahe zu glühen. Begleitet wurde es von drei Naboo-Sternjägern, deren elegante Triebwerke sich an den Flügeln befanden, die vom Rumpf mit seinem charakteristischen verlängerten Schwanz starr abstanden.

Einer dieser Sternjäger führte die Formation an, umkreiste beinahe jeden Turm, den sie passierten, fungierte als Späher für das größere Schiff, den königlichen Naboo-Kreuzer. Hinter dem größeren Schiff folgten zwei weitere Kampfjäger, die der königlichen Yacht dicht folgten und sie abschirmten. Die Piloten waren bereit, jederzeit einen Angriff abzufangen. Der Jäger an der Spitze mied die verkehrsreicheren Routen der riesigen Stadt, wo sich mögliche Feinde im Strom von tausenden normaler Schiffe verbergen konnten. Viele wussten, dass Senatorin Padmé Amidala von Naboo zum Senat zurückkehrte, um sich gegen die Aufstellung einer Armee auszusprechen, die den schwer geprüften Jedi dabei helfen sollte, mit der immer aggressiver werdenden Separatistenbewegung fertig zu werden, und es gab zahlreiche Gruppen, die nicht wollten, dass eine solche Stimme sich zu Wort meldete. Amidala hatte sich während ihrer Herrschaftszeit als Königin von Naboo viele Feinde gemacht – mächtige Feinde, denen gewaltige Mittel zur Verfügung standen und die die schöne junge Senatorin von Naboo vielleicht genug hassten, um einige dieser Mittel zu Padmé Amidalas Schaden einzusetzen.

Captain Dolphe, Pilot des Jägers an der Spitze, ein Mann, der sich im Krieg zwischen Naboo und der Handelsföderation ausgezeichnet hatte, seufzte erleichtert, als die vereinbarte Landeplattform in Sicht kam. Sie schien frei und sicher zu sein. Dolphe, ein zäher, erfahrener Kampfpilot, der seine Senatorin zutiefst verehrte, flog links an der Landeplattform vorbei, wendete dann scharf nach rechts und umkreiste das gewaltige Gebäude, die Residenz der Senatoren, die neben der Landeplattform aufragte. Er hielt seinen Jäger in der Luft, währen die anderen beiden Kampfschiffe nebeneinander am anderen Ende der Plattform landeten und der königliche Kreuzer noch einen Augenblick verharrte und dann ebenfalls sanft aufsetzte.

Dolphe umkreiste das Gebäude ein weiteres Mal, und nachdem er in der Nachbarschaft keine weiteren Schiffe hatte ausmachen können, ging er tiefer. Er landete allerdings noch nicht vollständig, sondern hielt sich bereit, sofort zu wenden und jeden Angreifer zu attackieren, wenn sich das als notwendig erweisen sollte.

Die Piloten der beiden gelandeten Jäger klappten die Cockpitkuppeln zurück und stiegen aus. Einer von ihnen war Captain Typho, der von seinem Onkel Panaka vor kurzem zum obersten Sicherheitsoffizier der Senatorin ernannt worden war. Er setzte seinen Helm ab, schüttelte den Kopf, fuhr sich durch das kurze, lockige Haar und schob die schwarze Augenklappe zurecht, die er über dem linken Auge trug.

»Geschafft«, sagte Typho zu der Pilotin, die vom Flügel des zweiten Jägers gesprungen war und nun auf ihn zukam. »Ich habe mich wohl geirrt. Es bestand keinerlei Gefahr.«

»Es besteht immer Gefahr«, erwiderte die Pilotin. »Manchmal haben wir nur genug Glück, ihr aus dem Weg gehen zu können.«

Typho setzte zu einer Antwort an, aber dann hielt er inne und warf einen Blick zu dem Kreuzer, dessen Rampe bereits abgesenkt wurde. Der Plan sah vor, das Kontingent so schnell wie möglich von dieser offen liegenden Plattform in ein Transportfahrtzeug zu bringen. Zwei Naboo-Wachen erschienen, wachsam und bereit, und nahmen mit ihren Blastergewehren Habachtstellung ein. Typho nickte grimmig; er war erfreut, dass seine Leute nichts dem Zufall überließen, dass sie begriffen, wie ernst die Situation war und welche Verantwortung sie bei ihrem Schutz der Senatorin trugen. Als nächstes kam Amidala in ihrer typischen glanzvollen Aufmachung, die ihre ebenso schlichte wie komplexe Schönheit unterstrich. Mit ihren großen braunen Augen und weichen Zügen konnte Amidala alle überstrahlen, selbst wenn sie einfache Bauernkleidung trug, aber in ihrem Senatorinnengewand – diesmal eine faszinierende Mischung aus Schwarz und Weiß – und mit aufgestecktem, durch einen schwarzen Kopfputz betontem Haar überstrahlte sie sogar die Sterne. Ihre Mischung aus Intelligenz und Schönheit, Unschuld und Verlockung, Mut und Integrität, die noch von einem gewissen Maß kindlicher Schalkhaftigkeit ergänzt wurde, berührte Typho jedes Mal, wenn er sie sah.

Der Captain schaute nun zu Dolphe hinüber und nickte dem Mann in dem Cockpit ermutigend zu, weil er mit seiner Späherarbeit zufrieden war.

Und plötzlich lag Typho auf dem Bauch, niedergestreckt von einer gewaltigen Erschütterung und einen Augenblick lang geblendet von einem grellen Blitz, als hinter ihm etwas explodierte.

Einen schrecklichen Augenblick schien sich alles nur noch in Zeitlupe zu bewegen. Typho hörte sich selbst »Nein!« schreien, als er auf die Knie kam und sich umdrehte.

Fetzen brennenden Metalls zuckten wie Feuerwerk durch den Himmel von Coruscant und breiteten sich aus. Was von dem Kreuzer übrig war, brannte lodernd, und sieben Gestalten lagen vor dem Schiff auf dem Boden, eine davon in einem kunstvollen schwarzweißen Gewand.

Dem Captain war von der Explosion noch so schwindlig, dass er beim Versuch aufzustehen ins Taumeln geriet. Seine Kehle war wie zugeschnürt, denn er wusste, was geschehen war.

Typho war ein Veteran, er hatte in vielen Kämpfen gestanden, hatte gesehen, wie Menschen starben, und als er sich die Gestalten ansah, die dort vor ihm lagen, als er sah, wie Amidalas Gewand die reglose Gestalt umgab, wusste er es instinktiv.

Die Wunden, die sie davongetragen hatte, mussten tödlich sein. Sie lag im Sterben. Oder sie war bereits tot.

»Du hast die Koordinaten neu eingegeben!«, warf Obi-Wan seinem jungen Padawan vor. Obi-Wans helles Haar war jetzt länger; es fiel ihm beinahe bis auf die Schultern, und ein etwas zerzauster Bart zierte sein immer noch junges Gesicht. Seine hellbraune Jedi-Reisekleidung, weit und bequem, stand ihm gut. Obi-Wan war mit seiner Rolle als Jediritter vertraut geworden, war in sie hineingewachsen. Er war nicht mehr der leidenschaftliche und impulsive Padawan-Schüler, der von Qui-Gon Jinn ausgebildet wurde.

Sein Begleiter jedoch schien das vollkommene Gegenteil von ihm zu sein. Anakin Skywalker wirkte, als könnte seine hoch gewachsene, schlanke Gestalt all seine überschäumende Energie kaum in sich aufnehmen. Er war ebenso gekleidet wie Obi-Wan, aber diese Kleidung wirkte an ihm enger, frischer, adretter, und die Muskeln darunter schienen stets angespannt und bereit. Sein blondes Haar war nun kurz geschnitten, bis auf den dünnen Zopf, der ihn als Padawan kennzeichnete. Seine blauen Augen blitzten.

»Ich wollte nur unsere Zeit im Hyperraum ein wenig verlängern«, erklärte er. »Wir werden auf diese Weise näher am Planeten herauskommen.«

Obi-Wan seufzte tief und resigniert und setzte sich an die Konsole, um die Koordinaten, die Anakin programmiert hatte, zu notieren. Selbstverständlich konnte der Jedi nun nichts mehr dagegen unternehmen, denn ein Hyperraumsprung konnte nicht mehr verändert werden, wenn das Schiff sich bereits mit Lichtgeschwindigkeit bewegte. »Wir dürfen nicht zu dicht an den Anflugschneisen nach Coruscant herauskommen. Dort herrscht zu viel Verkehr. Das habe ich dir doch alles schon erklärt.«

»Aber …«

»Anakin«, sagte Obi-Wan gereizt – so, wie man ein Haustier tadeln würde, eine Perootu-Katze vielleicht. Die Muskeln an seinem Unterkiefer spannten sich, und er warf seinem Padawan einen vielsagenden Blick zu.

»Ja, Meister«, erwiderte Anakin und schlug gehorsam die Augen nieder.

Obi-Wan starrte ihn noch einen Moment länger an. »Ich weiß ja, dass du so schnell wie möglich zum Jeditempel zurückkehren willst«, gab er zu. »Wir waren zu lange von zu Hause weg.«

Anakin blickte nicht auf, aber Obi-Wan konnte sehen, wie seine Mundwinkel sich zu so etwas wie einem Lächeln verzogen.

»Mach so was nie wieder«, warnte Obi-Wan, dann drehte er sich um und verließ die Brücke.

Anakin warf sich in den Pilotensessel, stützte das Kinn in die Hand und starrte die Navigationskontrollen an. Der Befehl seines Meisters war so direkt gewesen, wie etwas nur sein konnte, also sagte sich Anakin, dass er ihn lieber befolgen sollte. Dennoch, wenn er an ihr Ziel dachte und daran, wer sie dort erwarten würde, kam er zu dem Schluss, dass es den Tadel wert gewesen war, selbst wenn ihm die Veränderung der Koordinaten nur ein paar zusätzliche Stunden auf Coruscant einbringen würden. Er wollte den Planeten unbedingt erreichen, wenn auch nicht aus dem Grund, den Obi-Wan vermutete. Es ging ihm nicht um den Jeditempel, sondern um ein Gerücht, das er über Funk gehört hatte: Eine gewisse Senatorin, ehemals Königin von Naboo, befand sich auf dem Weg zum Senat.

Padmé Amidala.

Der Name hallte im Herzen und in der Seele des jungen Anakin wider. Er hatte Padmé seit zehn Jahren nicht mehr gesehen, nicht seit er ihr zusammen mit Obi-Wan und Qui-Gon beim Kampf gegen die Handelsföderation auf Naboo geholfen hatte. Anakin war damals erst zehn Jahre alt gewesen, aber als er Padmé zum ersten Mal gesehen hatte, hatte er gewusst, dass er diese Frau einmal heiraten würde.

Es störte ihn nicht, dass Padmé mehrere Jahre älter war als er. Es störte ihn nicht, dass er nur ein Junge gewesen war, als sie sich kennen lernten. Es störte ihn nicht, dass Jedi nicht heiraten durften.

Anakin hatte es einfach gewusst, ohne jede Frage, und das Bild der schönen Padmé Amidala war stets in ihm geblieben, hatte sich in jeden seiner Träume, in jede Fantasie gebrannt, jeden Tag, seit er Naboo vor zehn Jahren zusammen mit Obi-Wan verlassen hatte. Er konnte immer noch den frischen Duft ihres Haars riechen, sah immer noch das Funkeln von Intelligenz und Leidenschaft in ihren wunderbaren braunen Augen, hörte immer noch das Lied ihrer Stimme.

Ohne es selbst zu merken, bewegte er die Hände wieder zur Tastatur des NavComputers. Vielleicht konnte er einen weniger frequentierten Korridor in dem Stau rund um Coruscant finden, in dem sie noch schneller nach Hause gelangen würden.

Das Heulen von unzähligen Alarmsirenen gellte durch die Luft und übertönte die Rufe erstaunter Schaulustiger und die Schreie der Verwundeten.

Typhos Pilotenkollegin eilte an ihm vorbei, und der Captain bemühte sich, das Gleichgewicht wiederzuerlangen und ihr zu folgen. Dolphe war in der Zwischenzeit gelandet und lief auf die am Boden liegende Senatorin zu.

Die Kampfjägerpilotin erreichte sie als erste, sank neben der am Boden liegenden Frau auf ein Knie nieder. Sie nahm den Helm ab und schüttelte rasch ihr braunes Har aus.

»Senatorin!«, rief Typho, denn es war tatsächlich Padmé Amidala, die neben der sterbenden Frau, einer ihrer Leibwächterinnen, kniete. »Seid vorsichtig, die Gefahr ist noch nicht vorüber!«

Aber Padmé winkte wütend ab und beugte sich dann über ihre verwundete Freundin.

»Cordé«, sagte sie leise, und ihre Stimme brach. Cordé war eine ihrer Leibwächterinnen und Doubles, die sie von Herzen liebte, eine Frau, die schon viele Jahre bei ihr gewesen war, um ihr und Naboo zu dienen. Padmé nahm Cordé sanft in die Arme.

Cordé öffnete die Augen, große braune Augen, die denen Amidalas so ähnlich waren. »Es tut mir Leid, M'Lady«, keuchte sie. Für jedes Wort musste sie nach Atem ringen. »Ich bin … ich bin nicht sicher, ob ich …« Sie hielt inne und starrte Padmé an. »Ich habe versagt.«

»Nein!«, widersprach Padmé entschlossen, begehrte nicht nur gegen die Worte ihrer Dienerin auf, sondern gegen all diesen Wahnsinn. »Nein, nein, nein!«

Cordé starrte sie weiterhin an – oder an ihr vorbei, wie es der erschütterten Senatorin vorkam. Ja, Cordé schaute an ihr und allem anderen vorbei; sie erblickte nun einen ganz anderen Ort.

Padmé spürte, wie der Körper in ihren Armen sich plötzlich entspannte, als hätte Cordés Geist ganz einfach ihren Körper verlassen.

»Cordé!«, rief die Senatorin und umklammerte ihre Freundin fest, wiegte sich vor und zurück und versuchte, die schreckliche Wahrheit zu leugnen.

»M'Lady, Ihr seid immer noch in Gefahr!«, erklärte Typho. Mitgefühl lag in seiner Stimme, aber er machte auch deutlich, dass die Sicherheit der Senatorin immer noch über alles ging.

Padmé hob den Kopf und holte tief Luft. Sie versuchte sich zu fassen. Vor ihrem geistigen Auge zogen die Bilder vieler schöner Tage vorbei, die sie und Cordé zusammen verbracht hatten. Sanft legte sie die Dienerin wieder auf den Boden. »Ich hätte nicht zurückkommen sollen«, sagte sie, als sie sich neben dem wachsamen Typho wieder aufrichtete. Tränen liefen ihr über die Wangen.

Captain Typho hatte Haltung angenommen, aber nun starrte er die Senatorin geradezu herausfordernd an. »Diese Abstimmung ist sehr wichtig«, erinnerte er sie in einem Ton, der keinen Widerspruch duldete, dem Ton eines Mannes, dem Pflichterfüllung über alles geht. Er war seinem Onkel sehr ähnlich. »Ihr habt Eure Pflicht getan, Senatorin, und Cordé tat die ihre. Kommt jetzt.«

Er setze sich in Bewegung und wollte Padmé am Arm mitziehen, aber sie entzog sich seinem Griff und blieb stehen. Sie starrte nieder auf die Freundin, die sie verloren hatte.

»Senatorin Amidala! Bitte!«

Padmé sah ihn an.

»Wollt Ihr Cordés Opfer wirklich so sehr missachten, dass Ihr hier stehen bleibt und Euer Leben weiterhin aufs Spiel setzt?«, fragte Typho barsch. »Das lässt ihren Tod nur noch sinnloser werden.«

»Das reicht jetzt, Captain«, unterbrach ihn Padmé.

Typho bedeutete Dolphe mit einer Geste, weiter Patrouille zu fliegen, dann führte er die bedrückte Padmé davon.

Hinter ihnen, neben Padmés Kampfjäger, piepte und pfiff der Astromechdroide R2-D2 und rollte dann eilig hinter ihnen her.

Fünf

Das Senatsgebäude auf Coruscant gehörte nicht zu den höchsten Türmen der Stadt. Es war ein relativ niedriger Kuppelbau, der sich nicht in die Wolken reckte und wie die anderen Gebäude die Nachmittagssonne in schimmernden Bernsteintönen einfing. Und dennoch wirkte er zwischen den hoch aufragenden Wolkenkratzern – darunter die diversen Residenzen für die Senatoren – nicht unbedeutend. Er stellte den Mittelpunkt dieses Gebäudekomplexes dar, und gerade weil sich diese bläuliche, glatte Kuppel so von den typischen kantigen Hochhäusern unterschied, bildete sie eine willkommene Erholung für das Auge des Betrachters, ein Kunstwerk inmitten so viel schlichter Effizienz.

Drinnen war das Gebäude nicht weniger gewaltig und beeindruckend. Der riesige Rundbau war Reihe um Reihe umgeben von den schwebenden Plattformen der vielen Senatoren der Republik, die die große Mehrheit der bewohnbaren Welten der Galaxis vertraten. Eine größere Anzahl dieser Plattformen war nun leer, aufgrund der Separatistenbewegung des Grafen Dooku, der sich im Lauf der letzten Jahre mehrere tausend Systeme angeschlossen hatten, um sich von einer Republik abzunabeln, die in ihren Augen zu schwerfällig geworden war, um noch effektiv funktionieren zu können. Selbst die loyalsten Anhänger der Republik konnten ihnen deshalb keinen Vorwurf machen.

Dennoch, da nun diese äußerst wichtige Abstimmung angesetzt war, hallten von den Wänden der Rotunde hunderte und aberhunderte von Stimmen wider, die alle durcheinander redeten und Zorn, Bedauern oder Entschlossenheit ausdrückten.

Inmitten der Rotunde stand auf dem Marmorboden die einzige Plattform des Gebäudes, die sich nicht bewegte, und von hier aus sah der Oberste Kanzler Palpatine zu, lauschte und nahm all diesen Tumult mit zutiefst besorgter Miene zur Kenntnis. Palpatine hatte die mittleren Jahre nun hinter sich gelassen; sein Haar war silbern, sein Gesicht von tiefen Linien der Erfahrung durchzogen. Seine Amtszeit wäre eigentlich schon vor mehreren Jahren zu Ende gewesen, aber eine Reihe von Krisen hatte es ihm gestattet, weit über den gesetzlich vorgegebenen Zeitraum Kanzler zu bleiben. Aus der Ferne hätte man ihn vielleicht für einen etwas gebrechlichen älteren Herrn gehalten, aber niemand, der ihn von nahem sah, konnte die Kraft und Entschlossenheit bezweifeln, die dieser kluge und weltgewandte Mann ausstrahlte.

»Sie haben Angst, Kanzler«, stellte Palpatines Adjutant Uv Gizen fest. »Viele haben von Demonstrationen, ja sogar von Gewalttaten ganz in der Nähe dieses Gebäudes gehört. Die Separatisten …«

Palpatine hob die Hand, um den nervösen Adjutanten zu unterbrechen. »Eine schwierige Gruppe«, erwiderte er. »Es sieht so aus, als hätte Graf Dooku sie zu mörderischer Wut angestachelt. Oder vielleicht«, meinte er nachdenklich, »wächst ihre Frustration ja auch trotz der Anstrengungen dieses schätzenswerten ehemaligen Jedi, sie zu beruhigen. Ganz gleich, was nun dahinter steckt, wir müssen diese Separatisten sehr ernst nehmen.«

Uv Gizen setzte abermals dazu an, etwas zu sagen, aber Palpatine legte einen Finger an die Lippen, dann nickte er zu dem Rednerpult hin, an dem der Majordomus Mas Amedda nun die Senatoren zur Ordnung rief.

»Ruhe! Ich verlange Ruhe im Haus!«, rief der Majordomus, und seine bläuliche Haut begann vor Aufregung intensiver zu leuchten. Die Kopftentakel, die ihm hinten aus dem Schädel wuchsen und bis auf seinen Kragen reichten, um seinen Kopf wie mit einer Kapuze zu umhüllen, zuckten unruhig, und die bräunlichen Hörner daran bebten auf seiner Brust. Und als er sich im Saal umsah, drehten sich seine Haupttentakel, die seinen Kopf beinahe einen halben Meter überragten, wie Antennen, die Informationen über die Menge sammelten. Mas Amedda war eine beeindruckende Gestalt, aber trotz seiner Bemühungen gingen das Schwatzen und die tausend Privatgespräche weiter.

»Senatoren, bitte!«, rief Mas Amedda laut. »Ja, wir haben tatsächlich viel zu besprechen. Viele wichtige Themen. Aber das Gesetz, das die Aufstellung einer Armee zum Schutz der Republik vorsieht, hat Vorrang. Darüber werden wir heute abstimmen, und ausschließlich darüber. Alle anderen Angelegenheiten werden zurückstehen müssen.« Mas Amedda musste sich daraufhin ein paar Beschwerden anhören, und einige Gespräche wurden sogar noch intensiver fortgeführt, aber dann trat der Oberste Kanzler Palpatine ans Rednerpult, starrte über die Versammelten hinweg, und es wurde ruhig. Mas Amedda verbeugte sich vor dem großen Mann und trat beiseite.

Palpatine legte die Hände an den Rand des Rednerpults. Seine Schultern waren gebeugt, der Kopf gesenkt. Diese seltsame Haltung erhöhte die Spannung und bewirkte, dass es in dem riesigen Kuppelraum noch stiller wurde.

»Meine geschätzten Kollegen«, begann er langsam und entschlossen, aber schon bei dieser Anstrengung bebte seine Stimme, und es schien, als wollte sie brechen. Neugier ließ noch einmal nervöses Gemurmel in der Versammlung aufbranden. Es geschah nicht oft, dass der Oberste Kanzler Palpatine so sichtlich erschüttert war.

»Verzeiht mir«, sagte Palpatine leise. Aber dann richtete er sich auf, holte tief Luft und schien an innerer Kraft zu gewinnen, die sich auch deutlich in seiner Stimme widerspiegelte, als er wiederholte: »Meine geschätzten Kollegen! Ich habe gerade erschütternde Nachrichten erhalten. Senatorin Amidala von Naboo … wurde heute bei einem Anschlag getötet.«

Schockiertes Schweigen war die Reaktion; Augen wurden weit aufgerissen, und wer immer einen Mund hatte, riss ihn ebenfalls ungläubig auf.

»Dieser schreckliche Schlag trifft mich ganz besonders«, erklärte Palpatine. »Bevor ich Kanzler wurde, war ich Senator und diente Amidala, als sie Königin von Naboo war. Sie war eine große politische Führerin, die für die Gerechtigkeit kämpfte, und das nicht nur in dieser ehrenwerten Versammlung, sondern auch auf ihrem Heimatplaneten. So beliebt war sie bei ihrem Volk, dass man sie zur Königin auf Lebenszeit wählen wollte!« Er seufzte tief und schüttelte dann hilflos den Kopf, als wäre schon der Gedanke daran, dass die idealistische Amidala ein solches Amt annehmen würde, vollkommen absurd. Und selbstverständlich hatte sie es auch nicht getan. »Aber Senatorin Amidala bestand darauf, sich an die gesetzlichen Beschränkungen der Amtszeit zu halten, denn sie glaubte leidenschaftlich an die Demokratie. Durch ihren Tod erleiden wir alle einen schrecklichen Verlust. Wir werden sie als eine unnachgiebige Kämpferin für die Freiheit beweinen.« Der Oberste Kanzler legte den Kopf ein wenig schief, senkte den Blick, und dann seufzte er abermals. »Und als liebe Freundin.«

Ein paar Gespräche begannen, aber zum größten Teil blieb das ehrfürchtige Schweigen bestehen, und viele Senatoren nickten zustimmend zu Palpatines Lobesrede auf die Verstorbene.

Aber in solch kritischen Zeiten, an einem derart wichtigen Tag, konnten auch Nachrichten wie diese nicht alles beherrschen. Es überraschte Palpatine daher nicht, dass der aufbrausende Senator von Malastare, Ask Aak, seine Schwebeplattform zur Mitte der Arena manövrierte. Er drehte langsam den großen Kopf, und seine drei Augen, die auf fingerartigen Stielen saßen, schienen sich unabhängig voneinander zu bewegen. Seine waagrechten Ohren zuckten.

»Wie viele Senatoren werden noch sterben müssen, bevor diese Auseinandersetzung zu einem Ende kommt?«, rief der

Malastarier. »Wir müssen diese Rebellen sofort bekämpfen, und dazu brauchen wir eine Armee!«

Eine so deutliche Aussage rief selbstverständlich ebenso laute Zustimmung wie Ablehnung hervor, und mehrere Plattformen wurden gleichzeitig nach vorn gesteuert. Eine, auf der sich ein blauhaariges Wesen mit faltigem Gesicht befand, schwebte rasch neben die Plattform von Ask Aak. »Warum konnten die Jedi dieses Attentat nicht verhindern?«, wollte Darsana, Botschafter von Glee Anselm, wissen. »Es wird immer deutlicher, dass wir unter dem Schutz der Jedi nicht mehr sicher sind.«

Eine weitere Plattform war der Darsanas gefolgt. »Die Republik braucht mehr Sicherheit!«, forderte nun auch der Twi'lek-Senator Orn Free Taa, dessen schlaffe Haut am Unterkiefer beinahe ebenso heftig zuckte wie seine langen, bläulichen Lekku-Tentakel. »Und zwar jetzt! Bevor es zu einem Krieg kommt!«

»Darf ich den Senator von Malastare daran erinnern, dass wir derzeit versuchen, mit den Separatisten zu verhandeln?«, warf der Oberste Kanzler Palpatine ein. »Unser Ziel ist Frieden, nicht Krieg.«

»Und das sagt Ihr, obwohl eine Frau, mit der Ihr befreundet wart, tot ist – ermordet von denselben Leuten, mit denen Ihr verhandeln wollt?«, fragte Ask Aak und verzog sein orangefarbenes Gesicht zu einer ungläubigen Maske. Überall in der Arena erklangen Rufe, und die Senatoren begannen, sich heftig zu streiten. Viele Fäuste und exotischere Glieder wurden geballt oder anderweitig in drohenden Gesten bewegt.

Palpatine, der überraschend ruhig geblieben war, warf Ask Aak einen fragenden Blick zu.

»Habt Ihr Amidala vorhin etwa nicht als Eure Freundin bezeichnet?«, schrie Ask Aak ihn an.

Palpatine erwiderte nur weiterhin den Blick des Senators, ein Bild der Ruhe, der Mittelpunkt des Sturms, der um ihn herum tobte.

Der Majordomus eilte zum Rednerpult, denn er hatte begriffen, dass sein Kanzler über diesem Nörgeln und Hetzen stehen musste, wenn er weiterhin bei einer solch aufgeregten Debatte die Stimme der Vernunft repräsentieren wollte.

»Ruhe!«, rief Mas Amedda wiederholt. »Senatoren, bitte!«

Aber es ging immer weiter: das Schreien, das Rufen, die Drohgebärden.

Unberührt von all dem näherte sich langsam eine weitere Plattform mit vier Gestalten darauf der Senatsgalerie aus einem Seitengang.

Auf der Plattform befand sich Senatorin Padmé Amidala, die angewidert von diesem Gebrüll und diesem Mangel an Höflichkeit den Kopf schüttelte.

»Genau solche Szenen sind der Grund, wieso Graf Dooku im Stande war, so viele Systeme zu überreden, sich von der Republik loszusagen«, sagte sie zu Dormé, ihrer Dienerin, die zusammen mit Captain Typho und Jar Jar Binks bei ihr auf der Schwebeplattform stand.

Dormé stimmte ihr zu: »Es gibt viele, die glauben, dass die Republik zu groß und nicht straff genug organisiert ist.«

Nun kamen sie auf die eigentliche Galerie hinaus, und die Plattform schwebte langsam in die Mitte der Rotunde, aber die Senatoren dort und jene auf den niedrigeren Rängen der Galerie waren zu sehr mit ihren Streitigkeiten beschäftigt, um zu erkennen, wer da so überraschend eingetroffen war.

Palpatine jedoch, der noch am Rednerpult stand, entdeckte Amidala. Einen Augenblick lang zeugte seine Miene nur von nacktem Schrecken, aber dann breitete sich ein Lächeln auf seinem Gesicht aus.

»Meine verehrten Kollegen«, sagte Amidala laut, und der Klang ihrer vertrauten Stimme brachte viele Senatoren zum Schweigen. »Ich bin derselben Ansicht wie der Oberste Kanzler. Wir müssen einen Krieg um jeden Preis vermeiden.«

Erst langsam, aber dann immer schneller, wurde es still im Senat, und nun folgte ein donnernder Applaus.

»Mit großer Überraschung und Freude begrüße ich die Senatorin von Naboo, Padmé Amidala«, verkündete Palpatine.

Amidala wartete, bis der Jubel und der Applaus verklungen waren, dann sagte sie entschlossen: »Vor weniger als einer Stunde wurde ein Attentatsversuch auf mich unternommen. Eine meiner Leibwächterinnen und sechs andere wurden gnadenlos und sinnlos ermordet. Ich war das Ziel dieses Anschlags, aber was wichtiger ist: Ich glaube, der Anschlag galt vor allem der Abstimmung, die heute stattfinden soll. Ich bin die Anführerin der Opposition gegen die Aufstellung einer Armee, aber es gibt offenbar Personen, die vor nichts zurückschrecken, um ihre militaristischen Pläne durchzusetzen.«

In vielen Bereichen der Galerie wich der Jubel nun Buhrufen, als die Senatoren diese überraschenden Worte begriffen, und viele andere schüttelten verwirrt den Kopf. Hatte Amidala etwa ein Mitglied des Senats bezichtigt, hinter dem Attentatsversuch zu stehen?

Als sie dort auf ihrer Plattform stand, ließ Amidala den Blick durch den riesigen Kuppelraum schweifen. Sie wusste, dass ihre Worte – oberflächlich gesehen – eine Beleidigung für viele hier darstellten, aber sie vermutete die Verantwortlichen für den Attentatsversuch nicht wirklich im Senat. Sie hatte, was das anging, ein ganz eindeutiges Gefühl, aber das verstieß vollkommen gegen alle offensichtliche Logik. Logischerweise wären es jene, die sich für die Aufstellung einer Armee der Republik aussprachen, denen aus Amidalas Tod der größte Vorteil erwüchse, aber aus irgendeinem Grund, den sie nicht näher benennen konnte – es war nur eine eher unbewusste Wahrnehmung, ein Gefühl in ihrem Bauch –, glaubte Amidala, dass der Anschlag von einer Seite ausging, von der man ihn nicht vermuten würde. Wieder fiel ihr Panakas Bericht darüber ein, dass sich die Handelsföderation angeblich mit den Separatisten zusammengetan hatte.

Sie holte tief Luft, wappnete sich gegen die wachsende Ablehnung, die ihr aus den Rängen ihrer Kollegen entgegenschlug, und fuhr fort: »Ich warne Euch – wenn Ihr für die Aufstellung einer Armee stimmt, dann wird das Ergebnis Krieg sein. Ich habe das Elend eines Krieges aus erster Hand kennen gelernt; ich möchte es nicht noch einmal erleben.«

Der Jubel übertönte nun die Buhrufe.

»Das ist doch Wahnsinn!«, brüllte Orn Free Taa über alle anderen hinweg. »Ich beantrage, dass die Abstimmung sofort verschoben wird!« Selbstverständlich führte der Vorschlag nur zu noch mehr Aufruhr.

Amidala warf dem Twi'lek-Senator einen Blick zu. Sie verstand nur zu gut, dass er eine Abstimmung verschieben wollte, deren Ergebnis plötzlich durch ihre Anwesenheit wieder zweifelhaft geworden war.

»Wacht doch auf, Senatoren!«, schrie sie ihn nieder. »Wenn wir den Separatisten Gewalt entgegensetzen, dann können sie ihrerseits nur mit weiterer Gewalt reagieren! Viele werden umkommen, und alle werden ihre Freiheit verlieren. Diese Entscheidung könnte selbst die Grundfesten unserer großen Republik zerstören! Ich flehe Euch an, Euch nicht zu einer solch katastrophalen Entscheidung drängen zu lassen. Stimmt gegen diesen Entwurf, der nichts weiter ist als eine verkappte Kriegserklärung! Will denn irgendwer hier Krieg? Das kann ich nicht glauben!«

Ask Aak, Orn Free Taa und Darsana, die mit ihren Plattformen noch in der Nähe des Rednerpults des Obersten Kanzlers schwebten, wechselten nervöse Blicke, als wiederum Jubel und Buhrufe in der großen Halle erklangen. Die Tatsache, dass Amidala gerade erst einen Anschlag auf ihr Leben überstanden hatte und dennoch den Senat anflehte, keine Armee gegen die mutmaßlichen Hintermänner dieses Attentatsversuchs aufzustellen, fügte dem Standpunkt der jungen Frau weitere Überzeugungskraft hinzu und ließ Amidala in den Augen vieler Senatoren noch ehrfurchteinflößender erscheinen – und die ehemalige Königin von Naboo, die sich vor zehn Jahren so heldenhaft gegen die Handelsföderation gewehrt hatte, wurde bereits von vielen Anwesenden hoch geachtet.

Auf ein Nicken von Ask Aak hin verlangte Orn Free Taa sprechen zu dürfen, und Palpatine erteilte ihm sofort das Wort.

»Nachdem ich meinen Antrag als Erster gestellt habe, muss darüber zuerst abgestimmt werden«, forderte Orn Free Taa. »So verlangt es die Hausordnung!«

Amidala warf dem Twi'lek einen wütenden, frustrierten Blick zu. Das waren alles nur Verzögerungstaktiken! Flehentlich schaute sie Palpatine an, aber der Oberste Kanzler konnte nur die Achseln zucken, obwohl er sie dabei voller Mitgefühl anschaute. Er trat ans Rednerpult, bat mit erhobener Hand um Schweigen, und als es ruhig genug war, erklärte er: »Angesichts der späten Stunde und der Ernsthaftigkeit der Anträge werden wir morgen darüber entscheiden. Bis dahin wird sich der Senat vertagen.«

Am Himmel von Coruscant schwebten unzählige Schiffe durch den rauchigen Dunst. Die Sonne war bereits aufgegangen und ließ die Stadt bernsteinfarben erschimmern, aber hinter vielen Hochhausfenstern leuchteten noch die Lampen.

Die massiven Türme des Regierungsgebäudes der Republik ragten über allen anderen auf, als wollten sie den Himmel erreichen. Und das schien nur angemessen, denn drinnen wurden zu so früher Stunde Entscheidungen gefällt, die für Trillionen einfacher Leute überall in der Galaxis von enormer Bedeutung waren.

Der Oberste Kanzler Palpatine saß in seinem weiträumigen, geschmackvollen Büro hinter seinem Schreibtisch den vier Jedimeistern gegenüber, die ihn aufgesucht hatten. Auf der anderen Seite des Zimmers standen vier rot gekleidete Wachen an der Tür, beeindruckende Gestalten mit ihren großen gewölbten Helmen und den weiten, bodenlangen Umhängen.

»Ich fürchte diese Abstimmung«, erklärte Palpatine.

»Sie ist unvermeidlich«, erwiderte Mace Windu, ein hoch gewachsener, muskulöser kahlköpfiger Mann mit durchdringendem Blick, der neben dem noch größeren Ki-Adi-Mundi stand.

»Und sie könnte zerstören, was von der Republik übrig geblieben ist«, sagte Palpatine. »Noch nie habe ich erlebt, dass die Senatoren über irgend etwas so uneins gewesen wären.«

»Es gibt auch nur wenige Themen, die so wichtig sind wie die Aufstellung einer Armee der Republik«, stellte Jedimeister Plo Koon fest. Er war ein großer, kräftiger Kel Dorianer, dessen Kopf Wülste hatte und an den Seiten Locken, die wie das gewellte Haar eines jungen Mädchens wirkten. Seine Augen waren dunkel und tief liegend, und über dem unteren Teil seines Gesichts trug er eine schwarze Maske. »Die Senatoren sind unruhig und verängstigt, und sie glauben, dass keine andere Abstimmung je so wichtig war wie die, die nun ansteht.«

»Ganz gleich, wie es ausgeht, viel heilen ihr müsst«, sagte Meister Joda, der von den vieren an Körpergröße bei weitem der Kleinste war, aber auf seine Art größer als die meisten in der Galaxis. Yoda blinzelte träge, und seine großen Ohren drehten sich ein wenig, was denen, die ihn kannten, anzeigte, dass er intensiv nachdachte und der Situation seine höchste Aufmerksamkeit widmete. »Nicht sichtbar ist vieles, um das es hier geht«, verkündete er, und dann schloss er die Augen, um noch tiefer in seine Gedanken zu versinken.

»Ich weiß nicht, wie viel länger ich die Abstimmung noch vertagen kann, meine Freunde«, erklärte Palpatine. »Und ich fürchte auch, dass eine weitere Verzögerung bei diesem schwierigen Thema der Republik nur schaden wird. Mehr und mehr Systeme schließen sich der Separatistenbewegung an.«

Mace Windu, eine Säule der Kraft selbst unter den Jedi, nickte verständnisvoll. »Und dennoch, es ist zu erwarten, dass sich nach der Abstimmung auch viele von denen, die verloren haben, von der Republik lossagen ...«

»Ich werde nicht zulassen, dass diese Republik, die seit tausend Jahren besteht, gespalten wird!«, rief Palpatine und schlug mit der Faust auf den Schreibtisch. »Meine Verhandlungen werden erfolgreich sein!«

Mace Windu blieb ruhig, und seine wohlklingende Stimme war weiterhin beherrscht. »Aber selbst wenn das nicht der Fall sein sollte, müsst Ihr begreifen, dass es nicht genug Jedi gibt, um die Republik zu schützen. Wir sind Hüter des Friedens, keine Soldaten.«

Palpatine holte ein paar Mal tief Luft, um sich wieder zu beruhigen. »Meister Yoda«, sagte er und wartete darauf, dass der grünhäutige Jedi die Augen öffnete und ihn ansah. »Glaubt Ihr wirklich, dass es zu einem Krieg kommen wird?«

Abermals schloss Yoda die Augen. »Schlimmeres als Krieg fürchte ich«, sagte er. »Viel Schlimmeres.«

»Was denn?«, fragte Palpatine erschrocken.

»Meister Yoda, was spürt Ihr?«, wollte auch Mace Windu wissen.

»Unmöglich zu erkennen die Zukunft ist«, erwiderte der kleine Jedimeister, der immer noch in sich hineinstarrte. »Die Dunkle Seite umwölkt alles. Aber sicher ich einer Sache bin ...« Nun öffnete er die Augen und starrte Palpatine an. »Ihre Pflicht die Jedi tun werden.«

Der Oberste Kanzler erwiderte den Blick des Meisters ein wenig verwirrt, aber bevor er Yoda noch antworten konnte, erschien auf seinem Schreibtisch das Hologramm von Dar Wac, eines seiner Adjutanten. »Das loyalistische Komitee ist eingetroffen, Euer Ehren«, sagte Dar Wac auf Huttisch.

»Schick sie herein.«

Das Hologramm verschwand, und Palpatine erhob sich ebenso wie die Jedi, um diese wichtigen Besucher angemessen zu begrüßen. Sie kamen in zwei Gruppen herein, Senatorin Padmé Amidala zusammen mit Captain Typho, Jar Jar Binks und ihrer Dienerin Dormé, und Mas Amedda, gefolgt von zwei anderen Senatoren, Bail Organa von Alderaan und Horox Ryyder.

Alle begannen, höfliche Begrüßungsfloskeln auszutauschen, und Yoda schubste Padmé ein wenig mit seinem kleinen Stock.

»Stark die Macht in Euch ist, junge Senatorin«, sagte der Jedimeister. »Diese Tragödie auf der Landeplattform schrecklich war. Euch lebendig zu sehen, wärmt mein Herz.«

»Ich danke Euch, Meister Yoda«, erwiderte sie. »Habt Ihr eine Vermutung, wer hinter diesem Anschlag stehen könnte?«

Ihre Frage führte dazu, dass alle im Zimmer sie und Yoda anstarrten.

Mace Windu räusperte sich und trat vor. »Senatorin, wir können nichts Definitives sagen, aber unsere Nachforschungen weisen auf unzufriedene Gewürzbergleute auf den Monden von Naboo hin.«

Padmé warf Captain Typhoo einen Blick zu, der seinerseits den Kopf schüttelte. Sie waren beide Zeugen der Frustration dieser Bergleute zu Hause auf Naboo geworden, aber von den gewaltsamen Demonstrationen bis zu der Tragödie, die sich auf der Landeplattform hier in Coruscant ereignet hatte, schien es in jeder Hinsicht ein weiter Weg zu sein.

Amidala sah Mace Windu forschend an. Sie fragte sich, ob es klug wäre, ihrem Instinkt zu folgen. Sie wusste, welche Kontroverse das, was sie sagen wollte, wahrscheinlich hervorrufen würde; sie wusste, wie jämmerlich unlogisch sie klingen würde, aber dennoch …

»Ich widerspreche Euch ungern«, sagte sie, »aber ich glaube, dass Graf Dooku dahinter steckt.«

Alle im Raum schienen überrascht, und die vier Jedimeister wechselten Blicke, die erst erstaunt, dann ablehnend wirkten.

»Ihr wisst, M'Lady«, sagte Mace mit seiner volltönenden und ruhigen Stimme, »dass Graf Dooku einmal ein Jedi war. Er würde keinen solchen Anschlag verüben. Es liegt nicht in seinem Wesen.«

»Er ist ein politischer Idealist«, fügte Ki-Adi-Mundi, der vierte des Jedikontingents, hinzu. »Kein Mörder.«

Mit seinem großen, langgezogenen Kopf war der ceranische Jedimeister größer als alle anderen Anwesenden, und die wulstigen Hautlappen an der Seite seines nachdenklichen Gesichts ließen ihn trotz seiner beeindruckenden Gestalt mehr nach einem Denker als nach einem Kämpfer aussehen.

Meister Joda stieß seinen Stock auf den Boden, um die Aufmerksamkeit auf sich zu lenken. Das allein schon hatte einen beruhigenden Einfluss auf die angespannte Atmosphäre. »Nichts ist in finsteren Zeiten so, wie es scheint«, erklärte er. »Aber die Tatsache ist unbestreitbar, Senatorin, dass in großer Gefahr Ihr seid.«

Der Oberste Kanzler Palpatine seufzte tief und ging zum Fenster, um in den Morgen hinauszustarren. »Dürfte ich vorschlagen, Meister«, sagte er, »dass Ihr die Senatorin unter Euren Schutz nehmt?«

»Haltet Ihr das für eine kluge Verwendung unserer ohnehin eingeschränkten Möglichkeiten?«, warf Senator Bail Organa rasch ein und strich sich dabei über seinen gepflegten schwarzen Bart. »Tausende von Systemen sind inzwischen zu den Separatisten übergelaufen, und bald werden sich ihnen noch mehr anschließen. Die Jedi sind unsere ...«

»Kanzler«, unterbrach Padmé ihn. »Wenn ich etwas dazu sagen darf – ich glaube nicht, dass die ...«

»Situation so ernst ist«, beendete Palpatine den Satz für sie. »Nein, aber *ich* glaube es, Senatorin.«

»Kanzler, bitte!«, flehte sie. »Ich will nicht noch mehr Wachen!«

Palpatine schaute sie an, wie es vielleicht ein übermäßig besorgter Vater getan hätte. Bei jedem anderen hätte Amidala diesen Blick für herablassend gehalten. »Mir ist vollkommen klar, dass zusätzliche Sicherheitsmaßnahmen störend für Euch sein werden«, begann er; dann hielt er inne, und schließlich lächelte er, als wäre ihm gerade ein logischer und akzeptabler Kompromiss eingefallen. »Aber vielleicht könnte Euch jemand schützen, mit dem Ihr vertraut seid – ein alter Freund.« Palpatine warf Mace Windu und Yoda einen Blick zu. »Wie wäre es mit Meister Kenobi?«, fragte er, und sein Lächeln wurde breiter, als Mace Windu zustimmend nickte.

»Das ist möglich«, bestätigte der Jedi. »Er ist gerade von einer Mission auf Ansion zurückgekehrt.«

»Ihr erinnert Euch doch sicher an ihn, M'Lady«, sagte Palpatine und grinste, als hätte er schon gewonnen. »Er hat Euch während der Blockade beschützt.«

»Das ist wirklich nicht notwendig«, erklärte Padmé entschlossen, aber Palpatine hörte nicht auf zu grinsen und zeigte damit, dass er genau wusste, wie er mit der Senatorin umgehen musste.

»Tut es um meinetwillen, M'Lady! Dann werde ich ruhiger schlafen können. Wir haben heute Schlimmes ausgestanden. Der Gedanke, Euch zu verlieren, ist unerträglich.«

Mehrmals setzte Amidala zu einer Antwort an, aber welche Einwände hätte sie schon gegen die Fürsorge des Obersten Kanzlers äußern können? Schließlich seufzte sie resigniert, und die Jedi erhoben sich und wandten sich zum Gehen.

»Ich werde Obi-Wan sofort zu Euch schicken, M'Lady«, informierte Mace Windu sie. Als Yoda an Padmé vorüberkam, bedeutete er ihr, sich zu ihm zu beugen, und er flüsterte ihr so leise, dass nur sie es hören konnte, zu: »Zu wenig um Euch selbst besorgt Ihr seid, Senatorin, und zu viel um Politik. Aber die Gefahr Ihr nicht vergessen dürft, Padmé. Nehmt unsere Hilfe an.«

Dann waren sie fort, und Padmé Amidala starrte die Tür und die Wachen dort lange an.

Kanzler Palpatine, der an seinen Schreibtisch zurückgekehrt war, beobachtete sie dabei.

»Es bedrückt mich, dass der Name von Graf Dooku in Zusammenhang mit Attentaten genannt wird, Meister«, sagte Mace zu Yoda, als die Jedi auf dem Rückweg zu ihrem Ratszimmer waren. »Und das von einer Person wie Senatorin Amidala, die ich ebenfalls hoch schätze! Misstrauen gegen die Jedi – oder selbst einen ehemaligen Jedi – könnte in Zeiten wie diesen zu einer Katastrophe führen.«

»Abstreiten Dookus Verwicklung in die Separatistenbewegung können wir nicht«, erinnerte ihn Yoda.

»Nein, aber wir können auch nicht leugnen, dass er die Bewegung aus idealistischen Gründen ins Leben rief«, widersprach Mace. »Er war einmal unser Freund – das dürfen wir nicht vergessen –, und wenn man ihn beleidigt und als Attentäter bezeichnet …«

»Keine Beleidigung«, sagte Yoda. »Aber Dunkelheit ich spüre, überall, und in dieser Dunkelheit ist nichts, wie es scheint.«

»Aber ich verstehe nicht, wieso Graf Dooku einen Anschlag auf Senatorin Amidala verüben lassen sollte, da sie doch zu den schärfsten Gegnern einer Armee der Republik gehört. Würden die Separatisten denn nicht gerade wollen, dass Amidala Erfolg hat? Würden sie sie nicht für eine unfreiwillige Verbündete halten? Oder sollen wir wirklich glauben, dass sie einen Krieg gegen die Republik anstreben?«

Yoda stützte sich schwer auf seinen Stock. Er sah sehr müde aus, und nun schloss er langsam die Augen. »Mehr gibt es hier, als wir wissen«, sagte er sehr leise. »Umwölkt ist die Macht. Unruhig sie ist.«

Mace kämpfte gegen den Reflex an, seinen alten Freund Dooku noch weiter zu verteidigen. Graf Dooku war einer der fähigsten Jedimeister gewesen, von allen hoch geachtet, ein Adept der älteren und, wie manche sagen würden, tiefer gehenden Jedi-Philosophien und -Stile, darunter auch eines hochentwickelten Lichtschwert-Stils, bei dem es mehr um Vorwärts- und Rückwärtsbewegungen, um Zustoßen und scharfes Parieren ging, als bei den typischen runden Bewegungen, die derzeit die meisten Jedi bevorzugten. Es war für den Jediorden – und für Mace Windu – ein schwerer Schlag gewesen, als sich Dooku von ihnen abgewandt hatte, und zwar aus den gleichen Gründen, die nun die Separatisten für ihre Trennung von der Republik anführten: Die Ansicht, dass diese Institution zu schwerfällig geworden war, um noch auf die Bedürfnisse von Individuen, ja selbst von individuellen Systemen, reagieren zu können.

Es beunruhigte Mace Windu ebenso, wie es zweifellos auch Amidala und Palpatine beunruhigte, dass einige dieser Argumente gegen die Republik und den Orden durchaus zutreffend waren.

Sechs

Als zumindest ein Teil der Lichter von Coruscant erlosch und nach und nach das natürliche Leuchten von ein paar Sternen durch den beinahe unermüdlichen Glanz dieser auch nachts lebendigen Metropole dringen konnte, nahm die hoch in den Himmel ragende Stadt ein ganz anderes Aussehen an. Unter dem dunklen Nachthimmel schienen die Hochhäuser sich in riesige, natürliche Monolithe zu verwandeln, und all diese Gebäude, die die Stadt so beherrschten, die Coruscant zu einem Monument des Erfindungsreichtums vernunftbegabter Spezies machten, schienen nur noch für den vergeblichen Stolz zu stehen, den es darstellte, sich gegen eine solch gewaltige Ausdehnung und Majestät zu stellen, die kein Sterblicher je für sich beanspruchen konnte. Selbst der Wind klang auf den höheren Ebenen der Gebäude klagend, beinahe so, als wollte er schon ankündigen, was unvermeidlich einmal aus dieser großen Stadt und dieser Zivilisation werden würde.

Als Obi-Wan Kenobi und Anakin Skywalker im Turbolift der Senatsresidenz standen, dachte der Jedimeister tatsächlich über so tief schürfende Dinge nach wie die subtilen Veränderungen, die sich durch diesen Übergang vom Tag zur Nacht vollzogen. Aber sein junger Padawan neben ihm dachte an etwas ganz anderes: Anakin würde Padmé wiedersehen, die Frau, der sein Herz und seine Seele schon gehört hatten, als er erst neun Jahre alt gewesen war, und die er seitdem nicht mehr hatte vergessen können.

»Du scheinst ein wenig nervös zu sein, Anakin«, bemerkte Obi-Wan, während der Lift weiter aufstieg.

»Nicht im geringsten«, war die wenig überzeugende Antwort.

»So habe ich dich nicht mehr gesehen, seit wir in dieses Gundark-Nest gefallen sind.«

»*Ihr* seid in diesen Albtraum gefallen, Meister, und ich habe Euch gerettet. Habt Ihr das etwa schon vergessen?«

Obi-Wans kleiner Ablenkungsversuch schien die erwünschte Wirkung zu haben und veranlasste beide zu einem wohltuenden Lachen. Aber danach war Anakin kein bisschen ruhiger.

»Du schwitzt ja«, stellte Obi-Wan fest. »Hol tief Luft. Entspanne dich.«

»Ich habe sie seit zehn Jahre nicht mehr gesehen.«

»Anakin, entspann dich«, wiederholte Obi-Wan. »Sie ist keine Königin mehr.«

Die Fahrstuhltür glitt auf, und Obi-Wan setzte sich in Bewegung, während Anakin hinter ihm leise murmelte: »Das ist nicht der Grund meiner Nervosität.«

Als die beiden in den Flur traten, glitt eine Tür auf, und ein Gungan in würdevollem rotschwarzem Gewand kam ihnen entgegen. Die drei sahen einander einen Augenblick lang an, und dann ließ der Gungan-Diplomat alle Zurückhaltung fahren und begann, auf und ab zu hüpfen wie ein kleines Kind.

»Obi! Obi! Obi!«, rief Jar Jar Binks, und seine Ohren und die Zunge wackelten. »Michse *so* freuen dichse zu sehen! Wahuuu!«

Obi-Wan lächelte höflich, obwohl der Seitenblick, den er Anakin zuwarf, ein wenig Verlegenheit offenbarte, und er machte eine freundlich-abwehrende Geste, um den aufgeregten Burschen zu beruhigen. »Ich freue mich auch, dich zu sehen, Jar Jar.«

Jar Jar hüpfte noch ein bisschen weiter, und dann beruhigte er sich ganz plötzlich und mit sichtbarer Anstrengung. »Und dieser-einer sein wohl dein Schüler«, fuhr er fort, nun viel beherrschter. Die Beherrschung hielt allerdings nur einen

Augenblick lang an, dann blickte er dem Padawan ins Gesicht, und alle aufgesetzte Würde war wieder dahin. »Neeeeeiiiin!«, kreischte er und klatschte in die Hände. »Annie? Neeeeiiiin! Der kleine Annie?« Jar Jar packte den Padawan an den Schultern, schob ihn auf Armeslänge zurück und betrachtete ihn neugierig von Kopf bis Fuß. »Neeeiiin! Duse heftig gewachsen! Eieiei! Annie? Michse nicht glauben können!«

Jetzt war es an Anakin, verlegen zu lächeln. Er war höflich genug, sich nicht zu wehren, als der aufgeregte Gungan ihn in seinen Armen beinahe erstickte und Jar Jars kindisches Hüpfen ihn gewaltig durchrüttelte.

»Hallo, Jar Jar«, brachte er schließlich hervor, und Jar Jar machte einfach weiter, hüpfte und rief den Namen seines alten Freundes und immer wieder »Eieiei!« Es schien, als wollte er nie wieder aufhören, aber dann packte Obi-Wan ihn sanft, aber bestimmt am Arm. »Wir sind hier, um mit Senatorin Amidala zu sprechen. Könntest du uns bitte zu ihr bringen?«

Jar Jar hörte auf zu hüpfen und sah Obi-Wan fragend an. Nun hatte das Gesicht mit dem langen Schnabel einen ernsteren Ausdruck angenommen. »Siese schon warten. Annie! Michse einfach nicht glauben!« Er wackelte noch ein wenig mit dem Kopf, dann nahm er Anakin bei der Hand und zog ihn mit sich.

Die Wohnung der Senatorin war geschmackvoll eingerichtet. Es gab dick gepolsterte Sessel und ein Sofa, die sich um die Zimmermitte gruppierten, und ein paar gut platzierte Kunstwerke. Dormé und Captain Typho standen neben dem Sofa, der Captain in seiner typischen blauen Uniform und dem braunen Lederwams, mit schwarzen Lederhandschuhen und einer Mütze, deren Schirm und Band ebenfalls aus schwarzem Leder bestanden. Neben ihm stand Dormé in einem dieser eleganten, aber schlichten Gewänder, wie sie Padmés Dienerinnen bevorzugten.

Anakin jedoch bemerkte die beiden nicht einmal. Er konzentrierte sich vollkommen auf die dritte Person im Zimmer, auf Padmé, und ausschließlich auf sie, und falls er jemals daran gezweifelt hatte, dass sie immer noch so schön sein würde, wie er sie in Erinnerung hatte, dann verging dieser Zweifel nun sofort. Er ließ den Blick über die zierliche Gestalt der Senatorin in ihrem schwarzlila Gewand schweifen und nahm jede Einzelheit wahr. Er sah ihr kräftiges braunes Haar, das nach oben frisiert war und vom Hinterkopf aus über den Rücken fiel, und er wollte sich darin verlieren. Er sah ihre Augen und wollte bis ans Ende aller Tage hineinblicken. Er sah ihre Lippen und wollte …

Anakin schloss die Augen einen Augenblick und holte tief Luft, und dann roch er ihn wieder, diesen Duft, der sich ihm unauslöschlich eingebrannt hatte.

Er brauchte alle Willenskraft, um langsam und respektvoll hinter Obi-Wan das Zimmer zu betreten und nicht einfach hineinzustürzen und Padmé zu umarmen; dennoch benötigte er diese Willenskraft nun auch, um überhaupt seine Beine bewegen zu können, die plötzlich so schwach schienen, und diesen ersten Schritt ins Zimmer zu machen, diesen ersten Schritt auf sie zu.

»Ichse bin's! Luckie-luckie!«, kreischte Jar Jar – kaum die Ankündigung, die Obi-Wan sich gewünscht hatte, aber er wusste, dass er von dem überschäumenden Gungan nichts anderes erwarten konnte. »Wirse haben Besuch von Jedi!«

»Es ist mir ein Vergnügen, Euch wiederzusehen, M'Lady«, sagte Obi-Wan und ging auf die schöne junge Senatorin zu.

Anakin, hinter seinem Meister stehend, starrte Padmé weiterhin an, bemerkte jede auch noch so kleine Bewegung. Sie warf ihm einmal einen – wenn auch nur kurzen – Blick zu, und er sah, dass sie ihn nicht wiedererkannte.

Padmé ergriff Obi-Wans Hand. »Wir haben uns viel zu lange nicht mehr gesehen, Meister Kenobi. Ich freue mich sehr, dass sich unsere Wege wieder gekreuzt haben. Aber ich muss Euch auch warnen: Ich halte Eure Anwesenheit hier für unnötig.«

»Ich bin sicher, dass die Mitglieder des Jedirats wissen, was sie tun«, erwiderte Obi-Wan.

Padmés Miene ließ keinen Zweifel an ihrer Resignation, aber dann trat so etwas wie Neugier in ihren Blick, als sie noch einmal an dem Jediritter vorbei zu seinem Padawan schaute, der so geduldig dastand. Sie machte einen Schritt zur Seite, sodass sie sich nun direkt vor Anakin befand.

»Annie?«, fragte sie ungläubig. Ihr Lächeln und das Aufblitzen ihrer Augen zeigte, das sie keine Antwort brauchte.

Nur einen Augenblick lang spürte Anakin, wie ihre Stimmung sich aufhellte.

»Annie«, sagte Amidala wieder. »Ist das möglich? Bist du aber groß geworden!« Sie schaute nach unten und folgte dann mit dem Blick jeder Linie seines Körpers aufwärts, bis sie schließlich den Kopf zurücklegen musste, weil er nun so viel größer war als sie.

Das half allerdings wenig, um Anakins Selbstvertrauen zu stärken, so versunken war er in ihre Schönheit. Ihr Lächeln wurde strahlender – ein eindeutiges Zeichen, dass sie froh war, ihn wiederzusehen –, aber das entging ihm, oder zumindest begriff er es nicht. »Du ebenfalls«, antwortete er gequält, als müsste er jedes Wort herausquetschen. »Ich meine, du bist noch schöner geworden.« Er ärgerte sich und richtete sich noch gerader auf. »Und viel kleiner«, neckte er sie schließlich in einem erfolgreichen Versuch, die Situation besser in den Griff zu bekommen. »Für eine Senatorin, meine ich.«

Anakin bemerkte aus dem Augenwinkel, wie Obi-Wan missbilligend die Stirn runzelte, aber Padmé lachte trotz aller Spannung und schüttelte den Kopf.

»Oh, Annie, du wirst immer der kleine Junge bleiben, den ich auf Tatooine kennen gelernt habe«, sagte sie, und wenn sie ihm das Lichtschwert vom Gürtel gerissen und ihm damit die Beine abgeschnitten hätte, hätte sie ihn damit nicht schwerer treffen können.

Er senkte den Blick, und seine Verlegenheit wurde nur noch

größer durch die Blicke, die sowohl Obi-Wan als auch Captain Typho ihm zuwarfen.

»Ihr werdet uns überhaupt nicht bemerken, M'Lady«, hörte er Obi-Wan zu Padmé sagen.

»Ich bin sehr dankbar, dass Ihr hier seid, Meister Kenobi«, warf Captain Typho ein. »Die Situation ist gefährlicher, als die Senatorin zugeben will.«

»Ich brauche nicht noch mehr Leibwächter«, sagte Padmé zunächst zu Typho, aber dann wandte sie sich an Obi-Wan. »Ich brauche Antworten! Ich will wissen, wer versucht, mich zu töten. Ich glaube, dass es um eine Sache geht, die für den Senat von äußerster Wichtigkeit ist. Es steckt mehr dahinter …« Sie hielt inne, als sie sah, wie Obi-Wan das Gesicht verzog.

»Wir sind hier, um Euch zu beschützen, Senatorin, nicht um Ermittlungen anzustellen«, sagte er ruhig und entschieden, aber noch bevor er ganz fertig war, widersprach ihm sein Schüler schon.

»Wir werden herausfinden, wer versucht hat, dich umzubringen, Padmé«, verkündete der Padawan. »Das verspreche ich dir.«

Kaum hatte er das ausgesprochen, erkannte Anakin, dass er einen Fehler gemacht hatte – und außerdem war das deutlich an Obi-Wans tadelnder Miene zu erkennen. Anakin hatte in Gedanken an einer Antwort für Padmé geschmiedet und kaum darauf geachtet, was sein Meister zuvor erklärt hatte, bevor diese Worte aus ihm herausgeplatzt waren. Nun konnte er sich nur noch auf die Lippen beißen und die Augen niederschlagen.

»Wir werden nicht über unseren Auftrag hinausgehen, mein junger Padawan-Schüler!«, sagte Obi-Wan scharf, und Anakin glühte, weil man ihn in Anwesenheit von anderen so maßregelte – besonders vor diesen anderen.

»Ich meinte selbstverständlich im Interesse des Schutzes der Senatorin, Meister.«

Aber selbst er hörte, wie lahm das klang.

»Wir werden das nicht noch einmal durchgehen, Anakin«, fuhr Obi-Wan fort. »Du wirst dich nach dem richten, was ich sage.«

Anakin konnte kaum glauben, dass Obi-Wan tatsächlich in Padmés Anwesenheit so weitermachte. »Warum?«, fragte er in dem Versuch, die Erteilung eines Befehls zu einer Diskussion zu machen und damit ein wenig Glaubwürdigkeit zurückzugewinnen.

»Wie bitte?,« sagte Obi-Wan ernstlich verdutzt, und der junge Padawan wusste, dass er es endgültig zu weit getrieben hatte.

»Warum sollte man uns sonst zu ihr geschickt haben, wenn nicht, um den Mörder zu finden?«, fragte er nun etwas ruhiger. »Reine Leibwächterarbeit ist Sache der hiesigen Sicherheitskräfte, nicht der Jedi. Die Senatorin nur zu bewachen, ist eine Verschwendung unserer Fähigkeiten, und daher gehört es sicher auch zu unserem Auftrag zu ermitteln.«

»Wir werden tun, womit der Rat uns beauftragt hat«, entgegnete Obi-Wan. »Und du wirst lernen, wo dein Platz ist, junger Mann.«

»Vielleicht wird ja schon Eure Anwesenheit hier dazu beitragen, dieses Rätsel zu lösen«, warf Padmé, die Diplomatin, ein. Sie lächelte abwechselnd Anakin und Obi-Wan an, eine Bitte um Höflichkeit, und als sich beide sichtbar entspannten, fügte sie hinzu: »Wenn Ihr mich jetzt entschuldigt, werde ich mich zurückziehen.«

Alle verbeugten sich, als Padmé und Dormé das Zimmer verließen, dann warf Obi-Wan seinem jungen Padawan noch einen erbosten Blick zu. Die beiden waren alles andere als erfreut über das Verhalten des jeweils anderen.

»Nun, ich jedenfalls bin froh, dass Ihr hier seid«, sagte Captain Typho. »Ich weiß nicht, was hier los ist, aber im Augenblick kann die Senatorin nicht gut genug bewacht werden. Eure Freunde aus dem Jedirat denken offenbar, die Bergleute hätten etwas damit zu tun, aber dem kann ich kaum zustimmen.«

»Was habt Ihr über den Anschlag in Erfahrung bringen können?«, fragte Anakin, und Obi-Wan warf ihm einen warnenden Blick zu.

»Wir werden die Senatorin besser beschützen können, wenn wir eine Ahnung haben, worum es hier eigentlich geht«, erklärte Anakin seinem Meister. Er wusste, zumindest das würde Obi-Wan als vernünftig und logisch akzeptieren müssen.

»Wir wissen nicht viel«, gab Typho zu. »Senatorin Amidala ist der Kopf der Armeegegner. Sie ist entschlossen, den Separatisten mit Verhandlungen und nicht mit Gewalt zu begegnen, aber die Anschläge auf ihr Leben haben, obwohl sie gescheitert sind, die Gegenseite im Senat nur gestärkt.«

»Und da die Separatisten ja kaum wünschen können, dass eine Armee aufgestellt wird …«, spann Obi-Wan den Gedanken weiter.

»Haben wir keine Ahnung, wer hinter den Anschlägen stecken könnte«, vollendete Typho seinen Satz. »Dennoch muss man natürlich untersuchen, ob Graf Dooku und die Separatisten tatsächlich nichts damit zu tun haben.« Obi-Wan verzog das Gesicht, und Typho fügte rasch hinzu: »Oder jemand aus diesem Umfeld. Die Separatisten sind für viele ähnliche Attentate überall in der Republik verantwortlich. Sie sind eine gewalttätige Gruppierung. Aber warum sie versuchen sollten, Senatorin Amidala zu töten, ist wirklich rätselhaft.«

»Und wir sind nicht hier, um Rätsel zu lösen, sondern um die Senatorin zu schützen«, erklärte Obi-Wan in einem Tonfall, der deutlich machte, dass er diese Diskussion für beendet hielt.

Typho verbeugte sich knapp. »Ich werde auf jedem Stockwerk Leute postieren. Ich selbst werde unten in der Kommandozentrale sein.«

Nachdem Typho sich verabschiedet hatte, begann Obi-Wan,

das Zimmer und die Nebenräume zu inspizieren, um ein Gefühl für die Wohnung zu entwickeln. Anakin machte sich daran, das Gleiche zu tun, aber er blieb noch einmal stehen, als er an Jar Jar Binks vorbeikam.

»Ichse halb gaga vor Freude, dichse wiederzusehen, Annie.«

»Sie hat mich nicht mal erkannt«, sagte Anakin und starrte zu der Tür hin, durch die Padmé verschwunden war. Er schüttelte bedrückt den Kopf und wandte sich wieder dem Gungan zu. »Ich habe, seit wir uns getrennt haben, jeden Tag an sie gedacht, und sie hat mich vollkommen vergessen.«

»Wasse duse sagen da?«, fragte Jar Jar.

»Du hast es doch gesehen«, erwiderte Anakin.

»Siese heftig glücklich«, versicherte ihm der Gungan. »Mehr glücklich als ichse gesehen hab in longo Zeit. Sein schlechte Zeiten, Annie!«

Anakin schüttelte den Kopf und wollte weiter darüber sprechen, wie bedrückt er war, doch dann bemerkte er, dass Obi-Wan auf ihn zukam, und war klug genug, den Mund zu halten.

Aber sein wachsamer Meister hatte bereits erkannt, wovon die Rede war.

»Du konzentrierst dich schon wieder auf das Negative«, sagte er zu Anakin. »Achte auf deine Gedanken. Sie war froh, uns zu sehen – belass es dabei. Und jetzt überprüfen wir die Sicherheit hier. Wir haben viel zu tun.«

Anakin verbeugte sich. »Jawohl, Meister.«

Er konnte umgänglich sein, wenn es sein musste, aber er konnte nicht vollkommen abtun, was in seinem Herzen und in seinen Gedanken stattfand.

Padmé saß an ihrem Frisiertisch, bürstete sich das kräftige braune Haar und starrte in den Spiegel, ohne dort wirklich etwas zu erkennen. Vor ihrem geistigen Auge sah sie immer wieder Anakin und den Blick, mit dem er sie bedacht hatte.

Sie hörte wieder seine Worte: »… noch schöner geworden«, und obwohl das zweifellos stimmte, war sie doch solche Worte nicht gewohnt. Seit sie ein junges Mädchen gewesen war, hatte sie sich mit Politik beschäftigt und war schnell in mächtige und einflussreiche Kreise aufgestiegen. Die meisten Männer, die sie dabei kennen lernte, waren mehr daran interessiert gewesen, was sie ihnen auf politischer Ebene bieten konnte, als dass sie sich auf ihre Schönheit konzentriert oder wirklich etwas für sie empfunden hätten. Als Königin von Naboo und nun als Senatorin war sie sich vollkommen bewusst, dass sie für Männer auf eine Weise attraktiv war, die tiefer ging als körperliche Anziehung und gefühlsmäßige Bindung.

Oder vielleicht doch nicht tiefer als das Letztere, sagte sie sich, denn sie hatte die Intensität, mit der Anakin sie angeschaut hatte, nicht leugnen können.

Aber was hatte das zu bedeuten?

Wieder sah sie ihn in Gedanken vor sich, sehr klar und deutlich. Sie ließ im Geist den Blick über seinen schlanken, starken Körper schweifen, über sein Gesicht, das geprägt war von dieser Intensität, die sie immer bewundert hatte. Aber sie wusste, dass diese Augen auch vor Freude strahlen oder sogar übermütig glitzern konnten, oder schimmern mit einer …

Sehnsucht?

Dieser Gedanke ließ die Senatorin innehalten. Ihre Arme sackten nach unten, und sie saß da, starrte sich selbst an und versuchte, sich einmal so zu betrachten, wie Anakin sie vielleicht sah.

Nach einem Augenblick schüttelte Padmé den Kopf und sagte sich, sie müsse wohl den Verstand verloren haben. Anakin war jetzt ein Jedi. Das war seine Bestimmung, das hatte er geschworen, und solche Dinge bewunderte Padmé Amidala mehr als alles andere.

Wie hatte er sie also so ansehen können?

Wahrscheinlich hatte sie sich alles nur eingebildet.

Padmé lachte über sich selbst und hob die Bürste wieder zum Haar, aber sie hielt inne, nachdem sie kaum begonnen hatte. Sie trug nun ein weißes Seidennachthemd, und es gab immerhin Sicherheitskameras in ihrem Zimmer. Diese Kameras hatten sie bisher nie wirklich gestört, da für die junge Politikerin Sicherheitskameras und Leibwächter, die jede ihrer Bewegungen beobachteten, seit langem einfach zu ihrem Leben gehörten. Sie hatte sich dazu erzogen, auch den privateren Tätigkeiten nachzugehen, ohne an diese elektronischen Augen noch einen weiteren Gedanken zu verschwenden.

Aber nun wurde ihr klar, dass durch diese Kamera ein junger Jedi sie beobachten konnte.

Sieben

In einer grauen Rüstung, die nicht mehr das neueste Modell war und auf der Brandspuren von zahllosen Blasterschüssen zeugten, die aber immer noch ihren Zweck erfüllte, stand der Kopfgeldjäger lässig auf dem Sims, hundert und mehr Stockwerke über der Straße. Auch sein Helm war bis auf einen blauen Streifen grau und reichte ihm bis zum Kinn. Seine Position hier oben war nicht ungefährlich, wenn man den Wind in dieser Höhe bedachte, aber für einen so agilen und fähigen Mann wie Jango, der ein Faible dafür hatte, sich in gefährlichste Situationen – und wieder heraus – zu bringen, war das nichts Ungewöhnliches.

Genau zum vereinbarten Zeitpunkt näherte sich ein Speeder dem Sims und verharrte schwebend. Jangos Kollegin Zam Wesell nickte ihm zu, stieg aus dem Fahrzeug und trat geschickt auf das Sims, das sich vor einer grellen Leuchtreklame befand. Sie trug einen roten Schleier über der unteren Gesichtshälfte, aber nicht aus Gründen der Züchtigkeit oder weil es Mode gewesen wäre. Wie alles andere, das sie trug – von ihrem Blaster über die Rüstung bis zu ihren anderen, verborgeneren, aber ebenso tödlichen Waffen –, hatte Zams Schleier einen praktischen Zweck. Er verbarg ihre clawditischen Züge.

Clawditen waren nicht sonderlich beliebt, und dafür gab es gute Gründe.

»Ihr wisst schon, dass wir versagt haben?«, kam Jango direkt aufs Thema.

»Ihr habt mich angewiesen, alle in dem Naboo-Sternenschiff zu töten«, sagte Zam. »Ich habe das Schiff getroffen, aber sie haben ein Double verwendet. Alle, die an Bord waren, sind tot.«

Jango bedachte sie mit einem höflichen Lächeln und machte sich nicht erst die Mühe, sie zu bezichtigen, dass sie nur versuchte, eine Ausrede für ihr Versagen zu finden. »Diesmal müssen wir etwas subtiler vorgehen. Mein Kunde wird ungeduldig. Wir können uns keine weiteren Fehler leisten.« Dann reichte er Zam eine hohle, transparente, etwa dreißig Zentimeter lange Röhre, die zwei fußlange, weißliche, einem Hundertfüßler ähnliche Geschöpfe enthielt.

»Kouhuns«, erklärte er. »Sehr giftig.«

Zam Wesell hob die Röhre ans Licht, um sich diese wunderbaren kleinen Killer genauer anzusehen. Die schwarzen Augen der Kopfgeldjägerin glitzerten aufgeregt, und ihre Wangen hoben sich, als sie unter dem Schleier den Mund zu einem Grinsen verzog. Sie sah Jango an und nickte.

Überzeugt, dass sie verstanden hatte, worum es ging, erwiderte Jango das Nicken und ging zu seinem wartenden Speeder. Bevor er einstieg, hielt er noch einmal inne und warf der Attentäterin einen Blick zu.

»Wir können uns keine Fehler mehr erlauben«, sagte er.

Die Clawditin salutierte, indem sie mit der Röhre mit den tödlichen Kouhuns die Stirn berührte.

»Sorgt dafür, dass Ihr ordentlich ausseht«, wies Jango sie an.

Zam Wesell wandte sich wieder ihrem eigenen Speeder zu und zog den Schleier weg. Noch während sie das Tuch in der Hand hielt, begannen ihre Züge sich zu verändern: Ihr Mund wurde schmaler, die schwarzen Augen sanken wieder in die Höhlen, die Wülste auf ihrer Stirn glätteten sich. Bis sie den Schleier in die Tasche gesteckt hatte, hatte sie schon die Gestalt einer attraktiven Menschenfrau angenommen, einer dunkelhaarigen Frau mit sinnlichen Zügen. Selbst ihre Kleidung schien nun anders zu sitzen und umwehte sie auf reizvolle Art.

Jango nickte anerkennend und fuhr davon. Er musste zugeben, dass Clawditen wegen ihrer Fähigkeit, die Gestalt zu verändern, in diesem Geschäft einige Vorteile hatten.

Der riesige Jeditempel war auf einer weiten Ebene errichtet worden. Anders als so viele Gebäude auf Coruscant, bei deren Bau es vor allem um Effizienz und Raumersparnis gegangen war, stellte dieses Gebäude ein Kunstwerk an sich dar, mit vielen Säulen und weichen, gerundeten Linien, die den Blick anzogen und ihn erfreuten. Basreliefs und Statuen schmückten die Fassaden, und Lampen, die in unterschiedlichen Winkeln angebracht waren, verzerrten die Schatten zu geheimnisvollen Mustern.

Drinnen war der Tempel ganz ähnlich. Es war ein Ort der Kontemplation, dessen Anlage den Geist einlud, umherzuschweifen und zu erforschen, ein Ort, bei dem schon die Architektur dazu herausforderte, zu interpretieren und nachzudenken. Kunst gehörte ebenso zum Leben eines Jediritters wie die Kriegerausbildung. Viele Jedi betrachteten die Kunst als bewusste Verbindung zu den Geheimnissen der Macht. Die Skulpturen und Porträts in diesen Hallen waren künstlerische Interpretationen der großen Jedi, und sie drückten schon allein durch ihre Gestalt aus, was die abgebildeten Meister vielleicht durch Worte vermittelt hätten.

Mace Windu und Yoda gingen langsam einen kunstvoll dekorierten Flur mit poliertem Boden entlang. Das Licht war hier nicht sonderlich hell, aber sie bewegten sich auf einen hell beleuchteten Raum zu.

»Warum haben wir diesen Angriff auf die Senatorin nicht vorhergesehen?«, fragte Mace und schüttelte nachdenklich den Kopf. »Wären wir wachsam genug gewesen, dann hätte uns so etwas nicht überraschen können; wir hätten es eigentlich vorhersagen müssen.«

»Die Zukunft hinter dieser Störung in der Macht verborgen bleibt«, erwiderte Yoda. Der kleine Jedimeister schien sehr müde zu sein.

Mace wusste genau, woher diese Müdigkeit rührte. »Die Prophezeiung wird sich erfüllen. Die Dunkle Seite gewinnt an Macht.«

»Und nur jene, die die Dunkle Seite sondieren, können die Möglichkeiten der Zukunft spüren«, sagte Yoda. »Die Dunkle Seite erforschen wir müssen, um sehen zu können.«

Mace dachte einen Augenblick lang über diese Bemerkung nach, denn das, was Yoda da gesagt hatte, war keine Kleinigkeit. Ganz bestimmt nicht. Reisen zum Rand der Dunklen Seite wurden nicht leichtfertig unternommen.

»Es ist zehn Jahre her, und die Sith haben sich nicht wieder gezeigt«, wagte Mace es laut auszusprechen. Im Allgemeinen vermieden die Jedi es, die Sith, ihre schrecklichsten Feinde, auch nur zu erwähnen. In der Vergangenheit hatten sie oft gehofft, die Sith vernichtet und die Galaxis von ihrem widerlichen Gestank befreit zu haben, und daher hätten sie alle gerne die Existenz dieser geheimnisvollen Jünger der Dunklen Macht geleugnet.

Aber das war nicht möglich. Es bestand kein Zweifel daran, dass der Mann, der vor zehn Jahren auf Naboo Qui-Gon Jinn getötet hatte, ein Sith-Lord gewesen war.

»Glaubt Ihr, dass die Sith hinter dieser neuerlichen Störung stehen?«, wagte Mace zu fragen.

»Sie sind da draußen«, erklärte Yoda resigniert. »Ganz sicher das ist.«

Yoda bezog sich selbstverständlich auf die Prophezeiung, dass sich die Dunkle Seite erheben und einer erscheinen würde, der der Macht und der Galaxis das Gleichgewicht bringen würde. Ein solcher potenzieller Auserwählter befand sich nun in ihrer Mitte, und das brachte ein gewaltiges Maß an Beklommenheit in diese heiligen Hallen. »Glaubt Ihr, dass Obi-Wans Schüler im Stande sein wird, der Macht das Gleichgewicht zu bringen?«, fragte Mace.

Yoda blieb stehen und drehte sich plötzlich um, um den anderen Meister anzusehen. Seine Miene spiegelte eine ganze

Reihe von Gefühlen wider, und das erinnerte Mace daran, dass sie nicht wirklich wussten, was es bedeuten würde, der Macht das Gleichgewicht zu bringen. »Nur, wenn seinem Schicksal zu folgen er sich entscheidet«, erwiderte Yoda, und ebenso wie Maces Frage zuvor blieb diese Antwort eine Aussage, die nur zu mehr Unsicherheit führen konnte.

Sowohl Yoda als auch Mace Windu verstanden, dass es Orte gab, an die zumindest einige Jedi sich begeben mussten, um die richtigen Antworten zu finden, und an diesen Orten, die emotionaler und nicht körperlicher Art waren, wurde man bis an die Grenzen seiner Fähigkeiten geprüft.

Sie gingen weiter, und der Klang ihrer Schritte blieb lange das einzige Geräusch. Mace und Yoda allerdings hörten auch immer noch das unheilverkündende Echo der Worte des kleinen Jedimeisters.

»Nur wenn wir die Dunkle Seite erforschen, werden wir sehen.«

Acht

Das Klopfen an der Tür kam nicht unerwartet; Padmé hatte gewusst, dass Anakin zu ihr kommen würde, sobald er Gelegenheit dazu hatte. Sie ging auf die Tür zu, aber dann hielt sie inne und drehte sich noch einmal um, um ihren Morgenmantel zu holen; vielleicht war ihr Nachthemd ein wenig zu offenherzig.

Und wieder wunderte sie sich über das, was sie tat, denn Padmé Amidala hatte sich nie zuvor um solche Dinge geschert.

Dennoch, nun zog sie den Mantel fest um sich, bevor sie die Tür öffnete, vor der, wie sie schon angenommen hatte, Anakin Skywalker stand.

»Hallo«, sagte er, und es sah aus, als könnte er kaum atmen.

»Alles in Ordnung?«

Anakin brachte schließlich stotternd eine Antwort hervor. »Oh … ja, natürlich. Mein Meister ist nach unten gegangen, um Captain Typhos Sicherheitsmaßnahmen auf den unteren Ebenen zu überprüfen, und es scheint alles ruhig zu sein.«

»Das enttäuscht dich offenbar.«

Anakin lachte verlegen.

»Du genießt diese Situation also nicht«, stellte Padmé fest.

»Es gibt keinen anderen Ort in der Galaxis, an dem ich jetzt lieber wäre«, brach es aus Anakin heraus, und nun war es an Padmé, verlegen zu lachen.

»Aber dieses … Dasitzen und Abwarten«, sagte sie gereizt, und Anakin nickte, als er begriff, wovon sie sprach.

»Wir sollten wirklich gezielter nach dem Attentäter suchen«, stimmte er ihr zu. »Uns einfach zurückzulehnen und zu warten ist, als lüden wir nur zu einem erneuten Versuch ein.«

»Meister Kenobi ist nicht dieser Ansicht.«

»Meister Kenobi ist daran gebunden, die Befehle des Ordens wörtlich zu befolgen«, erklärte Anakin. »Er wird es nicht riskieren, etwas zu tun, das ihm der Jedirat nicht ausdrücklich befohlen hat.«

Padmé legte den Kopf schief und betrachtete diesen vorlauten jungen Mann genauer. War Disziplin nicht eine der Grundtugenden eines Jediritters? Waren sie nicht strengstens verpflichtet, sich an den Kodex des Ordens zu halten?

»Meister Kenobi ist anders, als sein Meister es war«, sagte Anakin. »Meister Qui-Gon hat verstanden, dass man manchmal unabhängig denken und Initiative zeigen muss – sonst hätte er mich damals auf Tatooine zurückgelassen.«

»Und du bist Meister Qui-Gon ähnlicher als Obi-Wan?«, fragte Padmé.

»Ich akzeptiere die Pflichten, die man mir überträgt, aber ich verlange auch genügend Freiraum, um sie angemessen erfüllen zu können.«

»Du verlangst?«

Anakin lächelte und zuckte die Achseln. »Na ja, zumindest bitte ich darum.«

»Und wenn du die gewünschten Zugeständnisse nicht erhältst, nimmst du dir diese Freiheit einfach«, sagte Padmé mit einem wissenden Grinsen. Sie sprach mit liebevollem Spott, aber es war durchaus ernst gemeint.

»Ich tue bei jeder Aufgabe, die man mir überträgt, mein Bestes.« Mehr wollte Anakin nicht zugeben.

»Und daher ist es nicht gerade deine Vorstellung von Spaß, hier zu sitzen und mich zu bewachen.«

»Wir könnten tatsächlich etwas Besseres und Aufregenderes tun«, sagte Anakin, und in seiner Stimme lag eine Andeutung, die Padmé verblüffte und bewirkte, dass sie den Mantel noch fester um sich zog.

»Wenn wir den Attentäter finden, können wir vielleicht erfahren, wer hinter diesen Mordversuchen steckt«, erklärte der Padawan rasch und brachte damit das Gespräch wieder auf eine professionelle Ebene. »Zumindest wärest du dann sicherer, und es würde unsere Arbeit viel einfacher machen.«

Padmés Gedanken überschlugen sich beinahe, als sie versuchte, Anakin und seine Motive zu begreifen. Er überraschte sie mit jedem Wort, vor allem wenn man bedachte, dass er ein Jedi war, aber dann bemerkte sie wieder das Feuer, das so deutlich in seinen blauen Augen glühte. Sie sah, wie sich hier Ärger ankündigte, in diesen glühenden und allzu leidenschaftlichen Blicken, aber noch mehr als das sah sie Aufregung und das Versprechen von Abenteuern.

Und vielleicht das Versprechen herauszufinden, wer sie zu töten versuchte.

Obi-Wan Kenobi verließ den Turbolift vorsichtig und zögernd, nicht ohne sich genau umzusehen. Er bemerkte die beiden aufmerksamen Wachtposten und nickte ihnen zu. Der gesamte Bereich rund um Amidalas Gemächer war bestens abgeriegelt.

Captain Typho hatte viele Soldaten eingesetzt und seine Leute gut postiert. Obi-Wan selbst hätte es kaum besser machen können. Der Jedimeister war sehr zufrieden – auch, weil er wusste, dass Typho ihm damit seine eigene Aufgabe sehr erleichterte.

Dennoch fand Obi-Wan keine Ruhe. Typho hatte ihm in allen Einzelheiten von dem Angriff auf den Naboo-Kreuzer erzählt, und wenn man die zahlreichen Vorsichtsmaßnahmen bedachte, die ergriffen worden waren, um dieses Schiff zu schützen – von der Verbreitung falscher Informationen darüber, welche Landeplattform sie ansteuerten, über die Kampfjäger, von denen drei das Schiff direkt begleitet hatten, bis hin zu zahlreichen weiteren Jägern von Naboo und der Republik, die jeden möglichen Angriffswinkel überwachten –, durfte man diese Attentäter nicht unterschätzen. Sie waren offenbar echte Profis, und sie hatten zweifellos auch die besten Verbindungen. Und wahrscheinlich würden sie nicht so schnell aufgeben.

Um durch die Flure dieses Gebäudes zu Senatorin Amidala zu gelangen, hätte man allerdings eine Armee gebraucht.

Obi-Wan nickte den Wachen zu und drehte noch eine Runde auf diesem Stockwerk, dann begab er sich erleichtert wieder zum Turbolift.

Padmé holte tief Luft. Vor ihrem geistigen Auge sah sie immer noch Anakin, wie er ihr Zimmer verließ. Auch Erinnerungen an ihre Schwester Sola flackerten auf, beinahe, als könnte sie hören, wie Sola sie neckte.

Die Senatorin schüttelte all diese Gedanken ab, die an Sola und ganz besonders die an Anakin, und winkte R2-D2 zu, dem kleinen Droiden, der reglos neben der Tür an der Wand stand. »Schalte es ab«, wies sie ihn an.

R2-D2 reagierte mit einem ängstlichen »Oooo.«

»Mach schon, R2. Es ist alles in Ordnung. Wir sind hier sicher.«

Der Droide gab ein weiteres besorgtes Pfeifen von sich, aber dann streckte er einen seiner Arme zur Kontrolltafel für die Alarmanlage an der Wand.

Padmé schaute noch einmal zur Tür, und wieder hatte sie diese Bilder von Anakin vor Augen, ihrem großen, schlanken Beschützer. Sie konnte seine leuchtenden blauen Augen so deutlich sehen, als stünde er tatsächlich vor ihr, diesen intensiven Blick, der sorgfältiger über sie wachte, als jede Sicherheitskamera es konnte.

Anakin stand im Wohnzimmer von Padmés Wohnung, ließ die Stille, die ihn umgab, auf sich wirken und benutzte sie, um seine geistige Verbindung zu dem subtileren Reich der

Macht herzustellen, um das Leben, das ihn umgab, in der Macht so deutlich zu spüren, als wären all seine fünf Sinne darauf eingestimmt.

Er hatte die Augen geschlossen, aber er konnte seine Umgebung genau sehen, nahm jede Störung in der Macht wahr.

Abrupt kam er aus seiner Trance und öffnete die Augen wieder. Sein Blick zuckte durchs Zimmer, und er nahm das Lichtschwert vom Gürtel.

Oder er hätte es beinahe getan, denn er hielt rasch in der Bewegung inne, als die Tür aufging und Meister Kenobi hereinkam.

Obi-Wan sah sich neugierig um und wandte sich dann an seinen Padawan: »Captain Typho hat da unten mehr als genug Männer«, sagte er. »Kein Attentäter wird es auf diesem Weg versuchen. Ist hier oben alles still?«

»Still wie ein Grab«, erwiderte Anakin. »Aber es gefällt mir einfach nicht, hier zu sitzen und darauf zu warten, dass etwas passiert.«

Obi-Wan schüttelte den Kopf – eine Geste, die seiner Resignation angesichts von Anakins Durchschaubarkeit Ausdruck verlieh –, dann nahm er einen Scanner vom Gürtel und schaute auf den kleinen Schirm. Sein Gesicht, auf dem die Neugier erst der Verwirrung und dann der Sorge wich, sprach für Anakin Bände: Er wusste, dass Obi-Wan nur einen Teil von Padmés Schlafzimmer sehen konnte, den Türbereich und R2-D2, der an der Wand stand, aber nichts weiter.

Die Miene des Jedimeisters stellte die Frage, noch bevor Obi-Wan die Worte ausgesprochen hatte.

»Padmé … Senatorin Amidala hat die Kamera ausgeschaltet«, erklärte der Padawan. »Ich denke, es gefällt ihr nicht, von mir beobachtet zu werden.«

Obi-Wan knurrte leise: »Was bildet sie sich ein? Ihre Sicherheit ist das Allerwichtigste, und nun gefährdet sie sie …«

»Sie hat R2 darauf programmiert, uns zu warnen, falls jemand eindringt«, erklärte Anakin in einem Versuch, Obi-Wan zu beruhigen, bevor die Sorge seinen Meister zum Handeln veranlasste.

»Es geht nicht um Eindringlinge«, entgegnete Obi-Wan. »Oder nicht ausschließlich darum. Es gibt viele Möglichkeiten, die Senatorin zu töten.«

»Ich weiß, aber wir wollen den Attentäter schließlich auch erwischen«, sagte Anakin entschlossen, ja sogar störrisch. »Oder etwa nicht, Meister?«

»Du benutzt sie als Köder?«, fragte Obi-Wan ungläubig.

»Es war ihre Idee«, protestierte Anakin, aber sein scharfer Tonfall zeigte deutlich, dass er mit der Idee einverstanden gewesen war. »Keine Sorge, ihr wird nichts zustoßen. Ich kann alles spüren, was in diesem Zimmer passiert. Ihr könnt Euch auf mich verlassen.«

»Es ist zu gefährlich«, tadelte Obi-Wan. »Außerdem sind deine Sinne noch nicht genügend auf die Macht eingestimmt, junger Schüler.«

Anakin achtete genau darauf, was er sagte und wie er es tat, denn er wollte sich nicht verteidigen, sondern seinen Meister überzeugen. »Und Eure sind es?«

Obi-Wan konnte nicht leugnen, dass die Sache ihn zu interessieren begann. »Mag sein«, gab er zu.

Anakin lächelte und nickte, dann schloss er abermals die Augen, nahm die Welt wieder mit Hilfe der Macht wahr und folgte ihren Strömungen zu Padmé, die ruhig schlief. Er wünschte sich, er könnte sie sehen, beobachten, wie sich ihre Brust sanft hob und senkte, den frischen Duft ihres Haars riechen, ihre glatte Haut spüren, sie küssen und ihre süßen Lippen schmecken.

Aber er musste sich damit zufrieden geben, ihre Lebensenergie in der Macht zu spüren.

Es war ein Ort voller Wärme.

Auch Padmé dachte an Anakin. Er war bei ihr, in ihren Träumen.

Sie sah den Kampf vor sich, der bald im Senat ausbrechen würde, all das Geschrei und die Drohgebärden und die lauten Einwände. Wie sehr sie das erschöpfte! Mehrmals wich sie vor dem Geschehen zurück, und einmal lief sie wirklich davon, zur Seite der Plattform.

Zu Anakin.

Ihr Traum wurde zu einem Albtraum. Ein unsichtbarer Attentäter jagte sie, Blasterschüsse zuckten, und es fühlte sich an, als steckten ihre Füße in tiefem Schlamm.

Aber Anakin eilte mit gezücktem Lichtschwert herbei und wehrte den Angriff ab.

Padmé erstarrte ein wenig und stöhnte leise. Sie wurde nicht wirklich wach, sondern wälzte sich unruhig hin und her, hob dann den Kopf und öffnete die Augen nur kurz, bevor sie wieder in die Kissen sank.

Sie sah nicht den kleinen runden Droiden, der vor ihrem Fenster hinter den Jalousien schwebte. Sie sah nicht die Arme, die er ausfuhr, bis sie das Fenster erreichten, und auch nicht die Funken, die durch diese Arme zuckten, als der Droide das Sicherheitssystem abschaltete. Sie sah nicht den größeren Arm, der ein Loch ins Glas schnitt, sie hörte nicht das leise Geräusch, als das Glas entfernt wurde.

Drüben bei der Tür gingen R2-D2s Lichter an. Der Kuppelkopf des Droiden drehte sich, und schließlich gab er ein leises »Wuuu« von sich.

Aber als er nichts Störendes erkennen konnte, schaltete sich der Droide wieder ab.

Draußen hob der Sondendroide eine kleine Röhre an das Loch im Fenster, und zwei Kouhuns krabbelten in Padmés Zimmer, dicke weiße Maden mit schwarzen Beinen und unangenehmen Fresswerkzeugen. Aber so tödlich diese Fresswerkzeuge aussahen, die wahre Gefährlichkeit der Kouhuns bestand in ihrem Stachel, der vor Gift nur so triefte. Die Kouhuns krochen durch die Jalousienlamellen und sofort auf das Bett und die schlafende Padmé zu.

»Du siehst müde aus«, sagte Obi-Wan nebenan zu Anakin.

Der Padawan, der immer noch mitten im Zimmer stand, öffnete die Augen und kam aus der meditativen Trance. Es dauerte einen Augenblick, bis er die Worte begriff, und dann zuckte er die Achseln. »Ich schlafe nicht mehr besonders gut.«

Das war kaum etwas Neues für Obi-Wan. »Wegen deiner Mutter?«, fragte er.

»Ich weiß nicht, warum ich in letzter Zeit dauernd von ihr träume«, antwortete Anakin frustriert. »Ich habe sie nicht mehr gesehen, seit ich klein war.«

»Deine Liebe zu ihr war groß, und groß ist sie auch geblieben«, sagte Obi-Wan. »Das ist kaum ein Grund zur Verzweiflung.«

»Aber diese Träume sind eher …«, begann Anakin, aber dann hielt er inne und seufzte und schüttelte den Kopf. »Sind es Träume oder sind es Visionen? Sind es Bilder von etwas, das einmal war, oder erzählen sie von Dingen, die noch geschehen werden?«

»Oder sind es einfach nur Träume?«, fragte Obi-Wan, und das Lächeln hinter seinem zerzausten Bart wurde sanfter. »Nicht jeder Traum ist eine Vorahnung, eine Vision oder Ergebnis einer mystischen Verbindung. Ein paar Träume sind einfach nur … Träume, und selbst Jedi haben welche, junger Padawan.«

Anakin schien damit nicht sonderlich zufrieden zu sein. Wieder schüttelte er den Kopf.

»Träume vergehen mit der Zeit«, sagte ihm Obi-Wan.

»Ich würde lieber von Padmé träumen«, erwiderte Anakin lächelnd. »Nur in ihrer Nähe zu sein ist … berauschend.«

Obi-Wans plötzliches Stirnrunzeln ließ sowohl sein eigenes als auch Anakins Lächeln verschwinden. »Achte auf deine Gedanken, Anakin«, mahnte er mit fester Stimme. »Sie verraten dich. Du hast dich dem Jediorden verpflichtet – eine Verpflichtung, die nicht leicht gebrochen werden kann, und die Position der Jedi gegenüber solchen Beziehungen ist kompromisslos. Anhaftung ist verboten.« Er schnaubte verächtlich und warf einen Blick zum Zimmer der schlafenden Senatorin. »Und vergiss nicht, dass sie Politikerin ist. Man darf Politikern nicht trauen.«

»Sie ist nicht wie die anderen im Senat, Meister«, wandte Anakin entschieden ein.

Obi-Wan sah ihn forschend an. »Nach meiner Erfahrung konzentrieren sich Senatoren überwiegend darauf, jene zu hofieren, die ihre Wahlkampagnen finanzieren, und es stört sie nicht, wenn die Demokratie nach der Finanzierung nur noch die zweite Priorität ist.«

»Nicht noch eine Vorlesung, Meister«, sagte Anakin mit einem tiefen Seufzer. Er hatte diesen Vortrag schon oft genug gehört. »Zumindest keine über Wirtschaft oder Politik.«

Obi-Wan, der kein Freund republikanischer Politik war, wollte trotzdem weitersprechen, oder er versuchte es zumindest, aber Anakin unterbrach ihn abermals.

»Bitte, Meister«, sagte er nachdrücklich. »Außerdem verallgemeinert Ihr. Ich weiß, dass Padmé ...«

»Senatorin Amidala«, verbesserte ihn Obi-Wan streng.

»... dass sie nicht so ist«, schloss Anakin. »Und der Kanzler scheint auch nicht korrupt zu sein.«

»Auch Palpatine ist ein Politiker. Ich habe beobachtet, dass er die Leidenschaften und Vorurteile der Senatoren sehr genau beobachtet.«

»Ich denke, er ist ein guter Mann«, erklärte Anakin. »Meine Instinkte sind, was ihn betrifft, sehr positiv.«

Der junge Padawan hielt abrupt inne und riss entsetzt die Augen auf.

»Ich spüre es auch«, sagte Obi-Wan atemlos, und dann stürzten die beiden Jedi ins Schlafzimmer.

Drinnen krochen die Kouhuns langsam und entschlossen auf den Hals der schlafenden Padmé zu, und ihre Fresswerkzeuge klickten aufgeregt.

»Wiii uuuu!«, kreischte R2-D2, der die Gefahr nun erkannt

hatte. Der Droide stieß eine Reihe von Alarmpfiffen aus und richtete einen Scheinwerfer aufs Bett, auf die Hundertfüßler, die sich nun deutlich vor den Laken abzeichneten.

Padmé erwachte, riss die Augen auf und hielt erschrocken den Atem an, als sich die kleinen Geschöpfe aufrichteten und sie zischend angriffen.

Sie kamen nicht weit, denn Anakins blaue Lichtschwertklinge sauste wieder und wieder dicht über dem Laken hin und her und zerschnitt die Hundertfüßler.

»Ein Droide!«, rief Obi-Wan, und als Anakin und Padmé sich zu ihm umdrehten, sahen sie, wie er aufs Fenster zueilte. Dort draußen schwebte der ferngesteuerte Attentäter und zog rasch seine Arme wieder ein.

Obi-Wan sprang in die Jalousien und riss sie mit sich durch das zerbrechende Fenster. Er verband sich mit der Macht, benutzte sie, um seinen Sprung zu verlängern, damit er den Droiden packen konnte. Dank des zusätzlichen Gewichts sackte der Droide ein beträchtliches Stück nach unten, aber dann glich er das wieder aus, stabilisierte sich rasch und flog davon, hunderte von Stockwerken über der Planetenoberfläche. Er nahm Obi-Wan mit.

»Anakin?«, fragte Padmé. Als er ihren Blick erwiderte, als sie das plötzliche Aufflackern in seinen bauen Augen bemerkte, zog sie sich das Nachthemd bis an die Schultern hoch.

»Bleib hier!«, befahl ihr Anakin. »Pass auf sie auf, R2!« Dann eilte er zur Tür, aber er blieb abrupt stehen, um nicht mit Captain Typho zusammenzustoßen, der mit zwei Wachen und der Dienerin Dormé hereingestürzt kam.

»Kümmert euch um sie!«, rief Anakin ihnen zu. Dann drängte er sich an ihnen vorbei und eilte zum Turbolift.

Der Droide verfügte durchaus über Verteidigungssysteme, und mehrmals sandte er elektrische Spannung über seine Oberfläche, die Obi-Wan die Hände verbrannte.

Der Jediritter biss die Zähne zusammen. Es blieb ihm

nichts anderes übrig, als sich weiter festzuhalten. Er wusste, er sollte lieber nicht nach unten schauen, aber er tat es trotzdem und sah tief, tief unter sich die unruhige Stadt.

Ein weiterer elektrischer Schlag ließ ihn beinahe auf dieses weit entfernte Gewimmel zustürzen.

In einem Reflex und ohne an die möglichen Folgen zu denken, tastete der Jedi mit einer Hand und fand einen Draht, den er abriss. Das machte den elektrischen Schlägen ein Ende.

Aber es nahm dem Sondendroiden auch die Energie, sich in der Luft zu halten.

Sie stürzten. Die Stockwerke rasten an ihnen vorbei.

»Das war keine gute Idee«, sagte Obi-Wan wieder und wieder, während er hektisch daran arbeitete, die Drahtenden wieder zu verbinden. Endlich gelang es ihm. Die Lichter des Sondendroiden gingen wieder an, und das ferngelenkte Gerät surrte weiter. Obi-Wan klammerte sich verzweifelt fest. Der Droide verschwendete keine Zeit und begann wieder mit den elektrischen Schlägen, die dem Jedi noch mehr Schmerzen verursachten, ihn aber nicht abschütteln konnten.

Anakin war nicht in der Stimmung, auf den Turbolift zu warten. Er zückte das Lichtschwert und hatte mit einem einzigen gut platzierten Stoß die Türen geöffnet. Die Kabine befand sich aber nicht einmal in der Nähe seines Stockwerks. Anakin nahm sich nicht die Zeit festzustellen, ob sie sich über oder unter ihm befand, er sprang einfach in den Schacht, umschlang eine der Stützstangen mit dem Arm, presste die Seite seines Fußes fest dagegen und wirbelte abwärts. Seine Gedanken überschlugen sich beinahe, als er versuchte, sich an den Grundriss des Gebäudes zu erinnern und daran, auf welchen Ebenen sich die Garagen befanden.

Plötzlich alarmierte ihn dieser sechste Sinn, und er spürte durch die Macht, dass er in Gefahr war.

»Heh!« Als er nach unten spähte, entdeckte er, dass der Turbolift auf ihn zugerast kam.

Er klammerte sich noch fester an die Stange und streckte die Hand aus, um einen gewaltigen Machtschub nach unten abzugeben – nicht, um die Kabine aufzuhalten, sondern um sich selbst weiter nach oben zu schieben. Nun bewegte er sich in dieselbe Richtung wie der Lift, nur langsamer, was ihm die Möglichkeit gab, wohlbehalten auf der Kabine zu landen.

Wieder zog er sein Lichtschwert und trieb die Klinge durch die Verriegelung der Luke in der Decke der Kabine. Er ignorierte die Schreie der erschrockenen Liftbenutzer, riss die Luke auf, hielt sich noch einen Augenblick am Rand fest, während er sein Lichtschwert abschaltete, und dann sprang er mit einem Salto nach drinnen.

»Die Garagen?«, fragte er die beiden verdutzten Senatoren, einen Sullustaner und einen Menschen.

»Ebene siebenundvierzig!«, erwiderte der Mensch sofort.

»Zu spät«, fügte der Sullustaner hinzu und zeigte auf die aufblitzenden Stockwerksnummern. Er wollte noch »Die nächsten sind bei sechzig« hinzufügen, aber Anakin drückte auf den Bremsknopf, und als das nicht schnell genug funktionierte, verband er sich wieder mit der Macht und aktivierte die Bremsbacken.

Als die Kabine mit einem Ruck zum Stehen kam, wurden alle umgerissen. Der Sullustaner fiel am unglücklichsten.

Anakin schlug gegen die Tür, um sie zu öffnen. Eine Hand auf der Schulter hielt ihn auf, und als er sich umdrehte, sah er den menschlichen Senator hinter sich. Der Mann hob einen Finger und bedeutete dem hektischen jungen Jedi zu warten.

Dann drückte der Senator einen Knopf, der deutlich an der Schalttafel markiert war, und die Tür des Turbolifts ging auf.

Anakin zuckte verlegen lächelnd die Achseln, dann legte er sich flach auf den Bauch, um sich durch die Öffnung zu zwängen und in den Flur darunter fallen zu lassen. Er rannte nach links, dann nach rechts und entdeckte schließlich eine Galerie, die auf die Garage hinausging. Er lief darauf zu, sprang über das Geländer und landete auf einer Reihe geparkter

Speeder. Ein gelbes Fahrzeug mit stumpfer Nase war offen, also schwang er sich hinein und zog es schon bald von der Plattform nach oben, auf den Verkehrsstrom zu, der hoch über ihm schwebte.

Beim Aufstieg versuchte er sich zu orientieren. Auf welcher Seite des Gebäudes befand er sich nun? Und von welcher Seite aus war Obi-Wan losgeflogen? Wohin hatte sich der fliehende Sondendroide gewandt?

Ihm wurde klar, dass es nur zwei Dinge gab, die ihn auf Obi-Wans Spur bringen konnten, entweder schlichtes Glück oder …

Wieder verband sich der Padawan mit der Macht und tastete mit ihrer Hilfe nach einer Spur seines Lehrers.

Zam Wesell lehnte sich an die Seite ihres Speeders und trommelte mit den behandschuhten Fingern ungeduldig auf das Dach des alten Fahrzeugs. Sie trug einen übergroßen lilafarbenen Helm, der bis auf einen rechteckigen Augenschlitz vollkommen geschlossen war. Der Helm verbarg ihre künstliche Schönheit, aber ihr enger Grav-Anzug zeigte viel weibliche Kurven.

Im Augenblick dachte Zam allerdings nicht an ihre Attraktivität, denn bei dieser Mission war es einfach nur wichtig, dass sie nicht auffiel. Manchmal hatte sie Aufträge angenommen, bei denen ihre weiblichen Reize ihr enorm geholfen hatten, um sich der offensichtlichen Schwächen eines Mannes zu bedienen und so an ihr Opfer heranzukommen.

Bei diesem Auftrag würde ihr ihr Aussehen allerdings nichts nützen – das wusste Zam. Diesmal würde sie eine Frau töten, eine Senatorin, und eine, die darüber hinaus von Leuten bewacht wurde, die ihr absolut ergeben waren und sie so schützten, wie Eltern auf ein Kind aufpassen würden. Zam fragte sich, was diese Frau wohl getan hatte, um sich den Zorn ihrer Auftraggeber zuzuziehen.

Oder zumindest begann sie, sich das zu fragen, wie schon

ein paar Mal zuvor, seit Jango sie angeheuert hatte, um die Senatorin zu töten. Die Berufskillerin ließ ihre Gedanken allerdings nie länger auf diesem Weg wandern. Es ging sie nichts an. Sie war nicht in der Position, die Moral ihrer Auftraggeber in Frage zu stellen oder zu beurteilen, ob ihr Auftrag wichtig war und welches Maß an Gerechtigkeit oder Ungerechtigkeit er beinhaltete. Nein, sie war nichts weiter als ein Werkzeug, kaum mehr als eine Maschine. Sie war eine Verlängerung des Arms ihrer Auftraggeber und nichts weiter.

Jango hatte sie bezahlt, um Amidala zu töten, und daher würde sie Amidala töten und dann ihre Prämie kassieren, um sich anschließend dem nächsten Auftrag zuzuwenden. Das war sauber und einfach.

Zam hatte kaum glauben können, dass die Sprengladung, die sie auf der Landeplattform verwendet hatte, erfolglos gewesen war, aber sie hatte aus dieser Lektion gelernt und begriffen, dass sich die Schwächen von Senatorin Amidala nicht einfach ermitteln und ausnutzen ließen.

Die Gestaltwandlerin schlug mit der Faust auf das Speederdach. Es gefiel ihr nicht, dass sie gezwungen gewesen war, sich anderswo Hilfe zu suchen und einen Sondendroiden zu erwerben, der die Arbeit übernahm, die sie so gerne persönlich durchführte.

Aber nun wurde Amidala angeblich von Jedi geschützt, und Zam hatte nicht vor, sich mit einem dieser Fanatiker anzulegen.

Sie warf einen Blick in den Speeder, zu der Uhr am Instrumentenpult, und nickte grimmig. Inzwischen sollte es erledigt sein. Die giftigen Kouhuns waren wahrscheinlich schon abgesetzt, und ein einziger Kratzer mit dem giftigen Stachel sollte genügen.

Zam richtete sich wieder auf, weil sie etwas spürte, weil sie sich plötzlich unbehaglich führte.

Sie hörte einen Schrei der Überraschung oder der Angst und sah sich hektisch um. Staunend riss sie die Augen auf.

Sie sah verblüfft zu, wie ihr Sondendroide, ihr programmierter Meuchelmörder, an den hoch aufragenden Gebäuden von Coruscant vorbeiflog, und an diesem Droiden hing ein Mann, der wie ein Jedi gekleidet war! Zams Angst wurde allerdings rasch geringer und ihr Grinsen breiter, als sie beobachtete, wie der Droide weitere Verteidigungsmaßnahmen ergriff, denn er war gut programmiert. Er prallte gegen die Seite eines Gebäudes und hätte den Jedi dabei beinahe abgeschüttelt, und als das nicht funktionierte, schoss der Droide wieder in den Verkehrsfluss hinein und klemmte sich direkt hinter einen Speeder, oberhalb der Triebwerke.

Der Jedi wand sich zur Seite, und irgendwie gelang es ihm, dem Feuerstoß auszuweichen. Daher schwebte der Droide nun zur Seite und versuchte es auf andere Weise. Er flog dicht über das Dach eines Gebäudes.

Zams Augen wurden noch größer, als sie das Spektakel beobachtete. Sie war wirklich beeindruckt davon, wie der Jedi es vermied, gegen das Dach geschleudert zu werden, indem er die Beine weit genug hochzog, um über das Dach laufen zu können, als der Droide darüber hinwegglitt. Er war wirklich gut!

Das war alles recht unterhaltsam für die selbstbewusste Kopfgeldjägerin, aber genug war genug.

Zam griff in den Speeder und holte ein Blastergewehr heraus, das sie nun lässig hob. Sie gab ein paar Schüsse ab, und rings um den Jedi und den Droiden zuckten Lasergeschosse.

Zam blickte von der Zielvorrichtung auf und war verblüfft zu sehen, dass es dem Mann irgendwie gelungen war, den Schüssen zu entgehen. Er war entweder ausgewichen oder hatte seine Jedikräfte benutzt, um sie abzuwehren.

»Dann sieh doch mal, wie du damit zurechtkommst!«, sagte die Kopfgeldjägerin, hob das Gewehr abermals und zielte erst auf die Brust des Jedi, hob dann aber den Lauf ein wenig, bevor sie schoss.

Der Sondendroide explodierte.

Der Jedi fiel und war nicht mehr zu sehen.

Zam seufzte und zuckte die Achseln. Diese Show war gut und gerne die Kosten für den Sondendroiden wert gewesen. Und hoffentlich auch der Sieg. Wenn Senatorin Amidala inzwischen tot in ihrem Zimmer lag, würden die Unkosten kaum zählen, denn das Kopfgeld für sie überstieg alles, was sich Zam je hatte träumen lassen.

Sie steckte das Gewehr wieder in den Speeder, dann bückte sie sich und stieg ein, um sich in den Verkehr einzufädeln.

Obi-Wan schrie auf, als er stürzte – zehn Stockwerke, dann zwanzig. Diesmal gab es nichts mehr in seinem Jedirepertoire, das ihm noch helfen konnte. Er sah sich hektisch um, aber es gab keine Plattformen, keine Markisen, nichts, woran er sich hätte festhalten können.

Nichts. Nur weitere fünfhundert Stockwerke bis zum Boden.

Er versuchte, seine innere Ruhe zu finden, in die Macht zu fallen und dieses unwillkommene Ende zu akzeptieren.

Und dann tauchte ein Speeder neben ihm auf, und er sah das dreiste Lächeln seines widerspenstigen Padawan. Noch nie im Leben war Obi-Wan Kenobi froher gewesen, Anakin zu sehen.

»Anhalter stehen normalerweise auf den Plattformen«, informierte ihn Anakin, als er den Speeder nahe genug heranflog, damit Obi-Wan sich festhalten konnte. »Aber es ist immerhin eine interessante Herangehensweise, die die Aufmerksamkeit potentieller Transporteure erregt.«

Obi-Wan war zu sehr damit beschäftigt, sich auf den Beifahrersitz zu ziehen, um etwas erwidern zu können. Schließlich saß er sicher neben Anakin.

»Ich hätte Euch beinahe verpasst«, meinte der Padawan.

»Ach ja? Wieso hast du so lange gebraucht?«

Anakin lehnte sich zurück, legte den linken Arm auf die Tür des offenen Speeders und machte einen ganz und gar lässigen Eindruck. »Ach, wisst Ihr, Meister«, sagte er leichthin, »ich konnte einfach keinen Speeder finden, der mir wirklich gefallen hätte. Ich meine, einen mit offenem Cockpit und der richtigen Geschwindigkeit, um Eurem Droidenscooter zu folgen. Und dann musste ich noch länger nach einem mit der richtigen Farbe suchen …«

»Da«, rief Obi-Wan und zeigte auf einen geschlossenen Speeder, denn er hatte ihn als das Fahrzeug erkannt, neben dem der Attentäter gestanden hatte. Der Speeder befand sich oberhalb von ihnen, und Anakin riss seinen Speeder rasch nach oben.

Beinahe sofort erschien aus dem offenen Fenster des ersten Speeders ein Arm mit einer Blasterpistole, und ihr Gegner schoss ein paar Mal.

»Wenn du so viel Zeit mit Fechtübungen wie mit deinen Witzeleien verbringen würdest, junger Padawan, dann wärst du bald ein so guter Kämpfer wie Meister Yoda«, sagte Obi-Wan, der bei Anakins Ausweichbewegungen ordentlich durchgerüttelt wurde.

»Ich dachte, das wäre ich schon.«

»Nur in deinen Träumen, mein sehr junger Schüler«, entgegnete Obi-Wan, dann stieß er einen kleinen Schrei aus und duckte sich, als Anakin mehrere Fahrzeuge nur knapp verfehlte. »Vorsichtig! Immer mit der Ruhe! Du weißt doch, dass ich es nicht mag, wenn du so etwas tust!«

»Entschuldigung, ich habe vergessen, dass Ihr nicht gerne fliegt, Meister!«, sagte Anakin, und am Ende des Satzes hob er die Stimme, als er den Speeder plötzlich nach unten reißen musste, um weiteren Schüssen des störrischen Kopfgeldjägers aus dem Weg zu gehen.

»Ich hab nichts gegen fliegen«, erklärte Obi-Wan. »Aber was du da machst, ist Selbstmord!« Seine Worte wären ihm beinahe im Hals stecken geblieben, zusammen mit seinem Mageninhalt, als Anakin den Speeder scharf nach rechts riss und ihn plötzlich heruntersacken ließ, dann beschleunigte, nach links bog, die Nase des Fahrzeugs wieder hochzog und den Speeder damit zurück in die Verkehrsbahn und in Sichtweite des Attentäters brachte – nur, um von ihm mit weiteren Schüssen eingedeckt zu werden.

Dann zog ihr Gegner seinen Speeder plötzlich nach links unten, und beide Jedi rissen Augen und Mund auf. Ihre entsetzten Schreie wurden übertönt vom Lärm eines Pendlerzugs, der von rechts auf sie zuraste.

Wieder schmeckte Obi-Wan Galle, aber irgendwie gelang es Anakin, dem Zug auszuweichen und auf der anderen Seite lebendig herauszukommen. Obi-Wan warf einen Blick zu seinem Padawan, der schon wieder eine lässige, beherrschte Haltung eingenommen hatte.

»Meister, Ihr wisst doch, dass ich geflogen bin, seit ich laufen konnte«, sagte Anakin mit einem verschmitzten Grinsen. »Ich kann es wirklich gut.«

»Flieg einfach langsamer«, wies ihn Obi-Wan an, in einem Tonfall, der andeutete, dass der würdige Jediritter sich jeden Augenblick übergeben könnte.

Anakin ignorierte ihn und raste weiter dem Attentäter hinterher, direkt auf ein paar riesige Frachttransporter zu. Sie schnitten andere Fahrzeuge im Verkehrsfluss, rasten um die Gebäude und behielten immer den verfolgten Speeder in Sicht. Anakin kippte sein Fahrzeug auf die Kante, als er um ein Gebäude bog.

»Er wird mich nicht los«, prahlte der Padawan. »Jetzt verliert er die Nerven.«

»Na großartig«, antwortete Obi-Wan trocken.

»Warte!«, fügte der Jediritter hinzu, als der Speeder vor ihnen in einen Tramtunnel flog. »Nicht da rein!«

Aber Anakin raste tatsächlich in den Tunnel hinein und sofort wieder heraus, gefolgt von einem riesigen Zug. Obi-Wan schrie beinahe so laut, wie der Zug hupte. »Du weißt doch, dass ich es nicht mag, wenn du das tust!«

»Tut mir Leid, Meister.« Anakin klang wenig überzeugend. »Macht Euch keine Sorgen. Dieser Bursche wird sich jeden Augenblick umbringen.«

»Nun, das kann er dann auch alleine tun!«, verkündete Obi-Wan.

Sie sahen zu, wie ihr Gegner in der falschen Richtung einen engen Korridor entlangzufliegen versuchte.

Anakin war direkt hinter ihm.

Beide Speeder vollführten wilde Ausweichmanöver, und hier und da gab der Verfolgte noch einen Schuss ab. Und dann riss der Attentäter seinen Speeder plötzlich steil nach oben und brachte sich in einem engen Looping direkt hinter die beiden Jedi.

»Guter Zug«, gratulierte Anakin. »Aber das kann ich auch.« Er trat fest auf die Bremsen, kehrte den Schub um, und dann befand sich der Speeder des Attentäters neben ihnen.

Was Obi-Wan direkt in die Schusslinie des Gegners brachte.

»Was machst du denn da?«, wollte der Jediritter wissen. »Er wird mich abknallen!«

»Genau«, erklärte Anakin und strengte sich an, den Speeder wegzumanövrieren. »Es funktioniert nicht.«

»Nett, dass du das bemerkst.« Obi-Wan duckte sich und fiel dann nach vorn, als der Speeder plötzlich absackte und direkt unter den ihres Gegners kam.

»Jetzt kann er nicht mehr auf uns schießen«, erklärte der Padawan triumphierend, aber sein Lächeln dauerte nur einen Sekundenbruchteil, denn länger brauchte der Verfolgte nicht, um ihre neue Taktik zu erkennen. Nun verließ der Attentäter wieder den Verkehrsfluss, raste direkt auf ein Gebäude zu und mit dem geringst möglichen Abstand über das Dach.

Obi-Wan wollte den Namen seines Schülers brüllen, aber mehr als »Anananana« kam nicht heraus. Der Padawan hatte den Speeder jedoch unter Kontrolle; er wurde ein wenig langsamer und zog die Nase seines Fahrzeugs gerade noch rechtzeitig hoch, um über das Dach zu kommen.

Aber nun war ein anderes Hindernis im Weg: ein größeres Schiff, dass langsam und niedrig flog.

»Es landet!«, schrie Obi-Wan, und als Anakin nicht sofort antwortete, fügte er verzweifelt hinzu: »Und zwar auf uns.«

Das Letztere kam allerdings nur als »Ununununuuuuuuns!«, heraus, denn Anakin stellte den Speeder auf die Kante und fegte scharf um eine Ecke, wobei er einen Fahnenmast mitnahm und die Fahne abriss.

»Reißt das bitte ab!«, sagte der scheinbar unerschütterliche Padawan und wies auf die zerrissene Fahne, die sich in einer der vorderen Luftschleusen des Speeders verfangen hatte.

»Was?«

»Ihr sollt die Fahne abreißen! Wir verlieren Energie! Schnell!«

Obi-Wan beschwerte sich zwar bei jeder Bewegung, aber er stieg tatsächlich aus dem Cockpit und kletterte vorsichtig auf das vordere Triebwerk. Er beugte sich vor und riss die Fahne ab. Der Speeder ruckte sofort vorwärts und hätte ihn beinahe abgeworfen.

»Lass das!«, schrie er. »Ich mag es nicht, wenn du das tust!«

»Es tut mir so Leid, Meister.«

»Er hält auf die Raffinerie zu«, sagte Obi-Wan. »Also sei vorsichtig. In der Nähe dieser Energiekupplungen ist es gefährlich.«

Anakin raste gerade dicht an einer dieser Verbindungen vorbei, und ein gewaltiger Energieblitz ließ die Luft rings um sie knistern.

»Langsamer!«, befahl Obi-Wan. »Langsamer! Nicht da durch!«

Aber Anakin hörte nicht auf ihn, zog den Speeder nach links, rechts, links.

»Was machst du denn da?«

»Tut mir Leid, Meister!«

Weitere Blitze zuckten. Rechts, links, wieder rechts, aufwärts, abwärts, hin und her, und irgendwie tauchten sie unglaublicherweise auf der anderen Seite wieder auf.

»Oh, das war gut!«, gab Obi-Wan zu

»Das war vollkommen verrückt«, verbesserte ihn der nun doch ein wenig erschütterte Anakin. Der ältere Jedi warf ihm einen Blick zu und bemerkte, dass die Hautfarbe seines Padawan eine leichte Grünfärbung angenommen hatte. Er schlug die Hände vors Gesicht und stöhnte.

»Jetzt hab ich ihn«, verkündete Anakin. Der Attentäter glitt direkt vor ihnen um eine Ecke und verschwand zwischen zwei Gebäuden.

Anakin folgte, aber sein Gegner hatte den Speeder abgebremst und blockierte nun die Gasse. Der Attentäter lehnte sich aus der Tür und richtete das Lasergewehr auf sie.

»O verflucht!«, bemerkte der Padawan.

»Halt an!«, rief Obi-Wan, und beide duckten sich vor den Schüssen.

»Nein, wir schaffen es!«, beharrte Anakin und beschleunigte.

Er zog den Speeder unter den des Attentäters und streifte ihn dabei beinahe, stellte sein Fahrzeug dann auf die Kante und glitt durch eine kleine Lücke zwischen zwei Gebäuden. Aber dort gab es Rohre, und keine Pilotenkunst konnte den Speeder hier sicher vorbeibringen. Sie schrammten seitlich über die Rohre, überschlugen sich dann, verfehlten nur knapp einen riesigen Kran und rissen ein paar Verstrebungen ab. Das führte zu einer Explosion, und eine riesige Feuerkugel hätte sie beinahe verschlungen. In dem unkontrollierten Trudeln, das darauf folgte, schrammten sie gegen ein weiteres Gebäude, und der Speeder krachte unsanft auf ein Flachdach.

Anakin verzog das Gesicht und erwartete eine Reihe von Beschimpfungen, aber als er es endlich wagte, Obi-Wan anzusehen, bemerkte er, dass der Jedi nur geradeaus starrte, die Augen weit aufgerissen, und wieder und wieder »Ich muss verrückt sein, ich muss verrückt sein, ich muss verrückt sein …«, vor sich hin murmelte.

»Aber es hat funktioniert!«, sagte Anakin. »Wir haben es geschafft.«

»Es hat nicht funktioniert!«, brüllte Obi-Wan. »Der Speeder ist kaputt, und wir wären beinahe umgekommen!«

Anakin starrte auf seine Hände und wackelte mit den Fingern. »Ich glaube, wir leben noch!« Er versuchte, seinen wutschäumenden Meister mit einem Grinsen zu beschwichtigen, aber Obi-Wan stand kurz vor der Explosion.

»Das war einfach dumm!«, tobte er.

Anakin arbeitete hektisch daran, den Speeder wieder in Gang zu bringen. »Ich hätte es schaffen können«, protestierte er verlegen. Er schaute wieder selbstsicherer drein, als die Triebwerke des Speeders erneut zündeten.

»Aber das hast du nicht! Und jetzt haben wir ihn verloren!«

Noch während dieser Worte hagelte es die ersten Schüsse, was erneute Explosionen bewirkte, die den Speeder der beiden Jedi hin und her schleuderten. Obi-Wan und Anakin blickten auf und sahen, wie der Attentäter davonraste.

»Nein, haben wir nicht«, stellte Anakin lächelnd fest. Er beschleunigte, und der plötzliche Schub drückte sie heftig in die Sitze. Sie mussten eine Feuerwand durchbrechen, und nun brannten auch mehrere kleine Feuer an ihrem Speeder. Obi-Wan schlug auf die Flammen ein.

Wieder jagten sie hinter dem Attentäter her, wichen rasch anderen Fahrzeugen aus. Weiter vorn bog der Verfolgte scharf nach links, raste zwischen zwei Gebäuden hindurch, und Anakin reagierte, indem er ihren Speeder nach rechts oben lenkte.

»Wo willst du denn hin?«, fragt Obi-Wan verblüfft. »Er ist doch dort runtergeflogen, in die Gegenrichtung.«

»Ich glaube, das hier ist eine Abkürzung.«

»Wie meinst du das, ›du glaubst‹? Was für eine Abkürzung? Er ist in die Gegenrichtung geflogen! Du hast ihn verloren!«

»Meister, wenn wir ihn so weiter jagen, wird dieser Mistkerl einfach nur gebraten«, versuchte Anakin zu erklären. »Ich würde viel lieber herausfinden, wer er ist und für wen er arbeitet.«

»Oh«, erwiderte Obi-Wan, und seine Stimme triefte nur so vor Sarkasmus. »Deshalb fliegst du also in die falsche Richtung.«

Anakin zog den Speeder hoch und ließ ihn schließlich fünfzig Stockwerke oberhalb der Straße ruhig schweben.

»Sieht aus, als hättest du ihn verloren«, sagte Obi-Wan.

»Das tut mir schrecklich Leid, Meister«, erwiderte Anakin, und wieder klang er alles andere als zerknirscht, als hätte er das nur gesagt, damit Obi-Wan nicht weiterschimpfte. Der Jedi sah ihn forschend an, wollte ihn ansprechen, als er bemerkte, dass Anakin sich offenbar angestrengt konzentrierte und leise vor sich hinzählte.

»Entschuldigt mich einen Augenblick Meister«, sagte der Padawan. Er stand auf und stieg zu Obi-Wans Entsetzen aus dem Fahrzeug.

Obi-Wan beugte sich eilig über den Rand und starrte nach unten. Er sah Anakin fallen – etwa fünf Stockwerke tiefer, wo er dann auf dem Dach eines vertraut aussehenden Speeders landete, der unter ihnen vorbeiflog.

»Ich hasse es, wenn er so was macht«, murmelte Obi-Wan ungläubig und schüttelte den Kopf.

Zam Wesell hielt sich dicht an den Gebäuden, am Rand der Hauptverkehrsadern. Sie wusste nicht, ob der Sondendroide seinen Auftrag erfolgreich ausgeführt hatte, aber im Augenblick war sie vor allem stolz, weil sie diese beiden Jedi ausgetrickst hatte.

Plötzlich wurde der Speeder von etwas getroffen. Zuerst dachte sie, es sei ein Blasterschuss gewesen, aber als sie dann nach dem Schaden Ausschau hielt, erkannte sie, was das für ein Geschoss gewesen war und dass es – dass *er* – irgendwie auf ihrem Speeder gelandet war.

Zam verringerte die Geschwindigkeit und beschleunigte dann wieder plötzlich, was den Speeder ruckartig nach vorn rasen ließ. Die plötzliche Beschleunigung hätte den Jedi beinahe abgeworfen, aber er rutschte nur nach hinten, wo er sich störrisch am Ende des Fahrzeugs festhielt und zu Zams Verdruss auf das Cockpit zuzukriechen begann.

Mit einem höhnischen Grinsen trat sie nun scharf auf die Bremse, und Anakin rutschte an ihr vorbei.

Aber nun klammerte er sich an einer der beiden Frontgabeln des Speeders fest.

Zam beschleunigte und griff nach der Blasterpistole. Mehrmals schoss sie in Anakins Richtung, aber der Winkel war ungünstig, und sie konnte ihn nicht treffen. Nun kroch er wieder auf das Dach, und trotz aller Ausweichmanöver konnte Zam ihn nicht abschütteln. Sie hätte sich beinahe wieder in ihre clawditische Gestalt zurückverwandelt, weil sie die Konzentration verlor, aber sie erholte sich rasch.

Leise fluchend zog sie den Speeder zurück in den Verkehr und überlegte, wie sie sich von diesem Jedi befreien könnte. Sie begann erneut mit ihren Abschüttelungsmanövern und dachte einen Moment daran, sich dem dichteren Verkehr so weit zu nähern, dass dieser Dummkopf auf ihrem Dach die Abgase abbekommen würde.

Sie wollte gerade dazu ansetzen, als plötzlich eine blau leuchtende Energieklinge durch das Dach ihres Speeders schnitt und direkt neben ihr nach unten stieß. Sie blickte auf und sah den störrischen Jedi, der das Dach des Speeders aufschnitt. Wieder schoss sie auf ihn, und dabei gelang es ihr zu ihrer großen Erleichterung, ihm das Lichtschwert aus der Hand zu schießen, aber ob sie ihm auch die Hand oder nur die Waffe abgerissen hatte, hätte sie nicht sagen können.

Obi-Wan hatte den Speeder des Attentäters endlich entdeckt und sah Anakin auf dem Dach liegen. In diesem Augenblick flog dem Padawan das Lichtschwert aus der Hand.

Obi-Wan schüttelte den Kopf und zog seinen Speeder nach unten, um die Waffe zu fangen.

Der Jedi streckte die Hand durch das Loch im Dach, und Zam schwenkte ihren Blaster in diese Richtung. Aber er griff nicht einmal nach ihr, sondern streckte nur die Hand aus, und bevor sie schießen konnte, riss eine unsichtbare Kraft ihr die Pistole aus der Hand und zog sie direkt in die des Jedi. »Nein!«, schrie die Kopfgeldjägerin erstaunt. Sie warf sich zurück und ließ die Lenkung des Speeders los, um verzweifelt mit beiden Händen nach der Pistole zu greifen. Sie kämpften um die Waffe, während der Speeder nach links und rechts kippte, und dann ging der Blaster los und traf keinen der Gegner, brannte aber ein Loch in den Boden und durchschnitt einige Leitungen.

Der Speeder begann zu trudeln, und Zam stürzte sich verzweifelt, aber vergeblich wieder auf die Kontrollen.

Sie trudelten abwärts. Schreiend klammerten sich beide an das Fahrzeug, während sie auf die Straße zurasten.

In letzter Sekunde gewann Zam wieder die Kontrolle über ihr Fahrzeug, zumindest genügend, um ihren Aufprall in ein funkensprühendes Schlittern auf dem geborstenen Pflaster dieses heruntergekommenen Viertels von Coruscant zu verwandeln.

Der Speeder kippte zur Seite und kam schließlich zum Stehen. Anakin wurde fortgeschleudert und rutschte ein ganzes Stück weit die Straße entlang. Als er sich endlich wieder aufgerafft hatte, sah er, wie sein Gegner aus dem Speeder sprang und die Straße entlangrannte, also setzte er zur Verfolgung an.

Als er dabei sofort in eine tiefe, schmutzige Pfütze trat, begriff er erst, wo er sich befand. Das hier war der finsterste Teil von Coruscant, die stinkigen, schmutzigen Straßen der untersten Ebene. Der Padawan wurde langsamer – er hatte seinen Gegner ohnehin aus dem Blickfeld verloren – und sah sich neugierig um, bemerkte die vielen seltsamen Gestalten, die meisten von ihnen Nichtmenschen der unterschiedlichsten Spezies. Anakin zog ungläubig und überrascht die Nase kraus, als er diese Wesen sah, die auf der Straße ihre Waren feilboten.

Dann schüttelte er sein Staunen ab und erinnerte sich wieder daran, wieso er hier war, und an Padmé und ihre Sicherheit. Die Bilder der schönen Senatorin, die nun vor seinem geistigen Auge auftauchten, spornten den jungen Jedi an, und er flog geradezu über den geborstenen Bürgersteig und entdeckte bald schon den Attentäter, der sich durch eine Menge schäbig gekleideter Individuen drängte. Anakin eilte hinterher, schob und drängte, kam aber nur langsam vorwärts.

Er entdeckte den Gejagten in letzter Sekunde, bevor die behelmte Gestalt durch eine Tür verschwand.

Anakin drängte sich weiter, und endlich stand er vor der Tür mit dem hell erleuchteten Spielclubschild darüber. Gerade wollte er sie öffnen, dann aber hielt er inne, als er Obi-Wans Stimme hörte. Ein vertrauter gelber Speeder kam am Straßenrand zum Stehen.

»Anakin!« Obi-Wan stieg aus und hielt seinem Padawan demonstrativ das Lichtschwert hin.

»Sie ist in diesen Club gegangen, Meister!«

Obi-Wan machte eine »Immer mit der Ruhe«-Geste. Er bemerkte nicht einmal, dass Anakin von dem Attentäter als von einer Frau gesprochen hatte. »Geduld«, sagte er. »Benutze die Macht, Anakin. Denk nach.«

»Tut mir Leid, Meister.«

»Er ist da reingegangen, um sich zu verstecken, nicht um weiter zu fliehen«, vermutete Obi-Wan.

»Ja, Meister.«

Obi-Wan hielt seinem Schüler das Lichtschwert hin. »Verlier es nicht noch einmal.«

»Tut mir Leid, Meister.«

Obi-Wan zog die kostbare Waffe zurück, als Anakin danach griff, und sah den jungen Padawan streng an. »Das Lichtschwert ist der kostbarste Besitz eines Jedi.«

»Ja, Meister.« Wieder griff Anakin nach dem Lichtschwert, und wieder zog Obi-Wan es zurück, wobei er seinen kritischen Blick nicht von seinem Schüler weichen ließ.

»Er muss es stets bei sich tragen.«

»Ich weiß, Meister«, erwiderte Anakin nun ein wenig gereizter.

»Diese Waffe ist dein Leben.«

»Ich kenne diese Lektion schon.«

Obi-Wan streckte abermals die Hand mit dem Schwert aus, gab endlich diesen schrecklichen Blick auf, und Anakin hängte sich die Waffe wieder an den Gürtel.

»Aber du hast nichts dabei gelernt, Anakin«, erklärte der Jedimeister und wandte sich ab.

»Ich versuche es, Meister.«

Obi-Wan hörte deutlich, dass sein Schüler dies ehrlich meinte, und es schwang auch ein gewisses Bedauern in diesen Worten mit, das den Jedi an die schwierigen Umstände erinnerte, unter denen Anakin Mitglied des Ordens geworden war. Er war mit seinen beinahe zehn Jahren viel zu alt gewesen, und Meister Qui-Gon hatte ihn ohne Erlaubnis als Schüler angenommen, ohne den Segen des Jedirats. Meister Yoda hatte vorhergesehen, dass der junge Anakin Skywalker einmal gefährlich werden konnte. Niemand war je stärker in der Macht gewesen als Anakin, zumindest was das Potenzial anging. Aber normalerweise verlangte der Jediorden, dass Schüler vom frühesten Alter an ausgebildet wurden. Die Macht war ein zu gewaltiges Werkzeug – nein, kein Werkzeug, und darin bestand das Problem: Ein Jedi, der nicht weise genug war, würde die Macht als Werkzeug betrachten, als Mittel zum Zweck. Aber ein wahrer Jedi begriff, das die Macht ein Partner war, der sich auf demselben Kurs befand wie er selbst, auf einem gemeinsamen Weg zu wahrer Harmonie und Verständnis.

Nachdem Qui-Gon von einem Sith-Lord getötet worden war, hatte der Jedirat seine Entscheidung bezüglich Anakin noch einmal revidiert und gestattet, dass er weiter ausgebildet wurde, und Obi-Wan hatte sein Versprechen gegenüber Qui-Gon erfüllen können, den begabten Jungen zu unterrichten. Der Rat war allerdings alles andere als begeistert gewesen. Yoda hatte beinahe resigniert gewirkt, als wäre dieser Weg einer, dem die Jedi sich nicht verweigern konnten, den sie aber alles andere als willig und begierig beschritten. Es gab Gerüchte, dass Anakin der Auserwählte sein könnte, der der Macht das Gleichgewicht zurückbringen würde.

Obi-Wan war allerdings nicht sicher, was das überhaupt bedeutete, und er war mehr als nur ein wenig beunruhigt. Er blickte zu Anakin auf, der nun geduldig dastand und nach der Tirade angemessen fügsam wirkte, und das tröstete ihn irgendwie, denn er mochte diesen ausgesprochen liebenswerten, ein wenig störrischen und draufgängerischen jungen Mann.

Er verbarg sein Lächeln nur, weil es nicht gut für Anakin gewesen wäre zu glauben, dass sein Meister ihm seine unüberlegten Taten und den Verlust seiner Waffe so schnell verziehen hatte.

Obi-Wan musste ein leises Lachen als Hüsteln tarnen. Immerhin – war er nicht selbst gerade erst hundert Stockwerke über Coruscant aus einem Fenster gesprungen?

Der Jedimeister ging voran in den Spielclub. Aliens und Menschen saßen hier inmitten einer beinahe undurchdringlichen Rauchwolke, genossen Getränke in allen möglichen Farben und sogen an exotischen Pfeifen voller exotischer Kräuter. Viele Gewänder beulten sich an unwahrscheinlichen Stellen, was auf Waffen hinwies, und als sich die beiden Jedi umsahen, begriffen sie, dass alle hier gefährlich werden konnten, nicht nur die Verfolgte.

»Warum glaube ich nur, dass du mich noch mal ins Grab bringen wirst?«, fragte Obi-Wan über den allgemeinen Lärm hinweg.

»Sagt so etwas nicht, Meister«, erwiderte Anakin ganz ernst, und die Eindringlichkeit seines Tonfalls überraschte Obi-Wan. »Ihr seid wie ein Vater für mich. Ich habe Euch sehr gern, und ich will Euch nicht wehtun.«

»Warum hörst du mir dann nicht zu?«

»Ich werde es tun«, sagte Anakin eifrig. »Ich werde mich bessern. Das verspreche ich.«

Obi-Wan nickte und sah sich um. »Siehst du ihn irgendwo?«

»Ich glaube, es ist eine Sie.«

»Dann solltest du besonders vorsichtig sein«, meinte Obi-Wan mit einem Schnauben.

»Und ich glaube, sie ist eine Gestaltwandlerin«, fügte Anakin hinzu.

Obi-Wan nickte in Richtung der anderen Gäste. »Geh und such sie.« Er selbst machte sich in die Gegenrichtung auf.

»Wo wollt Ihr hin, Meister?«

»Ich hol mir was zu trinken.«

Anakin blinzelte überrascht, als sein Meister zur Theke ging. Er wäre ihm beinahe gefolgt, um weitere Fragen zu stellen, aber dann erinnerte er sich an die Standpauke soeben und an sein Versprechen, sich zu bessern und seinem Meister zu gehorchen. Er drehte sich also um, mischte sich unter die Menge und versuchte angestrengt, angesichts all der Leute, die ihn mit offensichtlichem Misstrauen und sogar Feindseligkeit anstarrten, ruhig zu bleiben.

Von der Theke aus beobachtete Obi-Wan ihn noch einen Augenblick lang aus dem Augenwinkel. Er gab dem Barmann ein Zeichen und sah dann zu, wie dieser ein Glas vor ihn hinstellte und bernsteinfarbene Flüssigkeit hineingoss.

»Wie wär's mit ein paar Sargnägeln?«, erklang eine kehlige Stimme von der Seite.

Obi-Wan drehte sich nicht einmal zu dem Sprecher um, der eine wilde schwarze Haarmähne und zwei Fühler hatte, die wie verdrehte Hörner zwischen den Haaren aufragten.

»Niemand hat bessere Sargnägel als Elan Sleazebaggano«, erklärte der Schurke mit einem bösen Lächeln.

»Du willst mir keine Sargnägel verkaufen«, sagte der Jedi kühl und bewegte ein bisschen die Finger. In seiner Stimme lag das Gewicht der Macht.

»Ich will dir keine Sargnägel verkaufen«, wiederholte Elan Sleazebaggano gehorsam.

Wieder gestikulierte der Jedi mit den Fingern. »Du willst nach Hause gehen und über dein Leben nachdenken.«

»Ich will nach Hause gehen und über mein Leben nachdenken«, stimmte Elan ihm zu, dann drehte er sich um und stapfte davon.

Obi-Wan trank aus und bedeutete dem Barmann, dass er nachgießen solle.

Ein Stück entfernt, dort, wo die Gäste am dichtesten gedrängt saßen, schaute sich Anakin weiter um. Irgendetwas kam ihm nicht richtig vor – aber wie sollte es auch, an einem Ort wie diesem? Dennoch, ein Gefühl nagte geradezu an ihm, eine Vorahnung drohender Gefahr, die deutlich über das hinausging, was hier ohnehin zu erwarten war.

Er sah die Blasterpistole nicht wirklich, als sie gezogen wurde, sah nicht, wie sie gehoben und auf den Rücken des nichtsahnenden Obi-Wan gerichtet wurde.

Aber er spürte es …

Anakin fuhr gleichzeitig mit Obi-Wan herum und sah, wie sein Meister mit bereits gezücktem Lichtschwert in eine anmutige Drehbewegung kam. Für Anakin schien das beinahe in Zeitlupe zu geschehen, aber Obi-Wan bewegte sich selbstverständlich mit mörderischer Geschwindigkeit und Präzision, als seine Klinge – blau wie die von Anakin – eine knappe Kreisbewegung beschrieb und dann eine zweite, die seiner Gegnerin näher kam. Die Attentäterin – und er konnte jetzt, nachdem sie den Helm abgenommen hatte, deutlich sehen, dass es sich tatsächlich um eine Frau handelte – schrie vor Schmerz, als ihr Arm, die Laserpistole immer noch in der Hand, am Ellbogen abgetrennt wurde und zu Boden fiel.

Plötzlich waren alle auf den Beinen und fuchtelten mit Waffen herum. Anakin eilte an Obi-Wans Seite.

»Immer mit der Ruhe!«, sagte Anakin laut und machte entsprechende Gesten. Er sprach mit dem Nachdruck der Macht. »Das hier ist eine offizielle Sache. Setzt euch wieder hin und trinkt weiter.«

Langsam, sehr langsam beruhigten sich alle wieder, und neue Gespräche begannen. Obi-Wan, der sich ohnehin an der allgemeinen Unruhe nicht gestört hatte, winkte Anakin, ihm zu helfen, und zusammen brachten sie die Attentäterin auf die Straße.

Sie setzten die Frau vorsichtig auf dem Boden ab, und sie erlangte das Bewusstsein wieder, sobald sich Obi-Wan um ihren verwundeten Arm kümmerte.

Sie knurrte wild und zuckte vor Schmerzen zusammen; dabei starrte sie die beiden Jedi die ganze Zeit hasserfüllt an.

»Wisst Ihr, wen Ihr da töten wolltet?«, fragte Obi-Wan.

»Die Senatorin von Naboo«, erwiderte Zam Wesell sachlich, als zählte das kaum.

»Wer hat Euch bezahlt?«

Ihre Antwort war ein weiterer hasserfüllter Blick. »Es war nur ein Job.«

»Sagt es uns!«, verlangte Anakin und beugte sich drohend vor, aber die Kopfgeldjägerin störte sich nicht daran.

»Die Senatorin wird sowieso nicht mehr lange leben«, erklärte sie. »Ich werde nicht die letzte sein. Für den Preis, der geboten wird, werden die Kopfgeldjäger Schlange stehen. Und schon der Nächste wird vielleicht nicht so viele Fehler machen wie ich.«

Aber so zäh sie auch sein mochte, sie konnte ein Stöhnen nicht unterdrücken.

»Diese Wunde muss besser behandelt werden, als ich es hier tun kann«, erklärte Obi-Wan besorgt, aber das schien Anakin nicht zu interessieren. Mit zorniger Miene beugte er sich abermals zu der Frau.

»Wer hat dich bezahlt?«, fragte er noch einmal, und dann fuhr er mit der ganzen Kraft der Macht fort, einer Kraft, die Obi-Wan verblüffte, denn darin zeigte sich mehr als nur das Engagement für seine derzeitige Aufgabe. »Sag es uns. Sofort!«

Die Kopfgeldjägerin starrte ihn weiter wütend an, aber dann

zuckten ihre Lippen und sie sagte: »Es war ein Kopfgeldjäger namens …«

Sie hörten einen Knall von oben, und die Kopfgeldjägerin zuckte zusammen. Als sie starb, nahm sie wieder ihre wahre clawditische Gestalt an und verlor die menschlichen Züge.

Anakin und Obi-Wan rissen sich von diesem verblüffenden Anblick los und blickten auf. Sie sahen, wie ein Raketenmann in heller Rüstung sich in den Himmel von Coruscant erhob und dort verschwand.

Obi-Wan warf einen Blick auf die Tote vor ihnen und holte einen kleinen Gegenstand aus ihrem Kragen. Er zeigte ihn Anakin. »Ein Giftpfeil.«

Anakin seufzte resigniert und wandte sich ab. Sie hatten also dieses Attentat verhindert, und nun war die Attentäterin tot.

Aber es war vollkommen klar, dass Senatorin Padmé Amidala weiterhin in höchster Gefahr schwebte.

Neun

Anakin stand schweigend vor dem Jedirat, umgeben von den Meistern des Ordens. Neben ihm stand Obi-Wan, sein Lehrer, der allerdings nicht zu diesem Gremium gehörte. Obi-Wan war, wie die Mehrheit der zehntausend Jedi, ein Ritter, aber jene, die ihn nun umgaben, waren die Meister, die höchstrangigen Mitglieder des Ordens. Anakin hatte sich in dieser erlauchten Gesellschaft nie so recht wohl gefühlt. Er wusste, dass sich mehr als die Hälfte der Jedimeister, die nun hier saßen, dagegen ausgesprochen hatten, dass er mit zehn Jahren in den Orden aufgenommen wurde, weil sie ihn für zu alt gehalten hatten. Auch nachdem man ihm schließlich erlaubt hatte, Obi-Wans Schüler zu werden, hegten einige weiterhin Zweifel.

»Diesen Kopfgeldjäger finden du musst«, sagte Meister Yoda, während die anderen den Giftpfeil herumreichten.

»Und das Wichtigste ist herauszufinden, für wen er arbeitet«, fügte Mace Windu hinzu.

»Was ist mit Senatorin Amidala?«, wollte Obi-Wan wissen. »Sie wird immer noch Schutz brauchen.«

Anakin ahnte schon, was kommen würde, und richtete sich auf, als Yoda ihn ansah.

»Darum dein Padawan sich kümmern wird.«

Anakin spürte, wie ihm bei diesen Worten das Herz beinahe überfloss, sowohl weil man solches Vertrauen in ihn hatte, als auch weil er wusste, wie sehr er diesen Auftrag genießen würde.

»Anakin, du begleitest die Senatorin zurück auf ihren Heimatplaneten Naboo«, fügte Mace hinzu. »Dort wird sie sicherer sein. Und benutzt keine normalen Transportwege. Reist als Auswanderer verkleidet.«

Anakin nickte, als man ihm die Pläne erläuterte, aber er wusste sofort, dass sich auf diesem Kurs ein paar Hindernisse ergeben würden. »Als Anführerin der Opposition gegen die Aufstellung einer Armee wird sich Senatorin Amidala nicht einfach aus der Hauptstadt wegbringen lassen.«

»Bis dieser Mörder gefasst ist, unseren Rat sie annehmen muss«, erwiderte Yoda.

Anakin nickte. »Aber ich weiß, wie wichtig ihr diese Abstimmung ist, Meister«, erwiderte er. »Sie sorgt sich mehr darum, diese Gesetzesvorlage zu Fall zu bringen, als um …«

»Anakin«, unterbrach Mace ihn, »geh zum Senat und bitte Kanzler Palpatine, mit ihr zu sprechen.« Sein Tonfall machte deutlich, dass er die Angelegenheit als erledigt betrachtete. Der Jediritter und sein Padawan hatten ihre Aufträge, und Yoda entließ sie mit einem Nicken.

Anakin wollte noch weitere Einwände erheben, aber Obi-Wan hatte beinahe sofort seinen Arm gepackt und führte ihn aus dem Ratszimmer.

»Ich wollte doch nur erklären, wie wichtig Padmé diese Abstimmung ist«, sagte Anakin, als er und Obi-Wan draußen im Flur waren.

»Du hast Senatorin Amidalas Gefühle deutlich genug gemacht«, erwiderte Obi-Wan. »Deshalb hat Meister Windu geraten, dass du dich an den Kanzler wendest.« Anakin verkniff sich weitere Widerworte.

»Der Jedirat versteht, worum es geht, Anakin«, bemerkte Obi-Wan.

»Ja, Meister.«

»Du musst ihnen vertrauen, Anakin.«

»Ja, Meister.« Anakins Antwort erfolgte nur noch mechanisch. Er hatte sich in Gedanken bereits über diese Dinge hinweggesetzt. Er wusste, Padmé würde sich nicht so leicht davon überzeugen lassen, dass sie den Planeten vor der Abstimmung verlassen musste, aber in Wahrheit war ihm das alles gleich. Das Wichtigste war, dass sie zusammen sein würden, dass er über sie wachen würde. Solange Obi-Wan den Kopfgeldjäger jagte, würde Padmé allein unter Anakins Obhut stehen, und das war für den Padawan keine Kleinigkeit. Nein, wirklich keine Kleinigkeit.

Es machte Anakin nicht nervös, im Büro von Senator Palpatine vorsprechen zu müssen. Sicher, er wusste, wie mächtig dieser Mann war, und er respektierte auch sein Amt, aber aus irgendeinem Grund fühlte sich der junge Padawan hier sehr wohl, als besuchte er einen Freund. Er hatte nicht oft mit Palpatine gesprochen, aber bei den wenigen Gelegenheiten hatte er immer den Eindruck gehabt, dass der Oberste Kanzler sich wirklich für ihn interessierte. In gewisser Hinsicht betrachtete Anakin Palpatine als einen zusätzlichen Lehrer – nicht so direkt wie Obi-Wan, aber als einen Mann, der ihm fundierte und wichtige Ratschläge gab.

Mehr als das zählte allerdings, dass Anakin sich hier immer willkommen gefühlt hatte.

»Ich werde mit ihr reden«, stimmte Palpatine zu, nachdem Anakin seine Bitte vorgetragen hatte, der Senator möge mit Padmé darüber sprechen, dass sie Coruscant verlassen und in die relative Sicherheit von Naboo zurückkehren sollte. »Senatorin Amidala wird sich einem Befehl von mir nicht verweigern. Ich kenne sie gut genug, dass ich dir das versichern kann.«

»Ich danke Euch, Exzellenz.«

»Und nun, mein junger Padawan, haben sie dir also endlich einen Auftrag gegeben«, sagte der Kanzler mit einem freundlichen, beinahe liebevollen Lächeln, wie ein Vater vielleicht mit einem Sohn sprechen würde. »Deine Geduld hat sich ausgezahlt.«

»Das ist mehr Eurer Anleitung als meiner Geduld zuzuschreiben«, erwiderte Anakin. »Ich bezweifle, dass meine Geduld ausgereicht hätte, hättet ihr mir nicht so oft versichert, dass meine Jedimeister mich beobachteten und mir schon bald verantwortungsvollere Pflichten übertragen würden.«

Palpatine nickte und lächelte. »Du brauchst keine Anleitung, Anakin«, sagte er. »Mit der Zeit wirst du lernen, dich auf deine Gefühle zu verlassen. Und dann wirst du unbesiegbar sein. Ich habe es schon oft gesagt – du bist der begabteste Jedi, den ich je kennen gelernt habe.«

»Ich danke Euch, Exzellenz«, erwiderte Anakin kühl, aber in Wahrheit musste der junge Mann sich anstrengen, damit er nicht zu zittern begann. Ein solches Kompliment von jemandem zu hören, der diese Dinge nicht verstand – zum Beispiel von seiner Mutter –, war etwas ganz anderes, als wenn Palpatine, der Oberste Kanzler der Republik, so etwas sagte. Das hier war ein Mann, der es weit gebracht hatte, vielleicht weiter als jeder andere in der Galaxis. Er war kein Untergebener von Yoda oder Mace Windu. Anakin wusste, dass ein Mann wie Palpatine ein solches Kompliment nicht aussprechen würde, wenn er es nicht wirklich ernst meinte.

»Ich sehe voraus, dass du der größte Jedi werden wirst, den es je gab, Anakin«, fuhr Palpatine fort. »Noch mächtiger als Meister Yoda.«

Anakin hoffte nur, das seine Beine nicht einfach unter ihm nachgeben würden. Er konnte diese Worte kaum glauben, und dennoch, ein Teil von ihm glaubte sie tatsächlich. Er wusste, dass er über eine Kraft verfügte, die über die Grenzen hinausging, die die Jedi ihm und sich selbst auferlegten. Anakin spürte das genau. Er wusste auch, dass Obi-Wan das nicht begriff, und das war sein größtes Problem mit dem Meister. Nach Anakins Ansicht hielt ihn Obi-Wan an einer viel zu kurzen Leine.

Er wusste nicht, wie er auf Palpatines Komplimente reagieren sollte, also blieb er einfach mitten im Zimmer stehen und lächelte ein wenig, während Palpatine am Fenster stand und auf den endlosen Verkehrsstrom von Coruscant hinausschaute.

Nach längerer Zeit brachte Anakin endlich den Mut auf, um den Schreibtisch herumzugehen, sich neben den Obersten Kanzler ans Fenster zu stellen und seinem Blick auf die Verkehrskorridore hinaus zu folgen.

»Ich mache mir Sorgen um meinen Padawan«, sagte Obi-Wan zu Yoda und Mace Windu. »Er ist noch nicht bereit, einen eigenen Auftrag zu übernehmen.«

»Der Rat hat diese Entscheidung genau bedacht, Obi-Wan«, sagte Yoda.

»Der Junge verfügt über außergewöhnliche Fähigkeiten«, stimmte Mace zu.

»Aber er muss noch viel lernen, Meister«, wandte Obi-Wan ein. »Seine Fähigkeiten haben ihn arrogant werden lassen.«

»Ja, ja«, stimmte Yoda zu. »Immer häufiger wird dieser Mangel bei jungen Jedi. Ihrer selbst zu sicher sie sind. Selbst die älteren, erfahreneren Jedi.«

Obi-Wan dachte über diese Worte nach, dann nickte er. Er konnte ihnen nur zustimmen. Die Verhältnisse im Jediorden in dieser Zeit wachsender Spannung waren ein wenig beunruhigend, da so viele von ihnen so weit von Coruscant entfernt waren. Und war nicht Arroganz ein wichtiger Faktor bei Graf Dookus Entscheidung gewesen, sich vom Orden und der Republik zu trennen?

»Vergiss nicht, Obi-Wan«, bemerkte Mace, »wenn die Prophezeiung tatsächlich auf ihn zutrifft, dann ist dein Schüler der Einzige, der der Macht das Gleichgewicht bringen kann.«

Wie hätte Obi-Wan das vergessen können? Qui-Gon war der Erste, der es entdeckt hatte, der vorhergesagt hatte, dass Anakin derjenige sein würde, der diese Prophezeiung erfüllte. Allerdings hatte bisher weder Qui-Gon noch sonst jemand erklären können, was dieses »der Macht das Gleichgewicht bringen« eigentlich bedeutete.

»Wenn er dem richtigen Weg folgt«, sagte der Jediritter zu den beiden Meistern, und keiner berichtigte ihn.

»Um deine eigenen Pflichten du dich kümmern musst«, erinnerte ihn Yoda und riss Obi-Wan aus seinen Gedanken, als hätte er ihm in den Kopf schauen können. »Wenn gelöst ist das Geheimnis der Attentate, auch andere Rätsel gelöst werden können.«

»Ja, Meister«, erwiderte Obi-Wan, dann holte er noch einmal den kleine Giftpfeil, der die Clawditin getötet hatte, aus der Tasche und betrachtete ihn.

Mit sanften Händen legte Shmi Skywalker Lars die mattsilberne Abdeckung auf die Brust des Droiden und befestigte sie. Sie lächelte C-3PO an, und obwohl der sein Gesicht nicht verändern konnte, wusste sie, dass er auf seine seltsame Droidenart erfreut war. Wie oft hatte er sich über den Sand beschwert, der in seine Verdrahtung drang, die Silikonbeschichtung annagte und sogar durchdrang und ein paar Mal heftiges Zucken hervorgerufen hatte. Und nun kümmerte sich Shmi um dieses Problem und vollendete, was Anakin angefangen hatte.

»Geschieht das jetzt?«, gelang es ihr, laut zu fragen, obwohl ihre Lippen aufgerissen und von trockenem Blut überzogen waren. Nein, erkannte sie, das geschah nicht jetzt. Sie hatte C-3PO schon vor Tagen mit dieser Hülle versehen – oder waren es Wochen oder gar Jahre gewesen? –, als Cliegg sie auf seine Feuchtfarm gebracht hatte. Ja, dort hatte sie in der Garage unter einer alten Werkbank die Metallplatten gefunden, die sich als Abdeckungen für den Protokolldroiden verwenden ließen.

Daran erinnerte sie sich ganz genau, aber sie hatte keine Ahnung, wann das geschehen war.

Und jetzt ... jetzt war sie an einem anderen Ort.

Sie konnte die Augen nicht öffnen, um sich umzusehen; dazu hatte sie im Augenblick nicht die Kraft. Das Blut auf ihrem Gesicht war getrocknet, daher war es sehr schmerzhaft, die Lider zu bewegen.

Sie fand es seltsam, dass ihre Lider der einzige Körperteil

waren, an dem sie im Augenblick Schmerz verspürte. Sie nahm an, dass sie schwer verwundet war.

Sie dachte …

Shmi hörte etwas hinter sich. Schlurfende Schritte? Dann Gemurmel. Ja, immer murmelten sie.

Sie dachte wieder an C-3PO, den armen C-3PO, der immer noch eine Abdeckung auf den angeschlagenen Armen brauchte. *Vorsichtig hob sie die Metallplatte …*

Sie hörte ein scharfes Geräusch – sie glaubte zumindest, dass es ein scharfes Geräusch war, obwohl sie es nur aus weiter Ferne zu hören schien – und spürte dann dumpf, wie etwas ihren Rücken traf.

Sie hatte keine Nerven mehr, die den Biss der Peitsche hätten deutlicher wahrnehmen können.

Zehn

Anakin Skywalker und Jar Jar Binks standen an der Tür, die Padmés Schlafzimmer von dem Vorzimmer trennte, in dem Anakin und Obi-Wan in der Nacht zuvor Wache gehalten hatten. Sie schauten durch das Zimmer zu dem zerbrochenen Fenster hin und betrachteten die Skyline von Coruscant und den nicht enden wollenden Verkehrsfluss.

Padmé und ihre Dienerin Dormé liefen im Schlafzimmer herum und packten, und Anakin und Jar Jar konnten an den eckigen Bewegungen der Frauen genau erkennen, dass es besser wäre, der verärgerten jungen Senatorin heute aus dem Weg zu gehen. Auf die Bitte der Jedi hin hatte sich Kanzler Palpatine eingemischt und Padmé angewiesen, nach Naboo zurückzukehren. Sie gehorchte, aber das hieß nicht, dass sie darüber froh war.

Mit einem tiefen Seufzer richtete sich Padmé auf, eine Hand auf dem Rücken, der von all dem Bücken weh tat. Sie seufzte abermals und ging auf die beiden Beobachter zu.

»Ich werde längere Zeit abwesend sein«, sagte sie feierlich zu Jar Jar, als hoffte sie, dem albernen Gungan ein wenig Ernst vermitteln zu können. »Es wird dann deine Pflicht sein, meinen Platz im Senat einzunehmen. Abgeordneter Binks, ich weiß, dass ich mich auf dich verlassen kann.«

»Michse geehrt und so ...«, verkündete Jar Jar und nahm Habachtstellung ein, aber die Wirkung wurde ein wenig durch den wackelnden Kopf und die flatternden Ohren getrübt. Man konnte einen Gungan vielleicht wie einen Würdenträger kleiden, aber das Wesen eines solchen Geschöpfs ließ sich nicht so leicht verändern.

»Wie war das?« Padmés Stimme war streng und kündete von mehr als nur ein wenig Gereiztheit. Sie vertraute Jar Jar etwas Wichtiges an und war offenbar nicht begeistert, dass er sich nur wieder albern benahm.

Offensichtlich verlegen räusperte sich Jar Jar und straffte die Schultern. »Michse geehrt über heftig schwere Bürde. Ichse nehmen mit großer Demut an. Ichse werden …«

»Jar Jar, ich will dich nicht aufhalten«, unterbrach ihn Padmé. »Ich bin sicher, dass du viel zu tun hast.«

»Selbstverständlich, M'Lady.« Mit einer tiefen Verbeugung, als wollte er verbergen, dass er rot angelaufen war wie ein darellianischer Feuerkrebs, drehte sich der Gungan um und floh, wobei er Anakin im Vorbeigehen breit zugrinste.

Anakin folgte dem Gungan mit dem Blick, aber alle Auflockerung der Atmosphäre, die diese kleine Szene gebracht hatte, verschwand einen Augenblick später wieder, als Padmé ihn in einem Tonfall ansprach, der sehr deutlich machte, dass sie äußerst schlechter Laune war.

»Es gefällt mir überhaupt nicht, mich verstecken zu müssen«, erklärte sie nachdrücklich.

»Mach dir keine Sorgen. Nachdem der Rat jetzt eine Ermittlung angeordnet hat, wird Meister Obi-Wan nicht lange brauchen, bis er herausfindet, wer diese Kopfgeldjägerin bezahlt hat. Das hätten wir von Anfang an tun sollen. Es ist besser, angesichts einer solchen Gefahr offensiv zu werden und herauszufinden, woher sie kommt, statt nur auf die Situation zu reagieren.« Er wollte fortfahren, denn er hätte gerne ein wenig Lob dafür eingeheimst, dass er sich von Anfang an für eine solche Ermittlung ausgesprochen hatte. Er wollte Padmé wissen lassen, dass er die ganze Zeit schon vorgeschlagen hatte, wozu der Rat so lange gebraucht hatte. Aber er sah, dass ihr Blick bereits wieder abschweifte, und so schwieg er und ließ sie reden.

»Und während dein Meister ermittelt, muss ich mich verstecken.«

»Das wäre das Sicherste, ja.«

Padmé seufzte frustriert. »Ich habe ein Jahr lang dafür gearbeitet, dass dieses Gesetz nicht durchkommt, und nun werde ich nicht da sein, wenn darüber entschieden wird!«

»Manchmal müssen wir unseren Stolz aufgeben und tun, was von uns verlangt wird«, erwiderte Anakin. Wenn man bedachte, von wem diese Aussage kam, war das alles andere als überzeugend, und sobald er es ausgesprochen hatte, wusste er auch schon, dass er besser geschwiegen hätte.

»Stolz!«, schnaubte sie. »Annie, du bist noch jung und kennst dich mit Politik nicht sonderlich gut aus. Ich schlage vor, dass du deine Ansichten ein andermal kundtust.«

»Es tut mir Leid, M'Lady, ich habe nur versucht ...«

»Annie, lass das!«

»Bitte nenn mich nicht so.«

»Wie?«

»Annie. Bitte nenn mich nicht Annie.«

»So habe ich dich doch immer genannt. Es ist doch dein Name, oder?«

»Mein Name ist Anakin«, sagte der junge Jedi ruhig und entschlossen. »Wenn du Annie sagt, ist es, als wäre ich immer noch ein kleiner Junge. Und das bin ich nicht.«

Padmé hielt inne und sah ihn an, von oben bis unten, und dann nickte sie zustimmend. Er sah, dass sie es ehrlich meinte, und auch ihr Tonfall war respektvoller, als sie sagte: »Es tut mir Leid, Anakin. Es lässt sich nicht abstreiten, dass du ... dass du erwachsen geworden bist.«

Es lag etwas in der Art, wie sie das sagte, eine Andeutung, eine Anerkennung von Seiten Padmés, dass er nun tatsächlich ein Mann war, und vielleicht sogar ein gut aussehender. Diese Worte und das Lächeln, mit dem sie ihn nun bedachte, ließen Anakin ein wenig erröten und gleichzeitig selbstsicherer werden. Er entdeckte einen kleinen Ziergegenstand, der auf einem Regal stand, und griff mit Hilfe der Macht danach, ließ ihn auf sich zu und dann über seiner Hand schweben, weil er die Ablenkung dringend brauchte.

Dennoch, er musste sich räuspern, um seine Verlegenheit zu verbergen, denn er hatte Angst, dass seine Stimme versagen würde, als er berichtete: »Meister Obi-Wan sieht es einfach nicht. Er kritisiert alles an mir, als wäre ich noch ein Kind. Er hat mir nicht einmal zugehört, als ich darauf bestanden habe, den Attentäter aufzuspüren.«

»Mentoren sehen unsere Fehler immer deutlicher, als es uns lieb wäre«, stimmte Padmé ihm zu. »Aber nur so können wir wachsen.«

Mit einem Gedanken ließ Anakin die kleine Kugel ein wenig höher schweben. »Versteh mich nicht falsch«, sagte er. »Obi-Wan ist ein großartiger Lehrer, so weise wie Meister Yoda und so mächtig wie Meister Windu. Ich bin wirklich dankbar, sein Schüler zu sein. Aber ...« Er hielt inne und schüttelte den Kopf, suchte nach Worten. »Doch obwohl ich ein Padawan bin, bin ich ihm in einigen Dingen – in vielen Dingen! – um einiges voraus. Ich bin bereit für die Prüfung. Das weiß ich einfach! Und er weiß es auch. Er ist der Ansicht, dass ich zu sprunghaft bin – andere Jedi in meinem Alter haben die Prüfungen schon hinter sich. Ich weiß, dass ich spät mit der Ausbildung begonnen habe, aber er lässt einfach nicht zu, das ich mich weiterentwickle.«

Padmé sah ihn nun neugierig an, und Anakin verstand das gut, denn er war selbst überrascht, wie offen er seinen Lehrer vor ihr kritisierte. Er tadelte sich in Gedanken und nahm sich vor, sofort damit aufzuhören.

Aber dann sagte Padmé voller Mitgefühl: »Das muss wirklich frustrierend sein.«

»Es ist noch schlimmer als das!«, erwiderte Anakin, der so viel Anteilnahme genoss. »Er ist übermäßig kritisch! Er hört mir niemals zu! Er versteht mich überhaupt nicht! Es ist einfach ungerecht!«

So hätte er noch länger weitergemacht, aber Padmé fing an zu lachen, und das hielt den jungen Padawan so sicher auf wie ein Schlag ins Gesicht.

»Tut mir Leid«, sagte sie unter Kichern. »Du klingst genau wie der kleine Junge, den ich einmal kannte, wenn er nicht bekam, was er wollte.«

»Ich jammere nicht!«

Auf der anderen Seite des Zimmers fing Dormé an zu kichern.

»Ich wollte dich nicht kränken«, erklärte Padmé.

Anakin holte tief Luft, dann schnaubte er, und seine Schultern entspannten sich sichtlich. »Das weiß ich.«

Er wirkte in diesem Augenblick so bedauernswert – nicht jämmerlich, nur eine gequälte kleine Seele –, dass Padmé einfach nicht widerstehen konnte. Sie ging zu ihm und strich ihm sanft über die Wange. »Anakin.«

Zum ersten Mal, seit sie sich wieder begegnet waren, sah Padmé wirklich in diese blauen Augen, sodass beide unter die Oberfläche blicken und das Herz des anderen erkennen konnten. Es war ein flüchtiger Augenblick, dafür sorgte schon Padmés Vernunft. Rasch veränderte sie die Stimmung mit einer ehrlichen, aber unbeschwerten Bitte: »Werde bitte nicht zu schnell erwachsen.«

»Ich bin erwachsen«, erwiderte Anakin. »Das hast du selbst gesagt.« Er schaute noch einmal tief in Padmés schöne braune Augen, diesmal sogar noch intensiver, noch leidenschaftlicher.

»Bitte sieh mich nicht so an«, sagte sie und wandte sich ab.

»Warum nicht?«

»Weil ich weiß, was du denkst.«

Anakin versuchte, die Spannung mit einem Lachen zu lösen. »Ach, du hast also auch Jedikräfte?« Padmé schaute einen Moment lang an dem jungen Padawan vorbei zu Dormé, die mit offensichtlicher Sorge zusah und nicht einmal mehr versuchte, ihr Interesse zu verbergen. Padmé konnte die Unruhe der Freundin gut verstehen, wenn sie die seltsame und unerwartete Richtung bedachte, die das Gespräch genommen hatte. Wieder sah sie Anakin an und erklärte: »Es ist mir unangenehm.« Das ließ keinen Raum mehr für Diskussionen.

Anakin wandte sich ab. »Es tut mir Leid, M'Lady«, erklärte er, ganz der Jedi, und trat ein paar Schritte zurück, damit sie weiter packen konnte.

Er war wieder nur ein Leibwächter.

Aber das stimmte nicht. Padmé wusste das, ganz gleich, wie sehr sie sich wünschte, dass es anders wäre.

Auf einem von Wasser überspülten, windgepeitschten Planeten in einem der abgelegensten Bereiche des Outer Rim saßen ein Vater und sein Sohn auf einem Sims aus schwarzem Metall und beobachteten genau die halbwegs ruhigen Stellen, die sich in der Strömung rund um die gewaltige Säule bildeten, die sich aus dem turbulenten Meer erhob. Der Regen hatte ein wenig nachgelassen, was an diesem Ort selten geschah, und die Wasseroberfläche war deshalb tatsächlich ein wenig ruhiger, was den beiden erlaubte, nach den zwei Meter langen, dunklen Silhouetten von Rollerfischen Ausschau zu halten. Sie befanden sich am untersten Rand einer der riesigen Säulen, auf denen Tipoca City ruhte, die größte Ansiedlung auf Kamino, eine Stadt aus glatten Gebäuden mit runden Kanten, die dem ununterbrochenen Wind nicht allzu viel Widerstand boten. Tipoca City war von einigen der besten Architekten der Galaxis entworfen oder zumindest überarbeitet worden, und diese Leute hatten gewusst, dass es nur einen Weg gab, langfristig gegen die Elemente eines Planeten anzukämpfen, nämlich den, ihnen auf subtile Weise auszuweichen. Alle Gebäude hatten hoch aufragende Transparistahl-Fenster, und Jango, der Vater, fragte sich oft, wieso die Kaminoaner – hoch gewachsene, schlanke Geschöpfe mit teigig weißer Haut und riesigen mandelförmigen Augen in schmalen Köpfen auf menschenarmlangen Hälsen – unbedingt so viele Fenster haben wollten. Was gab es hier auf dieser Welt schon anderes zu sehen als Wogen und beinahe ständig fließenden Regen?

Dennoch, selbst Kamino hatte seine guten Momente. Es war alles relativ, dachte Jango. Daher hatte er heute, als er gesehen hatte, dass der Regen nachließ, seinen Jungen mit nach draußen genommen.

Jango tippte seinem Sohn auf die Schulter und wies auf eine der ruhigeren Stellen, und der Junge, der so begeistert dreinschaute, wie es nur ein Zehnjähriger konnte, hob seinen ionenbetriebenen Atlatl und zielte. Er brauchte die Laserzielvorrichtung nicht, die automatisch die Lichtbrechung des Wassers mit einbezog. Nein, dieser Schuss sollte ausschließlich eine Prüfung seiner eigenen Fähigkeiten sein.

Er atmete tief aus, wie sein Vater es ihm beigebracht hatte, riss den Arm nach vorn und schoss das Projektil ab. Als es kaum einen Meter von der ausgestreckten Hand des Jungen entfernt war, glühte es am hinteren Ende auf, ein kurzer Energiestoß, der das Projektil wie einen Laserstrahl abschoss und durchs Wasser und in die Flanke des Fischs dringen ließ, den mit Widerhaken versehenen Kopf voran.

Mit einem Freudenschrei drehte der Junge den Atlatl-Griff und ließ die beinahe unsichtbare, aber ungemein feste Leine einrasten. Als sich dann der Fisch weit genug entfernt hatte, um die Leine straff zu ziehen, begann er entschlossen zu drehen und zog den Fisch zu sich.

»Gut gemacht«, gratulierte Jango. »Aber wenn du noch einen Zentimeter weiter vorn getroffen hättest, hättest du den Hauptmuskel direkt unter der Kieme durchtrennt; dann wäre der Fisch schon vollkommen hilflos.«

Der Junge nickte und störte sich nicht daran, dass sein Vater, sein Mentor, immer noch etwas zu verbessern hatte, selbst bei einem Erfolg. Er wusste, dass sein geliebter Vater das nur tat, weil es den Sohn zwang, weiterhin nach Vollendung zu streben. Und in einer gefährlichen Galaxis sicherte nur Perfektion das Überleben.

Der Junge liebte seinen Vater noch mehr, weil er sich überhaupt die Mühe gab, ihn zu kritisieren.

Plötzlich spannte Jango sich an, denn er spürte, wie sich in der Nähe etwas bewegte, ein Geräusch vielleicht oder auch nur ein neuer Geruch, der dem wachsamen Kopfgeldjäger mitteilte, dass er und sein Junge nicht mehr allein waren. Es gab nicht viele Feinde hier auf Kamino, wenn man von denen im Wasser einmal absah – riesigen, tentakelbewehrten Geschöpfen. Oberhalb der Wasserlinie gab es hier nur wenig Leben außer den Kaminoanern selbst, und daher war Jango nicht überrascht, dass es sich um eine von ihnen handelte: Taun We, seine Kontaktperson zur Regierung des Planeten.

»Ich grüße Euch, Meister Jango«, sagte das große Geschöpf und hob den schlanken Arm zu einer Geste des Friedens und der Freundschaft.

Jango nickte, aber er lächelte nicht. Warum war Taun We hierher gekommen – die Kaminoaner verließen kaum je ihre Kuppelstadt –, und warum störte sie Jango, wenn er mit seinem Sohn unterwegs war?

»Ihr habt Euch lange nicht im Sektor blicken lassen«, stellte Taun We fest.

»Ich hatte Besseres zu tun.«

»Zusammen mit Eurem Sohn?«

Zur Antwort warf Jango einen Blick zu dem Jungen, der einen weiteren Rollerfisch an Land zog. Oder zumindest sah es so aus, wie Jango erkannte, und dieser Anblick bewirkte, dass der kampferprobte Kopfgeldjäger zufrieden nickte. Er hatte seinem Sohn erfolgreich beigebracht, wie man täuschte und den Anschein erweckte, das eine zu tun, wenn man tatsächlich etwas ganz anderes machte. Etwa dem Gespräch zuzuhören und jedes Wort von Taun We abzuwägen.

»Der zehnte Jahrestag kommt näher«, erklärte die Kaminoanerin.

Jango wandte ihr mit säuerlicher Miene den Rücken zu. »Ihr glaubt, ich weiß nicht, wann Boba Geburtstag hat?«

Taun We ließ sich nicht anmerken, ob diese scharfe Antwort sie störte. »Wir sind bereit, mit einer neuen Serie zu beginnen.«

Jango warf einen erneuten Blick zu Boba, einem von tausenden seiner Söhne, aber dem einzigen, der ein perfekter Klon war, eine genaue Kopie Jangos ohne genetische Manipulation, die ihn gehorsamer machte. Und der Einzige, den man nicht künstlich hatte altern lassen. Alle anderen, die genauso alt waren wie Boba, waren nun längst erwachsene Krieger.

Jango hatte es für einen Fehler gehalten, den Alterungsprozess zu beschleunigen – war Erfahrung für einen fähigen Krieger nicht ebenso wichtig wie seine Erbmasse? –, aber er hatte sich den Kaminoanern gegenüber nicht offen beschwert. Man hatte ihn dafür bezahlt, dass er eine bestimmte Arbeit erledigte, dass er als genetischer Spender diente, und es gehörte nicht zu seinen Aufgaben, den Prozess als solchen zu hinterfragen.

Taun We legte den Kopf ein wenig schief und blinzelte träge.

Jango identifizierte ihren Ausdruck als einen der Neugier, und das hätte ihn beinahe grinsen lassen. Die Kaminoaner waren einander viel ähnlicher als die Menschen, vor allem Menschen von verschiedenen Planeten. Das lag vielleicht an ihrer einzigartigen Denkweise, ihrer Einheit innerhalb ihrer Spezies. Es war unter anderem eine Folge ihres typischen Reproduktionsprozesses, in dem inzwischen auch Genmanipulation eine Rolle spielte, wenn schon kein direktes Klonen. Als Gesellschaft verfügten sie im Grunde nur über einen einzigen Kopf und ein einziges Gehirn. Taun We schien ehrlich verwirrt, hier einem Menschen gegenüberzustehen, den andere Menschen so wenig interessierten, ob es nun Klone waren oder nicht.

Aber hatten die Kaminoaner nicht gerade eine Armee für die Republik geschaffen? Ohne Differenzen würde ja wohl kaum eine Notwendigkeit zu Kriegen bestehen, oder?

Aber auch das interessierte Jango wenig. Er war ein Einzelgänger, ein Kopfgeldjäger, ein Eremit – oder er wäre es gewesen, wenn es Boba nicht gegeben hätte. Politik, Krieg und diese Armee seiner Klone waren ihm egal. Selbst wenn jeder Einzelne von ihnen niedergemetzelt würde, würde es ihn nicht stören. Er hatte keine gefühlsmäßigen Bindungen.

Bei diesem Gedanken schaute er zur Seite. Keine Gefühle außer denen für Boba selbstverständlich.

Davon einmal abgesehen war das hier nur ein Job, der gut bezahlt und nicht schwierig war. Finanziell hätte er sich nichts Besseres wünschen können, aber was noch wichtiger war: Nur die Kaminoaner hatten ihm Boba geben können – nicht nur einen Sohn, sondern eine genaue Nachbildung seiner selbst. Boba würde Jango die Freude machen, all das zu werden, was er selbst hätte sein können, wenn er mit einem liebenden, treu sorgenden Vater aufgewachsen wäre, einem Mentor, der sich genug für ihn interessierte, um ihn zu kritisieren, um ihn zu zwingen, perfekt zu werden. Er war als Kopfgeldjäger so gut, wie man erwarten konnte, und auch als Krieger, aber er bezweifelte nicht, dass Boba, der zur Perfektion geboren und ausgebildet war, ihn weit übertreffen würde, dass er einer der größten Krieger der Galaxis werden würde.

Und im Augenblick bestand Jango Fetts größte Belohnung darin, hier zu sitzen, zusammen mit seinem Sohn, einem jungen Abbild seiner selbst, und einen ruhigen Augenblick mit ihm zu teilen.

Ruhige Augenblicke waren in dem Tumult, der bisher Jango Fetts gesamtes Leben gekennzeichnet hatte, selten gewesen, denn er hatte praktisch, seit er laufen konnte, die Prüfungen, die einem das Leben im Outer Rim auferlegte, allein überleben müssen. Jede dieser Prüfungen hatte ihn stärker werden lassen, hatte seine Fähigkeiten perfektioniert, die er nun an Boba weitergeben würde. Es gab in der Galaxis keinen besseren Lehrer für seinen Sohn. Wenn Jango Fett einen töten wollte, war man so gut wie tot.

Nein, nicht wenn *Jango* so etwas wollte. Es ging nie um etwas Persönliches. Das Jagen, das Töten – das war alles nur ein Job, und eine der wichtigsten Lektionen, die Jango schon früh gelernt hatte, war die Leidenschaftslosigkeit. Vollkommene Leidenschaftslosigkeit. Das war seine beste Waffe.

Er sah Taun We an, dann drehte er sich um und grinste seinen Sohn an. Jango konnte vollkommen leidenschaftslos sein, außer wenn er mit Boba allein war. Für Boba empfand er Liebe und Stolz, und er musste ununterbrochen daran arbeiten, diese potenziellen Schwächen zu zügeln. Er liebte seinen Sohn sehr, aber gerade weil er ihn so liebte, musste Jango ihn von seinen frühesten Tagen an dieselbe Leidenschaftslosigkeit, ja sogar Gefühllosigkeit, lehren.

»Wir werden den Prozess fortsetzen, sobald Ihr bereit seid«, erklärte Taun We und riss Jango damit wieder aus seinen Gedanken.

»Habt ihr denn nicht schon genug Material?«

»Nun, da Ihr ohnehin hier seid, wäre es uns lieber, wenn Ihr mitmachen würdet«, sagte Taun We. »Der ursprüngliche Spender ist stets die beste Wahl.«

Jango verdrehte die Augen bei dem Gedanken an die Nadeln und das Sondieren, aber dann nickte er zustimmend; es war wirklich ein einfacher Job, wenn man an das Geld dachte.

»Wann immer Ihr bereit seid.« Taun We verbeugte sich, drehte sich um und ging davon.

Wenn ihr drauf wartet, könnt ihr ewig warten, dachte Jango, aber er schwieg und wandte sich wieder Boba zu und bedeutete dem Jungen, er sollte sein Atlatl wieder einsetzen. *Denn jetzt habe ich alles, was ich wollte*, dachte Jango, der Bobas geschmeidige Bewegungen beobachtete, seine umherschießenden Blicke, mit denen er nach dem nächsten Rollerfisch Ausschau hielt.

Das Industriegebiet von Coruscant verfügte vielleicht über die größten Frachtdocks der ganzen Galaxis. Sie wurden praktisch ununterbrochen von großen Transportern angeflogen, auf die schon riesige schwebende Kräne warteten, um die Millionen Tonnen von Waren zu verladen, die es brauchte, um diese Planetenstadt am Leben zu erhalten, die sich schon lange nicht mehr mit eigenen Ressourcen am Leben erhalten konnte. Diese Docks waren verblüffend gut organisiert, dennoch schien hier ständig Hektik zu herrschen, und manchmal brach alles unter der schieren Anzahl der einlaufenden Schiffe zusammen.

Auch Passagiere stiegen hier aus und zu, die einfachen Leute von Coruscant, die eine billige Passage auf Frachtern buchten, tausende und abertausende von Bürgern des Hauptstadtplaneten, die dem reinen Wahnsinn entfliehen wollten, zu dem ihre Welt geworden war.

In diesem Menschenstrom bewegten sich auch Anakin und Padmé, gekleidet in einfache braune Hosen und Hemden, die typische Kleidung von Auswanderern. Sie gingen Seite an Seite zum Shuttleausgang und näherten sich dem Dock und der Gangway, die sie zu einem der riesigen Transporter bringen würde. Captain Typho, Dormé und Obi-Wan warteten am Ausgang auf sie.

»Gute Reise, M'Lady«, sagte Captain Typho mit echter Sorge. Ihm war deutlich anzumerken, dass es ihm nicht leicht fiel, Padmé aus seiner Obhut zu entlassen. Er reichte Anakin zwei kleinere Taschen und nickte dem jungen Jedi vertrauensvoll zu.

»Danke, Captain«, erwiderte Padmé gerührt. »Passt gut auf Dormé auf. Nun wird sich die Gefahr auf euch beide konzentrieren.«

»Er wird bei mir sicher sein«, warf Dormé rasch ein.

Padmé lächelte. Sie war froh über diesen Versuch, die Stimmung ein wenig zu lockern. Dann umarmte sie ihre Dienerin und schlang die Arme nur noch fester um sie, als sie hörte, wie Dormé anfing zu weinen.

»Dir wird schon nichts passieren«, flüsterte Padmé dem Mädchen ins Ohr.

»Darum geht es nicht, M'Lady. Ich mache mir Sorgen um

Euch. Was, wenn sie bemerken, das Ihr die Hauptstadt verlassen habt?«

Padmé schob Dormé ein wenig zurück und lächelte sie an, dann schaute sie zu Anakin. »Dann wird mein Beschützer eben zeigen müssen, was er kann.«

Dormé lächelte nervös, wischte sich eine Träne aus dem Augenwinkel und nickte schließlich.

Anakin selbst bemühte sich bewusst, nicht zu lächeln, und hatte eine selbstsichere, beherrschte Haltung angenommen. Aber innerlich war er begeistert über Padmés Kompliment.

Obi-Wan allerdings zerstörte diese Wärme gleich wieder, indem er den jungen Padawan beiseite zog.

»Du bleibst mit ihr auf Naboo«, sagte der Meister. »Erregt keine Aufmerksamkeit. Unternehmt nichts, ohne vorher mit mir oder dem Rat Verbindung aufzunehmen.«

»Ja, Meister«, antwortete Anakin gehorsam, aber innerlich kochte er und wollte widersprechen. Er sollte nichts, absolut nichts unternehmen, ohne vorher um Erlaubnis zu bitten? Hatte er nicht ein bisschen mehr Respekt verdient? Hatte er sich nicht als Padawan bewiesen, auf den man sich verlassen konnte?

»Ich werde schnell herausfinden, was hinter dieser Sache steht, M'Lady«, hörte er Obi-Wan zu Padmé sagen. Noch immer kochte er innerlich. War das nicht genau der Kurs, den er selbst seinem Meister vorgeschlagen hatte, gleich als man sie ausgeschickt hatte, um die Senatorin zu bewachen?

»Ihr werdet schon bald wieder hierher zurückkehren können«, versicherte ihr Obi-Wan.

»Ich wäre sehr dankbar dafür, Meister Jedi.«

Es gefiel Anakin nicht, wenn Padmé mit Obi-Wan so sprach. Zumindest wollte er nicht, dass Padmé Obi-Wan für wichtiger hielt als ihn. »Zeit zu gehen«, verkündete er.

»Ich weiß«, antwortete Padmé, aber sie wirkte alles andere als erfreut.

Anakin mahnte sich, das nicht persönlich zu nehmen. Padmé war einfach der Ansicht, dass sie ihre Pflicht hier im Senat erfüllen sollte, und es gefiel ihr nicht, fliehen zu müssen. Es gefiel ihr auch nicht, eine weitere Dienerin an ihrer Stelle zurückzulassen, vor allem, da die Erinnerung an die ermordete Cordé noch so frisch war.

Padmé und Dormé umarmten sich noch einmal. Anakin griff nach dem Gepäck und machte sich auf den Weg zum Speederbus, wo R2-D2 bereits wartete.

»Möge die Macht mit euch sein«, sagte Obi-Wan.

»Möge die Macht mit Euch sein, Meister.« Das meinte Anakin ganz ernst. Er wünschte sich sehnlichst, dass Obi-Wan herausfand, wer hinter den Mordversuchen stand, damit die Galaxis für Padmé wieder sicherer wurde. Aber er musste auch zugeben, dass er hoffte, es würde nicht allzu schnell geschehen. Seine Pflicht hatte ihn an die Seite der Frau gestellt, die er liebte, und er wäre unglücklich gewesen, wenn sich dieser Auftrag als nur knapp befristet erweisen und er schon bald wieder von ihr weggeholt würde.

»Ich habe plötzlich Angst«, sagte Padmé zu ihm, als sie auf den riesigen Frachter zugingen, der sie nach Naboo bringen sollte. Neben ihnen rollte R2-D2 her, der vergnügt vor sich hin pfiff.

»Das hier ist der erste Auftrag, bei dem ich auf mich allein gestellt bin. Ich habe auch Angst.« Anakin drehte sich um, sah Padmé in die Augen und grinste breit. »Aber mach dir keine Sorgen. Immerhin ist R2 bei uns.«

Am Shuttle-Bus beobachteten die drei Zurückbleibenden, wie Anakin, Padmé und R2-D2 in der Menge auf dem gewaltigen Raumhafen verschwanden.

»Ich hoffe, er tut nichts Dummes«, sagte Obi-Wan, und die Tatsache, dass er so offen vor ihm über seinen Schüler sprach, zeigte Captain Typho, wie sehr der Jedi ihm inzwischen vertraute.

»Ich mache mir mehr Sorgen, dass *sie* etwas Dummes tun

wird«, erwiderte Typho und schüttelte ernst den Kopf. »Sie befolgt nicht gerne Anweisungen.«

»Dann haben sich ja die richtigen Reisegefährten gefunden«, stellte Dormé fest.

Wieder schüttelte Typho hilflos den Kopf. Obi-Wan widersprach Dormés Einschätzung nicht, so unschuldig sie es auch gemeint haben mochte. Ja, Padmé Amidala konnte störrisch sein; sie war eine starke, unabhängige Frau und neigte dazu, sich lieber auf ihre eigene Einschätzung als auf die von anderen zu verlassen, ganz gleich, wie erfahren und hochgestellt diese anderen sein mochten.

Aber nicht sie war der störrischste Teil dieses Paars, das gerade aus dem Bus ausgestiegen war.

Kein beruhigender Gedanke.

Elf

Der große Jeditempel war ein Ort der Kontemplation und der Ausbildung und darüber hinaus auch ein Ort, an dem Informationen zusammengetragen wurden. Die Jedi waren traditionell die Hüter des Friedens und des Wissens. Doch in der Tempelanlage befanden sich abseits der Hauptflure auch Analyseräume, Glaskästen, in denen Droiden unterschiedlichster Größe und Gestalt arbeiteten.

Obi-Wan Kenobi dachte immer noch an Anakin und Padmé, als er den Tempel durchquerte. Er fragte sich nicht zum ersten und sicher auch nicht zum letzten Mal, ob es wirklich so klug gewesen war, Anakin zusammen mit der Senatorin wegzuschicken. Der Eifer, mit dem der Padawan diesen Auftrag übernommen hatte, hatte in Obi-Wans Kopf Alarmsirenen ausgelöst, aber er hatte zugelassen, dass die beiden nach Naboo flogen, vor allem, weil er wusste, dass er zu beschäftigt damit sein würde, den Hinweisen auf den Hintermann der Attentate zu folgen, um Amidala angemessen schützen zu können.

Die Analyseräume waren wie immer, wenn Schüler und Meister intensiv arbeiteten, von geschäftiger Aktivität erfüllt. Obi-Wan fand allerdings einen leeren Raum, in dem sich ein SP-4-Analysedroide befand – genau, was er brauchte. Er setzte sich an die Konsole, und der Droide reagierte sofort und öffnete eine Schublade.

»Bitte legt den Gegenstand hier hinein«, erklang die metallische Stimme. Obi-Wan holte den Giftpfeil heraus, der die Kopfgeldjägerin getötet hatte, und legte ihn in das Fach.

Sobald der Droide die Lade zurückgezogen hatte, flackerte

der Schirm vor Obi-Wan und begann eine Reihe von Diagrammen und Datenreihen durchzugehen.

»Es handelt sich um einen Giftpfeil«, erklärte der Jedi dem SP-4. »Ich muss wissen, woher er kommt und wer ihn hergestellt hat.«

»Einen Augenblick bitte.« Weitere Diagramme zogen vorbei, weitere Datenreihen scrollten über den Bildschirm, und dann hielt das Bild inne und zeigte einen ähnlichen Pfeil. Er war allerdings nicht ähnlich genug, und der Suchprozess ging weiter. Bilder des Pfeils blitzten vor Obi-Wan auf, dahinter Diagramme ähnlicher Gegenstände, doch eine Übereinstimmung konnte nicht entdeckt werden.

Der Schirm wurde dunkel. Die Lade kam wieder heraus.

»Wie Ihr schon auf dem Schirm sehen konntet, entstammt die Waffe keiner bekannten Kultur«, erklärte SP-4. »Die Kennzeichen konnten nicht identifiziert werden. Wahrscheinlich wurde die Waffe von einem einzelnen Krieger hergestellt, der keine Verbindung zu einer bekannten Kultur hat. Tretet bitte von der Sensorlade zurück.«

»Wie bitte? Kannst du es nicht noch mal versuchen?« Obi-Wan konnte seine Frustration nicht verbergen.

»Meister Jedi, unsere Aufzeichnungen sind sehr umfassend. Sie decken achtzig Prozent der Galaxis ab. Wenn ich Euch nicht sagen kann, woher dieser Gegenstand kommt, dann kann es niemand.«

Obi-Wan griff nach dem Pfeil und schaute den Droiden seufzend an. Er war nicht sicher, ob er dieser Ansicht zustimmte. »Danke für deine Hilfe«, sagte er. Er fragte sich, ob die SP-4s darauf programmiert waren, Sarkasmus zu begreifen. »Du kannst vielleicht nicht rausfinden, wer diesen Pfeil hergestellt hat, aber ich glaube, ich kenne jemanden, der es wissen dürfte.«

»Die Wahrscheinlichkeit dafür beträgt …«, setzte SP-4 zu einer Antwort an, und dann folgte eine ausführliche Erläuterung über die Vollständigkeit seiner Datenbanken, die unvergleichlichen Suchmöglichkeiten und so weiter …

Das alles zählte nicht, denn Obi-Wan war schon nicht mehr in der Glaskabine. Er eilte bereits den langen Flur entlang und verließ schließlich den Jedi-Tempel.

Er hatte niemandem gesagt, wohin er sich wenden wollte, sondern sich ganz darauf konzentriert, eine Lösung zu finden. Er brauchte diese Antworten, und zwar schnell. Er hatte das unangenehme Gefühl, dass es nicht nur um die Sicherheit von Senatorin Amidala ging. Er spürte instinktiv, dass hier noch mehr auf dem Spiel stand – was es allerdings war, konnte er nur vermuten. Anakins geistige Haltung? Eine Intrige gegen die Republik?

Vielleicht war er auch nur unruhig, weil nicht einmal der normalerweise so zuverlässige SP-4-Droide ihm hatte helfen können. Er brauchte Antworten, und offenbar brachten ihn die konventionellen Methoden der Informationsbeschaffung nicht weiter. Aber Obi-Wan Kenobi war auch in vielerlei Hinsicht kein konventioneller Jedi. Obwohl er dazu neigte, sich reserviert zu geben – besonders wenn er mit seinem Padawan zu tun hatte –, hatte sein ehemaliger Meister Qui-Gon Jinn bei Obi-Wan durchaus Spuren hinterlassen.

Er wusste, wo er eine Antwort erhalten würde.

Er lenkte seinen Speeder in das Geschäftsviertel von Coco-Town, nicht weit entfernt von der Stelle, wo er und Anakin die Attentäterin gestellt hatten.

Obi-Wan stellte den Speeder ab und stieg aus. Er ging zu einem kleinen Gebäude, dessen Fenster trüb waren; die Mauern waren bunt bemalt. Ein Leuchtschild hing über der Tür. Obi-Wan konnte diese Schriftzeichen nicht lesen, aber er wusste, dass sie für DEX'S DINER standen.

Er lächelte. Er hatte Dex lange nicht gesehen. Viel zu lange, dachte er, als er das Lokal betrat.

Im Inneren war das »Diner« ähnlich wie andere Lokale der unteren Ebenen ausgestattet, mit Nischen an den Wänden und vielen frei stehenden runden Tischen, an denen Hocker standen. Es gab eine Theke, zum Teil mit Hockern, zum Teil frei, an die sich einige Gäste unterschiedlicher Spezies lehnten. Harte Burschen, das wusste Obi-Wan, Frachterpiloten und Dockarbeiter, die in einer durch Technologie verweichlichten Galaxis immer noch ihre Muskeln benutzten.

Der Jedi ging zu einem kleinen Tisch und setzte sich auf den Hocker, während eine Kellnerdroidin den Tisch abwischte.

»Was darf's sein?«, fragte die Droidin.

»Ich möchte mit Dexter sprechen.«

Die mechanische Kellnerin gab ein eher unfreundliches Geräusch von sich.

Obi-Wan lächelte nur.

»Ich muss mit ihm reden.«

»Was wollt Ihr von ihm?«

»Er hat keinen Ärger«, versicherte ihr der Jedi. »Es ist etwas Privates.«

Die Kellnerin starrte ihn einen Augenblick an, dann ging sie kopfschüttelnd zu der Durchreiche hinter der Theke. »Jemand will dich sprechen, Schatz«, sagte sie. »Scheint ein Jedi zu sein.«

Ein dicker Kopf schob sich durch die offene Durchreiche, umweht von grauem Dampf. Ein Mund, der groß genug war, Obi-Wans Kopf auf einen Schlag zu verschlucken, verzog sich zu einem breiten Grinsen, als Dexter den Besucher entdeckte. »Obi-Wan!«

»Hallo, Dex!«, erwiderte Obi-Wan und stand auf.

»Setz dich, alter Freund! Ich komme sofort!«

Obi-Wan sah sich um. Die Droidin hatte sich wieder an die Arbeit gemacht und kümmerte sich um andere Gäste. Obi-Wan ging zu einer Nische direkt neben der Theke.

»Eine Tasse Ardees?«, fragte die Kellnerin jetzt viel freundlicher.

»Danke.«

Sie ging zur Theke und wich aus, als der berüchtigte Dexter steifbeinig durch die Thekentür kam. Er war eine beeindruckende Gestalt, ein halsloser Fleischberg, neben dem die meisten harten Burschen, die sein Lokal frequentierten, klein aussahen. Sein gewaltiger Bauch sprengte beinahe das schmutzige Hemd und die Hose. Er war kahl und verschwitzt, und obwohl er alt geworden war und sich aufgrund zu vieler alter Wunden nicht mehr geschmeidig bewegen konnte, war Dexter Jettster offensichtlich niemand, mit dem man sich anlegen sollte – vor allem, da er über vier riesige Arme verfügte, jeder mit einer massiven Faust bestückt, die einem das Gesicht einschlagen konnte. Obi-Wan bemerkte, wie viele respektvolle Blicke seinem alten Freund folgten, als der zur Nische ging.

»Heh, alter Kumpel!«

»Heh, Dex! Lange nicht gesehen.«

Mit einiger Anstrengung gelang es Dexter, sich auf den Sitz gegenüber Obi-Wan zu zwängen. Die Kellnerin kam mit zwei Krügen Ardees zurück und stellte sie vor den alten Freunden ab.

»Na, was kann ich für dich tun?«, fragte Dexter, und es war klar, dass er wirklich helfen wollte. Das überraschte Obi-Wan nicht. Ihm gefiel nicht alles, was Dexter tat, und er hatte seine Probleme mit dem heruntergekommenen Lokal und den vielen Schlägereien dort, aber er wusste auch, Dex war ein Freund, wie man ihn sich nur wünschen konnte. Dex würde einen Feind zerquetschen, aber er würde auch sein Leben für seine Freunde geben. Das war ein ungeschriebenes Gesetz der Sternenwanderer, und eines, das Obi-Wan zu schätzen wusste. In vielerlei Hinsicht fühlte sich der Jediritter hier bei Dex wohler, als wenn er es mit der Oberschicht zu tun hatte.

»Du kannst mir sagen, was das hier ist«, antwortete Obi-Wan. Er legte den Pfeil auf den Tisch und beobachtete Dex' Reaktion. Er bemerkte, wie schnell der Mann den Krug wieder absetzte und die Augen aufriss, als er diesen seltsamen Gegenstand betrachtete.

»Sieh mal an!«, sagte Dex leise. Er griff vorsichtig, beinahe ehrfürchtig, nach dem Pfeil, und die Waffe verschwand fast in den dicken Fingern. »So was hab ich nicht mehr gesehen, seit ich auf Subterrel weit hinter dem Outer Rim geschürft hab.«

»Weißt du, woher er kommt?«

Dexter legte den Pfeil wieder hin. »Dieses Schätzchen hier stammt von den Klonern. Was du hier hast, ist ein Kamino-Säbelpfeil.«

»Ein Kamino-Säbelpfeil?«, wiederholte Obi-Wan. »Ich frage mich, warum er nicht in unserem Archiv aufgelistet war.«

Dex stieß den Pfeil mit einem kurzen Finger an. »Es sind diese komischen kleinen Einschnitte an der Seite, die seine Herkunft verraten«, erklärte er. »Die Analysedroiden, die ihr im Tempel habt, konzentrieren sich auf Symbole. Man sollte annehmen, ihr Jedi hättet mehr Respekt für den Unterschied zwischen Wissen und Weisheit.«

»Na ja, Dex, wenn Droiden denken könnten, wären wir nicht hier, oder?«, antwortete Obi-Wan lachend, und einen Augenblick später schloss Dex sich ihm an.

Der Jediritter wurde allerdings rasch wieder ernst, denn er erinnerte sich, worum es bei seinem Auftrag ging. »Kamino ... hab ich noch nie gehört. Gehört diese Welt zur Republik?«

»Nein, sie liegt hinter dem Outer Rim. Ich würde sagen, etwa zwölf Parsec vor dem Rishi-Labyrinth, im Süden. Aber sie ist leicht zu finden – sogar diese Droiden in eurem Archiv sollten das können. Die Kaminoaner bleiben allerdings gerne unter sich. Sie sind Kloner. Und zwar verdammt gute.«

Obi-Wan hob den Peil noch einmal auf, hielt ihn hoch, stützte den Ellbogen auf den Tisch. »Kloner?«, fragte er. »Sind sie der Republik freundlich gesinnt?«

»Das kommt drauf an.«

»Worauf?« Bei diesen Worten schaute der Jedi an dem Pfeil vorbei, und das Grinsen auf Dexters Gesicht gab ihm die Antwort, bevor sein Freund sie laut aussprechen konnte.

»Auf deine guten Manieren und die Größe deines Geldbeutels.«

Obi-Wan war nicht sonderlich überrascht.

Zwölf

Senatorin Padmé Amidala, ehemals Königin Amidala von Naboo, war nicht an diese Art des Reisens gewöhnt. Das Schiff, auf dem sie sich befand, hatte nur eine einzige Klasse; tatsächlich handelte es um nichts anderes als einen normalen Frachter mit mehreren großen, offenen Laderäumen, die eher für leblose Güter gedacht waren als für lebendige Wesen. Das Licht war schrecklich und der Geruch noch schlimmer, obwohl Padmé nicht hätte sagen können, ob er nun vom Schiff selbst oder von den Auswanderern, Wesen vieler unterschiedlicher Spezies, kam. Es war ihr auch egal. In gewisser Hinsicht genoss Padmé diese Reise. Sie wusste, sie sollte eigentlich auf Coruscant sein und gegen die Aufstellung einer Armee der Republik kämpfen, aber irgendwie fühlte sie sich hier entspannt und frei.

Frei von Verantwortung. Frei, eine Weile einfach nur Padmé zu sein und nicht Senatorin Amidala. Solche Augenblicke waren selten für sie, und sie hatte seit ihrer Kindheit nicht viele davon erlebt. Es kam ihr so vor, als hätte sie schon ihr ganzes Leben lang im Dienst der Öffentlichkeit gestanden, als hätte sie sich stets auf das größere Ganze und dessen Wohl konzentriert und kaum Zeit gehabt für Padmé, ihre Bedürfnisse und Wünsche.

Die Senatorin bedauerte dieses Leben nicht. Sie war stolz auf das, was sie erreicht hatte, aber es war noch mehr: Zu wissen, dass sie Anteil an etwas hatte, das größer war als sie selbst, gab ihr ein Gefühl intensiver Wärme und Gemeinschaft.

Dennoch, Augenblicke wie dieser, wenn die Verantwortung

einmal von ihr genommen war, waren angenehm, das konnte sie nicht abstreiten.

Sie schaute hinüber zu Anakin, der ein wenig unruhig schlief. Sie konnte ihn nun einfach als jungen Mann sehen, nicht mehr nur als Jedi-Padawan und ihren Beschützer. Ein gutaussehender junger Mann und einer, dessen Taten immer wieder von seiner Liebe zu ihr kündeten. Ein gefährlicher junger Mann, das ließ sich nicht leugnen, ein Jedi, der an Dinge dachte, an die er eigentlich nicht denken sollte. Ein Mann, der unvermeidlich dem Ruf seines Herzens folgte, über jeden Pragmatismus und jede Angemessenheit hinaus. Und alles um ihretwillen. Padmé konnte nicht abstreiten, dass dies auf sie sehr anziehend wirkte. Sie und Anakin hatten beide den Weg des Dienens gewählt, sie selbst als Senatorin, er als Jedi, aber Anakin hatte begonnen, gegen seinen derzeitigen Kurs zu rebellieren, oder doch zumindest gegen den Meister, der ihn auf dem derzeitigen Kurs führte. Padmé hatte selbst nie auf solche Weise rebelliert.

Was nicht hieß, dass sie es nicht gewollt hatte. Hatte Padmé Amidala nicht einfach nur Padmé sein wollen? Zumindest manchmal?

Sie lächelte, wandte sich entschlossen von Anakin ab und hielt in dem trüb beleuchteten Frachtraum nach ihrem anderen Reisebegleiter Ausschau. Schließlich entdeckte sie R2-D2 in einer Schlange, wo er zwischen lebendigen Geschöpfen auf die Essensausgabe wartete. Am vorderen Ende dieser Schlange teilten Besatzungsmitglieder einen langweilig aussehenden Brei aus, und jedes Wesen, das eine der Essensschalen entgegennahm, stöhnte enttäuscht.

Padmé sah amüsiert zu, wie ein Essensausteiler zu schreien und abwehrend zu fuchteln begann, als R2-D2 näherkam. »Droiden haben an der Essensausgabe nichts zu suchen!«, brüllte er. »Verschwinde hier!«

R2 rollte scheinbar gehorsam an der Theke vorbei, aber dann fuhr er plötzlich eine Röhre aus und saugte etwas von dem Brei in einen Behälter in seinem Inneren, um das Essen zu seinen Freunden zu bringen.

»Heh, keine Droiden hier!«, rief der Mann noch einmal.

R2 saugte eine weitere Portion von dem Brei, streckte dann einen Klauenarm aus, um nach einem Stück Brot zu greifen, und rollte mit einem vergnügten Pfeifen davon. Der Mann drohte mit der Faust und brüllte verärgert hinter ihm her.

Der Droide rollte rasch wieder zu Padmé zurück, aber er musste geschickt manövrieren, um den schlafenden Passagieren auszuweichen.

»Nein, nein!«, erklang es plötzlich hinter ihr. Es war Anakin. »Mom, nein!«

Padmé drehte sich rasch um. Sie sah, dass der Padawan immer noch schlief, aber er schwitzte und schlug um sich und hatte offensichtlich einen Albtraum.

»Anakin?« Sie rüttelte ihn ein wenig.

»Nein, Mom!«, schrie er und riss sich von Padmé los, und sie sah, dass sich seine Füße bewegten, als wäre er auf der Flucht vor etwas.

»Anakin«, sagte sie nun lauter. Sie schüttelte ihn fester.

Er blinzelte, öffnete dann die blauen Augen ganz und sah sich einen Augenblick lang verwirrt um, bis er Padmé erkannte. »Was ist los?«

»Du hattest offenbar einen Albtraum.«

Anakin starrte sie weiterhin an, und die Verwirrung wich der Sorge.

Padmé ließ sich von R2-D2 eine Schale Brei und ein Stück Brot geben. »Hast du Hunger?« Anakin setzte sich aufrecht hin und nahm das Essen entgegen. Er fuhr sich mit der Hand durchs Haar und schüttelte den Kopf.

»Wir sind vor einer Weile in den Hyperraum gesprungen«, berichtete sie.

»Wie lange habe ich geschlafen?«

Padmé lächelte ihn an. »Du hast gut geschlafen«, versuchte sie ihn zu beruhigen.

Anakin strich sich das Hemd glatt, reckte den Hals und sah sich um, um sich zu orientieren. »Ich freue mich, wieder nach Naboo zu kommen«, erklärte er. Aber dann verzog er angewidert das Gesicht, als er den schmutzig-weißen Brei in seiner Schale sah, und schnupperte misstrauisch an dem Zeug. »Naboo«, sagte er schließlich noch einmal und schaute Padmé wieder an. »Seit ich den Planeten verlassen habe, habe ich jeden Tag an die Zeit dort gedacht. Er ist mit Abstand die schönste Welt, die ich je gesehen habe.«

Bei diesen Worten verschlang er Padmé geradezu mit Blicken, und sie blinzelte und wandte sich ein wenig ab, weil er sie nervös machte.

»Es ist vielleicht nicht mehr so, wie du es in Erinnerung hast. Die Zeit verändert die Wahrnehmung.«

»Manchmal schon«, stimmte Anakin ihr zu. Als Padmé wieder hinschaute, betrachtete er sie immer noch so intensiv wie zuvor, und sie wusste, wovon er sprach, als er sagte: »Manchmal auch zum Besseren.«

»Es muss für dich schwierig gewesen sein, den Jedi-Eid zu leisten«, unternahm sie einen weiteren Versuch, seinen Blick von ihr abzulenken. »Du kannst nicht einfach gehen, wohin du möchtest, und tun, was du willst.«

»Oder bei den Menschen sein, die ich liebe?« Anakin sah schon, wohin das führte.

»Ist es dir denn erlaubt zu lieben?«, fragte Padmé ganz offen. »Ich dachte, das wäre den Jedi verboten.«

»Anhaftung ist verboten«, begann Anakin mit tonloser Stimme, als rezitierte er einen Text. »Besitz ist verboten. Aber Mitgefühl, das ich als bedingungslose Liebe definieren würde, sollte im Mittelpunkt des Lebens eines Jedi stehen. Also könnte man sagen, man ermutigt uns zu lieben.«

»Du hast dich so sehr verändert«, hörte Padmé sich sagen, in einem Tonfall, der ihr unangemessen vorkam ... viel zu einladend ...

Sie blinzelte, als Anakin diese Worte sofort umkehrte. »Du

hast dich kein bisschen verändert. Du bist genauso, wie ich dich aus meinen Träumen in Erinnerung habe. Und ich bezweifle, dass sich Naboo sehr verändert hat.«

»Das hat es auch nicht …« Padmés Stimme war beinahe nur noch ein Hauch. Sie waren zu nahe beisammen. Das wusste sie. Sie wusste, dass sie hier gefährliches Terrain betrat, gefährlich für sie selbst und für Anakin. Er war ein Padawan, ein Jedi, und den Jedi war nicht gestattet …

Und was war mit ihr? Was war mit allem, wofür sie so schwer gearbeitet hatte, seit sie kaum erwachsen gewesen war? Was war mit dem Senat, mit dieser ungemein wichtigen Abstimmung über die Aufstellung einer Armee? Wenn sich Padmé mit einem Jedi einließ, würde es jede Menge Spekulationen bezüglich ihrer Haltung bei der Abstimmung geben! Die Armee, falls eine aufgestellt würde, würde neben den Jedi und ihren Pflichten existieren, und Padmé wollte sich gegen diese Armee stellen, also …

Also was?

Es war alles so kompliziert, aber was noch wichtiger war: Es war alles so gefährlich! Dann musste sie wieder an ihre Schwester Sola und an ihr letztes Gespräch mit ihr denken, bevor sie nach Coruscant zurückgekehrt war. Sie dachte an Ryoo und Pooja.

»Du hast vorhin von deiner Mutter geträumt«, sagte sie, weil sie das Thema wechseln wollte. Sie lehnte sich zurück und brachte ein wenig Abstand zwischen sich und Anakin – Sicherheitsabstand. »Erinnerst du dich?«

Anakin lehnte sich ebenfalls zurück. Er wandte sich ein wenig ab und nickte. »Es ist so lange her, seit ich Tatooine verlassen habe. Ich kann mich kaum mehr an sie erinnern.« Dann sah er Padmé plötzlich wieder an. »Ich will diese Erinnerung nicht verlieren. Ich will nicht vergessen, wie ihr Gesicht aussieht.«

Sie wollte sagen »Ich weiß« und setzte dazu an, ihm über die Wange zu streichen, aber dann hielt sie sich zurück und ließ ihn weitersprechen.

»Ich sehe sie immer wieder in meinen Träumen. Es sind sehr lebhafte Träume, und sie machen mir Angst. Ich mache mir Sorgen um sie.«

»Du würdest mich sehr enttäuschen, wenn du das nicht tätest«, antwortete Padmé leise und voller Mitgefühl. »Du hast Tatooine nicht gerade unter den besten Umständen verlassen.«

Anakin verzog das Gesicht, als hätten diese Worte ihm wehgetan.

»Aber es war richtig, dass du gegangen bist«, erinnerte sie ihn. Nun legte sie doch die Hand auf seinen Arm und sah ihm in die Augen. »Und deine Mutter wollte, dass du gehst. Das hat sie sich für dich gewünscht. Die Chance, die Qui-Gon dir angeboten hat, hat ihr Hoffnung gegeben. Das ist es, was Eltern sich für ihre Kinder wünschen. Es hat deine Mutter glücklich gemacht zu wissen, dass du die Aussicht auf ein besseres Leben hast.«

»Aber diese Träume …«

»Ich nehme an, du kannst nichts dagegen tun, dass du ein paar Schuldgefühle hast, weil du gegangen bist«, antwortete Padmé, und Anakin schüttelte den Kopf, als hätte sie etwas nicht richtig verstanden. Padmé war allerdings anderer Ansicht, also fuhr sie fort: »Es ist nur natürlich, wenn du dir wünschst, dass deine Mutter nicht mehr auf Tatooine ist, sondern vielleicht hier bei dir. Oder auf Naboo oder Coruscant oder an einem anderen Ort, den du für sicherer und angenehmer hältst. Glaub mir, Anakin«, sagte sie leise, aber eindringlich, und wieder legte sie die Hand auf seinen Unterarm. »Du hast das Richtige getan, als du gegangen bist. Für dich selbst, aber was noch wichtiger ist, auch für deine Mutter.«

In ihren Augen stand so viel Mitgefühl, so viel Fürsorge, dass Anakin nichts mehr erwidern konnte.

Die Hafenstadt Theed war in vielerlei Hinsicht Coruscant ähnlich. Frachter und Shuttles reihten sich in der Warteschleife ein, um landen zu können. Doch diese Stadt auf Naboo sah insgesamt weicher aus; es gab nur wenige hoch aufragende Wolkenkratzer aus Metall und glänzendem Transparistahl. Die Gebäude hier waren aus Stein und vielen anderen Materialien erbaut und hatten abgerundete Linien und zarte Farben. Rankenpflanzen aller Art waren allgegenwärtig, schlängelten sich über die Mauern von Gebäuden und sorgten für Farbe und Duft. Dadurch wirkte alles gleich viel angenehmer.

Anakin und Padmé schleppten ihr Gepäck über einen Platz, der Anakin vertraut vorkam, einen Platz, auf dem sie vor zehn Jahren Zeugen einer Schlacht gegen die Droiden der Handelsföderation geworden waren. R2-D2 folgte ihnen und pfiff ein vergnügtes Liedchen, als hätte die angenehme Ausstrahlung von Theed ihn schon vollkommen vereinnahmt.

Padmé warf Anakin immer wieder verstohlene Blicke zu und bemerkte, dass er nun viel gelassener aussah und sein Grinsen immer breiter wurde.

»Wenn ich hier aufgewachsen wäre, hätte ich den Planeten sicher niemals verlassen«, stellte er fest.

Padmé lachte. »Das bezweifle ich.«

»Nein, wirklich. Als ich mit meiner Ausbildung im Jeditempel anfing, war ich sehr einsam und hatte furchtbares Heimweh. Diese Stadt und meine Mutter waren die einzigen angenehmen Erinnerungen, die ich hatte.«

Padmé sah ihn neugierig und ein wenig verwirrt an. Als Anakin damals auf Naboo gewesen war, hatte hier Krieg geherrscht! War er so besessen von ihr und von diesem Planeten, dass selbst die schlechten Erinnerungen von seinen positiven Gefühlen verdrängt wurden?

»Das Problem ist«, fuhr er fort, »dass ich mich immer schlechter gefühlt habe, wenn ich an meine Mutter dachte. Aber wenn ich an Naboo und den Palast dachte, ging es mir gut.«

Er sprach es nicht aus, aber Padmé wusste, er wollte damit

eigentlich sagen, das er sich besser gefühlt hatte, wenn er an sie dachte, oder zumindest, dass sie Teil dieser liebevollen Gedanken gewesen war.

»Ich habe mir dann vorgestellt, wie der Palast im Sonnenlicht schimmert und wie es hier immer nach Blüten riecht.«

»Und das Geräusch der Wasserfälle in der Ferne«, fügte Padmé hinzu. Sie musste zugeben, dass Anakin vollkommen ehrlich klang, und sie konnte ihm nur zustimmen – was er über Naboo sagte, entsprach der Wahrheit, obwohl sie sich entschlossen hatte, sich von diesen Gefühlen zu distanzieren. »Als ich die Hauptstadt zum ersten Mal sah, war ich noch sehr klein. Ich hatte noch nie zuvor einen Wasserfall gesehen. Ich fand ihn so schön! Nie hätte ich mir träumen lassen, dass ich eines Tages im Palast wohnen würde.«

»Sag mir – hast du als kleines Mädchen von Macht und von Politik geträumt?«

Wieder musste Padmé laut lachen. »Nein, das war das Letzte, woran ich gedacht hätte.« Sie konnte spüren, wie sich Sehnsucht in ihre Gefühle schlich, die Erinnerung an diese lange zurückliegenden Tage, bevor der Krieg ihre Unschuld zerstört hatte und dann die ununterbrochenen Intrigen, Betrügereien und Täuschungen in der Politik alles noch schlimmer machten. Sie konnte kaum glauben, dass sie Anakin gegenüber so offen war: »Mein Traum war, für die Flüchtlingshilfe zu arbeiten. Ich hätte nie daran gedacht, für ein öffentliches Amt zu kandidieren. Aber je mehr ich mich mit der Geschichte beschäftigte, desto klarer wurde mir, wie viel Gutes Politiker erreichen können. Also habe ich mich mit acht Jahren den Jungen Gesetzgebern angeschlossen, was hier auf Naboo einer öffentlichen Erklärung gleichkommt, dass man der Öffentlichkeit dienen will. Dann wurde ich Senatsberaterin und habe mich mit solcher Leidenschaft auf meine Pflichten gestürzt, dass man mich, eh ich mich versehen hatte, zur Königin wählte.«

Padmé schaute Anakin an und zuckte die Schultern, denn

sie wollte bescheiden bleiben. »Es lag zum Teil daran, dass ich bei meiner Ausbildung so gut abgeschnitten hatte«, erklärte sie. »Aber überwiegend hatte es wohl damit zu tun, dass ich fest an die Möglichkeit von Reformen glaubte. Die Bewohner von Naboo haben sich dieser Überzeugung aus ganzem Herzen angeschlossen, so sehr, dass mein Alter kein Thema mehr war. Ich war nicht die jüngste Königin, die je gewählt wurde, aber wenn ich es mir jetzt im Nachhinein überlege, bin ich nicht sicher, ob ich alt genug war.« Sie hielt inne und sah Anakin in die Augen. »Ich bin nicht sicher, ob ich wirklich schon bereit war.«

»Die Leute, denen du dientest, waren offenbar der Ansicht, dass du gute Arbeit geleistet hast«, erinnerte Anakin sie. »Ich habe gehört, sie wollten sogar die Verfassung ändern, damit du im Amt bleiben konntest.«

»Wenn ein Herrscher beliebt ist, muss das nichts mit Demokratie zu tun haben. Beliebtheit entsteht oft nur daraus, dass ein Herrscher dem Volk gibt, was es will, nicht was es braucht. Und um ehrlich zu sein, ich war froh, als meine zweite Amtszeit vorüber war.« Padmé lachte leise und fügte dann hinzu: »Ebenso wie meine Eltern! Sie haben sich während der Blockade große Sorgen um mich gemacht und konnten kaum erwarten, dass alles vorbei war. Tatsächlich hatte ich gehofft, inzwischen eine eigene Familie zu haben ...«

Sie wandte sich ein wenig ab, weil sie spürte, dass sie rot geworden war. Wie konnte sie ihm gegenüber so offen sein, und das so schnell? Er war kein langjähriger Freund, erinnerte sie sich, aber dieser Einwand kam ihr verlogen vor. Wieder schaute sie Anakin an, und sie fühlte sich so gut in seiner Nähe, so entspannt, als wären sie ihr Leben lang Freunde gewesen. »Meine Schwester hat die erstaunlichsten, wunderbarsten Töchter.« Ihre Augen leuchteten jetzt, das wusste sie, aber sie blinzelte die Emotionen weg, wie sie so oft ihre eigenen Wünsche weggeblinzelt hatte, wenn sie dem im Weg standen, was sie für das Wohl des größeren Ganzen hielt. »Aber als die Königin mich bat, Senatorin zu werden, konnte ich nicht nein sagen«, erklärte sie.

»Ich bin ganz derselben Ansicht wie die Königin!«, erwiderte Anakin. »Ich denke, die Republik braucht dich. Ich bin froh, dass du dich entschlossen hast, ihr zu dienen. Ich glaube, in unserer Generation wird vieles geschehen, was die gesamte Galaxis zutiefst verändern wird.«

»Ist das die Vorahnung eines Jedi?«, neckte Padmé ihn.

Anakin lachte. »Nur so ein Gefühl«, versuchte er zu erklären, denn es war offensichtlich, dass er nicht ganz sicher war, was er eigentlich sagen wollte. »Es kommt mir nur so vor, als wäre alles schal geworden, als müsste irgendetwas geschehen.«

»Das denke ich auch«, sagte Padmé ernst.

Sie waren an den großen Palasttoren angekommen und hielten inne, um die Aussicht zu bewundern. Anders als die meisten Hochhäuser auf Coruscant, die offenbar vor allem im Hinblick auf Effizienz entworfen worden waren, ähnelte dieses Gebäude eher dem Jeditempel und folgte Prinzipien, bei denen auch die Ästhetik wichtig war, bei denen die Form Hand in Hand mit der Funktion ging.

Padmé kannte sich selbstverständlich im Palast aus, und sie war beinahe allen, die hier lebten und arbeiteten, bestens bekannt, also schlenderten sie und Anakin einfach weiter zum Thronsaal, wo man sie sofort ankündigte.

Lächelnde Gesichter begrüßten sie. Sio Bibble, Padmés lieber alter Freund und getreuer Berater, als sie noch Königin gewesen war, stand neben dem Thron von Königin Jamillia, wie er so oft auch an Padmés Seite gestanden hatte. Er schien in den letzten Jahren nicht sonderlich älter geworden zu sein, sein weißes Haar und der Bart sahen immer noch sehr würdevoll und gepflegt aus, seine Augen blitzten immer noch mit der Lebendigkeit, die Padmé an ihm so liebte.

Jamillia wirkte ausgesprochen königlich. Sie trug einen großen Kopfputz und ein fließendes besticktes Gewand, alles im gleichen Stil, den auch Padmé als Königin bevorzugt hatte, und die Senatorin war der Ansicht, dass Jamillia darin mindestens so herrschaftlich aussah wie sie selbst früher einmal.

Dienerinnen, Berater und Wachen waren überall, und Padmé wurde sofort daran erinnert, dass einer der Nebeneffekte des Lebens als Königin – und kein angenehmer – darin bestand, dass man so gut wie niemals allein war.

Königin Jamillia erhob sich mit sehr geradem Rücken, damit ihr Kopfputz nicht ins Wanken geriet, und ging auf Padmé zu, um ihre Hand zu ergreifen. »Wir haben uns Sorgen um dich gemacht! Ich bin so froh, das du wieder da bist, Padmé«, sagte sie mit wohlklingender Stimme und diesem südöstlichen Akzent, bei dem die Konsonanten so perfekt betont wurden.

»Danke, Euer Hoheit. Ich wünschte nur, ich hätte Euch besser dienen können, indem ich zur Abstimmung im Senat auf Coruscant blieb.«

»Der Oberste Kanzler Palpatine hat es uns erklärt«, warf Sio Bibble ein. »Ihr hattet gar keine andere Möglichkeit, als nach Hause zurückzukehren.«

Padmé nickte resigniert. Dennoch, es störte sie, dass man sie einfach heimgeschickt hatte; sie hatte sich so angestrengt, die Aufstellung einer Armee zu verhindern.

»Wie viele Systeme haben sich inzwischen Graf Dooku und den Separatisten angeschlossen?«, fragte Königin Jamillia ohne Umschweife. Sie hatte nie viel für banale Konversationen übrig gehabt.

»Tausende«, antwortete Padmé. »Und jeden Tag verliert die Republik mehr. Wenn der Senat sich für eine Armee ausspricht, wird uns das mit Sicherheit in einen Bürgerkrieg führen.«

Sio Bibble schlug sich mit der Faust in die Handfläche. »Das ist unerträglich!«, sagte er durch zusammengebissene Zähne. »Seit der Entstehung der Republik hat es keinen Krieg in diesem Ausmaß mehr gegeben.«

»Gibt es denn gar keine Möglichkeit mehr, die Separatisten durch Verhandlungen wieder in die Republik zu integrieren?«, fragte Jamillia, die anders als ihr Berater vollkommen ruhig geblieben war.

»Nicht, wenn sie sich bedroht fühlen.« Es verblüffte Padmé selbst zu hören, wie sicher sie in ihren Einschätzungen war. Sie hatte das Gefühl, dass sie erst jetzt wirklich begann, die Feinheiten ihrer eigenen Ansicht zu verstehen, als könnte sie ihren Instinkten nun vollkommen vertrauen. Und sie wusste, sie würde all ihre politische Begabung brauchen. »Die Separatisten haben keine Armee, aber wenn man sie provoziert, werden sie sich verteidigen. Da bin ich ganz sicher. Und da sie weder die Zeit noch das Geld haben, eine eigene Armee aufzustellen, gehe ich davon aus, dass sie sich an die Kaufmannsgilden oder die Handelsföderation wenden werden.«

»Die Armeen des Geldes!«, sagte Königin Jamillia zornig und angewidert. Alle auf Naboo kannten sich mit den Problemen aus, die solche freien Gruppen reicher Kaufleute schufen. Die Handelsföderation hatte bereits einmal versucht, Naboo in die Knie zu zwingen, und ohne die Heldentaten Amidalas, zweier Jedi, des kleinen Anakin und der mutigen Piloten von Naboo wäre das den Neimoidianern auch sicher gelungen. Selbst der Einsatz der Jedi und der Piloten hätte nicht genügt, wenn Königin Amidala sich nicht unerwarteterweise mit den heldenhaften Gungans verbündet hätte. »Warum hat der Senat nichts unternommen, um sie im Zaum zu halten?«

»Ich fürchte, dass es trotz aller Anstrengungen des Kanzlers immer noch zu viele Bürokraten, Richter und sogar Senatoren gibt, die sich von den Gilden bestechen lassen«, gab Padmé zu.

»Dann stimmt es also, dass sich die Gilden den Separatisten angenähert haben, wie wir bereits befürchteten«, meinte Königin Jamillia.

Wieder schlug sich Sio Bibble in die Handfläche, und alle wandten sich dem aufgebrachten Mann zu. »Das ist einfach unglaublich!«, sagte er. »Es ist unglaublich, dass Nute Gunray nach all diesen Anhörungen und vier Verhandlungen vor dem Obersten Gerichtshof immer noch Vizekönig der Handelsföderation ist. Beherrschen diese Geldsäcke denn alles?«

»Vergesst nicht, dass es den Gerichten zumindest gelungen ist, die Handelsföderation zu einer Verkleinerung ihrer Armee zu zwingen«, wandte Jamillia ein, die immer noch ihre Ruhe bewahrte. »Das zumindest war sehr hilfreich.«

Padmé zuckte innerlich zusammen, denn sie wusste, dass sie hier ehrlich sein musste. »Euer Hoheit, es gibt Gerüchte, dass die Armee der Föderation nicht wie befohlen reduziert wurde.«

Anakin Skywalker räusperte sich und trat vor: »Man hat es den Jedi nicht gestattet, diesbezügliche Ermittlungen durchzuführen«, erklärte er. »Man hat uns gesagt, das wäre zu gefährlich für die Wirtschaft.«

Königin Jamillia sah ihn an und nickte, dann wandte sie sich wieder Padmé zu, und schließlich richtete sie sich noch gerader auf. Sie sah in ihrem kunstvollen Gewand sehr würdevoll aus – ganz die Planetenherrscherin, die treu zur Republik steht. »Wir müssen der Republik vertrauen«, erklärte sie. »Sobald wir auch nur einen Augenblick daran zweifeln, dass Demokratie funktionieren kann, haben wir verloren.«

»Beten wir, dass dieser Tag nie kommen wird«, sagte Padmé leise.

»Und inzwischen müssen wir uns um deine Sicherheit kümmern«, sagte Königin Jamillia und warf Sio Bibble einen Blick zu, der daraufhin den Dienern bedeutete, den Thronsaal zu verlassen. Der Berater trat zu Anakin, dem offiziellen Beschützer der Senatorin, und wartete, bis alle anderen den Saal verlassen hatten. Dann sagte er: »Was schlagt Ihr vor, Meister Jedi?«

»Anakin ist noch kein Jedi«, unterbrach ihn Padmé. »Er ist immer noch ein Padawan. Ich dachte …«

»Heh, warte mal!«, schnitt ihr Anakin das Wort ab. Er hatte die Augen zusammengekniffen und die Stirn gerunzelt. Man sah ihm deutlich an, wie sehr er sich über ihre Bemerkung geärgert hatte.

»Entschuldige!«, schoss sie zurück und ließ sich von Anakins erbostem Blick nicht beeindrucken. »Ich dachte daran, ins Seenland zu gehen. Dort gibt es ein paar sehr abgelegene Orte.«

»Entschuldige!«, sagte nun auch Anakin, im gleichen Tonfall wie Padmé einen Moment zuvor. »Ich bin hier für die Sicherheit zuständig, M'Lady.«

Padmé wollte widersprechen, aber dann bemerkte sie, wie Sio Bibble und Jamillia einen misstrauischen Blick wechselten. Sie und Anakin sollten sich in der Öffentlichkeit nicht streiten, erkannte sie, denn das würde andere nur verwirren. Sie senkte die Stimme und bemühte sich, die Ruhe zu bewahren. »Anakin, es ist mein Leben, das in Gefahr ist, und das hier ist mein Zuhause. Ich kenne mich hier aus – genau deshalb sind wir hier. Ich glaube, es wäre klug, wenn du in diesem Fall meine Kenntnisse nutzen würdest.«

Anakin sah erst den Berater und die Königin an, dann wieder Padmé, und sein Zorn verrauchte. »Es tut mir Leid, M'Lady.«

»Sie hat Recht«, sagte der offensichtlich amüsierte Sio Bibble und legte die Hand auf Anakins Arm. »Das Seenland ist der abgelegenste Teil von Naboo. Es ist nur spärlich besiedelt, und von bestimmten Stellen aus hat man einen weiten Blick über die gesamte Region. Es wäre wirklich die beste Wahl – ein Ort, an dem es für Euch viel einfacher sein wird, Senatorin Amidala zu beschützen.«

»Hervorragend!«, stimmte Königin Jamillia zu. »Dann sind wir uns ja einig.«

Padmé sah Anakin an, dass er nicht sonderlich erfreut war, und zuckte scheinbar unschuldig die Achseln.

»Padmé«, fuhr Königin Jamillia fort. »Ich habe gestern mit deinem Vater gesprochen und ihm erzählt, was geschehen ist.

Er hofft, dass du deine Mutter und ihn noch besuchen wirst, bevor du aufbrichst. Deine Eltern machen sich große Sorgen um dich.«

Wie könnte es auch anders sein?, dachte Padmé, und es tat ihr weh, daran zu denken, dass sich Personen, die sie liebte, wegen der Gefahr, in die sie sich durch ihre öffentliche Stellung und ihre Ansichten begab, Sorgen machten. *Wie könnte es auch anders sein?* Das erinnerte sie wieder einmal deutlich daran, dass Familie und politisches Engagement nicht zueinander passten. Padmé Amidala hatte eine bewusste Wahl getroffen. Einige Bürger Naboos versuchten, beides zu haben, aber Padmé war immer überzeugt gewesen, dass eine solche Doppelrolle als Ehefrau und vielleicht auch Mutter auf der einen und als Senatorin auf der anderen Seite weder für die Familie noch für den Staat gut sein würde.

Während all dieser Prüfungen hatte sie sich nie um ihre eigene Sicherheit gesorgt und war willens gewesen, jedes notwendige Opfer zu bringen. Aber nun wurde sie plötzlich daran erinnert, dass ihre Entscheidungen und ihre Position als Senatorin sich auch auf das Leben anderer in sehr persönlicher Weise auswirken konnten.

Sie lächelte nicht, als sie zusammen mit Anakin, Sio Bibble und Königin Jamillia den Thronsaal verließ und die Haupttreppe des Palasts hinunterging.

Dreizehn

Der bei weitem größte Raum im gewaltigen Jeditempel auf Coruscant war die Archivhalle. Beleuchtete Computerarbeitsplätze erstreckten sich in langen, bläulich schimmernden Reihen über die Wände, so weit, dass es für jemanden, der an einem Ende der Halle stand, beinahe so aussah, als liefen sie am anderen Ende zusammen. Und überall waren Abbilder von Jedi der Vergangenheit und Gegenwart zu sehen, Gruppen von Büsten, die die besten Künstler auf Coruscant aus weißem Stein angefertigt hatten.

Obi-Wan Kenobi stand nun vor einer dieser Büsten, betrachtete sie und berührte sie schließlich sogar, als wollte er herausfinden, ob das in Stein gemeißelte Gesicht ihm etwas über die Ziele und Ideen dieses Mannes verraten könnte. An diesem Tag befanden sich nicht viele Besucher im Archiv – es gab selten mehr als nur ein paar –, und daher erwartete der Jedi, dass seiner Bitte, mit Madame Jocasta Nu, der Archivarin, sprechen zu dürfen, bald Folge geleistet würde.

Also wartete er geduldig und betrachtete dabei die ausgeprägten Züge der Büste, die hohen, stolzen Wangenknochen, die gepflegte Frisur, die großen, lebendigen Augen – Obi-Wan hatte diesen Mann, diese Legende Graf Dooku, nicht sonderlich gut gekannt, aber er hatte ihn hin und wieder gesehen, und soweit er es beurteilen konnte, war er der Ansicht, dass diese Büste das Wesen des Mannes sehr gut eingefangen hatte. Graf Dooku verfügte über eine deutlich spürbare Intensität, wie das auch bei Meister Qui-Gon der Fall gewesen war – besonders wenn Qui-Gon sich einer besonders wichtigen Sache widmete. Qui-Gon hatte sich sogar gegen den Jedirat gestellt, wenn er das für richtig hielt, wie vor zehn Jahren, als es um Anakins Ausbildung gegangen war. Erst spät hatte der Rat zugestimmt, die besonderen Umstände, unter denen der Junge zu den Jedi gekommen war, zu berücksichtigen, ebenso wie Anakins Potenzial in der Macht und die Möglichkeit, dass er derjenige sein könnte, von dem die Prophezeiung sprach.

Ja, Obi-Wan hatte diese Intensität mitunter an Qui-Gon bemerkt, aber nach allem, was er von Dooku wusste, musste man davon ausgehen, dass dieser Mann, anders als Qui-Gon, nie im Stande gewesen war, sie zu drosseln, dass er immer an irgendeiner Sache gekaut hatte. Das Licht in seinen Augen hatte ständig gebrannt.

Dooku hatte es zu weit getrieben, dachte Obi-Wan, und das würde gefährliche Folgen haben. Er hatte den Jediorden, seine Berufung und seine Freunde hinter sich gelassen. Welche Probleme Dooku auch immer gesehen hatte, er hätte doch begreifen müssen, dass er besser Abhilfe schaffen konnte, indem er in der Jedifamilie blieb.

»Wart Ihr es, der um Hilfe gebeten hat?«, erklang eine strenge Stimme hinter Obi-Wan und riss ihn aus seinen Gedanken. Er drehte sich um und sah, dass Madame Jocasta Nu schräg hinter ihm stand, die Hände gefaltet, sodass sie fast in ihrem Jedigewand verschwanden. Sie war ein zerbrechlich aussehendes Geschöpf und nicht mehr jung, und dieser täuschende Anblick ließ Obi-Wan lächeln. Wie viele jüngere und weniger erfahrene Jedi hatten nur diese Fassade gesehen, das schmale, faltige Gesicht, das fest zurückgebundene weiße Haar, und geglaubt, sie könnten diese Frau herumkommandieren und sie dazu bringen, ihnen die Forschungsarbeit abzunehmen, nur um zu entdecken, dass sich hinter dieser gebrechlichen Fassade wahre Kraft und Entschlossenheit verbargen. Jocasta Nu war nun schon sehr lange Archivarin des Tempels, und das hier war ihr Terrain, ihre Domäne, ihr Königreich. Jeder Jedi, der sich hierher wagte, selbst der höchste Meister, würde sich an Jocasta Nus Regeln halten müssen oder sich mit ihrem Zorn konfrontiert sehen.

»Ja«, brachte Obi-Wan schließlich hervor, als er bemerkte, dass ihn Jocasta fragend anstarrte.

Die alte Frau lächelte und ging an ihm vorbei zur Büste von Graf Dooku. »Ein ausdrucksvolles Gesicht, nicht wahr?«, bemerkte sie, und ihr ruhiger Tonfall lockerte die Atmosphäre ein wenig. »Er war einer der brillantesten Jedi, die mir je begegnet sind.«

»Ich habe nie verstanden, wieso er gegangen ist«, sagte Obi-Wan, der Jocasta Nus Blick gefolgt war. »Insgesamt haben in der Geschichte der Jediritter nur zwanzig Jedi den Orden verlassen.«

»Die verlorenen Zwanzig«, sagte Jocasta Nu mit einem tiefen Seufzer. »Und Graf Dooku ist der letzte und schmerzlichste Verlust. Niemand spricht gerne darüber. Dass er gegangen ist, hat den Orden schwer getroffen.«

»Was genau ist eigentlich geschehen?«

»Nun, man könnte sagen, dass er mit den Entscheidungen des Rats nicht so recht einverstanden war«, erwiderte die Archivarin. »Ähnlich wie Euer alter Meister Qui-Gon.«

Obwohl Obi-Wans Gedanken gerade ebenfalls diese Richtung eingeschlagen hatten, staunte er, solche Worte von Jocasta zu hören – sie zeigten Qui-Gon in einem viel rebellischeren Licht, als er selbst je angenommen hätte. Er wusste, dass sein ehemaliger Meister seine widerspenstigen Augenblicke gehabt hatte, und der größte davon war tatsächlich die Konfrontation mit dem Rat gewesen, die er um Anakins willen riskiert hatte. Aber er hatte Qui-Gon nie so sehr als Rebellen betrachtet. Jocasta Nu, die die Finger fest am Puls der Gerüchte im Jeditempel hatte, tat das offenbar.

»Tatsächlich?«, fragte er daher. Natürlich wollte er mehr über Dooku wissen, aber er hoffte auch, weitere Einsichten über seinen Meister zu erhalten.

»O ja. Sie waren sich in so vieler Hinsicht ähnlich. Sehr eigenwillige Denker. Idealisten.« Sie starrte die Büste gedankenverloren an, und es kam Obi-Wan vor, als wäre die alte Dame plötzlich sehr, sehr weit entfernt. »Er strebte immer danach, ein noch mächtigerer Jedi zu werden. Er wollte der Beste sein. Mit dem Lichtschwert konnte es im alten Stil keiner mit ihm aufnehmen. Seine Kenntnis der Macht war ... einzigartig. Ich denke, er ist am Ende weggegangen, weil er den Glauben an die Republik verloren hat. Er hielt Politiker für korrupt ...«

Jocasta Nu hielt einen Augenblick inne und sah Obi-Wan an, und ihre Miene zeigte deutlich, dass sie in dieser Hinsicht mehr auf Graf Dookus Seite stand als die meisten Jedi.

»Und er war der Ansicht, dass die Jedi sich selbst verrieten, wenn sie den Politikern dienten«, erklärte die Archivarin.

Obi-Wan blinzelte. Er wusste, dass diese Ansicht von vielen geteilt wurde. Auch Qui-Gon Jinn hatte zu dieser Gruppe gehört.

»Er erwartete immer sehr viel von der Regierung«, fuhr Jocasta Nu fort. »Er ist vor neun oder zehn Jahren verschwunden und tauchte dann vor kurzem als Oberhaupt der Separatistenbewegung wieder auf.«

»Interessant«, bemerkte Obi-Wan und schaute von der Büste zu der Archivarin. »Aber ich weiß nicht, ob ich das wirklich verstehe.«

»Keiner von uns hat es je verstanden«, erwiderte Jocasta. Dann wich ihre ernste Miene einem warmherzigen Lächeln. »Aber ich bin sicher, das Ihr mich nicht hergebeten habt, weil Ihr ein wenig Geschichtsunterricht brauchtet. Habt Ihr ein Problem, Meister Kenobi?«

»Ja, ich versuche, ein Planetensystem mit dem Namen Kamino zu finden. Es scheint in keinem der archivierten Dokumente aufzutauchen.«

»Kamino?« Jocasta Nu sah sich um, als hoffte sie, das System direkt hier in der Halle zu entdecken. »Der Name kommt mir nicht vertraut vor. Sehen wir mal nach.«

Ein paar Schritte brachten sie zu dem Computerschirm, den

Obi-Wan zuvor für seine Recherchen benutzt hatte. Sie beugte sich vor und drückte ein paar Tasten. »Seid Ihr sicher, dass Ihr die richtigen Koordinaten habt?«

»Wenn meine Informationen stimmen, sollte es sich irgendwo in diesem Sektor befinden«, erwiderte Obi-Wan. »Südlich des Rishi-Labyrinths.«

Auch der nächste Versuch ergab nichts und brachte nur einen unwilligen Ausdruck auf Jocasta Nus verwitterte Züge. »Aber wie lauten die genauen Koordinaten?«

»Ich kenne nur den Sektor«, gab Obi-Wan zu, und Jocasta Nu drehte sich um und schaute ihn an.

»Keine Koordinaten? Das klingt nach der Art von Beschreibung, wie man sie irgendwo auf der Straße bekommt, von einem alten Bergmann oder Firbog-Händler.«

»Damit habt Ihr meine Quelle genau beschrieben«, gab Obi-Wan grinsend zu.

»Seid Ihr sicher, dass dieses System überhaupt existiert?«

»Absolut.«

Jocasta Nu lehnte sich zurück und rieb sich nachdenklich das Kinn. »Lasst mich einen Gravitationsscan versuchen«, sagte sie, ebenso zu sich selbst wie zu Obi-Wan.

Das Hologramm des Zielsektors bewegte sich, nachdem sie einen weiteren Befehl eingegeben hatte, und die beiden folgten den Bewegungen gebannt. »Hier gibt es ein paar Unklarheiten«, stellte die Archivarin fest. »Vielleicht ist der Planet, den Ihr sucht, zerstört worden.«

»Gäbe es darüber dann keine Berichte?«

»Es sollte welche geben, es sei denn, es ist erst vor kurzer Zeit geschehen«, erwiderte Jocasta Nu, aber sie schüttelte noch während dieser Worte den Kopf, denn dieses Argument überzeugte sie selbst nicht so recht. »Ich sage es ungern, aber es sieht aus, als würde das System, das Ihr sucht, nicht existieren.«

»Das ist unmöglich – vielleicht ist das Archiv unvollständig.«

»Das Archiv ist auf dem neuesten Stand, mein junger Jedi«, kam die herrische Antwort. Die Archivarin hatte ihre Vertraulichkeit mit Obi-Wan aufgegeben und wieder die Haltung einer Königin angenommen. »Einer Sache könnt Ihr Euch absolut sicher ein: Wenn etwas hier nicht verzeichnet ist, dann existiert es nicht.«

Die beiden starrten einander lange an. Obi-Wan war nicht entgangen, dass nicht der geringste Hauch eines Zweifels in Jocasta Nus Erklärung gelegen hatte.

Verblüfft sah er wieder die Karte an. Offenbar würde er auf diese Frage keine Antwort finden können. Er wusste, dass es keine verlässlichere Quelle für Informationen über die Galaxis gab als Dexter Jettster, es sei denn Jocasta Nu, und dennoch widersprachen die Informationen der beiden einander. Dexter war ebenso sicher gewesen, was die Herkunft des Säbelpfeils anging, wie Jocasta Nu es jetzt bezüglich der Nichtexistenz von Kamino war. Beide konnten nicht Recht haben.

Es würde offenbar nicht so einfach sein, das Rätsel um die Attentate auf Senatorin Amidala zu lösen, und das beunruhigte Obi-Wan aus vielerlei Gründen. Mit Jocasta Nus Erlaubnis drückte der Jedi noch ein paar Tasten am Computer und lud die Informationen über diesen Sektor in einen kleinen Hologlobus. Dann verließ er das Archiv.

Allerdings nicht, ohne noch einen langen Blick zu der beeindruckenden Büste von Graf Dooku zu werfen.

Später an diesem Tag wandte sich Obi-Wan vom Archiv und den Analysedroiden ab und seinem Inneren zu. Er suchte sich einen kleinen, bequemen Raum am langgezogenen Balkon des Tempels, einen der Räume, die zur Meditation eingerichtet waren. Dort ließ er sich im Meditationssitz auf einer festen Matte nieder. Es gab einen kleinen Brunnen im Zimmer, von dem aus das Wasser durch ein Bett polierter Steine lief und dabei ein leises Geräusch von natürlicher Schönheit und bestechender Schlichtheit verursachte.

Vor Obi-Wan hing ein Gemälde in Rottönen, die von einem leuchtenden Scharlachrot bis zu beinahe schwarzem Tiefrot reichten, eine halb abstrakte Darstellung eines abkühlenden Lavafelds. Es lud weniger dazu ein, es anzusehen, als eine Atmosphäre zu schaffen, und sowohl das Bild als auch das angenehme Geräusch des Wassers halfen dem Jedi, sich von seiner physischen Umgebung zu lösen.

Obi-Wan Kenobi suchte die Antwort auf seine Frage in der Trance. Er konzentrierte sich zunächst auf das Geheimnis um Kamino, denn er ging davon aus, dass Dexters Angaben der Wahrheit entsprachen. Aber warum war das System dann nicht im Archiv verzeichnet?

Noch während er versuchte, dieses Rätsel zu lösen, drang allerdings ein weiteres Bild in Obi-Wans Meditationen – ein Bild von Anakin und Padmé zusammen auf Naboo.

Der Jedimeister zuckte zusammen, denn er befürchtete schon, dass es sich um eine Vorahnung handelte und dass seinem Padawan und der jungen Senatorin Gefahr drohte …

Aber nein, erkannte er und beruhigte sich wieder. Keine Gefahr; die beiden waren ausgesprochen entspannt.

Obi-Wans Erleichterung dauerte nur so lange, wie er brauchte, um zu begreifen, dass diese Szene in seinem Kopf vielleicht das Gefährlichste von allem war. Er tat das Gefühl allerdings bald wieder ab, denn er konnte nicht sicher sein, ob es sich um eine Vorahnung, ein Abbild der Wirklichkeit oder nur eine Frucht seiner eigenen Ängste handelte. Obi-Wan erinnerte sich daran, dass er um so schneller zu Anakin zurückkehren und ihm angemessene Anleitung geben konnte, je eher er das Geheimnis von Kamino löste und die Frage beantwortete, wer so verzweifelt bemüht war, Amidala zu töten.

Schließlich konzentrierte sich der Jedimeister auf das Gesicht von Graf Dooku, wie es die Büste darstellte, und suchte dort nach Erkenntnissen, aber aus irgendeinem Grund legte sich das Bild Anakins immer wieder über das des abtrünnigen Grafen …

Bald darauf verließ ein frustrierter und vollkommen verwirrter Obi-Wan die kleine Meditationskammer, kopfschüttelnd und kein bisschen weiser, als er zuvor gewesen war.

Nun war seine Geduld mit sich selbst erschöpft, und er beschloss, die Hilfe einer höheren Autorität zu suchen, eines weiseren und erfahreneren Jedi. Sein kurzer Weg führte ihn aus dem eigentlichen Tempel hinaus und auf die Veranda, wo er stehen blieb und in der unschuldigen Szene, die sich ihm dort bot, ein wenig Ruhe vor seiner eigenen Frustration fand.

Meister Yoda führte zwanzig der jüngsten Jedirekruten, Kinder von erst vier oder fünf Jahren, durch ihre Morgenübungen, bei denen sie schwebende Übungsdroiden mit Miniatur-Lichtschwertern bekämpften.

Obi-Wan fühlte sich an seine eigene Ausbildung erinnert. Er konnte die Gesichter der Kinder nicht sehen, denn sie trugen zu ihrem Schutz Helme, die auch das Gesicht vollständig bedeckten, aber er konnte sich gut vorstellen, welche Emotionen sich nun auf ihren unschuldigen Zügen abzeichneten. Leidenschaft und große Freude, wenn sie einen Angriff des Droiden abgewehrt hatten, und diese Begeisterung löste sich gleich im nächsten Augenblick wieder auf, wenn die Freude sie abgelenkt hatte und diese Ablenkung erlaubte, dass der nächste Energieblitz sie traf und plötzlich durchrüttelte.

Und diese kleinen Blitze trafen, wenn sich Obi-Wan recht erinnerte, den Stolz eben so schmerzhaft wie den Körper. Es gab nichts Schlimmeres, als so erwischt zu werden, vor allem am Rücken. Es bewirkte stets, das man zuckte und hüpfte und einen kleinen Tanz aufführte, was die ganze Sache natürlich nur noch peinlicher machte. Obi-Wan erinnerte sich noch lebhaft daran, wie er sich damals gefühlt hatte. Er war der Überzeugung gewesen, dass alle auf dem Hof ihn anstarrten.

Diese Übungen konnten demütigend sein.

Aber sie waren auch belebend, denn neben dem Versagen gab es Erfolge, und jeder davon schuf mehr Selbstvertrauen, jeder führte zu Einsichten in die fließende Schönheit der

Macht und vertiefte diese Verbindung, die einen Jedi vom Rest der Galaxis unterschied.

Dem Jediritter wurde warm ums Herz bei diesem Anblick, besonders weil es Meister Yoda war, der an diesem Tag die Übungen leitete und dabei noch genauso aussah wie vor einem Vierteljahrhundert bei Obi-Wans eigener Ausbildung.

»Nicht denken … fühlen«, wies Yoda die Gruppe an. »Seid eins mit der Macht.«

Obi-Wan sprach lautlos die Worte mit, mit denen Yoda schloss: »Helfen euch das wird.«

Wie oft hatte er das gehört!

Er grinste immer noch breit, als Yoda sich ihm zuwandte. »Genug!«, befahl der große Jedimeister. »Besuch wir haben. Heißt ihn willkommen.«

Zwanzig kleine Lichtschwerter wurden ausgeschaltet, und die Schüler nahmen Habachtstellung an, wozu sie die Helme absetzten und sie ordentlich unter den linken Arm klemmten.

»Meister Obi-Wan Kenobi«, verkündete Yoda mit großem Ernst.

»Willkommen, Meister Obi-Wan!«, riefen die zwanzig.

»Es tut mir Leid, dass ich Euch störe, Meister«, sagte Obi-Wan mit einer leichten Verbeugung.

»Welche Hilfe ich dir geben kann?«

Obi-Wan dachte einen Moment über die Frage nach. Er war tatsächlich hierher gekommen, weil er Yoda suchte, aber da er nun den Meister bei seiner wichtigen Ausbildungsarbeit beobachtet hatte, fragt er sich, ob er nicht zu schnell aufgegeben hatte, das Problem allein lösen zu wollen. War es wirklich angemessen, Yoda um Hilfe bei einer Mission zu bitten, die schließlich ihm, Obi-Wan, übertragen worden war? Aber er brauchte nicht lange, um die Frage abzutun. Er war ein Jediritter, Yoda ein Meister, und seine eigene Verantwortung und die Yodas waren letztlich das Gleiche. Er wusste nicht einmal, wieso er erwartete, dass Yoda ihm bei seinem derzeitigen Problem helfen konnte – wenn man einmal davon absah, dass der kleine Jedimeister immer schon voller Überraschungen gesteckt und häufig alle in ihn gesetzten Erwartungen weit übertroffen hatte.

»Ich suche nach einem Planeten, den ein alter Freund mir beschrieben hat«, erklärte er und wusste, dass Yoda jedes Wort genau aufnahm. »Ich halte ihn und die Informationen, die er geliefert hat, für sehr zuverlässig, aber das System ist auf den Karten im Archiv nicht verzeichnet.« Bei diesen Worten zeigte er Yoda den Hologlobus.

»Ein interessantes Rätsel«, antwortete Yoda. »Einen Planeten Meister Obi-Wan verloren hat. Wie peinlich ... wie peinlich! Ein interessantes Rätsel. Kommt, junge Jedi, um dieses Kartenlesegerät euch versammelt. Unseren Geist leer machen und Obi-Wans streunenden Planeten finden, das werden wir nun versuchen.«

Sie gingen in ein Zimmer seitlich der Veranda. In der Mitte befand sich eine kleine Säule mit einer flachen Mulde am oberen Ende. Obi-Wan nahm den Hologlobus und legte ihn in diese Mulde. Die Jalousien des Zimmers schlossen sich, sobald er das getan hatte, es wurde dunkel, und das Hologramm einer Sternenkarte erschien glitzernd inmitten des Raums.

Obi-Wan hielt einen Augenblick inne, bevor er sein Dilemma erläuterte, was den Kindern gestattete, ihre erste Aufregung zu überwinden. Er sah vergnügt zu, wie einige die Hände ausstreckten und versuchten, die projizierten Sternenlichter zu berühren. Dann, als alles still war, trat er in die Mitte der Projektion.

»Hier sollte er sein«, erklärte er. »Und die Schwerkraft zieht alle Sterne in diesem Bereich auf diesen Fleck zu. Es sollte hier also einen Stern geben, aber es ist keiner da.«

»Höchst interessant«, sagte Yoda. »Die Silhouette der Schwerkraft geblieben ist, aber verschwunden der Stern und all seine Planeten sind. Wie ist das möglich? Nun, junge Jedi, in eurem Geist, was ist das Erste, was ihr seht? Eine Antwort, ein Gedanke?«

Obi-Wan verstand, was der Jedimeister wollte, und sah sich neugierig um.

Ein Kind hob die Hand, und Obi-Wan war versucht, angesichts der Idee zu lächeln, dass ein Vierjähriger eine Frage beantworten sollte, die drei fähige Jedi, darunter Yoda und Madame Jocasta Nu, vor ein Rätsel gestellt hatte. Yoda allerdings war vollkommen ernst und konzentriert.

Nun nickte er dem Schüler zu, der sofort antwortete: »Weil jemand die Daten aus dem Speicher des Archivs gelöscht hat.«

»Genau!«, stimmte ein anderer Schüler sofort zu. »Das ist passiert! Jemand hat sie gelöscht!«

»Wenn der Stern explodiert wäre, würde auch die Schwerkraftwirkung verschwinden«, rief ein weiteres Kind.

Obi-Wan starrte die aufgeregte Gruppe nur verdutzt an, aber Yoda lachte leise.

»Wahrlich wunderbar der Geist eines Kindes ist«, erklärte er. »Noch nicht erfüllt von Ballast. Gelöscht worden die Daten sind.«

Yoda setzte dazu an zu gehen, und Obi-Wan folgte ihm rasch, nachdem er den Globus mit Hilfe der Macht wieder in seine Hand gerufen und damit auch die sternenglitzernde Szene ausgeschaltet hatte.

»Zur Mitte dieses Gravitationsbereichs gehe, und finden deinen Planeten du wirst«, riet Yoda ihm.

»Aber Meister Yoda, wer könnte diese Informationen aus dem Archiv gelöscht haben? Das ist doch unmöglich, oder?«

»Gefährlich und verstörend dieses Rätsel ist«, erwiderte Yoda stirnrunzelnd. »Diese Daten löschen nur ein Jedi konnte. Aber wer und warum – schwer zu beantworten! Meditieren darüber ich werde. Möge die Macht mit dir sein.«

Tausend Fragen gingen Obi-Wan durch den Kopf, aber er wusste, dass Yoda ihn gerade entlassen hatte. Offenbar hatte nun jeder sein eigenes Rätsel, aber zumindest lag Obi-Wans Weg jetzt viel klarer vor ihm. Er verbeugte sich ehrfürchtig, aber Yoda hatte sich schon wieder zusammen mit den Kindern an die Arbeit gemacht und schien ihn nicht mehr zu bemerken.

Bald darauf stand Obi-Wan, der keine Zeit verlieren wollte, auf der Landeplattform neben seinem startbereiten Sternjäger, einem langgezogenen, schlanken Delta-Wing-Kampfjäger, bei dessen Pfeilspitzendesign das Cockpit weit zum Heck zurückgesetzt worden war. Mace Windu stand neben ihm, und der hoch gewachsene Meister betrachtete Obi-Wan mit der für ihn typischen Ruhe und Beherrschtheit. Es war etwas Beruhigendes an Mace Windu, ein Gefühl der Macht, und mehr als das, der Schicksalhaftigkeit. Mace Windu hatte seine ganz eigene Art, allen, mit denen er zu tun hatte, auch ohne Worte zu versichern, dass die Dinge genau so geschehen würden, wie es richtig war.

»Sei wachsam«, sagte er nun zu Obi-Wan und legte dabei den Kopf ein wenig zurück – eine Haltung, die ihn nur noch beeindruckender wirken ließ. »Diese Störung in der Macht wird stärker.«

Obi-Wan nickte, obwohl seine Sorgen im Augenblick konkreter und greifbarer waren. »Ich mache mir Gedanken um meinen Padawan. Er ist noch nicht bereit, allein zu arbeiten.«

Mace nickte, als wollte er Obi-Wan daran erinnern, dass sie über dieses Problem bereits gesprochen hatten. »Er verfügt über außerordentliche Fähigkeiten«, erwiderte der Meister. »Der Rat steht zu seiner Entscheidung, Obi-Wan. Selbstverständlich sind noch nicht alle Fragen, die sich auf Anakin beziehen, beantwortet, aber wir können seine Begabung nicht abstreiten, und wir sind nicht enttäuscht über die Fortschritte, die er unter deiner Obhut gemacht hat.«

Obi-Wan dachte über die Worte nach, dann nickte er. Er befand sich hier auf einer Gratwanderung. Wenn er seine Sorgen wegen Anakins Temperament zu sehr betonte, erwies er den Jedi und der Galaxis vielleicht keinen guten Dienst. Und dennoch, wenn er nur deshalb schwieg, weil seine Aufgabe als Lehrer von Anakin Skywalker so wichtig war, und selbst solch berechtigte Fragen nicht mehr stellte – würde das nicht zu noch größerem Schaden führen?

»Wenn die Prophezeiung wahr ist, wird Anakin derjenige sein, der der Macht das Gleichgewicht bringt«, schloss Mace.

»Aber er muss immer noch viel lernen. Seine Fähigkeiten haben ihn … nun ja«, Obi-Wan hielt inne und konzentrierte sich auf den Grat, der vor ihm lag. »Sie haben ihn arrogant werden lassen. Mir ist nun klar, was Ihr und Meister Yoda von Anfang an wusstet. Der Junge war schon zu alt, als er die Ausbildung begonnen hat, und …«

Mace Windus Stirnrunzeln wies Obi-Wan darauf hin, dass er es vielleicht ein wenig übertrieb.

»Es gibt noch etwas anderes«, stellte Mace fest.

Obi-Wan holte tief Luft. »Meister, Anakin und ich hätten diesen Auftrag nicht übernehmen dürfen. Ich fürchte, Anakin wird die Senatorin nicht schützen können.«

»Warum das?«

»Er hat eine … eine emotionale Bindung an sie. Das ist so, seit er ein Junge war. Nun ist er verwirrt und abgelenkt.« Während dieser Worte ging Obi-Wan bereits auf seinen Kampfjäger zu, stieg die Cockpitleiter hinauf und schwang sich ins Schiff.

»Das hast du schon einmal erwähnt«, erinnerte ihn Mace. »Wir haben deine Einwände angemessen abgewogen, und es hat dennoch nichts an der Entscheidung des Rates geändert. Obi-Wan, du musst darauf vertrauen, dass Anakin den richtigen Weg gehen wird.«

Das war selbstverständlich nur vernünftig. Wenn Anakin wirklich ein großer Anführer werden sollte, wenn er wirklich derjenige war, von dem die Prophezeiung sprach, dann musste sein Charakter geprüft werden. Und derzeit wurde Anakin gerade einer dieser Prüfungen unterzogen, auf einem weit abgeschiedenen Planeten, in Gegenwart einer Frau, die er zu sehr liebte. Er würde stark sein müssen, um die Prüfung zu bestehen; Obi-Wan konnte nur hoffen, dass Anakin die Situation als das erkannte, was sie war.

»Hat Meister Yoda irgendetwas darüber in Erfahrung bringen können, ob es nun Krieg geben wird oder nicht?«, versuchte er, das Thema zu wechseln, obwohl er das Gefühl hatte, dass alles miteinander im Zusammenhang stand. Den Attentäter finden, Frieden mit den Separatisten schließen – all das würde ihm am Ende gestatten, sich besser auf Anakins Ausbildung zu konzentrieren und sich mit größerer Ruhe seinem störrischen Padawan zu widmen.

»Es ist gefährlich, die Dunkle Seite zu sondieren«, erklärte Mace. »Ich weiß nicht, wann er sich entscheiden wird, damit zu beginnen, aber wenn er es tut, wird er wahrscheinlich mehrere Tage in vollkommener Abgeschiedenheit verbringen müssen.«

Obi-Wan nickte zustimmend, und Mace lächelte und winkte ihm noch einmal zu. »Möge die Macht mit dir sein.«

»Leg den Kurs für den Hyperraumring fest, R4«, wies Obi-Wan seinen Navigationsdroiden, einen R4-P an, der im linken Flügel des eleganten Jägers fest installiert war. Lautlos fügte der Jedi-Ritter hinzu: *Bringen wir es hinter uns.*

Vierzehn

Es war eine heimelige Szene – Kinder spielten, Erwachsene saßen ruhig in der warmen Sonne oder unterhielten sich über ordentlich geschnittene Hecken hinweg. All das waren für Naboo vollkommen normale Dinge, aber nichts, was Anakin Skywalker jemals zuvor irgendwo gesehen hätte. Auf Tatooine standen die Häuser vereinzelt draußen in der Wüste, oder sie drängten sich dicht in Städten wie Mos Eisley mit seinem Gewimmel, den hellen Farben und abenteuerlichen Charakteren. Auf Coruscant gab es keine Straßen mehr wie diese. Es gab keine Hecken und Bäume auf der untersten Ebene, nur Permabeton und alte Häuser und die grauen Fundamente der hoch aufragenden Wolkenkratzer. Auf keinem Planeten, den Anakin je besucht hatte, standen die Leute einfach mit ihren Nachbarn zusammen und schwatzten, während die Kinder sorglos umherrannten.

Für Anakin war es eine Szene von schlichter Schönheit.

Er hatte die einfache Kleidung abgelegt und trug wieder sein Jedigewand, und Padmé, die neben ihm ging, hatte ein schmuckloses blaues Kleid angezogen, das ihre Schönheit nur noch zu betonen schien. Anakin schaute immer wieder zu ihr hin, und die Bilder von ihr brannten sich in sein Hirn, um dort für immer an einem besonderen Ort aufbewahrt zu werden. Padmé, so erkannte er, wäre in jeder Art von Kleidung schön gewesen.

Anakin lächelte, als er sich an die kunstvollen Gewänder erinnerte, die sie als Königin von Naboo häufig getragen hatte, komplizierte Angelegenheiten mit üppiger Stickerei und Edelsteinschmuck, gewaltige Kopfputze mit Federn und Wirbeln und Bögen und Windungen.

So schlicht gekleidet gefiel sie ihm besser. All ihre Amtsgewänder als Königin hatten ein wunderbares Design gehabt, aber sie hatten im Grunde nur von der viel schöneren Padmé abgelenkt. Der Kopfputz hatte oft nur ihr seidiges braunes Haar verborgen. Die weiße und leuchtend rote Schminke hatte dafür gesorgt, dass man ihre schöne Haut nicht sah. Die Stickerei hatte den Stoff der Staatsgewänder steif gemacht und so ihre vollendete Gestalt verzerrt.

Nein, Anakin sah sie lieber so wie jetzt, in Kleidung, die nur ihre Perfektion vervollkommnete.

»Dort ist unser Haus!«, rief Padmé plötzlich und riss Anakin aus seinen angenehmen Tagträumen.

Er folgte ihrem Blick zu einem einfachen, aber geschmackvollen Gebäude, das wie alles auf Naboo von Blüten und Ranken und Hecken umgeben war. Padmé ging sofort auf die Tür zu, aber Anakin folgte ihr nicht gleich. Er betrachtete forschend das Haus, jede Linie, jede Einzelheit, und versuchte, darin die Umgebung zu erkennen, aus der Padmé gekommen war. Sie hatte ihm auf der Reise hierher viel von ihrer Kindheit erzählt; nun dachte Anakin wieder an diese Geschichten und sah sie im Rahmen dieses Hauses und des Gartens, die er vor sich hatte.

»Was ist denn?«, fragte Padmé, die schon ein ganzes Stück voraus war, als sie bemerkte, dass er ihr nicht gefolgt war. »Bist du etwa schüchtern?«

»Nein, ganz bestimmt nicht, aber ich …«, begann der aufgeschreckte Padawan mit seiner Antwort, doch er wurde unterbrochen vom entzückten Kreischen zweier kleiner Mädchen, die aus dem Garten auf seine Begleiterin zurannten.

»Tante Padmé, Tante Padmé!«

Padmés Lächeln wurde strahlender, als Anakin es je gesehen hatte, und sie eilte voraus und bückte sich, um die beiden zu umarmen, die kaum älter als ein paar Jahre sein konnten. Eines der Mädchen hatte kurzes, lockiges blondes Haar, die Ältere erinnerte mit ihrem längeren braunen Haar an Padmé.

»Ryoo! Pooja!«, rief Padmé, umarmte sie, hob sie hoch und wirbelte sie herum. »Ich bin so froh, euch wiederzusehen!« Sie küsste beide, dann setzte sie sie wieder ab, nahm sie an den Händen und führte sie zu Anakin.

»Das ist Anakin. Anakin, das sind Ryoo und Pooja!«

Die beiden liefen rot an, als sie ihn schüchtern begrüßten, was Padmé laut auflachen und Anakin lächeln ließ, obwohl er beinahe ebenso verlegen war wie die Kinder.

Die Schüchternheit der Mädchen dauerte allerdings nur so lange, wie sie brauchten, um den kleinen Droiden zu bemerken, der hinter Anakin herrollte und versuchte, ihn einzuholen.

»R2!«, riefen sie wie aus einem Mund. Schnell rissen sie sich von Padmé los und eilten auf den Droiden zu, kletterten an ihm hoch, drückten die Wangen liebvoll an seine Kuppel.

Und R2-D2 schien ebenso aufgeregt und glücklich, er zwitscherte und pfiff vergnügter, als Anakin ihn je gehört hatte.

Die Szene rührte ihn – ein Bild der Unschuld, die er nie gekannt hatte.

Nein, nicht nie, das musste er zugeben. Es hatte Zeiten gegeben, in denen es Shmi irgendwie gelungen war, solche Augenblicke der Freude auch inmitten der schweren Arbeit zu finden, die das Leben eines Sklaven auf Tatooine prägte. Auf ihre eigene Art hatten Anakin und seine Mutter an diesem staubigen, schmutzigen, heißen und übel riechenden Ort ein paar Augenblicke unschuldiger Schönheit geschaffen.

Hier jedoch schienen solche Augenblicke eher die Norm als erinnerungswürdige Ausnahmen zu sein.

Anakin wandte sich wieder Padmé zu, aber die junge Frau hatte sich zum Haus umgedreht, aus dem sich nun eine Frau näherte, die ihr ausgesprochen ähnlich sah.

Nein, so groß war die Ähnlichkeit nicht, sie sah nicht genau wie Padmé aus, stellte Anakin fest, denn sie war ein wenig größer, ein wenig runder und ein wenig … erfahrener war das einzige Wort, was ihm einfiel. Aber nicht auf eine schlechte Art. Ja, als sie und Padmé sich fest umarmten, konnte er es genau erkennen: So würde Padmé vielleicht einmal aussehen, wenn sie ruhiger und vielleicht zufriedener war. Angesichts dieser verblüffenden Ähnlichkeit war Anakin kaum überrascht, als Padmé die Frau als ihre Schwester Sola vorstellte.

»Mama und Papa werden so froh sein, dass du wieder da bist«, sagte Sola zu Padmé. »Die letzten Wochen waren schwer für sie.«

Padmé verzog bei dieser Bemerkung das Gesicht. Sie wusste selbstverständlich, dass ihre Eltern von den Anschlägen auf ihr Leben gehört hatten, und das störte sie mehr als alles andere. Anakin sah ihr das an, und er verstand es gut und liebte sie nur noch mehr für diese Gesinnung. Padmé fürchtete sich vor nichts. Sie konnte mit ihrer derzeitigen Situation umgehen, sie stellte sich der Tatsache, dass jemand sie umbringen wollte, voller Entschlossenheit und Mut. Aber wenn man einmal davon absah, dass dieser Wahnsinn ihre Stellung im Senat schwächen konnte, gab es nur eine Sache, die sie dabei wirklich beunruhigte, und das war die Auswirkung dieser Gefahr auf die Personen, die sie liebte. Anakin wusste, dass sie ihrer Familie auf keinen Fall wehtun wollte.

Der junge Padawan, der seine Mutter als Sklavin auf Tatooine zurückgelassen hatte, wusste das zu schätzen.

»Mama kümmert sich ums Abendessen«, erklärte Sola, der aufgefallen war, wie unbehaglich Padmé sich fühlte, und die nun absichtlich das Thema wechselte. »Du kommst wie immer gerade rechtzeitig.« Sie ging wieder auf das Haus zu. Padmé wartete, bis Anakin sie eingeholt hatte, dann griff sie nach seiner Hand, blickte lächelnd zu ihm auf und führte ihn zur Tür. R2-D2 rollte direkt hinter ihnen her, und Ryoo und Pooja sprangen aufgeregt um ihn herum.

Das Haus war drinnen ebenso wunderbar und voller Leben wie der Garten. Es gab nur sanfte Farben, keine grellen Lampen, keine piepsenden Computer. Die Möbel waren weich und bequem, der Boden gefliest oder mit weichen Teppichen belegt.

Ein solches Gebäude hatte Anakin auf Coruscant nie gesehen, und selbstverständlich ließ es sich auch kaum mit den Hütten vergleichen, wie er sie von Tatooine her nur allzu gut kannte. Nein, diesen Ort, diese Straße, diesen Garten, dieses Heim zu sehen, überzeugte den Padawan nur noch mehr von etwas, das er Padmé vor nicht allzu langer Zeit gesagt hatte: Wenn er auf Naboo aufgewachsen wäre, hätte er den Planeten niemals verlassen.

Die nächsten Augenblicke wurden ein wenig schwieriger, aber nur für einige Momente: Padmé stellte Anakin Ruwee vor, ihrem Vater, einem Mann mit breiten Schultern und einem Gesicht, das gleichzeitig schlicht und stark und voller Mitgefühl war. Sein braunes Haar war kurz geschnitten, aber es sah dennoch ein wenig zerzaust aus, was ihn irgendwie … liebenswert wirken ließ. Als Nächstes stellte Padmé Jobal vor, und Anakin war sofort klar, dass diese Frau Padmés Mutter war. Sobald er Jobal sah, wusste er, woher Padmé dieses unschuldige und ehrliche Lächeln hatte, diesen Blick, der eine Bande blutrünstiger gamorreanischer Banditen hätte entwaffnen können. Auch Jobal hatte dieses Lächeln und die gleiche offensichtliche Großzügigkeit.

Schon bald darauf saßen Anakin, Padmé und Ruwee am Esstisch und lauschten schweigend der Geschäftigkeit im Nebenzimmer, dem Klirren von Steinguttellern und –bechern – und Sola, die immer wieder sagte: »Das ist doch zu viel, Mama!« Und jedes Mal, wenn sie das sagte, lächelten Ruwee und Padmé wissend.

»Ich glaube nicht, dass man sie auf dem Weg von Coruscant hat hungern lassen«, erklärte Sola ein wenig gereizt über die Schulter hinweg, als sie, eine Schüssel mit Essen in den Händen, aus der Küche ins Esszimmer kam.

»Soll das die ganze Stadt satt machen?«, fragte Padmé Sola leise, als die ältere Schwester die Schüssel auftischte.

»Du kennst doch Mama«, lautete die Antwort, und ihr Tonfall sagte Anakin, dass Situationen wie diese keine Seltenheit waren, dass Jobal eine großzügige Gastgeberin war. Obwohl er erst vor kurzem gegessen hatte, sah der Inhalt der Schüssel verführerisch gut aus und roch noch besser.

»Niemand hat dieses Haus jemals hungrig verlassen«, erklärte Sola.

»Nun, einer hat es mal versucht«, verbesserte Padmé. »Aber Mama ist ihm hinterhergejagt und hat ihn wieder reingezerrt.«

»Um ihn zu füttern oder zu braten?«, entgegnete der Padawan scherzend, und die anderen drei starrten ihn einen Augenblick lang an, bevor sie begriffen und in Gelächter ausbrachen.

Sie kicherten immer noch, als Jobal hereinkam, eine noch größere Schüssel in den Händen, was alle natürlich nur noch mehr erheiterte. Aber dann bedachte Jobal die Familie mit einem majestätischen Blick, und das Lachen verklang.

»Die beiden sind gerade rechtzeitig zum Abendessen gekommen«, sagte Jobal. »Ich weiß, was das bedeutet.« Sie stellte einen Teller vor Anakin und legte ihm die Hand auf die Schulter. »Ich hoffe, Ihr habt Hunger, Anakin.«

»Ein wenig.« Er blickte auf und lächelte Jobal dankbar an. Der Blick entging Padmé nicht. Sie zwinkerte Anakin zu, als er sie wieder anschaute. »Er versucht nur, höflich zu sein, Mama«, sagte sie. »Wir sind am Verhungern.«

Jobal lächelte nun strahlend und nickte, dann warf sie Sola und Ruwee triumphierende Blicke zu, die ihrerseits abermals zu lachen begannen. All das kam Anakin so gemütlich, so natürlich und ... so sehr wie das vor, was er sich stets gewünscht hatte, obwohl er es vielleicht bisher nicht einmal gewusst hatte. Es war perfekt, einfach perfekt – bis auf die Tatsache, dass Shmi nicht hier war.

Seine Miene verdüsterte sich einen Augenblick, als er an seine Mutter auf Tatooine und an die verstörenden Träume dachte, die ihn in den letzten Wochen beunruhigt hatten. Dann schob er diese Gedanken wieder weg, sah sich um und war froh, dass es offenbar niemand bemerkt hatte.

»Wenn Ihr Hunger habt, dann seid Ihr zur rechten Zeit an den rechten Ort gekommen«, sagte Ruwee zu Anakin. »Esst Euch satt, Sohn!«

Jobal und Sola setzten sich hin und begannen, die Schüsseln herumzureichen. Anakin nahm sich von mehreren Gerichten. Es waren überwiegend Spezialitäten, die er nicht kannte, aber der Geruch sagte ihm schon, dass er nicht enttäuscht sein würde. Er saß schweigend da und aß und lauschte mit halbem Ohr dem fröhlichen Schwatzen, das ihn umgab. Wieder dachte er an Shmi und daran, wie sehr er sich wünschte, sie hierher zu bringen, als freie Frau, in ein Leben, das sie so sehr verdiente.

Einige Zeit verging, bevor Anakin wieder konzentriert zuhörte, aber dann bemerkte er plötzlich den Ernst in Jobals Stimme, als sie zu Padmé sagte: »Ich bin so froh, dass du in Sicherheit bist. Wir haben uns große Sorgen gemacht.«

Anakin blickte gerade noch rechtzeitig auf, um Padmés zornigen, ablehnenden Blick zu sehen. Ruwee versuchte, die Spannung zu lockern, ehe sie so richtig beginnen konnte, indem er Jobal die Hand auf den Arm legte und leise sagte, »Liebes ...«

»Ich weiß, ich weiß«, sagte Jobal lebhaft. »Aber ich musste es einfach sagen. Und jetzt haben wir es hinter uns.«

Sola räusperte sich. »Nun, heute ist ein aufregender Tag«, sagte sie, und alle wandten sich ihr zu. »Wisst Ihr, Anakin, dass Ihr der erste Freund seid, den meine Schwester je mit nach Hause gebracht hat?«

»Sola!«, rief Padmé. Sie verdrehte die Augen. »Er ist nicht mein Freund! Jedenfalls nicht so, wie du meinst. Er ist ein Jedi, den der Senat damit beauftragt hat, mich zu schützen.«

»Ein Leibwächter?«, fragte Jobal voller Sorge. »O Padmé, man hat uns nie gesagt, dass es so ernst ist!«

Padmés Seufzen war zur Hälfte ein Stöhnen. »Das ist es

auch nicht, Mama«, sagte sie. »Das verspreche ich dir. Und Anakin ist wirklich ein alter Freund. Wir kennen uns schon seit Jahren. Erinnert ihr euch an den kleinen Jungen, der während der Blockadekrise zusammen mit den Jedi herkam?«

Einige Aha-Rufe erklangen zur Antwort, und Padmés Eltern und Schwester nickten. Dann lächelte Padmé Anakin an und sagte mit gerade genügend Ernst, um ihm deutlich zu machen, dass ihre vorherigen Behauptungen über seine Position nicht vollkommen der Wahrheit entsprachen: »Er ist erwachsen geworden.«

Anakin warf Sola einen Blick zu und sah, dass sie ihn forschend betrachtete, was ihn nur noch nervöser werden ließ.

»Schatz, wann wirst du dich je ins Privatleben zurückziehen und deine eigene Familie gründen?«, fuhr Jobal fort. »Hast du nicht schon genug von diesem Leben als Politikerin? Ich ganz bestimmt!«

»Mama, ich bin nicht in Gefahr«, erklärte Padmé beharrlich und ergriff Anakins Hand.

»Stimmt das?«, fragte Ruwee Anakin.

Der Padawan starrte Padmés Vater forschend an und erkannte, dass er ernstlich besorgt war. Dieser Vater, der seine Tochter so sehr liebte, hatte es verdient, die Wahrheit zu erfahren.

»Ich fürchte, nein.«

Noch während er das sagte, spürte Anakin, wie Padmé seine Hand fester packte. »Aber die Gefahr ist nicht groß«, erklärte sie rasch, und dann wandte sie sich Anakin lächelnd zu, aber ihr Blick sagte ihm deutlich, dass er für seine Worte später bezahlen würde. »Anakin«, sagte sie leise, die Zähne zusammengebissen zu diesem drohenden Lächeln.

»Der Senat hielt es für angemessen, sie einige Zeit hierher zurückzuschicken, und zwar unter dem Schutz eines Jedi«, sagte er beiläufig. Er hatte nicht zusammengezuckt, als Padmé ihre Fingernägel warnend in seine Hand drückte. »Mein Meister Obi-Wan kümmert sich im Augenblick persönlich um die Angelegenheit. Bald wird alles wieder in Ordnung sein.«

Er konnte wieder leichter atmen, als Padmé ihren Griff löste und Ruwee und sogar Jobal sich sichtlich entspannten. Anakin wusste, dass er es gut gemacht hatte, aber er war überrascht festzustellen, dass Sola ihn immer noch anstarrte und immer noch beinahe verschwörerisch lächelte.

Er sah sie fragend an, aber sie lächelte nur weiter.

»Manchmal wünschte ich mir, ich wäre mehr gereist«, gestand Ruwee, als er nach dem Abendessen mit Anakin in den Garten ging. »Aber ich muss zugeben, dass ich hier sehr glücklich bin.«

»Padmé hat erzählt, dass Ihr an der Universität lehrt.«

»Ja, und vorher war ich Bauunternehmer«, antwortete Ruwee mit einem Nicken. »Als ich noch sehr jung war, habe ich auch für die Flüchtlingshilfe gearbeitet.«

Anakin sah ihn neugierig an, aber er war nicht wirklich überrascht. »Die Leute hier scheinen sich sehr für öffentliche Arbeit zu interessieren«, stellte er fest.

»Naboo ist großzügig«, erklärte Ruwee. »Der Planet selbst, meine ich. Wir haben alles, was wir wollen, alles, was wir uns wünschen können. Es gibt mehr als genug zu essen, das Klima ist angenehm, die Landschaft ist …«

»Wunderschön«, warf Anakin ein.

»Das stimmt«, sagte Ruwee. »Wir sind ein vom Glück begünstigtes Volk, und das wissen wir. Aber solches Glück sollte nicht für selbstverständlich gehalten werden, und daher versuchen wir, es mit anderen zu teilen und ihnen zu helfen. Auf diese Weise wollen wir deutlich machen, dass wir uns auch um die Freundschaft jener bemühen, die weniger Glück haben, dass wir nicht glauben, all das verdient zu haben, was der Planet uns schenkt, dass wir uns weit über das hinaus, was wir verdienen, gesegnet fühlen. Und so teilen wir und arbeiten, und dadurch werden wir selbst größer und erfüllter, als man es je sein könnte, wenn man nur faul sein Glück genießt.«

Anakin dachte einen Augenblick über Ruwees Worte nach.

»Ich denke, mit den Jedi ist es ganz ähnlich«, sagte er. »Wir haben diese großen Gaben erhalten, und wir trachten danach, so viel wie möglich daraus zu machen. Und dann nutzen wir die Macht, die uns verliehen wurde, um der Galaxis zu helfen und alles ein klein wenig besser zu machen.«

»Und um denen, die wir lieben, ein wenig mehr Sicherheit zu verschaffen?«

Anakin sah ihn an und begriff. Er lächelte und nickte. Er sah die Hochachtung in Ruwees Blick, die Dankbarkeit, und er freute sich über beides. Padmés Liebe zu ihrer Familie war nicht zu leugnen, das sah man schon an der Art, wie sie reagierte, wenn einer von ihnen auch nur das Zimmer betrat, und Anakin wusste, wenn Ruwee oder Jobal oder Sola ihn nicht leiden könnten, würde das seiner Beziehung mit Padmé sehr schaden.

Er war froh, dass er hierher gekommen war, und zwar nicht nur als Padmés Begleiter, sondern auch als ihr Beschützer.

Drinnen im Haus räumten Padmé, Sola und Jobal die Teller und das restliche Essen ab. Padmé bemerkte die Anspannung in Jobals Bewegungen, und sie wusste, dass die Ereignisse der letzten Monate – die Attentatsversuche, die Streitigkeiten im Senat über ein Thema, das durchaus zum Krieg führen konnte – schwer auf ihrer Mutter lasteten.

Sie warf Sola einen Blick zu, weil sie hoffte, von ihr vielleicht einen Hinweis zu erhalten, wie sie die Anspannung lindern konnte, aber dort begegnete ihr nur eindeutige Neugier, und das verstörte sie noch mehr als die besorgte Miene ihre Mutter.

»Warum hast du uns nicht von ihm erzählt?«, fragte Sola schließlich mit einem verschmitzten Grinsen.

»Was gibt es da schon zu erzählen?«, erwiderte Padmé so lässig, wie sie konnte. »Er ist nur ein Junge.«

»Ein Junge?«, erwiderte Sola lachend. »Hast du bemerkt, wie dieser ›Junge‹ dich ansieht?«

»Sola! Hör auf damit!«

»Es ist ganz klar, dass er etwas für dich empfindet«, fuhr Sola fort. »Willst du etwa behaupten, kleine Schwester, dass dir das nicht aufgefallen ist?«

»Ich bin kein Kind mehr, Sola«, sagte Padmé tonlos und ernstlich verärgert. »Anakin und ich sind Freunde. Unsere Beziehung ist rein beruflicher Art.«

Wieder grinste Sola.

»Mama, könntest du ihr bitte sagen, dass sie damit aufhören soll?«, rief Padmé verlegen und frustriert.

Nun begann Sola laut zu lachen. »Na ja, vielleicht ist dir wirklich nicht aufgefallen, wie er dich ansieht. Ich glaube, du hast Angst davor, es zu bemerken.«

»Jetzt hör aber auf!«

Jobal trat zwischen die beiden und warf Sola einen strengen Blick zu. »Sola macht sich nur Sorgen, Liebes«, sagte sie zu Padmé. Aber irgendwie kamen ihre Worte Padmé herablassend vor, als versuchte ihre Mutter immer noch, das hilflose kleine Mädchen zu beschützen.

»Mama, du bist wirklich unmöglich«, sagte sie resigniert. »Meine Arbeit ist wichtig.«

»Du hast genug getan, Padmé«, antwortet Jobal. »Es ist an der Zeit, dass du dein eigenes Leben beginnst.«

Padmé legte den Kopf zurück, schloss die Augen und versuchte, die Worte in dem Geist aufzunehmen, in dem sie geäußert worden waren. Einen Augenblick lang bedauerte sie es, hierher zurückgekehrt zu sein, zu den ewig gleichen alten Ansichten und Ratschlägen.

Aber das dauerte nur einen Augenblick. Wenn sie ehrlich über alles nachdachte, musste Padmé zugeben, dass sie froh war, so geliebt zu werden.

Sie lächelte ihre Mutter liebevoll an, und Jobal nickte und berührte Padmés Arm sanft. Dann schaute sie Sola an und sah, dass ihre Schwester immer noch grinste.

Was dachte Sola nur?

»Und nun sagt mir, Sohn, wie ernst ist diese Sache wirklich?«, fragte Ruwee ganz offen, als sich die beiden der Tür näherten, die sie ins Haus zurückführen würde. »Wie groß ist die Gefahr, in der meine Tochter sich befindet?«

Anakin zögerte nicht mit seiner Antwort, denn ihm wurde noch einmal klar, wie schon zuvor beim Abendessen, dass Padmés Vater nichts anderes als Ehrlichkeit verdient hatte. »Es gab zwei Anschläge auf ihr Leben. Es kann sein, dass noch mehr passiert. Aber ich habe Euch nicht angelogen und nicht versucht, die Gefahr herunterzuspielen. Mein Meister verfolgt die Attentäter. Ich bin sicher, er wird bald herausfinden, wer diese Leute sind, und sich um sie kümmern. Es wird nicht lange dauern.«

»Ich will nicht, dass ihr etwas zustößt«, sagte Ruwee mit allem Ernst eines Vaters, der sich um ein geliebtes Kind sorgt.

»Ich auch nicht«, versicherte ihm Anakin beinahe ebenso ernst.

Padmé starrte ihre ältere Schwester so lange an, bis Sola schließlich aufgab und fragte: »Was ist los?«

Die beiden waren nun allein, denn Jobal und Ruwee saßen mit Anakin im Wohnzimmer.

»Warum sagst du dauernd diese Dinge über mich und Anakin?«

»Weil es so offensichtlich ist«, erwiderte Sola. »Du siehst es doch selbst – das kannst du doch nicht abstreiten.«

Padmé seufzte und setzte sich langsam auf das Bett, und ihre Haltung und Miene gaben Sola alle Bestätigung, die sie brauchte.

»Ich dachte, Jedi dürften an solche Dinge nicht denken«, bemerkte Sola.

»Das dürfen sie auch nicht.«

»Aber Anakin tut es.« Diese Worte bewirkten, dass Padmé aufblickte und ihrer Schwester in die Augen sah. »Du weißt, dass ich Recht habe.«

Padmé schüttelte hilflos den Kopf, und Sola lachte.

»Du denkst mehr wie ein Jedi als er«, sagte sie. »Das solltest du nicht.«

»Wie meinst du das?« Padmé war nicht sicher, ob sie sich über diese Äußerung aufregen sollte – sie wusste nicht einmal genau, was ihre Schwester mit dieser Bemerkung meinte.

»Du bist so in deine Verantwortung verstrickt, dass du dich gar nicht mehr darum kümmerst, was du dir wünschst«, erklärte Sola. »Selbst, was deine Gefühle gegenüber Anakin angeht.«

»Du weißt doch gar nichts von meinen Gefühlen gegenüber Anakin«

»Und du wahrscheinlich auch nicht«, sagte Sola. »Weil du dir nicht einmal zugestehst, darüber nachzudenken. Immerhin könntest du gleichzeitig Senatorin und seine Freundin sein.«

»Meine Arbeit ist wichtig!«

»Ich habe doch nie etwas anderes behauptet!«, erklärte Sola und hob beschwichtigend die Hände. »Es ist komisch, Padmé, denn du benimmst dich, als wäre es dir verboten, obwohl das nicht der Fall ist, während Anakin so tut, als gäbe es für ihn kein solches Verbot.«

»All diese Überlegungen sind ganz und gar voreilig«, erklärte Padmé. »Anakin und ich haben nur ein paar Tage miteinander verbracht – davor hatte ich ihn zehn Jahre nicht gesehen.«

Sola zuckte die Achseln. Nun wich das schelmische Grinsen, das seit dem Abendessen ihre Miene prägte, ehrlicher Sorge um ihre Schwester. Sie setzte sich neben Padmé aufs Bett und legte ihr den Arm um die Schultern. »Ich weiß wirklich nicht viel über ihn, und du hast Recht, ich weiß nicht, was du empfindest – weder was ihn noch was deine Arbeit angeht. Aber ich weiß, was er empfindet, und das weißt du ebenfalls.«

Padmé widersprach ihr nicht. Sie saß einfach nur da, genoss die Umarmung ihrer Schwester, schaute zu Boden und versuchte, nicht nachzudenken.

»Es macht dir Angst«, stellte Sola fest. Überrascht blickte Padmé wieder auf.

»Wovor fürchtest du dich, Schwesterchen?«, fragte Sola ganz offen. »Hast du Angst vor Anakins Gefühlen und der Verantwortung, die er nicht so einfach aufgeben kann? Oder fürchtest du deine eigenen Empfindungen?«

Sie legte Padmé die Hand unters Kinn und hob es, sodass sie einander direkt ansahen, die Gesichter nur einen Atemzug voneinander entfernt. »Ich weiß nicht, was du empfindest«, gab sie noch einmal zu. »Aber ich nehme an, das Gefühl ist dir neu. Irgendwie beängstigend, aber auch wunderbar.«

Padmé sagte nichts, aber sie wusste, es wäre unehrlich gewesen, Sola zu widersprechen.

»Alle zusammen sind sie ein bisschen schwer zu verdauen«, sagte Padmé später zu Anakin, als die beiden allein in Padmés Zimmer waren. Sie hatte noch kaum ausgepackt, und nun warf sie ihre Sachen schon wieder in die Tasche. Aber diesmal war es andere Kleidung, weniger förmlich als die Gewänder, die sie als Vertreterin von Naboo im Senat trug.

»Deine Mutter ist eine gute Köchin«, erwiderte Anakin, was Padmé einen neugierigen Blick entlockte, bis sie begriff, dass er nur gescherzt und sehr gut verstanden hatte, was sie meinte.

»Du hast Glück, eine so wunderbare Familie zu haben«, erklärte Anakin nun ernster, und dann fügte er mit einem Lächeln hinzu: »Vielleicht solltest du deiner Schwester ein paar von deinen Kleidern geben.«

Padmé grinste zurück, aber dann sah sie sich die Kleiderberge an und konnte nicht widersprechen. »Keine Sorge«, versicherte sie ihm. »Es wird nicht lange dauern.«

»Ich möchte nur gerne dort eintreffen, bevor es dunkel ist. Wo immer ›dort‹ auch sein mag.« Anakin sah sich weiter im

Zimmer um, überrascht über die Anzahl der Wandschränke, die alle voll waren. »Du wohnst immer noch zu Hause«, sagte er kopfschüttelnd. »Das hatte ich nicht erwartet.«

»Ich bin so viel unterwegs«, erwiderte Padmé. »Ich hatte nie genug Zeit, mit der Wohnungssuche anzufangen, und ich bin nicht mal sicher, ob ich das will. Offizielle Residenzen haben keine Wärme, keine Gemütlichkeit. Nicht wie hier. Hier fühle ich mich wohl. Ich fühle mich zu Hause.«

Die schlichte Schönheit ihrer letzten Äußerung rührte Anakin. »Ich hatte nie ein richtiges Zuhause«, sagte er mehr zu sich selbst als zu Padmé. »Zu Hause war immer, wo meine Mutter war.« Nun blickte er zu ihr auf und fand sich von ihrem mitleidigen Lächeln getröstet.

Padmé begann wieder mit dem Packen. »Das Seenland ist wunderschön«, begann sie, aber dann warf sie Anakin einen Seitenblick zu und bemerkte, dass er ein Hologramm in der Hand hielt und es grinsend betrachtete.

»Bist du das?«, fragte er und zeigte auf das kleine Mädchen, das bestenfalls sieben oder acht Jahre alt und auf dem Bild von Dutzenden lächelnder grüner Geschöpfe umgeben war. Eins davon hielt sie sogar auf dem Arm.

Padmé lachte ein wenig verlegen. »Das ist aufgenommen worden, als ich mit einer Flüchtlingsgruppe nach Shada-Bi-Boran gegangen bin. Ihre Sonne implodierte, und ihr Planet starb. Ich habe dabei geholfen, die Kinder umzusiedeln.« Sie stellte sich neben Anakin, legte eine Hand auf seine Schulter und zeigte mit der anderen auf das Hologramm. »Siehst du den, den ich da halte? Er hieß N'alee-tula, was Liebling bedeutet. Er war so voller Leben – das waren sie alle.«

»Waren?«

»Sie haben sich nie anpassen können«, erklärte sie. »Sie haben es einfach nicht geschafft, an einem anderen Ort als auf ihrem Ursprungsplaneten zu leben.«

Anakin verzog das Gesicht, dann griff er rasch nach einem anderen Hologramm, das Padmé ein paar Jahre älter zeigte, in offiziellen Gewändern, zwischen zwei anderen und ähnlich gekleideten Würdenträgern stehend. Er schaute wieder zu dem ersten Bild, dann zu dem, das er nun in der Hand hielt, und bemerkte, dass Padmé hier viel ernster dreinschaute.

»Mein erster Tag bei den Jungen Gesetzgebern«, erklärte Padmé. Dann fügte sie hinzu, als hätte sie seine Gedanken gelesen. »Siehst du den Unterschied?«

Anakin betrachtete das Hologramm noch einen Augenblick, dann blickte er auf und lachte, denn er sah, dass Padmé die gleiche ernste und würdevolle Miene aufgesetzt hatte wie auf dem Holo. Sie lachte ebenfalls, dann drückte sie seine Schulter und machte sich wieder ans Packen.

Anakin legte die Hologramme nebeneinander und sah sie lange Zeit an. Zwei Seiten der Frau, die er liebte.

Fünfzehn

Der Speeder bewegte sich rasch über den See, aber der Antrieb wirbelte kaum Wasser auf. Hin und wieder schlug eine Welle an den Rumpf, und feine Gischt spritzte über den Bug. Anakin und Padmé genossen das kühle Wasser, die Augen halb geschlossen, und Padmés dichtes braunes Haar wehte im Fahrtwind.

Neben ihr am Steuer lachte Paddy Accu bei jedem Gischtspritzer laut, und sein ergrauendes Haar wurde ebenfalls wild zerzaust. »Auf dem Wasser geht es einem immer gleich besser!«, rief er mit seiner rauen Stimme über den Wind und das Geräusch des Speeders hinweg. »Gefällt es Euch?«

Padmé bedachte ihn mit einem ehrlichen Lächeln. Der grauhaarige Mann beugte sich vor und drosselte das Tempo des Speeders. »Es macht sogar noch mehr Spaß, wenn ich runtergehe«, erklärte er. »Meint Ihr, das wird Euch gefallen, Senatorin?«

Padmé und Anakin sahen ihn neugierig an, denn sie verstanden nicht so recht, was er meinte.

»Wir wollen zur Insel«, sagte Anakin mit einem Hauch von Sorge.

»Oh, ich werde Euch schon hinbringen«, erwiderte Paddy Accu mit heiserem Lachen. Er drückte einen Hebel nach vorn, und der Speeder ging aufs Wasser nieder.

»Paddy?«, sagte Padmé ein wenig unsicher. Der Mann lachte nur noch lauter.

»Sagt mir nicht, dass Ihr das vergessen habt!«, rief er, beschleunigte wieder, und der Speeder raste weiter, aber nun nicht mehr im Schwebeflug, sondern übers Wasser hüpfend.

»O ja!«, rief Padmé nun. »Ich erinnere mich!«

Nach dem ersten Schock und einem Blick von der entzückten Padmé zu Paddy war Anakin überzeugt, dass der Mann keine finsteren Absichten hegte; er begeisterte sich rasch für die unruhige Fahrt.

Nun spritzte die vom Bug aufgewirbelte Gischt beinahe ununterbrochen.

»Das ist wunderbar!«, rief Padmé.

Anakin musste ihr zustimmen. »Wir vergeuden so viel Zeit damit, unser Leben zu kontrollieren«, stellte er fest. Er erinnerte sich an seine Kinderjahre auf Tatooine, an die Podrennen durch die zerklüftete Landschaft, bei denen er den Katastrophen immer nur knapp ausgewichen war. Das hier war ein bisschen ähnlich, besonders als Paddy, der es offenbar nicht eilig hatte, die Insel zu erreichen, den Speeder im Zickzackkurs über die Wellen schießen ließ. Es erstaunte Anakin, wie sehr diese kleine Veränderung vom Schweben oberhalb der Wasseroberfläche zum Schiffsbetrieb die Perspektive dieser Reise veränderte. Sicher, er wusste, dass Technologie die Galaxis gezähmt hatte, und obwohl das hinsichtlich der Effizienz und der Bequemlichkeit sehr von Nutzen war, glaubte er auch, dass dabei etwas verlorengegangen war: das erregende Gefühl, sich am Rand einer Katastrophe zu bewegen. Oder einfach nur etwas so deutlich zu spüren wie diese Überfahrt, dieses Hüpfen über die Wellen, den Wind und die kalte Gischt.

Einmal kippte Paddy den Speeder so weit zur Seite, dass sowohl Anakin als auch Padmé glaubten, sie würden gleich kentern. Anakin hätte sich beinahe mit der Macht verbunden, um das Schiff zu sichern, aber dann hielt er sich zurück und genoss weiter die aufregende Fahrt.

Sie kenterten nicht. Paddy war ein erfahrener Pilot, der wusste, wie man einen Speeder bis ans Limit trieb, ohne dass er umkippte. Kurz darauf verringerte er allerdings die Geschwindigkeit und ließ das Fahrzeug langsam zum Kai der Insel gleiten.

Padmé griff nach der Hand des älteren Mannes und beugte sich vor, um ihn auf die Wange zu küssen. »Danke!«

Anakin bemerkte überrascht, dass Paddy unter seiner wettergegerbten Haut errötete. »Es hat Spaß gemacht«, gab er zu.

»So war es ja auch gedacht«, erwiderte der Mann scheinbar mürrisch, dann lachte er laut.

Während Paddy den Speeder vertäute, sprang Anakin auf den Pier. Er streckte den Arm aus, um Padmé die Hand zu reichen, damit sie leichter aussteigen konnte.

»Ich bringe das restliche Gepäck rauf«, bot Paddy an, und Padmé drehte sich noch einmal zu ihm um und lächelte. »Geht Ihr ruhig schon mal vor und seht Euch um – verschwendet Eure Freizeit nicht mit Arbeit.«

»Freizeit«, wiederholte Padmé, und in ihrer Stimme lag unbestreitbar so etwas wie Sehnsucht.

Das junge Paar ging eine lange Holztreppe hinauf, vorbei an Blumenbeeten und Rankenpflanzen. Sie erreichten eine Terrasse, von der aus man einen wunderbaren Garten sehen konnte, und dahinter lag der schimmernde See, hinter dem sich bläulich und violett die Berge erhoben,

Padmé stützte die verschränkten Arme auf die Balustrade und genoss die Aussicht.

»Die Berge spiegeln sich im Wasser«, stellte Anakin fest und schüttelte grinsend den Kopf. Das Wasser war still, das Licht gerade richtig, und die Berge im See wirkten beinahe echt.

»Selbstverständlich«, stimmte sie zu, ohne sich zu regen.

Er starrte sie an, bis sie sich umdrehte und seinen Blick erwiderte.

»Dir kommt so etwas vielleicht ganz selbstverständlich vor«, sagte er. »Aber dort, wo ich aufgewachsen bin, gab es keine Seen. Wenn ich so viel Wasser sehe, dann kommt mir jede Einzelheit …« Er schüttelte überwältigt den Kopf.

»Wie ein Wunder vor?«

»Und ich erfreue mich daran«, sagte er mit glücklichem Lächeln.

Padmé wandte sich wieder dem See zu. »Ich nehme an, es ist schwer, bestimmte Dinge, die man so lange Zeit gewohnt war, noch zu schätzen«, gab sie zu. »Aber selbst nach all diesen Jahren fällt mir die Schönheit der Berge, die im Wasser reflektiert werden, immer noch auf. Ich könnte sie den ganzen Tag ansehen, jeden Tag.«

Anakin trat neben sie an die Balustrade und beugte sich dicht zu ihr. Er schloss die Augen und atmete ihren süßen Duft ein, spürte die Wärme ihrer Haut.

»Als ich in der dritten Klasse war, haben wir Schulausflüge hierher gemacht«, erzählte sie. Sie zeigte auf eine benachbarte Insel. »Siehst du die Insel dort? Wir sind jeden Tag hingeschwommen. Ich liebe das Wasser.«

»Ich ebenfalls. Ich denke, das kommt davon, dass ich auf einem Wüstenplaneten aufgewachsen bin.« Wieder starrte er sie an, konnte den Blick einfach nicht von ihrer Schönheit wenden. Er wusste, dass Padmé es bemerkte, aber sie schaute demonstrativ weiter aufs Wasser hinaus.

»Wir haben uns an den Strand gelegt und uns von der Sonne trocknen lassen … und versucht zu erraten, was das für Vögel sind, die da singen.«

»Sand mag ich nicht. Er ist rau und grob und unangenehm. Und er dringt überall ein.«

Nun drehte sich Padmé um und sah ihn an.

»Nicht hier«, fuhr Anakin fort. »Aber auf Tatooine ist es so – alles ist auf Tatooine so. Aber hier ist alles weich und glatt.« Und dann streckte er, fast ohne sich der Bewegung bewusst zu sein, die Hand aus und strich über Padmés Arm.

Er hätte die Hand beinahe zurückgezogen, als ihm klar wurde, was er da tat, aber da Padmé keinen Einspruch erhob, ließ er seine Hand dort. Sie wirkte ein wenig unsicher, ein wenig furchtsam, aber sie wich nicht zurück.

»Es gab einen sehr alten Mann, der auf der Insel wohnte«, erzählte sie. Sie hatte den Blick in weite Ferne gerichtet, in die Vergangenheit. »Er machte Glas aus dem Sand – und aus dem

Glas stellte er Vasen und Halsschmuck her. Diese Dinge waren magisch.«

Anakin kam noch ein wenig näher und sah sie intensiv an, bis sie sich ihm wieder zuwandte. »Hier ist alles magisch«, sagte er.

»Man konnte in das Glas schauen und sah das Wasser und die Wellen. Es sah so echt aus, aber das war es nicht.«

»Manchmal, wenn ich will, dass etwas echt ist, wird es das auch.« Einen Augenblick lang kam es Anakin so vor, als wollte sie sich abwenden. Aber das tat sie nicht. Stattdessen blickte sie tiefer in seine Augen, und er in ihre.

»Ich dachte damals, wenn man zu tief in dieses Glas schauen würde, würde man sich selbst verlieren«, sagte sie, und ihre Stimme war kaum mehr als ein Flüstern.

»Ich denke, das ist wahr ...« Er beugte sich vor, streifte ihre Lippen mit den seinen, und einen Augenblick lang wehrte sie sich nicht, sondern schloss die Augen und verlor sich. Anakin drängte sich noch näher an sie, zu einem echten, leidenschaftlichen Kuss, ließ die Lippen über ihre gleiten, langsam, hin und her. Er hätte sich verlieren können, sie stundenlang küssen, für immer ...

Aber dann wich Padmé plötzlich zurück, als erwachte sie aus einem Traum. »Nein, das hätte ich nicht tun dürfen.«

»Es tut mir Leid«, sagte Anakin. »In deiner Nähe gehört mein Kopf mir nicht mehr.«

Er starrte sie wieder an, begann den Abstieg ins Glas, verlor sich in ihre Schönheit.

Aber der Augenblick war vergangen, und Padmé stützte sich wieder auf die Balustrade, um auf das Wasser hinauszuschauen.

Sobald er aus dem Hyperraum gesprungen war, sah Obi-Wan Kenobi den »verschwundenen« Planeten, und zwar genau dort, wo ihn der Schwerkraftfluss vorhergesagt hatte.

»Da ist er, R4, genau da, wo er sein sollte«, sagte der Jedi zu seinem Astromechdroiden, der zur Antwort leise piepste. »Unser verlorengegangener Planet, Kamino. Die Archivdateien sind tatsächlich verändert worden.«

R4 pfiff neugierig.

»Ich habe keine Ahnung, wer das getan haben könnte«, erwiderte Obi-Wan. »Vielleicht werden wir ja auf dem Planeten ein paar Antworten erhalten.«

Er befahl R4, den Hyperspace-Ring zu lösen, ein Band, das die Mitte des Sternjägers umgab und an dem auf jeder Seite ein starker Hyperantrieb angebracht war. Dann übernahm er die Delta und lenkte sie lässig weiter, wobei er auf die Informationen der diversen Scanner achtete.

Als er dem Planeten näher kam, erkannte er, dass es sich um eine Wasserwelt handelte, auf der unter der beinahe durchgehenden Wolkendecke kein Land zu entdecken war. Er prüfte seine Sensoren, suchte nach anderen Schiffen in diesem Bereich, unsicher, was hier zu erwarten war. Sein Computer registrierte eine Übertragung, die um Identifikation bat, und er sendete sein Signal, das alle notwenigen Daten übermittelte. Einen Augenblick später erhielt er zu seiner Erleichterung einen zweiten Ruf von Kamino, der ihm die Koordinaten eines Orts namens Tipoca City nannte.

»Na, dann machen wir uns mal auf den Weg, R4. Es ist Zeit, ein paar Antworten zu suchen.«

Der Droide piepste zur Antwort und stellte die Koordinaten ein, dann flog der Jäger auf den Planeten zu, durchbrach die Atmosphäre und schwebte über der regengepeitschten See mit weißen Wellenkämmen. Der Flug durch den stürmischen Himmel war rauer als das Eindringen in die Atmosphäre, aber der Jäger hielt seinen Kurs hervorragend, und kurz darauf konnte Obi-Wan einen ersten Blick auf Tipoca City werfen. Die Stadt war geprägt von schimmernden Kuppeln und anmutig geschwungenen Linien; sie stand auf riesigen Stelzen, die sich über die vom Wind aufgewühlten Wellen erhoben.

Obi-Wan entdeckte die ihm zugewiesene Landefläche, aber

Der königliche Kreuzer von Naboo, das Schiff von Senatorin Amidala, im Landeanflug auf Coruscant

a Padmé Amidala vor Attentaten gewarnt wurde, befand sich eine Doppelgängerin an ɔrd.

Nach zehn Jahren ist aus der jungen Königin eine attraktive Senatorin geworden. Aber auch Anakin ist nicht mehr der kleine Junge, den sie gekannt hat.

Rechts: Eine halsbrecherische Verfolgungsjagd beginnt, als Obi-Wan und Anakin versuchen, den Attentäter zu stellen.

Nur mit Hilfe seiner Instinkte kann Anakin Padmés Leben retten und die tückischen Kouhuns töten.

)ie Spur des Attentäters scheint sich in einem Nachtklub zu verlieren.

Im Lauf der Jahre wurde Anakins Verbindung zu Palpatine immer enger.

Da Amidala auf Coruscant nicht mehr sicher ist, begleitet Anakin sie nach Naboo.

In der friedlichen und romantischen Umgebung von Naboo finden die Herzen von Padmé und Anakin zueinander.

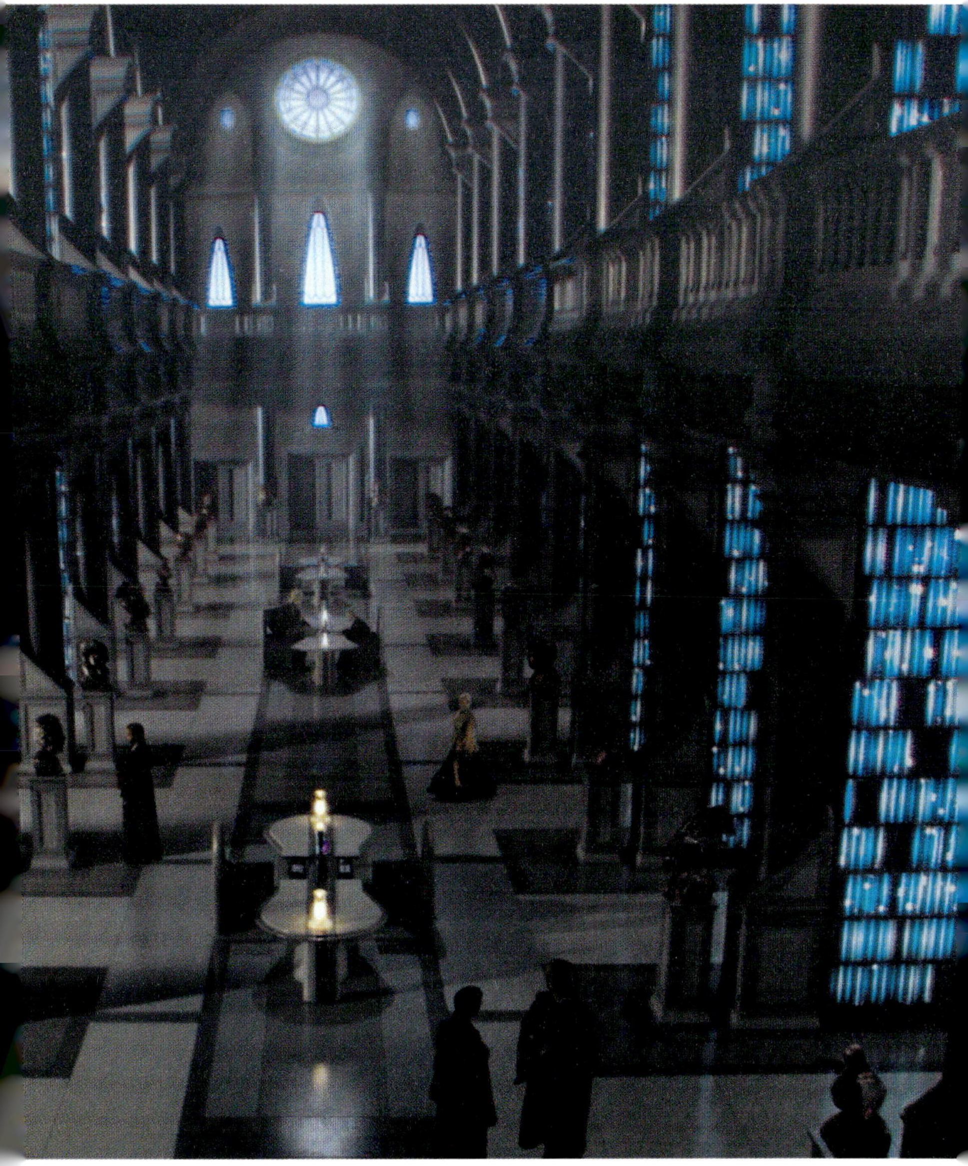

Obi-Wan stellt Nachforschungen über die Identität des Attentäters an.

Kamino, ein vollständig von Ozeanen bedeckter Planet, beherbergt die größten Kloneinrichtungen der Galaxis.

Links: Obi-Wan Kenobi erfährt, dass 200 000 Einheiten bereits fertig gestellt sind und eine weitere Million sich in Produktion befindet.

Schließlich wird Obi-Wan vorgeführt, was die Republik in Auftrag gegeben hat.

Entgegen den Befehlen des Jedirates reist Anakin nach Tatooine, weil er sich größte Sorgen um seine Mutter macht.

Auf Tatooine sucht Anakin den Schrotthändler Watto auf, doch der Toydarianer ist nicht mehr Shmis Besitzer.

Nach seinem Bericht vor dem Jedirat erhält Obi-Wan den Auftrag, Jango Fett festzunehmen und ihn zum Verhör nach Coruscant zu bringen.

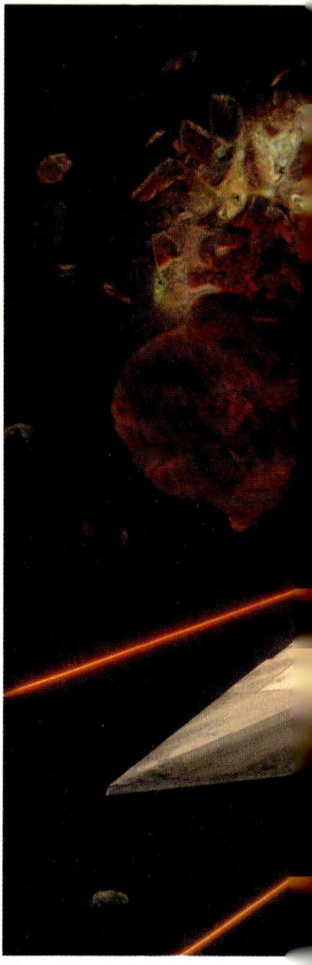

Einen Kopfgeldjäger mit Jangos Fähigkeiten zu verhaften ist keine leichte Aufgabe.

Bevor Jango entkommt, kann Obi-Wan einen Peilsender an der *Sklave I* befestigen – sehr zu Jangos Verdruss.

Als er vom Schicksal seiner Mutter erfährt, bricht Anakin schleunigst auf, um sie zu retten.

Anakin kommt zu spät: Seine Angst verwandelt sich in Zorn.
Die Macht der Dunklen Seite wirft ihre Schatten.

Angesichts der drohenden Rebellion regiert Furcht den Senat.

Amidala und Anakin treffen auf Geonosis ein; von dort erreichte sie Obi-Wans Notruf.

Der Gungan Jar Jar Binks stellt den Antrag, Kanzler Palpatine Notstandsvollmachten zu übertragen.

Auch dieses Mal hat die Handelsföderation die Finger im schmutzigen Spiel.

Nach ihrer Gefangennahme sollen Anakin, Obi-Wan und Amidala zur Unterhaltung der Massen von wilden Bestien zerfleischt werden.

Jango Fett und sein geklonter Sohn Boba beobachten das Spektakel.

Die Macht ist stark in Graf Dooku.

Die beiden Männer wissen, dass sie mit dem abtrünnigen Jedi kein leichtes Spiel haben werden.

rotz ihrer Ausbildung sind die beiden Jedi dem Verräter nicht ebenbürtig.

Joda greift ein, und es wird deutlich, dass Dooku mehr ist als ein abtrünniger Jedi. Er ist ein Sith-Lord.

Der Kampf zeigt, weshalb Joda der Mächtigste des Jedirates ist.

zunächst flog er noch einmal darüber hinweg und kreiste über der Stadt, weil er diesen spektakulären Ort von allen Seiten sehen wollte. Die Stadt schien sowohl ein Kunstwerk zu sein als auch ein Beispiel hervorragender Ingenieursarbeit; sie erinnerte Obi-Wan irgendwie an das Senatsgebäude und den Jeditempel auf Coruscant. Die Gebäude waren hell erleuchtet, auf eine Art, die die Kuppeln und geschwungenen Wände angenehm betonte.

»Es gibt so viel zu sehen, R4«, klagte der Jedi. Er hatte in seinem Leben hunderte von Planeten besucht, aber ein so schöner und seltsamer Ort wie Tipoca City erinnerte ihn immer daran, dass es noch tausende und abertausende mehr zu sehen gab – zu viele, selbst wenn er für den Rest seines Lebens nichts anderes mehr tun würde.

Schließlich setzte Obi-Wan seinen Jäger auf der angegebenen Landeplattform ab. Er zog seine Kapuze tief ins Gesicht, dann schob er die Cockpitkuppel zurück, stieg aus und eilte vornübergebeugt durch Wind und Regen über den Permabeton zu einem Turm am anderen Ende der Plattform. Eine Tür glitt auf, Licht fiel heraus, und er betrat einen hell erleuchteten weißen Raum.

»Meister Jedi, ich freue mich, Euch zu sehen«, erklang eine melodische Stimme.

Obi-Wan schob die Kapuze zurück, die ihn kaum vor dem prasselnden Regen geschützt hatte, strich sich das Wasser aus dem Haar und dem Gesicht, wandte sich der Sprecherin zu und hielt dann inne, erstaunt über den Anblick der Kaminoanerin.

»Ich heiße Taun We«, stellte sie sich vor.

Sie war größer als Obi-Wan und verblüffend schlank, aber trotz ihrer bleichen Haut hatte sie nichts Unkörperliches an sich. Ja, sie war dünn, aber sie wirkte kräftig und anmutig gerundet. Ihre Augen waren riesig – mandelförmig, dunkel und glitzernd klar wie die eines fragenden Kindes. Ihre Nase bestand aus nicht mehr als zwei senkrechten Schlitzen, verbunden durch einen waagrechten oberhalb ihrer Oberlippe. Sie streckte einen Arm, den sie so anmutig bewegte wie eine Tänzerin.

»Der Premierminister erwartet Euch.«

Die Worte rissen Obi-Wan schließlich aus seiner staunenden Betrachtung dieses seltsam schönen Wesens.

»Man erwartet mich?«, fragte er und unternahm nicht einmal den Versuch zu verbergen, wie erstaunt er war. Wie war es möglich, dass sie ihn erwarteten?

»Selbstverständlich«, erwiderte Taun We. »Lama Su will Euch sofort sehen. Nach all diesen Jahren hatten wir schon befürchtet, Ihr würdet nicht mehr kommen. Bitte hier entlang.«

Obi-Wan nickte und gab sich unbeeindruckt, verbarg die unzähligen drängenden Fragen in seinen Gedanken. *Nach all diesen Jahren*? *Sie fürchteten, ich würde nicht mehr kommen?*

Der Flur war beinahe so hell erleuchtet wie das Zimmer, aber als Obi-Wans Augen sich daran gewöhnt hatten, fand er das Licht seltsam angenehm. Sie kamen an vielen Fenstern vorbei, und Obi-Wan konnte andere Kaminoaner sehen, die in Nebenräumen beschäftigt waren, Männer – sie hatten einen Kamm oben auf dem Kopf – und Frauen, die an Konsolen und Tischen arbeiteten, bei denen jede Kante von hellem Licht betont wurde, als stützte und definierte das Licht das Möbelstück. Obi-Wan registrierte, wie sauber es hier war; alles war poliert und glänzte. Aber er stellte keine weiteren Fragen, denn er hatte es eilig, diesen Premierminister Lama Su kennen zu lernen, ebenso eilig, wie Taun We ihn hinbringen wollte, wenn man von ihrem raschen Schritt ausging.

Die Kaminoanerin blieb vor einer Tür stehen und ließ sie mit einem Winken aufgleiten, dann bedeutete sie Obi-Wan, das Zimmer vor ihr zu betreten.

Ein anderer Kaminoaner, ein wenig größer und mit dem Kamm, der die Männer der Spezies kennzeichnete, begrüßte sie. Er schaute auf Obi-Wan hinab, blinzelte mit seinen riesigen Augen und lächelte freundlich. Mit einer Geste ließ er einen eiförmigen Sessel anmutig von der Decke herabsinken.

»Darf ich Euch Lama Su, Premierminister von Kamino, vorstellen?«, sagte Taun We, und dann zu Lama Su gewandt: »Das hier ist Meister Jedi …«

»Obi-Wan Kenobi«, sagte der Jedi und verbeugte sich.

Der Premierminister zeigte auf den Sessel, dann ließ er sich auf seinem eigenen nieder, aber Obi-Wan blieb stehen und sah sich weiter um.

»Ich denke, Ihr werdet Euren Aufenthalt hier genießen«, sagte der Premierminister. »Wir sind froh, dass Ihr zur angenehmsten Jahreszeit eingetroffen seid.«

»Ich freue mich über diesen freundlichen Empfang.« Obi-Wan fügte nicht hinzu, dass er die unangenehmeren Jahreszeiten lieber nicht sehen wollte, wenn diese Sintflut da draußen die beste sein sollte.

»Bitte«, sagte Lama Su und zeigte nochmals auf den Sessel. Als Obi-Wan sich schließlich hinsetzte, fuhr der Kaminoaner fort: »Und nun zum Geschäft. Ihr werdet sicher gerne hören, dass wir im Zeitplan geblieben sind. Zweihunderttausend Einheiten stehen bereit, und eine weitere Million ist schon auf dem Weg.«

Obi-Wans Zunge schien plötzlich geschwollen zu sein, aber er kämpfte gegen das Stottern an, verbiss sich die Fragen und improvisierte: »Das sind gute Nachrichten.«

»Wir nahmen schon an, dass Ihr erfreut sein würdet.«

»Selbstverständlich.«

»Bitte richtet Eurem Meister Sifo-Dyas aus, dass wir überzeugt sind, seinen Auftrag bis zum vereinbarten Zeitpunkt vollständig ausführen zu können. Ich hoffe, es geht ihm gut.«

»Verzeiht«, erwiderte der verblüffte Jedi. »Meister …?«

»Jedimeister Sifo-Dyas. Er ist doch immer noch ein führendes Mitglied des Jedirats, oder?«

Obi-Wan kannte den Namen dieses ehemaligen Jedimeisters, und das löste eine neue Flut von Fragen aus. Wieder schob er sie beiseite und konzentrierte sich darauf, die Konversation mit Lama Su weiterzuführen, in der Hoffnung, noch mehr zu erfahren. »Ich muss Euch leider mitteilen, dass Meister Sifo-Dyas vor beinahe zehn Jahren getötet wurde.«

Lama Su blinzelte abermals mit den riesigen Augen. »Oh, es tut mir Leid, das zu hören! Aber ich bin sicher, er wäre stolz auf die Armee gewesen, die wir für ihn gebaut haben.«

»Die Armee?«, fragte Obi-Wan, bevor er auch noch nachdenken konnte.

»Die Klonarmee. Und ich muss sagen, sie ist eine der besten, die wir jemals geschaffen haben.«

Obi-Wan wusste nicht, wie weit er noch gehen konnte. Wenn Sifo-Dyas hier tatsächlich eine Klonarmee bestellt hatte, warum hatten Meister Yoda und die anderen dann nichts davon erwähnt? Sifo-Dyas war tatsächlich ein mächtiger Jedi gewesen, und er war viel zu früh gestorben, aber hätte er in einer solch wichtigen Angelegenheit eigenmächtig gehandelt? Der Jedi betrachtete die beiden Kaminoaner, versuchte sogar, sie in der Macht zu spüren. Alles hier wirkte ehrlich und offen, und daher folgte er seinen Instinkten und hielt das Gespräch in Gang. »Sagt mir, Premierminister, als der Meister sich zum ersten Mal mit Euch in Verbindung gesetzt hat, hat er Euch mitgeteilt, wozu er die Armee brauchen würde?«

»Selbstverständlich«, erklärte der Kaminoaner ohne jedes Misstrauen. »Die Armee ist für die Republik bestimmt.«

Beinahe hätte Obi-Wan erstaunt »Die Republik!« gerufen, aber seine Disziplin gestattete ihm, seine Überraschung gut zu verbergen, ebenso wie den Tumult in seinen Gedanken – ein Sturm, der drohte, mindestens solche Ausmaße anzunehmen wie der, der draußen tobte. Was im Namen der Galaxis war hier los? Eine Klonarmee für die Republik? Bestellt von einem Jedimeister? Wusste der Senat davon? Wussten es Yoda oder Meister Windu?

»Ihr versteht sicher, was für eine gewaltige Verantwortung es ist, eine solche Armee für die Republik zu schaffen?«, fragte er, um über seine Verwirrung hinwegzutäuschen. »Wir erwarten das Allerbeste.«

»Selbstverständlich, Meister Kenobi«, erklärte Lama Su mit ungetrübtem Selbstvertrauen. »Ihr wollt die Einheiten sicher persönlich inspizieren.«

»Deshalb bin ich hier«, antwortete Obi-Wan. Als sich Lama Su nun erhob, tat der Jedi es ihm nach und folgte dem Premierminister und Taun We aus dem Zimmer.

Die Wiesen der Hügel- und Seenlandschaft waren mit Blüten in allen Farben und Formen übersät. Nicht weit entfernt ergossen sich glitzernde Wasserfälle in den See, und von diesem Aussichtspunkt aus waren viele andere Seen zwischen den Hügeln zu sehen, bis zum Horizont hin.

Samenkapseln an weißen Schirmen trieben in der warmen Brise, und weiße Wölkchen schwebten am leuchtend blauen Himmel. Es war ein Ort voller Leben und voller Liebe, warm und angenehm.

Für Anakin Skywalker war es ein Ort, der wunderbar zu Padmé Amidala passte.

Eine Herde von freundlichen Shaaks graste zufrieden in der Nähe und kümmerte sich nicht um das Paar. Shaaks waren seltsam aussehende Vierbeiner mit riesigen, aufgebläht wirkenden Körpern. Insekten summten, aber sie waren zu beschäftigt mit den Blüten, um Anakin oder Padmé zu stören.

Padmé saß im Gras und pflückte hier und da zerstreut eine Blüte, um sie an die Nase zu heben und den Duft tief einzuatmen. Hin und wieder warf sie Anakin einen Blick zu, aber nur kurz, denn sie hatte beinahe Angst, dass er es bemerken würde. Es gefiel ihr sehr, wie er auf diesen Ort reagierte, wie er auf ganz Naboo reagierte. Seine schlichte Freude zwang sie, die Dinge wieder so zu sehen wie in jüngeren Jahren, bevor die wirkliche Welt sie in diese verantwortungsvolle Position gedrängt hatte. Es überraschte sie, dass ein Jedi Padawan so …

Irgendwie wollte ihr nicht das richtige Wort einfallen. Sorglos sein konnte? Freudig? Lebendig? Oder eine Kombination aus allen dreien?

»Und?«, fragte Anakin und brachte Padmé damit wieder zu der Frage zurück, die er gerade gestellt hatte.

»Ich weiß es nicht«, antwortete sie und übertrieb dabei bewusst ihre Frustration.

»Aber sicher weißt du es. Du willst es mir nur nicht sagen!«

Padmé lachte hilflos. »Wirst du jetzt einen deiner Jedi-Gedankentricks an mir ausprobieren?«

»Sie funktionieren nur bei Wesen, die einen schwachen Willen haben«, erklärte Anakin. »Und das kann man von dir nicht gerade behaupten.« Er warf ihr einen unschuldigen Blick aus großen Augen zu, dem Padmé einfach nicht widerstehen konnte.

»Also gut«, gab sie schließlich nach. »Ich war zwölf. Er hieß Palo. Wir waren beide im Jugendprogramm der Abgeordnetenversammlung. Er war ein paar Jahre älter als ich …« Sie kniff die Augen zusammen und gab dann der Versuchung nach, Anakin zu necken. »Sehr gut aussehend«, sagte sie, und in ihrer Stimme schwangen tausend Andeutungen mit. »Dunkles, lockiges Haar … verträumte Augen …«

»Schon gut, schon gut, ich kann's mir vorstellen!«, warf der Jedi ein und fuchtelte gereizt mit den Händen. Einen Moment später hatte er sich allerdings wieder beruhigt und lehnte sich zurück. »Was ist aus ihm geworden?«

»Ich habe mich der Politik gewidmet. Er ist Künstler geworden.«

»Vielleicht war er der Klügere.«

»Du magst Politiker wirklich nicht, wie?«, fragte Padmé, und eine Spur von Zorn stahl sich trotz der idyllischen Umgebung in ihre Stimme.

»Ich mag zwei oder drei«, erwiderte Anakin. »Aber ansonsten bin ich wirklich nicht sicher.« Sein Lächeln war vollkommen entwaffnend, und Padmé musste sich anstrengen, auch nur eine Spur von Unwillen zu bewahren.

»Ich glaube nicht, dass dieses System funktioniert«, fügte Anakin schließlich sachlich hinzu.

»Tatsächlich?«, erwiderte sie sarkastisch. »Was wäre dir denn lieber?«

Anakin erhob sich. Er war sehr ernst geworden. »Wir brauchen ein System, in dem sich die Politiker zusammensetzen und über die Probleme sprechen, damit sie herausfinden können, was das Beste für das Volk ist, und das dann in die Tat umsetzen«, sagte er, als wäre das einfach und logisch.

»Und genau das ist es, was wir tun«, erklang Padmés Antwort ohne ein Zögern.

Anakin sah sie zweifelnd an.

»Das Problem ist, dass sich die Leute nicht immer einigen können«, erklärte sie. »Tatsächlich passiert es sogar nur sehr selten.«

»Dann sollte man sie dazu zwingen.«

Diese Aussage überraschte Padmé. War er so überzeugt, dass er die Antworten kannte, dass er … Nein, sie schob diesen beunruhigenden Gedanken wieder weg. »Und wer sollte das machen?«, fragte sie. »Wer wird sie dazu zwingen?«

»Ich weiß es nicht«, antwortete er und zuckte in offensichtlicher Frustration die Achseln. »Irgendwer.«

»Du?«

»Selbstverständlich nicht!«

»Aber irgendwer.«

»Jemand, der weise genug ist.«

»Das klingt eher nach Diktatur«, sagte Padmé und entschied damit die Debatte für sich. Sie beobachtete Anakin, auf dessen Gesicht sich ein boshaftes kleines Grinsen auszubreiten begann.

»Nun«, meinte er ungerührt, »wenn es funktioniert …«

Padmé versuchte zu verbergen, wie entsetzt sie war. Was sagte er da? Wie konnte er so etwas auch nur denken? Sie starrte ihn streng an, und er erwiderte ihren Blick, aber dann konnte er es nicht mehr aushalten und fing an zu lachen.

»Du machst dir einen Spaß mit mir!«

»O nein«, erwiderte Anakin, wich zurück und ließ sich ins weiche Gras fallen, die Hände verteidigend ausgestreckt. »Ich hätte viel zu viel Angst davor, eine Senatorin zu necken!«

»Du bist wirklich unmöglich.« Sie griff nach einer Frucht und warf sie nach ihm, und als er sie fing, warf sie eine zweite und dann noch eine.

»Du bist immer so ernst«, tadelte Anakin und fing an, mit den Früchten zu jonglieren.

»Ich bin ernst?« Ihr Unglaube war nur gekünstelt, denn Padmé konnte dieser Einschätzung im Grunde nur zustimmen. Ihr Leben lang hatte sie zugesehen, wie Menschen wie Palo davongingen und ihrem Herzen folgten, während sie den Weg der Pflicht einschlug. Sie hatte zweifellos viel Freude und große Triumphe erlebt, aber dabei hatte sie die extravaganten Gewänder der Königin von Naboo getragen, und nun war sie an die endlosen Pflichten einer galaktischen Senatorin gebunden. Vielleicht wollte sie sich einfach nur all diese Insignien, all diese Kleider vom Leib reißen und in das glitzernde Wasser tauchen, und das nur, um seine angenehme Kühle zu spüren, nur weil sie Lust hatte zu lachen.

Sie griff nach einer weiteren Frucht und warf sie nach Anakin; er fing sie auf und flocht sie nahtlos in sein Jonglieren ein. Padmé warf noch eine und noch eine, bis es schließlich zu viele wurden und er die Kontrolle verlor und vergeblich versuchte, den herunterfallenden Früchten auszuweichen.

Padmé musste sich den Bauch halten, so sehr lachte sie. Berstend vor überschüssiger Energie sprang Anakin auf und rannte über die Wiese, wobei er einem Shaak in den Weg geriet und es durch seinen Überschwang erschreckte.

Der normalerweise passive Grasfresser schnaubte, setzte zum Angriff an und jagte den flüchtenden Anakin erst im Kreis herum und dann den Hügel hinunter.

Padmé lehnte sich zurück und dachte über diesen Augenblick, diesen Tag und ihren Begleiter nach. Was war hier eigentlich los? Sie konnte die Schuldgefühle nicht abtun, die sie empfand, weil sie hier ziellos herumspielte, während andere sich weiterhin anstrengten, gegen die Aufstellung einer Armee zu kämpfen, und während Obi-Wan Kenobi die Galaxis nach denjenigen durchsuchte, die sie töten wollten. Sie sollte irgendwo da draußen sein und etwas unternehmen …

Aber all diese Gedanken lösten sich schließlich in ungläubigem Gelächter auf, als Anakin und das Shaak wieder vorbeikamen. Diesmal allerdings ritt der Jedi das Tier, eine Hand um eine Hautfalte geklammert; mit der anderen fuchtelte er durch die Luft, um das Gleichgewicht zu wahren. Das Ganze sah absolut lächerlich aus, weil Anakin rückwärts ritt, dem Schwanz des Shaak zugewandt.

»Annie!«, rief sie verblüfft. Sie wurde ein wenig ängstlich und rief noch einmal, denn nun begann das Shaak zu galoppieren, und Anakin versuchte, sich auf den Rücken des Tiers zu stellen.

Er hätte es beinahe geschafft, aber dann bockte das Shaak, und er flog in hohem Bogen auf die Wiese.

Padmé lachte laut und hielt sich den Bauch.

Aber Anakin regte sich nicht.

Sie hielt inne und starrte plötzlich verängstigt auf ihn. Mit einem Schlag schien ihre ganze Welt aus dem Gleichgewicht geraten zu sein. Rasch sprang sie auf und eilte an Anakins Seite. »Annie! Annie! Ist alles in Ordnung?«

Vorsichtig drehte sie den leblosen Padawan auf den Rücken. Seine Züge waren gelassen und entspannt.

Und dann verzog er das Gesicht zu einer sehr dummen Grimasse und fing an zu lachen.

»Oh!«, rief Padmé und boxte ihn. Er fing ihre Hand ab und zog sie an sich, und sie ließ es zu und versuchte, ihn wütend niederzuringen.

Anakin schaffte es schließlich, sie auf den Rücken zu rollen, und lag nun auf ihr. Padmé hörte auf, sich zu wehren, weil sie sich nun erst richtig bewusst wurde, wie nahe sie einander waren. Sie sah Anakin in die Augen und spürte den Druck seines Körpers auf ihrem.

Anakin wurde rot und rollte sich herunter. Dann stand er auf und streckte Padmé sehr ernst die Hand hin.

Alle Verlegenheit war nun vollkommen verschwunden. Padmé sah Anakin forschend in die blauen Augen und gestand sich endlich die Wahrheit ein. Sie nahm seine Hand und folgte ihm zu dem Shaak, das längst wieder friedlich zu grasen begonnen hatte.

Anakin stieg auf den Rücken des Tiers und zog Padmé mit sich, und dann ritten sie langsam über die Wiese. Padmé hatte die Arme um Anakins Taille geschlungen, ihr Körper war an den seinen geschmiegt, und in ihrem Kopf purzelten Gefühle und Fragen wild durcheinander.

Padmé zuckte zusammen, als es klopfte. Aber sie wusste, wer es war; ihr drohte keine Gefahr– höchstens von ihren eigenen Gefühlen.

Sie musste wieder an den Nachmittag auf der Wiese denken, vor allem an den Ritt auf dem Shaak, als Anakin sie zur Hütte zurückgebracht hatte. Während dieses Rittes hatte Padmé nichts mehr abgestritten, sich nicht mehr vor sich selbst versteckt. Sie hatte hinter Anakin gesessen, die Arme um seine Taille, ihren Kopf an seiner Schulter, und hatte sich sicher gefühlt, vollkommen zufrieden und …

Sie musste tief Luft holen, damit ihre Hand nicht zitterte, als sie sie zum Türknauf ausstreckte.

Sie zog die Tür auf und konnte nichts weiter sehen als die hoch gewachsene, schlanke Silhouette vor der untergehenden Sonne.

Anakin bewegte sich ein wenig und schirmte dadurch das rosige Glühen der Sonne so weit ab, dass Padmé sein Lächeln sehen konnte. Er wollte ins Zimmer kommen, aber sie blieb stehen. Es war keine bewusste Entscheidung; sie war einfach von dem Anblick bezaubert, denn es sah so aus, als ginge die

Sonne nicht hinter dem Horizont, sondern hinter Anakins Schultern unter, als wäre er mächtig genug, um nun den Tag schlafen zu schicken. Orangefarbene Flammen tanzten um seine Silhouette, ließen den Unterschied zwischen ihm und der Ewigkeit verschwimmen.

Padmé musste sich bewusst daran erinnern zu atmen. Sie trat zurück, und Anakin kam hereingeschlendert. Offenbar hatte er diesen seltsamen Augenblick, den sie gerade erlebt hatte, nicht einmal bemerkt. Er grinste schalkhaft, und aus irgendeinem Grund wurde sie verlegen. Sie fragte sich einen Moment, ob sie vielleicht besser ein anderes Kleid angezogen hätte, denn ihr Abendkleid war schwarz und schulterfrei und zeigte ziemlich viel Haut. Sie trug auch ein schwarzes Halsband mit einem Stoffstreifen, der über die Vorderseite des Kleids verlief, aber kaum ihr Dekollete verhüllte.

Sie setzte dazu an, die Tür zu schließen, aber dann hielt sie inne und schaute noch einmal hinaus über den See, dessen schimmerndes Wasser im Licht der untergehenden Sonne nun einen rosafarbenen Ton angenommen hatte.

Als sie sich umdrehte, stand Anakin schon am Tisch und betrachtete gerade die Obstschale auf dem Tisch. Padmé sah, wie er zu einer der schwebenden Lichtkugeln aufblickte, die nun heller wurde, da das Sonnenlicht draußen abnahm. Spielerisch schubste er die Kugel und schien nicht daran zu denken, dass Padmé oder irgendwer sonst ihn beobachtete, und sein Grinsen ging beinahe von einem Ohr zum anderen, als die Kugel vor seiner Berührung zurückschwang und sich zu einem Oval verzog.

Während sie Anakin beobachtete, fühlte sich Padmé sehr wohl, aber als er sie anschaute, sein Blick gleichzeitig verspielt und voller Leidenschaft, war ihr wieder reichlich unbehaglich zumute.

Bald schon ließen sie sich einander gegenüber am Tisch nieder. Nandi und Teckla, zwei junge Frauen, die in diesem Feriendomizil arbeiteten, servierten das Essen, während Anakin begann, ein paar von den Abenteuern zu erzählen, die er in den letzten zehn Jahren zusammen mit Obi-Wan erlebt hatte.

Padmé lauschte aufmerksam. Anakin hatte wirklich eine Begabung zum Geschichtenerzählen! Sie hätte allerdings gerne mehr getan als nur zuzuhören. Sie wollte unbedingt über das reden, was draußen auf der Wiese geschehen war, wollte versuchen, es zusammen mit Anakin zu begreifen, die Lösung dieser Situation ebenso mit ihm zu teilen, wie sie diese emotionalen Augenblicke miteinander geteilt hatten. Aber sie wusste nicht, wie sie anfangen sollte, also ließ sie ihn einfach weiterreden und gab sich damit zufrieden, seinen Geschichten zu lauschen.

Das Dessert war Padmés Lieblingsnachtisch, gelbe und cremefarbene Shuura-Früchte, saftig und süß. Sie lächelte erfreut, als Nandi eine Schale davon vor ihr abstellte.

»Und als ich eintraf, begannen wir mit der ...« Anakin hielt inne, was ihm Padmés vollständige Aufmerksamkeit sicherte. Er lächelte. »Aggressiven Überzeugungsarbeit«, schloss er und bedankte sich bei Teckla, die auch ihm eine Schale mit Dessert serviert hatte.

»Aggressive Überzeugungsarbeit? Was ist das?«

»Oh, hm, wir überzeugten sie mit Hilfe des Lichtschwerts«, sagte der Padawan immer noch grinsend.

»Oh«. Padmé lachte, und dann machte sie sich eifrig an ihren Nachtisch.

Die Frucht rutschte zur Seite weg, und Padmés Gabel traf nur den Teller. Ein wenig verwirrt stach Padmé wieder zu.

Der Nachtisch bewegte sich.

Sie blickte zu Anakin auf und merkte sofort, dass er sich anstrengen musste, nicht zu lachen, und ein wenig zu unschuldig auf seinen Teller niederschaute.

»Du warst das!«

Er blickte mit großen Augen auf. »Was?«

Padmé sah ihn misstrauisch an, zeigte mit der Gabel auf ihn

und bewegte sie drohend. Dann stach sie plötzlich wieder nach der Frucht.

Aber Anakin war schneller. Der Nachtisch rutschte davon, und wieder traf Padmé nur den Teller. Bevor sie Anakin allerdings abermals ansehen konnte, hatte sich das Obst bereits erhoben und schwebte nun vor ihr in der Luft.

»Das!«, antwortete sie. »Hör auf damit!« Aber sie konnte ihm nicht wirklich böse sein, und schließlich musste sie laut lachen. Auch Anakin fing an zu lachen. Den Blick halb auf Anakin, halb auf ihr Ziel gerichtet, griff Padmé nach dem schwebenden Obst.

Er gestikulierte mit den Fingern, und die Frucht begann, um ihre Hand zu kreisen.

»Anakin!«

»Wenn Meister Obi-Wan hier wäre, wäre er jetzt sehr verärgert«, gab der Padawan zu. Er zog die Hand zurück, und die Shuura folgte ihr über den Tisch. »Aber er ist nicht hier», sagte er und schnitt die Frucht in Scheiben. Dann ließ er eine Scheibe mit Hilfe der Macht wieder auf Padmé zufliegen. Sie schnappte sie mit dem Mund direkt aus der Luft.

Padmé lachte, und Anakin lachte ebenfalls. Sie beendeten ihren Nachtisch unter vielen Seitenblicken, und als Teckla und Nandi zurückkehrten, um die Teller abzuräumen, setzten sie sich vor den Kamin, in dem ein riesiges Feuer flackerte.

Die Serviererinnen verabschiedeten sich bald darauf, und nun waren die beiden allein, vollkommen allein, und die Spannung kehrte sofort zurück.

Sie wollte, dass er sie küsste, sie wollte es unbedingt, und es war genau dieses Gefühl vollkommener Unbeherrschtheit, das sie schließlich aufhielt. Es war einfach nicht richtig – das wusste sie trotz allem, was ihr Herz ihr sagen mochte. Sie und Anakin hatten beide große Verantwortung zu tragen, vor allem im Augenblick. Padmé musste verhindern, dass die Republik gespalten wurde, und Anakin musste seine Jediausbildung fortsetzen.

Anakin lehnte sich zurück. Die Frustration zeichnete sich deutlich auf seinem jungenhaften Gesicht ab. »Seit ich dich vor all diesen Jahren zum ersten Mal gesehen habe, ist kein Tag vergangen, an dem ich nicht an dich gedacht habe.« Seine Stimme war heiser, und seine Augen blitzten. Sein Blick drang Padmé bis ins Herz. »Und jetzt, da ich wieder mit dir zusammen bin, ist es eine einzige Qual. Je näher ich dir bin, desto schlimmer wird es. Der Gedanke, nicht bei dir zu sein, zieht mir den Magen zusammen und lässt meinen Mund trocken werden. Mir wird schwindlig. Ich kann nicht mal atmen! Immer wieder muss ich an diesen Kuss denken, den du mir nie hättest geben dürfen. Mein Herz schlägt heftig, und ich kann nur hoffen, dass der Kuss nicht zu einer Narbe wird.«

Padmé ließ die Hand sinken, und sie lauschte verblüfft seinen offenen, ehrlichen Worten. Er schüttete ihr sein Herz ohne Vorbehalte aus, obwohl er wusste, dass sie es vielleicht mit einem einzigen Wort zerreißen würde. Sie fühlte sich geehrt und ehrlich berührt. Und sie hatte Angst.

»Du bist tief in meiner Seele, und du folterst mich«, fuhr Anakin fort. Nicht eine einzige falsche Nuance lag in seinem Tonfall. Das war kein Spiel, um sich ihre Gunst zu erschleichen; das hier war offen und ehrlich und sehr erfrischend für eine Frau, die den größten Teil ihres Lebens in der Gesellschaft von Dienerinnen verbracht hatte, deren Aufgabe es war, ihr zu schmeicheln, und von politischen Würdenträgern, die ihre wirklichen Motive meist verbargen.

»Was kann ich tun?«, fragte er leise. »Ich werde alles tun, worum du mich bittest.«

Padmé wandte überwältigt den Blick ab und fand Sicherheit im ablenkenden Tanz der Flammen im Kamin. Das Schweigen wurde lange und unbehaglich.

»Wenn du ebenso leidest wie ich, dann sag es mir«, bat Anakin schließlich.

Padmé wandte sich ihm zu, und ihre eigene Frustration gewann die Übermacht. »Ich kann das nicht tun!« Sie lehnte sich zurück und rang um Selbstbeherrschung. »Wir können es nicht tun«, sagte sie so ruhig wie möglich. »Es ist einfach nicht möglich.«

»Alles ist möglich«, erwiderte Anakin und beugte sich vor. »Padmé, bitte, hör mir zu …«

»Nein, jetzt hörst du mir zu«, forderte sie, und irgendwie schöpfte sie Kraft aus diesen entschlossenen Worten. »Wir leben in der realen Welt. Komm wieder auf den Boden zurück, Annie! Du bist mitten in der Ausbildung zum Jediritter. Ich bin Senatorin. Wenn du diesen Gedanken weiter folgst, dann werden sie uns an einen Ort führen, an den wir nicht gehen können … ganz gleich, wie wir empfinden.«

»Dann empfindest du also etwas!«

Padmé schluckte angestrengt. »Jedi dürfen nicht heiraten«, sagte sie, denn sie musste ihn von ihren Gefühlen ablenken. »Man würde dich aus dem Orden ausstoßen. Ich werde nicht zulassen, dass du deine Zukunft für mich aufgibst.«

»Du bittest mich also, vernünftig zu sein«, erwiderte Anakin ohne das geringste Zögern, und sein Selbstvertrauen und sein Mut überraschten Padmé ein wenig. Dieser Mann, der hier vor ihr saß, hatte nichts mehr von einem Jungen an sich. Sie spürte, wie ihre Selbstbeherrschung nachließ.

»Und das ist etwas, wozu ich nicht in der Lage bin«, fuhr Anakin fort. »Glaub mir, ich wünschte, ich könnte meine Gefühle vergessen. Aber das geht nicht.«

»Ich werde nicht nachgeben«, sagte Padmé so überzeugend, wie sie konnte. Dann biss sie fest die Zähne zusammen, denn sie wusste, dass sie in diesem Augenblick die Stärkere von beiden sein musste, noch mehr um Anakins als um ihrer selbst willen. »Ich habe wichtigere Dinge zu tun als mich zu verlieben.«

Er wandte sich ab, schien ehrlich gekränkt, und sie verzog bedrückt das Gesicht. Er starrte ins Feuer, und sein Gesicht zuckte, als er versuchte, alles zu begreifen. Sie wusste, er strengte sich an, sie doch noch umzustimmen.

»Es müsste nicht so sein«, sagte er schließlich. »Wir könnten es geheim halten.«

»Dann würden wir eine Lüge leben – eine, die wir nicht lange aufrechterhalten könnten, selbst wenn wir wollten. Meine Schwester hat es schon bemerkt, ebenso meine Mutter. Ich könnte das nicht. Wärest du dazu im Stande, Anakin? Könntest du so leben?«

Er starrte sie einen Augenblick intensiv an, dann schaute er wieder ins Feuer.

»Nein, du hast Recht«, gab er schließlich zu. »Das würde uns vernichten.«

Padmé schaute von Anakin zum Feuer. Was würde sie vernichten – sie beide vernichten –, fragte sie sich. Die Tat oder der Gedanke?

Sechzehn

»Wow!«, rief Boba Fett und lief über die Landefläche, um sich den schlanken Sternjäger genauer anzusehen.

»Ein schönes Schiff«, stimmte Jango ihm zu, der seinem Sohn langsam hinterherschlenderte und dabei das Schiff genau betrachtete. Er bemerkte die Beschriftung und das Design, die zusätzliche Bewaffnung und ganz besonders den Astromechdroiden, der fest im linken Flügel installiert war und vergnügt vor sich hinzwitscherte.

»Das ist eine Delta 7«, verkündete der aufgeregte Boba und zeigte auf das weit zurückgesetzte Cockpit. Jango nickte. Es freute ihn, dass sein Sohn seinen Unterricht so ernst genommen hatte. Das hier waren neue Schiffe – so neu, dass sie noch keinen Hyperraumantrieb hatten, wie Jango nun begriff, und unwillkürlich blickte er zum wolkigen Himmel auf und fragte sich, ob dort oben Mutterschiffe kreisten. Dann schüttelte er den Gedanken ab und wandte sich wieder Boba zu.

»Und was ist mit dem Droiden? Kannst du feststellen, was für ein Typ es ist?«

Boba kletterte an der Seite des Jägers hoch und betrachtete die Beschriftung einen Augenblick, dann wandte er sich wieder seinem Vater zu, den Finger an den Lippen und mit konzentriertem Blick. »Es ist ein R4-P«, verkündete er.

»Wird dieser Typ denn häufig bei Sternjägern verwendet?«

»Nein«, antwortete Boba ohne Zögern. »Ein Delta-7-Pilot würde normalerweise einen R3-D einsetzen. Sie eignen sich besser für das Ausrichten der Geschütze, und dieser Jäger ist so manövrierfähig, dass es schwierig werden kann, die Lasergeschütze zu bedienen. Ich habe gelesen, das einige Piloten die Nasen ihres eigenen Jägers abgeschossen haben! Sie kippen und drehen sich, haben aber noch nicht die Bewegung ausgeglichen …« Bei seinen Worten bewegte er die Arme vor sich und verschränkte sie ineinander.

Jango hörte ihm kaum zu, obwohl er sich immer noch darüber freute, dass sein Sohn dem Unterricht so eifrig gefolgt war. »Und wenn der Pilot die Unterstützung eines R3-D an den Geschützen nicht braucht?«, fragte er.

Boba sah ihn neugierig an, als hätte er die Frage nicht verstanden.

»Wäre dann der R4-P eine bessere Wahl?«

»Ja …«, kam die zögernde Antwort.

»Und was für ein Pilot würde sich nicht auf die Fähigkeiten eines Droiden an den Geschützen verlassen müssen?«

Boba starrte nachdenklich ins Leere, aber dann breitete sich ein Lächeln auf seinen Zügen aus. »Du!«, rief er und schien sehr zufrieden mit sich.

Jango nahm das Kompliment lächelnd entgegen – immerhin hatte der Junge die Wahrheit recht gut getroffen. Jango konnte mit jedem Jäger fertig werden, und wenn er je Gelegenheit haben sollte, einen Delta 7 zu fliegen, dann würde er vermutlich einen R4-P dem R3-D vorziehen. Aber daran hatte er im Augenblick nicht gedacht, denn er kannte noch eine andere Gruppe von Piloten, Piloten mit verstärkter Sinneswahrnehmung, die es sich ebenfalls leisten konnten, einem geschützorientierten Droiden den besseren Navigator vorzuziehen.

Jango Fett schaute abermals zum Himmel hoch und fragte sich, ob wohl demnächst ein Heer von Jedi in Tipoca City einfallen würde.

Große Gestelle mit Glaskugeln erstreckten sich durch den riesigen Raum, so weit Obi-Wan sehen konnte. Jede Kugel enthielt einen Embryo, der in Flüssigkeit trieb, und als der Jedi sich mit der Macht verband, spürte er starke Wellen von Lebensenergie.

»Der Brutplatz«, stellte er fest.

»Ja, die erste Phase«, erwiderte Lama Su.

»Sehr beeindruckend.«

»Ich hatte gehofft, das Ihr zufrieden sein würdet, Meister Jedi«, sagte der Premierminister. »Klone können kreativ sein. Ihr werdet feststellen, dass sie Droiden weit überlegen sind und dass unsere die besten in der ganzen Galaxis sind. Wir haben unsere Methoden über Jahrhunderte perfektioniert.«

»Wie viele befinden sich hier?«, fragte Obi-Wan. »In diesem Saal, meine ich.«

»Wir haben mehrere Brutanlagen über die Stadt verteilt. Immerhin handelt es sich um die kritischste Phase, obwohl wir bei unseren Techniken mit einer Überlebensrate von über neunzig Prozent rechnen können. Hin und wieder entwickelt eine ganze Gruppe ein … ein Problem, aber wir gehen davon aus, dass die Klonproduktion stetig weitergehen kann, und bei unseren Methoden zur Beschleunigung des Wachstums werden die Einheiten, die Ihr hier seht, in etwas mehr als zehn Jahren voll ausgereift und kampfbereit sein.«

Zweihunderttausend Einheiten sind schon bereit, und eine weitere Million ist auf dem Weg. Das hatte Lama Su zuvor gesagt, und diese Worte hallten nun unheilverkündend in Obi-Wans Gedanken wider. Eine ausgesprochen effiziente Produktionsstätte spuckte einen stetigen Strom hervorragend ausgebildeter und konditionierter Krieger aus. Es war kaum zu ermessen, wohin das führen konnte …

Obi-Wan starrte den Embryo an, dessen Glaskugel ihm am nächsten war, wie er da zufrieden in seiner Flüssigkeit trieb, den kleinen Daumen im Mund. In nur zehn kurzen Jahren würde dieses winzige Geschöpf, dieser winzige Mensch, ein Soldat sein, würde töten und wahrscheinlich getötet werden.

Er schauderte.

Die nächste Station der Besichtigungstour war ein riesiges Klassenzimmer mit Pulten, die in ordentlichen Reihen aufgestellt waren, und Schülern, die daran saßen. Sie schienen alle etwa zehn Jahre alt zu sein. Alle trugen die gleiche Kleidung, alle hatten den gleichen Haarschnitt, alle genau die gleichen Züge, die gleiche Haltung, den gleichen Gesichtsausdruck. Obi-Wan schaute instinktiv zu den weißen Wänden des Zimmers, als erwartete er, dort Spiegel zu sehen, die ihn täuschten und einen einzigen Jungen bis ins Unendliche multiplizierten.

Die Schüler arbeiteten weiter und kümmerten sich nach einem kurzen Blick nicht mehr um die Besucher.

Diszipliniert, dachte Obi-Wan. *Viel disziplinierter als normale Kinder.*

Dann fiel ihm noch etwas ein. »Ihr habt Wachstumsbeschleunigung erwähnt.«

»O ja, das ist unerlässlich«, erwiderte der Premierminister. »Ansonsten würde es ein halbes Leben dauern, bis ein Klon herangewachsen ist. Nun erledigen wir das in der Hälfte der Zeit. Die Einheiten, die Ihr gleich auf dem Paradeplatz sehen werdet, haben wir vor zehn Jahren angesetzt, als Sifo-Dyas uns den Auftrag gab, und sie sind bereits ausgereift und so gut wie bereit.«

»Demnach wurden diese hier vor etwa fünf Jahren hergestellt?«, fragte der Jedi, und Lama Su nickte.

»Möchtet Ihr jetzt die fertigen Produkte inspizieren?«, fragte der Premierminister, und Obi-Wan hörte eine gewisse Erregung in der Stimme seines Gegenübers. Der Kaminoaner war zweifellos stolz auf das, was er erreicht hatte. »Ich möchte gerne Eure Einschätzung hören, bevor ihr die Lieferung übernehmt.«

Obi-Wan war zutiefst erschüttert von der Gefühlskälte, die sich in diesen Worten zeigte. *Einheiten. Fertige Produkte.* Dabei ging es hier um Lebewesen! Diese Klone lebten, atmeten und dachten. Klone für solch einen Zweck herzustellen, sie so kontrolliert aufzuziehen, ihnen sogar um der Effizienz willen ihre halbe Kindheit zu stehlen, das widerstrebte zutiefst Obi-Wans Gefühl für Richtig und Falsch, und die Tatsache, dass ein Jedimeister mit alldem begonnen haben sollte, war nahezu unbegreiflich.

Ihre Tour führte sie als nächstes durch die Messe, wo hunderte erwachsener Klone – alles junge Männer in Anakins Alter – in ordentlichen Reihen saßen, alle in Schwarz gekleidet, und alle dasselbe Essen auf dieselbe Weise zu sich nahmen.

»Ihr werdet feststellen, dass sie absolut gehorsam sind«, sagte Lama Su, dem das Unbehagen des Jedi offenbar nicht auffiel. »Wir haben ihre genetische Struktur verändert, damit sie weniger unabhängig sind als das Original.«

»Wer war das Original?«

»Ein Kopfgeldjäger namens Jango Fett«, erklärte Lama Su ohne Zögern. »Wir waren ja der Ansicht, dass ein Jedi das beste Original wäre, aber Sifo-Dyas hat Jango selbst ausgewählt.«

Der Gedanke, dass man einen Jedi hatte benutzen wollen, hätte Obi-Wan beinah umgeworfen. Eine Armee von Klonen, die stark in der Macht waren?

»Und wo steckt dieser Kopfgeldjäger nun?«, fragte er.

»Er wohnt hier«, erwiderte Lama Su. »Aber er kann natürlich kommen und gehen, wie es ihm passt.« Bei diesen Worten ging er schon weiter und führte Obi-Wan durch einen Flur voll langer, transparenter Röhren.

Der Jedi sah staunend zu, wie Klone in diese Röhren krochen, sich zurechtlegten, die Augen schlossen und einschliefen.

»Sehr diszipliniert«, stellte er fest.

»Das ist der Schlüssel«, antwortete Lama Su. »Diszipliniert, und dennoch im Stande, kreativ zu denken. Es ist eine sehr machtvolle Kombination. Sifo-Dyas hat uns von der Abneigung der Jedi, Droiden zu befehligen, erzählt. Er sagte, Jedi könnten nur eine Armee aus Lebewesen kommandieren.«

Und ihr wolltet einen Jedi als Prototypen?, dachte Obi-Wan, aber er sprach es nicht laut aus. Er holte tief Luft und fragte sich, wie Meister Sifo-Dyas, wie irgendein Jedi, so willig und entschlossen diese Grenze überschritten und eine Armee von

Klonen in Auftrag gegeben haben konnte. Obi-Wan begriff, dass er sein Bedürfnis nach einer direkten Antwort auf diese Frage im Augenblick zurückstellen musste. Ihm blieb kaum etwas anderes übrig, als einfach zu lauschen und zu beobachten und so viele Informationen wie möglich zu beschaffen, damit sich der Jedirat am Ende damit befassen konnte.

»Jango Fett ist also freiwillig auf Kamino geblieben?«

»Es war seine eigene Wahl. Abgesehen von seinem beträchtlichen Honorar hatte er nur einen Wunsch – einen unveränderten Klon für sich selbst. Merkwürdig, nicht wahr?«

»Unverändert?«

»Eine reine genetische Replikation«, erklärte der Premierminister. »Keine Veränderungen an der Genstruktur, die ihn beeinflussbarer machen. Und keine Wachstumsbeschleunigung.«

»Ich würde diesen Jango Fett sehr gerne kennen lernen«, sagte Obi-Wan eher zu sich selbst als zu Lama Su. Er war fasziniert. Wer war dieser Mann, den Sifo-Dyas auserwählt hatte, um ihn als Ausgangsmaterial für eine Klonarmee zu verwenden?

Lama Su warf Taun We einen Blick zu, und diese nickte und erklärte: »Ich kann gerne ein solches Gespräch arrangieren.«

Sie drehte sich um und ging, während Lama Su Obi-Wan zu den Ausbildungsstätten führte und ihm die gesamte Ausbildung der Klone auf jeder Ebene ihrer Entwicklung vorführte. Der Höhepunkt folgte, nachdem Taun We sich den beiden wieder angeschlossen hatte. Sie traten auf einen Balkon hinaus, der Schutz vor dem brutalen Wind und dem Regen sowie Ausblick auf einen riesigen Exerzierplatz bot. Unter ihnen marschierten tausende und abertausende von Klonsoldaten in weißen Rüstungen und mit Helmen, die ihre Gesichter bedeckten, mit der Präzision programmierter Droiden. Ganze Formationen aus jeweils hundert Mann bewegten sich wie ein einziges Wesen. »Großartig, nicht wahr?«, sagte Lama Su.

Obi-Wan blickte zu dem Kaminoaner auf und sah seine Augen vor Stolz glitzern, als er auf seine Schöpfung schaute. Was Lama Su anging, so existierten moralische Bedenken nicht, das wusste Obi-Wan sofort. Vielleicht waren die Kaminoaner deshalb so gute Produzenten von Klonen: Ihr Gewissen war ihnen dabei nie im Weg.

Lama Su sah den Jedi an und lächelte strahlend, weil er offenbar eine Reaktion erwartete. Obi-Wan nickte schweigend.

Ja, sie waren großartig, und Obi-Wan konnte sich nur vorstellen, wie brutal und wirkungsvoll diese Gruppen im Kampf sein würden, in der Arena, für die sie gezüchtet worden waren.

Wieder, und nicht zum ersten oder zum letzten Mal an diesem Tag, lief Obi-Wan Kenobi ein Schauder über den Rücken. Erst jetzt wurde ihm wirklich klar, wie wichtig Senatorin Amidalas Kreuzzug gegen die Aufstellung einer Armee der Republik gewesen war – gegen die Armee und deren unvermeidliche Konsequenz: Krieg!

Ein Jediritter hier auf Kamino. Jango Fett fand diese Vorstellung ein wenig beunruhigend.

Der Kopfgeldjäger lehnte sich zurück und verzog frustriert das Gesicht – mit solchen Problemen musste man rechnen, wenn man für einen so schwierigen Auftraggeber wie die Handelsföderation arbeitete. Sie waren Meister, wenn es um Täuschungen ging, die unter weiteren Täuschungen verborgen waren, und sie hatten inzwischen so komplizierte Pläne, dass Jango nicht mehr so recht überblicken konnte, was eigentlich hinter all diesen Aktionen steckte.

Er schaute quer durchs Zimmer zu Boba, der sich mit den Risszeichnungen und detaillierten Angaben zu einem Delta-7-Sternjäger beschäftigte und sie in Zusammenhang mit den bekannten Stärken und Schwächen einer R4-P-Einheit brachte.

Das Leben war so einfach für den Jungen, dachte Jango nicht ohne Neid. Für Boba gab es die Liebe, die zwischen ihm und seinem Vater bestand, und das Lernen. Darüber hinaus hatte er es schlimmstenfalls noch mit dem Problem zu tun, sich irgendwie beschäftigen zu müssen, wenn Jango nicht auf Kamino war oder hier der Arbeit nachging, für die er bezahlt wurde.

Immer, wenn Jango Fett seinen Sohn jetzt ansah, fühlte er sich verwundbar, sehr verwundbar, und das bereitete ihm ein gewisses Unbehagen. Er hätte Boba beinahe angewiesen, seine Sachen zu packen, sodass sie so schnell wie möglich von Kamino verschwinden konnten, aber er wusste, welche Gefahr dabei lauerte. Er würde den Planeten verlassen, ohne irgend etwas über seinen möglichen Feind erfahren zu haben, diesen Jedi-Ritter, der hier so unerwartet aufgetaucht war. Und seine Auftraggeber würden Informationen verlangen.

Ebenso wie Jango selbst mehr wissen musste. Wenn er jetzt verschwand, nachdem er von Taun We die Nachricht erhalten hatte, dass die Kaminoanerin später an diesem Tag mit einem Besucher vorbeikommen wollte, wäre es recht offensichtlich, dass es sich um eine Flucht handelte.

Dann würde ihn ein Jediritter verfolgen, und einer, über den er so gut wie nichts wusste.

Jango starrte weiterhin Boba an – das Einzige, was wirklich zählte.

»Immer mit der Ruhe«, flüsterte er. »Du bist nichts weiter als der genetische Spender für die Klone, gut genug bezahlt, um nichts darüber wissen zu wollen, zu welchem Zweck man dich klont.«

Das war seine Litanei, das war sein Plan. Und der musste funktionieren. Um Bobas willen.

Auf eine Geste von Taun We hin erklang eine unsichtbare Türglocke und erinnerte Obi-Wan wieder einmal daran, wie fremd ihm dieser Planet und diese Stadt waren. Er dachte allerdings nicht weiter darüber nach, denn er konzentrierte sich auf das Schloss der Tür vor ihm, einen kunstvollen elektronischen Riegel. Beeindruckende Sicherheitsmaßnahmen, wenn man bedachte, dass Jango Fett eine freundliche Beziehung zu den Kaminoanern unterhielt und in dieser Stadt allem Anschein nach Ruhe und Ordnung herrschten. War dieses Schloss dazu gedacht, andere draußen oder Jango drinnen zu halten?

Wahrscheinlich das Erstere, dachte er. Immerhin war Jango ein Kopfgeldjäger. Es war gut möglich, dass er sich gefährliche Feinde gemacht hatte.

Er betrachtete immer noch den Riegel, als die Tür plötzlich aufging und ein Junge vor ihnen stand, ein exakter Doppelgänger der Klone, die Obi-Wan den ganzen Tag besichtigt hatte.

Das identische Modell, das Jango verlangt hatte, nur dass dieser Junge hier *tatsächlich* zehn Jahre alt war.

»Boba«, sagte Taun We, als stünde sie mit dem Jungen auf sehr vertrautem Fuß. »Ist dein Vater zu Hause?«

Boba Fett starrte den menschlichen Besucher lange Zeit an. »Ja.«

»Können wir ihn besuchen?«

»Klar«, antwortete Boba. Er trat zurück, aber ohne Obi-Wan aus den Augen zu lassen, als der Jedi und Taun We über die Schwelle traten.

»Papa!«, rief Boba.

Das kam Obi-Wan seltsam vor, wenn man bedachte, dass es sich bei dem Jungen um einen Klon und nicht um einen natürlichen Sohn handelte. Gab es eine emotionale Verbindung zwischen den beiden? Hatte Jango dieses Replikat seiner selbst nicht gewollt, um sich zu bereichern, sondern einfach, weil er einen Sohn haben wollte?

»Papa!«, rief der Junge wieder. »Taun We ist hier!«

Jango Fett kam herein, gekleidet in ein einfaches Hemd und eine einfache Hose. Obi-Wan erkannte ihn sofort, obwohl er viele Jahre älter war als der älteste Klon und sein unrasiertes Gesicht Narben aufwies. Er war mit den Jahren kräftiger geworden, aber immer noch ein beeindruckender Mann, ähnlich den alten Kämpfern, die Obi-Wan an Orten wie Dexter's traf. Ein paar zusätzliche Pfunde, aber die hatten sich auf Muskeln angesiedelt, die von Jahren harter Beanspruchung immer noch fest waren. Jangos Unterarme waren von Tätowierungen in einem seltsamen Stil überzogen, den Obi-Wan noch nirgendwo gesehen hatte.

Als er aufblickte, bemerkte er das Misstrauen, mit dem Jango ihn beäugte. Der Mann vor ihm war nervös, gefährlich nervös.

»Ihr seid zurück, Jango«, sagte Taun We. »Hattet Ihr eine erfolgreiche Reise?«

Obi-Wan betrachtete den Kopfgeldjäger bei diesen Worten sehr genau. Zurück von wo? Aber Jango war ein Profi und ließ sich nichts anmerken.

»Es war in Ordnung«, meinte der Mann lässig. Dabei sah er weiterhin Obi-Wan an und kniff die Augen auf eine Weise zusammen, die fast einer offenen Drohung gleichkam.

»Das hier ist Jedimeister Obi-Wan Kenobi«, sagte Taun We beinahe beiläufig; offensichtlich versuchte sie, die deutlich spürbare Spannung zu entschärfen. »Er ist hier, um sich unsere Fortschritte anzusehen.«

»Ach ja?« Das klang alles andere als interessiert.

»Eure Klone sind sehr beeindruckend«, sagte Obi-Wan. »Ihr müsst sehr stolz auf sie sein.«

»Ich bin nur ein einfacher Mann, der versucht, sich durchzuschlagen, Meister Jedi.«

»Sind wir das nicht alle?« Endlich brach Obi-Wan den Augenkontakt mit Jango ab und sah sich im Zimmer nach Hinweisen um. Er bemerkte die halb offene Tür, durch die Jango hereingekommen war, und glaubte, dahinter Teile einer Rüstung zu erkennen, verbeult und fleckig, ganz ähnlich wie die des Raketenmannes, der die Gestaltwandlerin Zam Wesell mit einem vergifteten Pfeil getötet hatte. Und er entdeckte eine bläuliche Linie auf dem Helm – wie an dem, den er auf

Coruscant gesehen hatte. Bevor er allerdings genauer hinschauen konnte, trat Jango direkt vor ihn und blockierte ihm die Sicht.

»Seid Ihr bei Euren Reisen je bis nach Coruscant gekommen?«, fragte Obi-Wan ziemlich unverblümt.

»Ein- oder zweimal.«

»In letzter Zeit?«

Wieder wurde der Blick des Kopfgeldjägers misstrauisch. »Kann schon sein …«

»Dann kennt Ihr sicher Meister Sifo-Dyas«, bemerkte Obi-Wan, um die Reaktion des Mannes zu testen.

Es gab keine Reaktion, und Jango Fett wich nicht einen einzigen Zentimeter zur Seite. Als der Jedi versuchte, seine Position ein wenig zu verändern, um sich die Rüstung noch einmal ansehen zu können, sagte Jango in einer kodierten Sprache: »Boba, mach die Tür zu.«

Erst als die Schlafzimmertür geschlossen war, trat Jango Fett beiseite, und dann kam es Obi-Wan so vor, als versuchte der Mann, ihn nun seinerseits auszuhorchen. »Meister wer?«, fragte Jango.

»Sifo-Dyas. Hat er Euch nicht für diese Arbeit ausgewählt?«

»Hab noch nie von ihm gehört«, erwiderte Jango, und Obi-Wan konnte nicht feststellen, ob der Mann log.

»Tatsächlich?«

»Ich wurde auf den Monden von Bogden angeworben, von einem Mann namens Tyranus«, erklärte Jango, und wieder kam es Obi-Wan vor, als spräche der Mann nur die Wahrheit.

»Seltsam …«, murmelte Obi-Wan. Er senkte den Blick und fragte sich verwirrt, was das wohl zu bedeuten hatte.

»Gefällt Euch Eure Armee?«, wollte Jango Fett wissen.

»Ich freue mich schon darauf, sie in Aktion zu sehen«, erwiderte der Jedi.

Jango starrte ihn weiterhin an und versuchte zu ergründen, was hinter diesen Worten steckte. Das wusste Obi-Wan. Und dann lächelte der Kopfgeldjäger, als wollte er andeuten, dass ihm die Sache ziemlich gleichgültig war. »Sie werden gut sein, dass kann ich garantieren.«

»Wie ihr Ursprung?«

Jango Fett grinste nur noch breiter.

»Danke, dass Ihr die Zeit für mich erübrigen konntet«, sagte Obi-Wan angesichts dieses kompromisslosen Blicks. Dann drehte er sich um und ging auf die Tür zu.

»Es ist immer ein Vergnügen, einen Jedi zu treffen«, lautete die Antwort des Kopfgeldjägers. Sie triefte geradezu vor Doppeldeutigkeit, wie eine verborgene Drohung.

Aber Obi-Wan hatte nicht vor, den Mann deshalb zur Rede zu stellen. Jango Fett war eindeutig gefährlich, schlau und erfahren, und vermutlich beherrschte er sein Handwerk besser als die meisten. Obi-Wan wusste, dass er besser alle Informationen, die er hier erhalten hatte, zurück nach Coruscant und vor den Jedirat bringen sollte, bevor er diese Sache weiterverfolgte. Die Entdeckung der Klonarmee war verblüffend und ausgesprochen beunruhigend, und die ganze Sache war vollkommen unbegreiflich.

War Jango tatsächlich der Raketenmann gewesen, den Obi-Wan in jener Nacht, als Padmé Amidala angegriffen worden war, auf Coruscant gesehen hatte?

Wenn er seinem Instinkt folgte, war Obi-Wan davon überzeugt, aber wie sollte das dazu passen, dass der Mann auch der Spender für eine Klonarmee war, die angeblich von einem längst verstorbenen Jedimeister in Auftrag gegeben worden war?

Begleitet von Taun We verließ der Jedi die Wohnung, und die Tür glitt hinter ihm zu. Obi-Wan hielt inne und konzentrierte alle seine Sinne nach hinten, bediente sich sogar der Macht.

Das Türschloss schnappte ein.

»Es war sein Sternjäger, nicht war, Papa?«, fragte Boba Fett. »Er ist ein Jediritter, also kann er den R4-P verwenden.«

Jango nickte zerstreut.

»Ich wusste es!«, rief Boba, aber dann riss Jango ihn abrupt aus seinem kleinen Triumph.

Er bedachte den Jungen mit einem kühlen Blick, von dem Boba gelernt hatte, dass man ihn nicht ignorieren durfte.

»Was ist denn, Papa?«

»Pack deine Sachen. Wir gehen.«

Boba setzte zu einer Antwort an ...

»Sofort«, erklärte der Kopfgeldjäger, und Boba überschlug sich schier auf dem Weg in sein Zimmer.

Jango Fett schüttelte den Kopf. Solche Störungen konnte er nicht brauchen. Vor allem jetzt nicht. Nicht zum ersten Mal ärgerte sich der Kopfgeldjäger, den Auftrag angenommen zu haben, der Padmé Amidala betraf. Es hatte ihn überrascht, als die Handelsföderation ihm das Angebot machte. Aber sie hatten nur erklärt, dass der Tod der Senatorin unbedingt notwendig war, um andere bedeutende Verbündete zu gewinnen. Und sie hatten ein so lukratives Angebot gemacht, dass Jango nicht hatte widerstehen können – die Prämie würde ihm und Boba ermöglichen, sorglos auf einem Planeten ihrer Wahl zu leben.

Aber Jango hatte nicht gewusst, dass ihm der Auftrag, Senatorin Amidala zu töten, die Aufmerksamkeit der Jediritter einbringen würde.

Er sah seinen Sohn an.

Das hier war nicht der Ort, an dem sich Boba zu diesem Zeitpunkt aufhalten sollte. Nein, ganz und gar nicht.

Siebzehn

Padmé erwachte ganz plötzlich, und ihre Sinne stimmten sich sofort auf ihre Umgebung ein. Irgendetwas war nicht in Ordnung, das wusste sie instinktiv, und sie sprang auf und floh aus dem Bett, weil sie befürchtete, dass ein weiterer Hundertfüßler versuchte, sie anzugreifen.

Aber es war still in ihrem Zimmer, und alles war in Ordnung. Was immer sie aufgeweckt hatte, befand sich nicht in diesem Raum.

»Nein!«, erklang ein Schrei aus dem Nachbarzimmer, wo Anakin schlief. »Nein! Mom! Nein, tu das nicht!«

Padmé eilte zur Tür. Keinen Augenblick dachte sie daran, einen Morgenmantel über ihr kurzes Seidenhemd zu ziehen.

An der Tür zu Anakins Zimmer blieb sie stehen und lauschte, hörte Rufe von drinnen, gefolgt von weiteren Wortfetzen. Sie begriff, dass keine unmittelbare Gefahr bestand, dass Anakin nur wieder einen Albtraum hatte, ähnlich wie auf dem Flug nach Naboo. Sie öffnete die Tür und spähte ins Zimmer.

Anakin lag auf dem Bett, schlug um sich und schrie immer wieder: »Mom!« Unsicher machte Padmé einen Schritt auf das Bett zu.

Aber dann beruhigte er sich und drehte sich um; der Traum war offenbar vorüber.

Erst jetzt wurde Padmé bewusst, wie spärlich sie bekleidet war. Sie schloss die Tür leise wieder und wartete noch einige Zeit im Flur. Als sie keine weitere Unruhe von drinnen hörte, kehrte sie in ihr Bett zurück.

Dort lag sie noch lange, lange wach und dachte an Anakin, dachte daran, dass sie darinnen bei ihm sein, ihn im Arm halten, ihm durch diese schrecklichen Träume helfen wollte. Sie versuchte, das Gefühl wegzuschieben – sie und er waren zu einer Übereinkunft gekommen. Und diese Übereinkunft schloss aus, dass sie zu Anakin ins Bett stieg.

Am nächsten Morgen fand sie ihn auf dem östlichen Balkon des Hauses, der auf den See und den beginnenden Sonnenaufgang hinausging. Anakin stand an der Balustrade, so tief in Gedanken versunken, dass er nicht hörte, wie sie näher kam. Sie erkannte, dass er nicht nur nachdachte, sondern tief in Meditation versunken war, und da sie annahm, dass er dazu allein sein musste, drehte sie sich um, um den Balkon so lautlos wie möglich wieder zu verlassen.

»Geh nicht«, sagte Anakin zu ihr.

»Ich will dich nicht stören«, erwiderte sie überrascht.

»Es beruhigt mich, wenn du in meiner Nähe bist.« Padmé dachte einen Augenblick über diese Worte nach und freute sich daran, dann tadelte sie sich selbst für diese Freude. Aber dennoch, als sie dort stand und zu ihm aufblickte, in sein nun wieder vollkommen gelassenes Gesicht, konnte sie nicht abstreiten, dass sie sich zu ihm hingezogen fühlte. Er kam ihr vor wie ein junger Held, ein Jedi der Zukunft – und sie bezweifelte nicht, dass er zu den Größten zählen würde, die dieser große Orden je hervorgebracht hatte. Und zur gleichen Zeit war er immer noch der kleine Junge, den sie während des Krieges mit der Handelsföderation kennen gelernt hatte, neugierig und ungeduldig, nervtötend und liebenswert zugleich.

»Du hattest letzte Nacht wieder einen Albtraum«, sagte sie leise, als Anakin endlich die blauen Augen öffnete.

»Jedi haben keine Albträume«, war seine trotzige Antwort.

»Ich habe dich doch gehört«, sagte Padmé.

Anakin sah sie an. Sie erwiderte seinen Blick unnachgiebig – sie wusste genau, dass seine Behauptung absurd war, und das ließ sie ihn auch wissen.

»Ich habe meine Mutter gesehen«, gab er zu und senkte den Blick. »Ich habe sie so deutlich gesehen, wie du jetzt vor mir stehst. Sie leidet, Padmé. Sie bringen sie um! Sie hat große Schmerzen!«

»Wer bringt sie um?«, fragte Padmé, ging näher zu ihm und legte ihm eine Hand auf die Schulter. Als sie ihn genauer anschaute, bemerkte sie eine Entschlossenheit, die so fest und klar war, dass es sie überraschte.

»Ich weiß, dass ich gegen meinen Auftrag, dich zu beschützen, verstoße«, versuchte Anakin zu erklären. »Ich weiß, man wird mich bestrafen und wahrscheinlich aus dem Orden werfen, aber ich muss gehen.«

»Gehen?«

»Ich muss ihr helfen! Es tut mir Leid, Padmé«, sagte er. Sie sah ihm an, dass er es ernst meinte – und dass er sie ganz bestimmt nicht verlassen wollte. »Aber ich kann nicht anders.«

»Selbstverständlich musst du gehen, wenn du glaubst, dass deine Mutter in Gefahr ist.«

Anakin nickte anerkennend.

»Ich werde mitkommen«, verkündete sie, und Anakin riss die Augen auf. Er setzte zu einer Antwort an, wollte ihr widersprechen, aber Padmés Lächeln ließ ihn schweigen.

»So kannst du mich weiterhin beschützen«, erklärte sie. Irgendwie klang das vollkommen logisch. »Und du wirst nicht gegen deinen Auftrag verstoßen.«

»Ich glaube nicht, dass der Jedirat so etwas im Sinn hatte. Es ist gut möglich, dass ich mich in gefährliche Situationen begeben muss, und wenn ich dich mitnehme …«

»Gefährliche Situationen«, wiederholte Padmé und lachte laut. »Als ob das etwas Neues für mich wäre.«

Anakin starrte sie an. Er konnte kaum glauben, was er da hörte. Aber wieder konnte er nicht widerstehen, und auch sein Lächeln wurde intensiver. Aus einem Grund, den er selbst nicht verstand, hielt es der Padawan plötzlich für viel gerechtfertigter, von den Befehlen seines Ordens abzuweichen, nur weil Padmé sich daran beteiligen wollte und dem Plan zugestimmt hatte.

Weder Padmé noch Anakin konnten den brutalen Kontrast leugnen, als sie ihr schlankes Sternenschiff aus dem Hyperraum brachten und den braunen Planeten Tatooine vor sich sahen, so sehr unterschied sich dieser Anblick von dem grünen Gras und dem tiefblauen Wasser von Naboo. Tatooine war nur ein brauner Ball im Weltraum, so unfruchtbar, wie Naboo lebendig war.

»Trautes Heim, Glück allein«, meinte Anakin.

Padmé grinste. »Sie haben noch keine Koordinaten gesendet«, stellte sie fest.

»Das werden sie wahrscheinlich auch nicht tun, wenn wir nicht darum bitten«, erwiderte Anakin. »Das wird hier für gewöhnlich nicht so offiziell gehandhabt. Man sucht sich einfach einen Platz und landet und hofft, dass niemand das Schiff stiehlt, während man unterwegs ist.«

»Es ist wirklich noch genauso liebreizend, wie ich es in Erinnerung habe.«

Anakin sah sie an und nickte. Dennoch, es gab viele Unterschiede zu der Situation vor zehn Jahren, als Padmé gezwungen gewesen war, mit Obi-Wan und Qui-Gon auf Tatooine zu landen, damit ihr Schiff repariert werden konnte. Er versuchte zu lächeln, aber er war zu nervös. Zu viele verstörende Gedanken zogen ihm durch den Kopf. Ging es seiner Mutter gut? War sein Traum eine Warnung vor zukünftigen Ereignissen gewesen oder ein Abbild dessen, was tatsächlich geschehen war?

Er zog das Schiff rasch abwärts, brach durch die Atmosphäre und schoss über die Wüstenlandschaft hinweg. »Mos Espa«, erklärte er, als sich eine Stadt am Horizont abzeichnete.

Er ging schnell tiefer, und ein paar Proteste quiekten durch das Komlink. Aber Anakin kannte sich hier so gut aus, als hätte er den Ort nie verlassen. Er flog zum Stadtrand, dann setzte er das Schiff in eine große Landebucht zwischen unzähligen Sternenschiffen aller Kaufmanns- und Söldnerklassen.

»Heh, Ihr könnt hier nicht einfach uneingeladen landen!«,

brüllte der wachhabende Offizier, ein untersetztes Geschöpf mit einem Schweinsgesicht und Stacheln, die über seinen Rücken und den Schwanz wie ein Kamm verliefen.

»Dann ist es ja gut, dass Ihr uns eingeladen habt«, sagte Anakin ruhig und bewegte die Hand dabei leicht.

»Ja, es ist gut, dass ich Euch eingeladen habe«, erklärte der Offizier freundlich, und Anakin und Padmé gingen an ihm vorbei.

»Annie, du bist wirklich schlimm«, sagte Padmé kichernd, als sie auf die staubige Straße hinausgingen.

»Es ist ja nicht so, als wäre schon ein Dutzend Schiffe für diese Bucht vorgemerkt«, erwiderte Anakin, der recht zufrieden mit sich und der Leichtigkeit war, mit der er die Macht benutzt hatte, um den Mann zu beeinflussen. Er winkte nach einer Schwebe-Rikscha, die von einem ES-PSA-Droiden gezogen wurde, einem kleinen, dünnen Geschöpf mit einem Rad anstelle von Beinen.

Anakin gab die Adresse an, und schon ging es los. Der Droide zog sie rasch durch die Straßen von Mos Espa, fädelte sich geschickt durch den dichten Verkehr und pfiff schrill, wenn jemand nicht schnell genug aus dem Weg ging.

»Glaubst du, es hat etwas mit ihm zu tun?«, fragte Padmé Anakin.

»Mit Watto?«

»Ja, so hieß er doch, oder? Dein ehemaliger Herr?«

»Wenn Watto meiner Mutter etwas angetan hat, dann werde ich ihm die Flügel ausreißen«, versprach Anakin, und das meinte er vollkommen ernst. Er war nicht sicher, wie er sich fühlen würde, wenn er dem Sklavenhalter wieder gegenüberstand, selbst wenn Watto Shmi keinen Schaden zugefügt hatte. Watto hatte ihn besser behandelt, als die meisten Sklavenhalter in Mos Espa ihre Sklaven behandelten, und er hatte ihn nicht allzu oft geschlagen, aber Anakin konnte auch nicht vergessen, dass Watto Shmi nicht hatte gehen lassen, als Obi-Wan und Qui-Gon ihn aus der Sklaverei freigekauft hatten. Er begriff allerdings auch, dass er wahrscheinlich nur einen Teil seiner eigenen Schuldgefühle darüber loswerden wollte, dass er seine Mutter bei Watto gelassen hatte, der immerhin ein Geschäftsmann war.

»Hier ist es«, sagte Anakin zu dem Droiden, und die Rikscha kam vor einem Laden zum Stehen, der Anakin Skywalker nur zu vertraut war. Dort, auf einem Hocker nahe der Tür, saß ein rundlicher, geflügelter Toydarianer mit einer langen Schnauze und bastelte mit einem elektrischen Schraubenzieher an etwas herum, das wie das Bauteil eines Droiden aussah. Er hatte einen schwarzen, runden Hut auf dem Kopf, und sein Hemd spannte sich straff über seinem fülligen Leib. Anakin erkannte ihn sofort.

Er saß so lange unbeweglich da und starrte Watto an, dass Padmé vor ihm ausstieg und die Hand ausstreckte, um ihm zu helfen.

»Warte hier«, wies sie den Droiden an. »Bitte.«

»Do chuba da wanga, da wanga!«, schrie Watto über das zerbrochene Ersatzteil in seiner Hand hinweg die drei Mechanikerdroiden an, die zu helfen versuchten.

»Huttisch«, erklärte Anakin Padmé.

»Nein, nicht das da – *das* da!«, lieferte sie die Übersetzung, und als Anakin sie überrascht anschaute, weil sie diese Sprache verstand, fügte sie hinzu: »Glaubst du, eine Königin müsste keine Fremdsprachen lernen?«

Anakin schüttelte den Kopf, dann sah er wieder Watto an, aber er warf Padmé noch einen oder zwei Seitenblicke zu, als sie sich dem Toydarianer näherten. »*Chut, chut, Watto*«, grüßte er.

»Ke booda?«, kam die überraschte Antwort.

»*Di nova, chut chut*«, wiederholte Anakin, der sich über den Lärm der Droiden hinweg kaum verständlich machen konnte.

»Go ana bopa!«, rief Watto den dreien zu, und auf diesen Befehl hin schalteten sie sich sofort ab.

»*Ding mi chasa bopa*«, bot Anakin an, und Watto reichte

ihm das kaputte Ersatzteil. Anakin machte sich gleich an die Arbeit. Watto beobachtete ihn einen Augenblick lang, und seine Käferaugen wurden vor Überraschung noch größer.

»*Ke booda?*«, fragte er. »*Yo baan pe hota. No wega mi condorta. Kin chasa du Jedi. No bata tu tu.*«

»Er erkennt dich wirklich nicht«, flüsterte Padmé Anakin zu. Sie musste angesichts von Wattos letzter Aussage das Lachen zurückhalten, denn Watto hatte erklärt: »Was immer es ist, ich habe es nicht getan.«

»*Mi boska di Shmi Skywalker*«, erklärte Anakin schlicht.

Watto kniff die Augen misstrauisch zusammen. Wer sollte schon nach seiner alten Sklavin Shmi suchen? Der Blick des Toydarianers wanderte von Anakin zu Padmé, dann wieder zu Anakin zurück.

»Annie?«, fragte er in Basic. »Der kleine Annie? Neeein!«

Anakin antwortete, indem er noch etwas an dem Ersatzteil zurechtbog, und dann begann das kleine Ding unter Surren wieder zu arbeiten. Mit breitem Grinsen reichte er es Watto.

Es gab nicht viele, die an kaputten Droidenteilen solche Wunder wirken konnten.

»Du bist tatsächlich Annie!«, rief der Toydarianer. »Du bist es wirklich!« Er begann wild mit den Flügeln zu flattern, hob sich vom Hocker und schwebte vor dem Paar in der Luft. »Bist du aber gewachsen!«

»Hallo, Watto!«

»Huuu!«, rief der Toydarianer. »Ein Jedi! Na so was! Heh, du könntest mir vielleicht bei ein paar Typen helfen, die mir noch viel Geld schulden …«

»Meine Mutter …«, kam Anakin auf sein Ersuchen zurück.

»Ah ja, Shmi. Sie gehört mir nicht mehr. Ich habe sie verkauft.«

»Verkauft?« Anakin spürte, wie Padmé seinen Unterarm fester umklammerte.

»Schon vor Jahren«, erklärte Watto. »Tut mir Leid, Annie, aber du weißt ja, Geschäft ist Geschäft. Hab sie an einen

Feuchtfarmer namens Lars verkauft. Zumindest glaube ich, dass er Lars hieß. Und ob du es glaubst oder nicht, er hat sie freigelassen und geheiratet. Ist das zu fassen?«

Anakin schüttelte den Kopf und versuchte, das alles zu verdauen. »Weißt du, wo sie sind?«

»Weit weg von hier. Irgendwo auf der anderen Seite von Mos Eisley, glaube ich.«

»Kannst du das nicht ein bisschen einengen?«

Watto dachte einen Augenblick lang nach, dann zuckte er die Achseln.

»Ich möchte es wirklich gerne wissen«, sagte Anakin; er klang grimmig und entschlossen, ja sogar bedrohlich. Die Art, wie Watto sich anspannte, zeigte deutlich, dass der Toydarianer begriffen hatte, wie ernst es Anakin war.

»Ja, sicher«, sagte er. »Ich verstehe. Sehen wir mal in meinen Büchern nach.«

Die drei gingen in den Laden, und dieser Anblick ließ eine ganze Lawine von Erinnerungen über Anakin hereinbrechen. Wie viele Stunden, ja Jahre, hatte er hier gearbeitet und alles repariert, was Watto ihm in die Hand gedrückt hatte? Und da draußen im Hof hatte er genug Ersatzteile gefunden, um sich daraus einen Podrenner zu bauen. Nicht alle Erinnerungen waren schlecht, musste er zugeben, aber auch die guten konnten nicht über die Tatsache hinwegtäuschen, dass er Sklave gewesen war. Wattos Sklave.

Zum Glück für Watto fand sich in seinen Büchern die Adresse der Feuchtfarm eines gewissen Cliegg Lars.

»Bleib eine Weile, Annie«, schlug der Toydarianer vor, nachdem er die Anschrift von Shmis neuem Besitzer gefunden hatte – oder war es ihr Mann?

Ohne ein Wort drehte sich Anakin um und ging. Dies war das letzte Mal, dass er Watto und den Laden sehen würde. Es sei denn, er würde herausfinden, dass Watto ihn angelogen hatte, was Shmis Schicksal anging, oder seiner Mutter auf irgendeine Weise Schaden zugefügt hatte.

»Zurück zur Landebucht«, sagte er zu dem Droiden, nachdem er und Padmé wieder in der Rikscha Platz genommen hatten. »Schnell.«

»Willst du nicht mal ein Glas mit mir trinken?«, rief Watto ihnen aus der Tür seines Ladens zu, aber sie waren schon auf dem Weg, so schnell, dass hinter ihnen der Staub aufwirbelte.

»Annie – ein Jedi!«, stellte Watto fest und machte eine geringschätzige Bewegung. »Nicht zu fassen!«

Anakin startete das Sternenschiff sogar noch schneller, als er es zuvor gelandet hatte, und stieß dabei beinahe mit einem kleinen Frachter zusammen, der gerade aufsetzen wollte.

Er hörte das Protestgeschrei aus dem Kontrollturm in Mos Espa, aber dann schaltete er einfach das Kom ab und ließ die Stadt hinter sich. Schon bald kamen sie an dem Renngelände vorbei, wo der jüngere Anakin häufig seine Podrenner erprobt hatte, aber er hatte kaum einen Blick dafür übrig und lenkte das Schiff direkt über die Wüste, auf Mos Eisley zu. Als die Stadt in Sicht kam, steuerte er das Schiff nach Norden.

Sie entdeckten erst eine Feuchtfarm, dann eine zweite, und schließlich die dritte. Alle lagen, von der Stadt aus gesehen, beinahe auf einer Linie.

»Die da«, sagte Padmé, und Anakin nickte grimmig und landete das Schiff auf einem Felsen, von dem aus man einen guten Blick auf die Farm hatte.

»Ich werde sie wirklich wiedersehen«, hauchte er und schaltete den Antrieb ab.

Padmé drückte seinen Arm und lächelte ihn beruhigend an.

»Du weißt nicht, wie es ist, eine Mutter so zurückzulassen«, sagte er.

»Ich habe meine Familie schon oft verlassen«, erwiderte sie. »Aber du hast Recht. Es ist nicht das Gleiche. Ich kann mir nicht vorstellen, wie es ist, Sklave zu sein, Anakin.«

»Es ist noch schlimmer zu wissen, dass deine Mutter eine Sklavin ist.«

Padmé nickte. Das musste sie zugeben. »Bleib beim Schiff, R2«, wies sie den Droiden an, der zur Antwort piepste.

Das Erste, was in Sicht kam, als sie auf die Gebäude zugingen, war ein sehr schlanker Droide, dessen mattgraue Metallabdeckung von der Witterung schon ziemlich in Mitleidenschaft gezogen war. Er brauchte offenbar auch dringend ein gutes Ölbad, denn er beugte sich steif vor, um an einem Zaunsensor zu arbeiten. Dann kam er ruckend wieder hoch, als er ihre Anwesenheit spürte. »Oh, hallo«, grüßte er sie. »Wie kann ich Euch dienen? Ich bin C- …«

»3PO?«, hauchte Anakin, der kaum seinen Augen traute.

»Ach du meine Güte!«, rief der Droide und begann heftig zu zittern. »Oh, mein Schöpfer! Master Anakin! Ich wusste, dass Ihr zurückkehren würdet! Ich wusste es einfach! Und dass muss Miss Padmé sein!«

»Hallo, 3PO!«, sagte Padmé.

»O meine Schaltkreise! Ich freue mich so, Euch zu sehen!«

»Ich bin gekommen, um meine Mutter zu besuchen«, erklärte Anakin. Der Droide wandte sich ihm ruckartig zu, dann schien er zurückzuweichen.

»Ich denke … ich denke«, stotterte C-3PO. »Vielleicht sollten wir lieber ins Haus gehen.« Er zeigte auf das Gebäude und winkte dann den beiden, ihm zu folgen.

Anakin und Padmé wechselten einen nervösen Blick. Anakin konnte das Gefühl nicht abschütteln, dass etwas Schlimmes geschehen war … etwas wie in seinen Albträumen.

Als sie den Droiden einholten, war er bereits im Hof und rief: »Meister Cliegg! Master Owen! Darf ich Euch zwei wichtige Gäste vorstellen?«

Ein junger Mann und eine Frau kamen eilig aus dem Haus, aber sie wurden langsamer, als sie Padmé und Anakin erblickten.

»Ich bin Anakin Skywalker«, sagte Anakin sofort.

»Anakin?«, wiederholte der Mann und riss die Augen auf. »Anakin!«

Die Frau an seiner Seite hatte die Hand vor den Mund geschlagen. »Anakin der Jedi«, flüsterte sie tonlos.

»Ihr wisst von mir! Shmi Skywalker ist meine Mutter.«

»Meine auch«, sagte der junge Mann. »Nicht meine richtige Mutter«, fügte er hinzu, als Anakin ihn verblüfft anstarrte. »Aber die beste Mutter, die ich je hatte.« Er streckte die Hand aus. »Owen Lars. Das hier ist meine Freundin Beru Whitesun.«

Beru nickte und sagte: »Hallo.«

Padmé verstand, dass Anakin im Augenblick nicht daran dachte, sie vorzustellen.

»Ich bin Padmé.«

»Ich bin dann wohl dein Stiefbruder«, sagte Owen, der den jungen Jedi anstarrte, von dem er so viel gehört hatte. »Ich hatte schon so ein Gefühl, dass du irgendwann auftauchen würdest.«

»Ist meine Mutter hier?«

»Nein, das ist sie nicht«, erklang eine barsche Antwort hinter Beru und Owen aus dem Schatten der Haustür. Alle vier drehten sich um und sahen einen kräftigen Mann, der auf einem Schwebestuhl aus dem Haus geglitten kam. Eines seiner Beine war verbunden, das andere fehlte vollkommen, und Anakin wusste sofort, dass diese Wunden noch relativ frisch waren. Sein Magen zog sich zusammen.

»Cliegg Lars«, sagte der Mann, kam näher und streckte die Hand aus. »Shmi ist meine Frau. Wir sollten nach drinnen gehen. Wir haben viel zu besprechen.«

Anakin folgte ihm wie in einem Traum, einem ausgesprochen schrecklichen Traum.

»Es war kurz vor Einbruch der Dämmerung«, sagte Cliegg und glitt, begleitet von Owen, auf den Küchentisch zu, während Beru den Gästen etwas zu trinken holte.

»Sie kamen aus dem Nichts«, fügte Owen hinzu.

»Eine Bande von Tusken-Räubern«, erklärte Cliegg.

Anakins Knie hätten beinahe nachgegeben; er ließ sich auf einen Stuhl sacken. Er hatte ein wenig Erfahrung mit Tusken-

Banditen, aber nur sehr begrenzt. Einmal hatte er die Wunde eines schwer verwundeten Tusken verbunden, und als die Freunde des Mannes aufgetaucht waren, hatten sie ihn gehen lassen. Dennoch gefiel es Anakin nicht, den Namen seiner Mutter in einem Atemzug mit dem Begriff »Tusken-Banditen« ausgesprochen zu hören.

»Deine Mutter war früh rausgegangen, wie sie es immer tat, um an den Verdampfern Pilze zu ernten«, erklärte Cliegg. »Den Spuren nach zu schließen war sie schon auf halbem Weg nach Hause, als sie überfallen wurde. Diese Tusken bewegen sich wie Menschen, aber es sind gnadenlose Ungeheuer.«

»Wir hatten zuvor viele Anzeichen entdeckt, dass sie in der Nähe waren«, warf Owen ein. »Sie hätte nicht nach draußen gehen sollen.«

»Wir können nicht nur in Angst und Schrecken leben«, tadelte ihn Cliegg, aber dann beruhigte er sich wieder und wandte sich abermals Anakin zu. »Es hatte so ausgesehen, als hätten wir die Tusken vertrieben. Wir wussten nicht, wie groß diese Bande war – größer als alle, die wir je zuvor gesehen haben. Dreißig von uns haben sich aufgemacht, um Shmi zu retten. Nur vier sind zurückgekehrt.«

Er verzog das Gesicht und rieb sich das Bein, und Anakin spürte deutlich den Schmerz des Mannes.

»Ich wäre immer noch da draußen, nur ... nachdem ich mein Bein verloren hatte ...« Cliegg hätte beinahe geweint, und Anakin wusste sofort, wie sehr der Mann Shmi liebte.

»Ich kann keinen Speeder mehr benutzen«, fuhr Cliegg fort. »Nicht, ehe meine Beine geheilt sind.«

Der stolze Mann holte tief Luft und zwang sich, ruhig zu bleiben. Er richtete sich in seinem Stuhl auf. »Ich wollte dich nicht auf solche Weise kennen lernen, Sohn«, sagte er. »So hatten deine Mutter und ich das nicht geplant. Ich will sie nicht aufgeben, aber sie ist jetzt seit einem Monat weg. Es besteht kaum Hoffnung, dass sie so lange überlebt hat.«

Die Worte trafen Anakin wie ein Schlag, und er wich vor

ihnen zurück, versenkte sich tief in die Macht. Er tastete, benutzte seine Verbindung mit seiner Mutter, um irgendwie ihre Präsenz in der Macht zu spüren.

Dann sprang er auf.

»Wo gehst du hin?«, wollte Owen wissen.

»Ich werde meine Mutter suchen«, lautete die grimmige Antwort.

»Nein, Annie!«, rief Padmé, stand ebenfalls auf und packte ihn am Arm.

»Deine Mutter ist tot, Sohn«, gab Cliegg resigniert zu. »Das musst du akzeptieren.«

Anakin starrte ihn, starrte sie alle wütend an. »Ich kann ihren Schmerz spüren«, sagte er und biss die Zähne zusammen. »Und sie empfindet diesen Schmerz in diesem Augenblick. Ich werde sie finden.«

Ein Augenblick des Schweigens folgte, und dann bot Owen an: »Nimm meinen Speeder.« Er sprang auf und ging zur Tür.

»Ich weiß, dass sie noch lebt«, sagte Anakin zu Padmé. »Ich weiß es einfach.«

Padmé verzog gequält das Gesicht, aber sie sagte nichts und ließ Anakins Arm los, als er Owen folgte.

»Ich wünschte, er wäre ein bisschen früher gekommen«, klagte Cliegg.

Padmé sah erst ihn an und dann Beru, die neben dem weinenden Mann stand und ihn umarmte.

Dann drehte sie sich um und eilte Anakin und Owen hinterher. Als sie sie eingeholt hatte, wollte Owen gerade wieder zum Haus zurückkehren. Anakin stand neben dem Speeder und starrte in die Wüste hinaus.

»Du wirst auf der Farm bleiben müssen«, sagte er zu ihr, als sie an seine Seite eilte. »Das hier sind gute Menschen. Du wirst in Sicherheit sein.«

»Anakin …«

»Ich weiß, dass sie lebt«, sagte er und starrte in die Dünen hinaus.

Padmé umarmte ihn fest. »Finde sie«, flüsterte sie.

»Es wird nicht lange dauern«, versprach er, dann stieg er auf den Speeder und raste davon.

Achtzehn

Als ein Ruf im Jeditempel auf Coruscant eintraf, der den Verzerrercode 5 benutzte und sich an »die Leutchen daheim« wandte, wussten Mace Windu und Yoda, dass es um etwas Wichtiges ging. Etwas extrem Wichtiges.

Sie nahmen den Ruf in Yodas Wohnung entgegen, nachdem Mace den Flur noch einmal in beide Richtungen überprüft und dann demonstrativ die Tür geschlossen hatte.

Vor ihnen erschien ein Hologramm von Obi-Wan Kenobi. Der Jedi war sichtlich nervös und warf immer wieder Blicke über die Schulter nach hinten.

»Meister, ich habe mich erfolgreich mit Lama Su, dem Premierminister von Kamino, in Verbindung gesetzt.«

»Ah, gut ist es, dass den Planeten du gefunden hast«, sagte Yoda.

»Genau dort, wo Eure Schüler ihn vermuteten«, erwiderte Obi-Wan. »Die Kaminoaner sind Kloner – die besten in der Galaxis, habe ich gehört. Und nach allem, was ich gesehen habe, bezweifle ich das nicht.«

Beide Jedimeister zogen fragend die Brauen hoch.

»Sie benutzen einen Kopfgeldjäger namens Jango Fett als Ausgangsbasis für eine ganze Armee von Klonen.«

»Eine Armee?«, wiederholte Mace.

»Eine Armee, die sie angeblich für die Republik hergestellt haben«, antwortete Obi-Wan. »Aber das ist noch nicht alles. Ich habe das intensive Gefühl, dass dieser Kopfgeldjäger hinter den Anschlägen auf Senatorin Amidala steckt.«

»Glaubst du, das die Kaminoaner hinter diesen Attentaten stecken?«

»Nein, Meister, ich kann bei ihnen kein Motiv erkennen.«

»Geh nicht von deinen Spekulationen aus, Obi-Wan«, riet Yoda. »Klar dein Geist sein muss, wenn den wahren Schurken hinter diesem Plan du entdecken willst.«

»Ja, Meister«, sagte Obi-Wan. »Premierminister Lama Su hat mich informiert, dass das erste Klonbataillon bereitsteht. Er bat mich auch, Euch daran zu erinnern, dass es mehr Zeit benötigen wird, noch weitere herzustellen, falls Ihr mehr brauchen solltet als die Million, deren Produktion bereits angelaufen ist.«

»Eine Million Klonkrieger?«, fragte Mace Windu ungläubig.

»Ja, Meister. Sie behaupten, Meister Sifo-Dyas hätte die Armee vor beinahe zehn Jahren im Namen des Senats in Auftrag gegeben. Ich dachte eigentlich, er sei schon vor dieser Zeit getötet worden. Hat der Rat je der Schaffung einer Klonarmee zugestimmt?«

»Nein«, antwortete Mace ohne Zögern und ohne sich auch nur mit einem Blick zu Yoda die Bestätigung des anderen Ratsmitglieds zu holen. »Wer immer diesen Auftrag gegeben hatte, handelte nicht mit der Erlaubnis des Jedirats.«

»Wie war das denn möglich? Und warum?«

»Das Rätsel wird größer und größer«, sagte Mace. »Wir müssen es lösen, und das nicht nur wegen der Sicherheit von Senatorin Amidala.«

»Diese Klone sind sehr beeindruckend«, berichtete Obi-Wan. »Sie wurden einzig für diese Armee geschaffen und ausgebildet.«

»In Gewahrsam nimm diesen Jango Fett«, wies Yoda ihn an. »Bring ihn her. Verhören wir ihn werden.«

»Ja, Meister. Ich melde mich wieder, wenn ich ihn habe.« Obi-Wan warf wieder einen Blick über die Schulter und wies R4 abrupt an, die Übertragung abzubrechen.

»Eine Klonarmee«, sagte Mace, nun wieder allein mit Yoda. »Warum sollte Sifo-Dyas ...«

»Den genauen Zeitpunkt dieses Auftrags zu kennen uns

weiterhelfen würde«, sagte Yoda, und Mace nickte. Wenn es stimmte, was Obi-Wan sagte, dann musste Sifo-Dyas den Auftrag direkt vor seinem Tod gegeben haben.

»Wenn dieser Jango Fett etwas mit den Attentaten auf die Senatorin zu tun hat und man ihn ganz zufällig auch als Spender für eine Klonarmee ausgewählt hat, die für die Republik geschaffen wurde …« Mace Windu hielt inne und schüttelte den Kopf. Es konnte einfach kein Zufall sein. Aber wie stand das eine mit dem anderen in Verbindung? War es möglich, dass derjenige, der beschlossen hatte, die Klonarmee zu bestellen, befürchtete, dass Senatorin Amidala stark genug sein könnte, um zu verhindern, dass diese Armee je zum Einsatz kam?

Der Jedimeister rieb sich über die Stirn und warf Yoda, der mit geschlossenen Augen dasaß, einen Blick zu. Mace wusste, dass der andere Meister wahrscheinlich über das gleiche Problem nachdachte und davon wohl ebenso beunruhigt war wie er selbst, wenn nicht sogar mehr.

»Blind wir sind, dass die Entwicklung dieser Klonarmee wir nicht sehen konnten«, stellte Yoda fest.

»Ich denke, es ist an der Zeit, den Senat darüber zu informieren, dass unsere Fähigkeit, die Macht zu benutzen, geringer geworden ist.«

»Bisher nur die Dunklen Lords der Sith von unserer Schwäche wissen«, erwiderte Yoda. »Wenn der Senat informiert wird, unsere Feinde sich vervielfältigen werden.«

Für die beiden Jedimeister war diese überraschende Entwicklung gleich auf mehreren Ebenen beunruhigend.

Obi-Wan bewegte sich vorsichtig auf die Wohnungstür zu. Er wusste nichts über die Fähigkeiten von Jango Fett, aber er nahm an, dass sie beträchtlich sein mussten, denn sonst wäre dieser Mann sicher nicht als Prototyp für eine Klonarmee ausgewählt worden. Er hielt inne, schloss die Augen und verband sich mit der Macht, suchte nach verborgenen Feinden. Einen

Augenblick später war er überzeugt, dass sich Jango nicht in unmittelbarer Nähe befand, und schlich weiter zur Tür. Vorsichtig fuhr er mit den Fingerspitzen über den Rahmen und tastete nach möglichen Fallen, dann legte er schließlich die Hand flach auf das Schloss und versuchte, die Tür zu öffnen.

Sie bewegte sich nicht.

Obi-Wan griff nach seinem Lichtschwert und dachte daran, sich einfach durch die Tür zu schneiden, aber dann zog er doch eine subtilere Methode vor. Er schloss die Augen, sammelte seine Kraft in der ausgestreckten Hand und richtete sie auf das Schloss, dessen Mechanismus er leicht manipulieren konnte. Dann versuchte er abermals, die Tür zu öffnen – wobei er die freie Hand an den Griff des Lichtschwerts legte –, und sie glitt auf.

Sobald er das Zimmer sah, wusste er, dass er seine Waffe nicht brauchen würde. In der Wohnung herrschte Durcheinander. Die Schubladen sämtlicher Kommoden waren aufgezogen oder lagen auf dem Boden, die Stühle waren umgekippt.

Die Tür zum Schlafzimmer stand offen, und auch hier herrschte schreckliche Unordnung: Alle Anzeichen wiesen auf einen eiligen Abschied hin.

Obi-Wan sah sich um, suchte nach einem Hinweis, und schließlich fiel sein Blick auf einen Computerschirm, der im Wohnbereich auf einem Tisch stand. Er schaltete das Gerät ein und erkannte sofort, dass es zu einem Sicherheitsnetz gehörte, an das mehrere Kameras in unmittelbarer Nähe angeschlossen waren. Obi-Wan ging die Kameras durch, erkannte den Flur, durch den er hereingekommen war, und diverse Ausschnitte der Wohnung selbst. Eine Außensicht des Gebäudes zeigte das regengepeitschte Dach, und dann sah er sich selbst, durch das Transparistahlfenster aufgenommen.

Er suchte weiter, erweiterte den Winkel oder zoomte auf verdächtige Dinge.

Dann fand er eine Kamera, die auf eine nahe Landeplattform gerichtet war, auf der sich ein seltsam aussehendes Schiff mit einer breiten, flachen Basis befand. Das der Kamera zugewandte Ende lief spitz zu und wies eine kleine Kapsel auf, die vielleicht groß genug für zwei oder drei Personen war.

In der Nähe des Schiffs war eine vertraute Gestalt zu sehen, entweder Boba Fett oder ein anderer Klon.

Obi-Wan nickte und lächelte wissend, während er die Bewegungen des Jungen verfolgte und aus dem Fluss und der Zufälligkeit einiger Bewegungen erkannte, dass es sich tatsächlich um Boba handeln musste und nicht um ein vollkommen beherrschtes und konditioniertes Geschöpf.

Obi-Wans Grinsen hielt allerdings nicht lange vor, als eine weitere vertraute Gestalt in Sicht kam. Es handelte sich um Jango, der die Rüstung und den Raketenpack trug, die der Jedi schon einmal gesehen hatte: auf den Straßen von Coruscant. Wenn der Jediritter noch irgendwelche Zweifel gehabt hatte, dass Jango tatsächlich der Mann war, der Zam Wesell ihren Mordauftrag erteilt hatte, dann waren sie nun verschwunden. Obi-Wan verließ eilig die Wohnung und machte sich auf die Suche nach einem Weg zur Plattform.

»Ja, du darfst es fliegen«, sagte Jango zu Boba.

Boba stieß triumphierend die Faust in die Luft, begeistert, dass sein Vater ihn ans Steuer der *Sklave I* lassen wollte. Es war lange her, seit er Boba dies zum letzten Mal erlaubt hatte.

»Aber nicht beim Start«, fügte Jango hinzu, was die Freude des Jungen ein wenig dämpfte. »Wir haben es eilig, Sohn, aber wir werden das Schiff bald wieder aus dem Hyperraum bringen, und dann kannst du ein bisschen damit fliegen.«

»Darf ich auch landen?«

»Das werden wir später sehen.«

Boba wusste, dass sein Vater damit eigentlich »nein« meinte, aber er bedrängte ihn nicht weiter. Er verstand, dass etwas Großes, Gefährliches im Gang war, und daher gab er sich lieber mit dem zufrieden, was sein Vater ihm angeboten hatte. Er schulterte eine weitere Tasche und kletterte die Rampe hinauf zu dem kleinen Laderaum. Dabei warf er einen Blick zurück zu Jango und schließlich an ihm vorbei, wobei er einen Menschen entdeckte, der gerade den Turbolift des Hauses verlassen hatte und durch den Sturzregen auf sie zugerannt kam.

»Papa! Sieh doch!«

Als Jango sich umdrehte, wurden Bobas Augen noch größer. Die rennende Gestalt war der Jedi, der sie zuvor besucht hatte, und er zog im Laufen sein Lichtschwert und zündete ein blaue Klinge, die im Regen laut zischte.

»Geh an Bord!«, rief Jango seinem Sohn zu, aber Boba zögerte und beobachtete, wie sein Vater seinen Blaster zog und auf den angreifenden Jedi schoss. Mit erstaunlichen Reflexen riss Obi-Wan sein Lichtschwert herum und wehrte den Schuss ab.

»Boba!«, schrie Jango, und der Junge erwachte aus seiner Trance und kletterte die Rampe hinauf in die *Sklave I*.

Obi-Wan warf sich dem Kopfgeldjäger entgegen. Ein weiterer Blasterschuss folgte, dann noch einer, aber der Jedi wehrte sie problemlos ab und lenkte das zweite Geschoss zu Jango zurück.

Aber als es auf ihn zuraste, wich der Kopfgeldjäger seitlich aus, zündete seinen Raketenpack und katapultierte sich auf das Dach eines benachbarten Turms.

Obi-Wan stürzte, rollte sich ab und drehte sich dabei, während Jango abermals feuerte. Ohne auch nur nachzudenken, vollkommen von der Macht geleitet, zog der Jedi das Lichtschwert nach links unten und schlug das Energiegeschoss beiseite.

»Du wirst mit mir kommen, Jango«, rief er.

Der Mann antwortete mit weiteren Schüssen, einer ganzen Reihe von Geschossen, die auf den Jedi zuzischten. Das Lichtschwert zuckte von links nach rechts und zurück und wehrte alle ab, und auch als Jango das Muster änderte, leitete die

Macht Obi-Wans Hand weiterhin mit vollkommener Sicherheit.

»Jango!«, rief er noch einmal. Aber dann erkannte er, dass der letzte Schuss des Kopfgeldjägers kein gewöhnliches Projektil gewesen war, sondern eine Sprengstoffladung, und im nächsten Augenblick sprang er in Deckung und verlängerte seinen Sprung mit Hilfe der Macht.

Die *Sklave I* wurde ebenfalls von der Druckwelle der Explosion getroffen, und der Ruck riss Boba zur Seite. »Papa!«, rief er, eilte zum Sichtschirm, schaltete ihn ein und richtete die Kamera auf die Szene vor dem Schiff.

Er entdeckte seinen Vater sofort und brach in Tränen der Erleichterung aus. Dann beruhigte er sich schnell wieder, suchte den Bereich nach dem feindlichen Jedi ab und sah, wie Obi-Wan sich überschlug, wieder auf die Beine kam und eine weitere Lasersalve mit scheinbarer Leichtigkeit abwehrte.

Boba sah sich an den Instrumenten um und versuchte, sich an all seine Lektionen über die *Sklave I* zu erinnern. Wie gut, dass er ein so fleißiger Schüler gewesen war! Mit einem boshaften Grinsen, auf das sein Vater sehr stolz gewesen wäre, zündete Boba die Energiepacks und löste die Sicherung am Hauptlaser.

»Dann versuch mal, das hier abzuwehren, Jedi«, flüsterte er, nahm Obi-Wan ins Visier und schoss.

»Ihr werdet viele Fragen beantworten müssen!«, rief Obi-Wan Jango zu, aber seine Stimme durchdrang kaum den prasselnden Regen und den peitschenden Wind. »Es wird für Euch und Euren Sohn einfacher werden, wenn …«

Plötzlich hielt er inne, denn er hörte in seinem Unterbewusstsein das Abschussgeräusch eines schweren Lasers. Die Macht hatte ihn dazu veranlasst, sich instinktiv umzudrehen, noch bevor er verstand, was hier passierte. Er sprang hoch in die Luft und überschlug sich.

Als er landete, bebte der Boden heftig unter seinen Füßen, zitterte noch vom Donnern der schweren Lasergeschütze der *Sklave I*, die nun geschwenkt wurden, um Obi-Wan zu folgen.

Der Jedi musste abermals ausweichen, aber diesmal ging er zu Boden; das Lichtschwert rutschte ihm aus der Hand und über die regenglatte Oberfläche.

Zum Glück war das Geschütz der *Sklave I* nun still, war die Energie für einen Augenblick verbraucht. Obi-Wan verschwendete keine Zeit und kam wieder auf die Beine, um Jango Fett erneut anzugreifen.

Ein Blasterschuss kündigte den Kopfgeldjäger an, aber Obi-Wan sprang über das Energiegeschoss hinweg, warf sich vorwärts und drehte sich in der Luft, um Jango die Waffe aus der Hand zu treten.

Der Kopfgeldjäger zuckte mit keiner Wimper. Kaum hatte der Jedi wieder Boden unter den Füßen, griff Jango auch schon an, schlang die Arme um Obi-Wans Oberkörper und schob ihn rückwärts.

Er versuchte, den Jedi niederzuringen, aber Obi-Wan war dafür zu schnell und sofort wieder vollkommen im Gleichgewicht. Er schob ein Bein zwischen die Füße des Kopfgeldjägers und setzte zu einer Drehbewegung an, die Jangos Griff um seine Arme schwächen sollte.

Jango lächelte boshaft und stieß seine Stirn in Obi-Wans Gesicht, was den Jedi einen Augenblick lang betäubte. Der Kopfgeldjäger riss eine Hand los und schlug zu, aber er erkannte seinen Fehler sofort, als der Jedi dem Schlag auswich, einen engen Salto direkt unter dem schwingenden Arm ausführte und, als er aus der Drehung kam, mit beiden Füße gegen Jangos Brust trat und ihn nach hinten schleuderte.

Nun hatte Obi-Wan die Initiative übernommen und nutzte sie zu einem wilden Angriff, krachte gegen den taumelnden Kopfgeldjäger und versuchte, ihn unter sich zu begraben, damit die Rüstung, die der Mann trug, ihn zusätzlich behindern würde.

Aber Jango zeigte dem Jedi, wieso man ihn als Spender für die Klone benutzt hatte. Er ließ sich fallen, dann kehrte er die Bewegung plötzlich um und blockte Obi-Wan unerwartet ab.

Jango versuchte einen linken Haken. Obi-Wan duckte sich und reagierte mit einer rechten Geraden. Jango riss den Kopf zur Seite, sodass der Schlag ihn kaum streifte. Ein kurzer Raketenstoß riss ihn in die Luft und ermöglichte ihm einen Tritt nach Obi-Wan, der seinerseits auf die Knie fiel, um auszuweichen, und dann über Jangos zweiten Tritt hinwegsprang.

Jetzt trat Obi-Wan ebenfalls zu, aber Jango fing den Tritt mit der Hüfte ab, packte mit der linken Hand das Schienbein des Jedi und hielt das Bein lange genug fest, um die Rechte fest auf Obi-Wans Oberschenkel dreschen zu können.

Der Jedi warf Kopf und Oberkörper zurück, was ihn beinahe in die Waagrechte brachte, und dabei riss er das linke Bein hoch und trat Jango unter die Rippen. Eine plötzliche Scherenbewegung, bei der das rechte Bein nach unten ging und das linke nach oben, ließ beide Gegner zur Seite schlittern. Obi-Wan fing sich mit ausgestreckten Armen ab, löste die Beine von Jango und stieß den fallenden Mann mit einem Tritt nach hinten. Dann kam er sofort wieder auf die Beine, drehte sich um und stürzte sich auf den aus dem Gleichgewicht geratenen Jango.

Die Rechte des Jedi traf den Kopfgeldjäger im Gesicht, gefolgt von einem linken Haken, der den Mann eigentlich hätte fällen müssen. Aber wieder wich Jango mit hervorragenden Reflexen dem Schlag aus und überraschte Obi-Wan mit einer kurzen, aber wuchtigen Linken und dann auch der Rechten in den Bauch.

Der Jedi hob die Hand zwischen sein und Jangos Gesicht und benutzte die Macht, um den Mann einen Schritt rückwärts zu schleudern, bis er sich aufrichten und eine bessere Verteidigungsposition finden konnte.

Jango stürzte sich sofort wieder auf ihn, wild, leidenschaftlich und ununterbrochen tretend und schlagend.

Obi-Wan bewegte die Hände senkrecht vor ihm und wehrte mit verblüffender Präzision einen Schlag nach dem anderen ab. Er riss eine Hand plötzlich nach unten und nahm einem Tritt seines Gegners den Schwung, kam dann gleich wieder hoch, um Jangos zuschlagende Faust mit sich zu reißen. Dann streckte er die Hand, und seine starren Finger krachten gegen eine Naht in der Rüstung des Kopfgeldjägers. Jango taumelte rückwärts. Obi-Wan warf sich auf ihn, erwartete nun einen raschen Sieg.

Aber Jango reagierte sofort, indem er die Raketen zündete und damit sich selbst und den sich an ihn klammernden Jedi in die Luft hob. Seitlicher Schub fegte beide von der eigentlichen Landeplattform auf den abgeschrägten Sockel des Gebäudes hinaus.

Jango bewegte die Hände beinahe unmerklich, drehte an den Armen und Händen des Jedi und lockerte fachmännisch Obi-Wans Griff. Dann zündete er die Raketen abermals, links und rechts, und bewirkte einen plötzliche Ruck, der ihn aus Obi-Wans Griff befreite.

Der Jedi fiel und rutschte gefährlich dicht an den Rand – dicht genug, um die gewaltigen Wellen zu hören, die sich an den Pfeilern der Plattform unter ihm brachen. Er fand Halt und verband sich mit der Macht, benutzte sie, um nach seinem Lichtschwert zu greifen, denn er wusste, dass er nun verwundbar war.

Er hörte einen Schuss von der Seite – nicht das Kreischen eines Blasters, sondern ein pfeifendes Geräusch – und rollte sich weg, so weit er konnte.

Aber das genügte nicht. Er verlor die Konzentration, ebenso wie sein Lichtschwert, als ein dünner Draht unter seinen Handgelenken durchglitt und sich dann fest um sie wickelte.

Und dann rutschte er wieder den schrägen Sockel hinauf und über die Plattform, gezogen von dem Raketenmann. Mit jahrelang trainierten Reflexen und der Kraft eines Jedimeisters warf Obi-Wan sich vorwärts, und als die Leine wieder fest wurde und ihn abermals mitriss, bewegte er sich zur Seite. Er rollte sich an einem Stützpfeiler vorbei und sprang wieder auf, und nun konnte er die Hebelwirkung des Metallpfeilers für sich nutzen.

Abermals verband er sich tief mit der Macht, erdete sich selbst und wurde für einen Augenblick beinahe eins mit der Plattform.

Unbeweglich.

Der Draht wurde festgezurrt, aber Obi-Wan rührte sich nicht von der Stelle.

Er spürte, wie sich der Winkel des Zugs änderte, als der Kopfgeldjäger auf die Plattform fiel und sein Raketenpack sich losriss.

Obi-Wan wollte sich wieder in Bewegung setzen, aber dann hielt er inne und schirmte seine Augen ab, als Jango Fetts Raketenpack mit einem grellen Lichtblitz und einer gewaltigen Erschütterung explodierte.

»Papa!«, schrie Boba Fett und drückte das Gesicht direkt an den Sichtschirm. Aber dann sah er Jango am Rand der Plattform, offensichtlich unverletzt, aber heftig gegen den Draht ankämpfend, an dem jetzt der Jedi zog.

Boba schlug hilflos mit der Hand gegen den Schirm und flüsterte noch einmal »Papa«, dann zuckte er zusammen, als der Jedi mit seinem Vater zusammenstieß, ihn trat und schlug, und die beiden Männer, durch den Draht miteinander verbunden, von der Landeplattform fielen und rasch über den Sockel auf den tobenden Ozean zurutschten.

Obi-Wan trat nach seinem Gegner und versuchte, seinen Weg zurück in die Macht zu finden, aber Jango schlug ihn noch mehrmals. Der Jedi konnte kaum glauben, dass der Mann in der grauen Rüstung noch solche Anstrengung aufwandte, wo doch am Ende ihres Sturzes der sichere Tod auf sie beide wartete. Es gelang ihm, ein Stück zurückzuweichen, und er sah, wie Jango den Arm hob, ein seltsames Lächeln auf den Lippen. Der Kopfgeldjäger ballte die Faust, und eine Reihe von Krallen fuhr aus der Rüstung.

Obi-Wan wich instinktiv zurück, als Jango den Arm höher hob, aber der Kopfgeldjäger hieb nicht auf den Jedi ein, sondern krallte sich in den Sockel. Gleichzeitig bewegte er die andere Hand und löste das Armband, aus dem er den Draht abgeschossen hatte.

Er kam schlitternd zum Halten, und Obi-Wan rutschte an ihm vorbei. »Fang einen Rollerfisch für mich«, hörte der Jedi Jango rufen, und dann fiel er über den Rand des schrägen Sockels und auf die aufgewühlte See zu.

»Papa! O Papa!«, rief Boba Fett erleichtert, als er sah, wie sein Vater wieder über den Sockelrand und auf die Plattform kletterte. Jango kam auf die Beine und taumelte auf die *Sklave I* zu, und Boba eilte zur Luke, öffnete sie und half seinem Vater an Bord.

»Bring uns hier weg«, sagte der halb betäubte und zerschlagene Jango, und Boba grinste und eilte zum Steuerpult, wo er die Triebwerke zündete.

»Ich gehe gleich auf Lichtgeschwindigkeit!«

»Bring das Schiff erst mal einfach aus der Atmosphäre raus.« Jangos Worten folgte ein schmerzerfülltes Ächzen. Er hielt sich die Seite. Dann bemerkte er den gekränkten Blick seines Sohnes. »Lass vom Navcomputer die Koordinaten für den Sprung berechnen«, gestand er ihm schließlich zu.

Bobas Grinsen wurde breiter denn je. »Start!«

Obi-Wan nutzte die Macht, um nach dem losen Ende des Drahts zu greifen, der immer noch um seine Handgelenke geschlungen war, und warf dieses Ende aus, schlang es um einen Balken der Plattform. Mit einem plötzlichen Ruck blieb er hängen und rutschte nicht weiter.

Er sah sich um, dann begann er, hin und her zu schaukeln

und Schwung zu sammeln, bis er damit hoch genug kam, dass er loslassen und auf einer kleinen Wartungsplattform landen konnte, knapp oberhalb der tosenden Wellen. Er nahm sich nur einen Moment Zeit, um Atem zu schöpfen, dann öffnete er mit einer Handbewegung die Tür zum Turbolift der Wartungsplattform. Noch bevor die Tür sich vollkommen geöffnet hatte, hörte er, wie die Triebwerke des Schiffs über ihm zum Leben erwachten.

Sobald der Lift die Landeplattform erreicht hatte, rief Obi-Wan mit Hilfe der Macht sein Lichtschwert zu sich.

Aber er war zu spät. Das Schiff bebte bereits, war bereit abzuheben.

Obi-Wan riss einen kleinen Sender von seinem Gürtel und warf ihn auf die *Sklave I*. Der Magnet des Senders heftete sich an den Rumpf des Schiffs – gerade noch rechtzeitig.

Regen und Dampf ergossen sich auf den Jedi. Obi-Wan blieb trotzdem stehen, bis die *Sklave I* nicht mehr zu sehen war.

Er schaute sich auf der Plattform um, wiederholte vor seinem geistigen Auge noch einmal den Kampf, und sein Respekt für den Kopfgeldjäger Jango Fett wuchs gewaltig. Nun verstand er, wieso Sifo-Dyas oder Tyranus oder wer immer es gewesen war, Jango ausgewählt hatte. Der Mann war wirklich gut; er steckte voller Tricks und war ausgesprochen kompetent.

Er hatte Obi-Wan Kenobi, einen Jediritter, den Mann, der den Sith-Lord Darth Maul besiegt hatte, beinahe getötet.

Aber Obi-Wan war immer noch erfreut über das Ergebnis. Er würde Jango nun weiter verfolgen können. Vielleicht würde er ja am Ende der nun folgenden Reise endlich Antworten erhalten und nicht nur auf noch mehr Rätsel stoßen.

Neunzehn

Boba saß still da, denn er spürte, wie angespannt sein Vater war, als die *Sklave I* sich von Kamino entfernte. Er hätte nur zu gern über seinen Schuss mit dem Lasergeschütz gesprochen, darüber, wie er den Jedi umgeworfen und dafür gesorgt hatte, dass ihm das Lichtschwert aus der Hand flog. Aber er wusste, dass dies nicht der geeignete Zeitpunkt war, denn Jangos Miene kündete von einer Konzentration, die Boba nur zu gut kannte und die ihm deutlich mitteilte, dass er jetzt lieber nichts sagen sollte.

Der Junge lehnte sich an die Wand, die am weitesten von seinem Vater entfernt war, während sich Jango um die Steuerung kümmerte und die Koordinaten für den Sprung in den Hyperraum eingab. »Komm schon, komm schon«, sagte Jango immer wieder und wiegte sich vor und zurück, als wollte er das Schiff antreiben. Alle paar Sekunden spähte er zu den Sensoren hin, als erwartete er eine ganze Flotte feindlicher Schiffe, die sie verfolgen würde.

Dann stieß er einen Siegesschrei aus, schaltete den Hyperantrieb ein, und Boba sackte wieder gegen die Wand und sah zu, wie die Sterne Streifenmuster bildeten.

Jango Fett lehnte sich zurück und seufzte erleichtert. Er war jetzt viel entspannter. »Hm, das war ziemlich knapp«, sagte er lachend.

»Du hast ihn erledigt!«, erwiderte Boba, dessen Aufregung nun wieder die Oberhand gewann. »Er hatte nie eine Chance gegen dich, Papa!«

Jango lächelte und nickte. »Um ehrlich zu sein, Sohn, er hat mir ganz schön Schwierigkeiten gemacht«, gestand er.

»Nachdem er dieser Explosivladung ausgewichen war, sind mir die Tricks ausgegangen.« Boba runzelte die Stirn, wollte widersprechen, dass niemand je gegen seinen Vater ankommen würde, aber dann wich das Stirnrunzeln einem Lächeln, als er noch einmal an den Augenblick dachte, den Jango erwähnt hatte. »Und dann hab ich ihn mit dem Laser erwischt.«

»Das war hervorragend«, erwiderte Jango. »Du hast genau zur richtigen Zeit geschossen, und du warst da, um mir ins Schiff zu helfen, als es Zeit war zu gehen. Du lernst rasch, Boba. Und besser, als ich je zu hoffen gewagt hätte.«

»Das liegt daran, dass ich eine kleine Ausgabe von dir bin«, erklärte der Junge, aber Jango schüttelte den Kopf.

»Du bist jetzt schon erheblich besser, als ich in deinem Alter war. Und wenn du dich weiter so anstrengst, wirst du der beste Kopfgeldjäger sein, den diese Galaxis je gesehen hat.«

»Und das war doch dein Plan von Anfang an, nicht wahr, Papa? Deshalb hast du mich haben wollen!«

Jango lehnte sich zur Seite und zauste Bobas Haar. »Das ist einer meiner Gründe, aber es gibt noch viele andere«, sagte er leise und ehrfürchtig. »Und du hast jede einzelne meiner Hoffnungen weit übertroffen.«

Es gab nichts in der ganzen Galaxis, was den kleinen Boba Fett glücklicher gemacht hätte als diese Worte seines Vaters.

Jango nahm die *Sklave I* ein wenig früher aus dem Hyperraum, damit Boba noch Gelegenheit hatte, das Schiff zu steuern, als sie sich Geonosis näherten. Für Boba, der neben seinem Vater saß und geschickt die Instrumente bediente, konnte es keinen größeren Augenblick geben, und der Junge war traurig, als der rote Planet Geonosis und der Asteroidengürtel, der ihn umgab, in Sicht kamen.

»Die Sicherheitsmaßnahmen hier sind scharf«, sagte Jango und übernahm das Steuer. »Es ist besser, wenn ich das Schiff selbst lande.«

Boba lehnte sich zurück und beschwerte sich nicht. Er

wusste, dass sein Vater Recht hatte, und selbst wenn er anderer Ansicht gewesen wäre, hätte er das nicht laut geäußert.

Er wandte seine Aufmerksamkeit den Scan-Displays zu, die die Bestandteile des nahen Asteroidenfelds auflisteten und den weit entfernten Verkehr auf der anderen Seite des Planeten beobachteten.

Ein Lichtpunkt fiel ihm besonders auf. Er schien sich aus dem Asteroidengürtel zu lösen und der *Sklave I* zu folgen. Zunächst interessierte Boba sich nicht sonderlich dafür, bis auch noch ein zweiter Lichtpunkt direkt hinter ihrem Schiff erschien, der allerdings für ein weiteres Schiff nicht groß genug war.

»Wir sind beinahe da«, stellte Jango fest.

»Papa, ich glaube, wir werden verfolgt«, sagte Boba. »Sieh dir mal die Scannerdaten an.«

Jango warf ihm einen fragenden Blick zu, dann wandte er sich mit skeptischer Miene dem Scanner zu. Boba sah mit wachsender Erregung zu, wie sich die Miene seines Vaters veränderte und Jango zu nicken begann.

»Dieser Jedi muss einen Sender am Schiff angebracht haben, bevor wir Kamino verlassen haben«, sagte er. »Aber wie hat er das gemacht? Ich dachte, er sei tot.«

»Aber irgendwer verfolgt uns«, stellte Boba fest.

»Damit werden wir schon fertig«, versicherte ihm Jango. »Pass weiter gut auf, Sohn! Warte, bis ich uns in dieses Asteroidenfeld gebracht habe – dorthin wird er uns nicht folgen können.« Er warf Boba einen Blick zu und zwinkerte. »Und wenn er es doch tut, dann lassen wir für ihn ein paar Überraschungen zurück.«

Jango öffnete einen Schieber an der Seite und legte den dahinter befindlichen Hebel um. Elektrischer Strom zuckte über den Schiffsrumpf und zerstörte den Peilsender. Ein kurzer Blick auf den Scanschirm zeigte, dass der kleine Lichtpunkt verschwunden war.

»Also los«, sagte Jango und tauchte mit der *Sklave I* ins Asteroidenfeld ein, wobei er den nächsten Asteroiden halb umkreiste und das Schiff dann scharf zur Seite zog, um einen weiteren wirbelnden Felsen herum und dann zwischen zwei anderen hindurch. Er steuerte das Schiff ohne offensichtliches Muster, und nicht lange darauf verkündete Boba, der den Scanner im Auge behalten hatte: »Er ist weg.«

»Vielleicht ist er schlauer, als ich dachte, und ist einfach zur Planetenoberfläche weitergeflogen«, sagte Jango grinsend und zwinkerte noch einmal.

Aber noch während er sprach, begann der Scanner zu piepsen.

»Sieh mal, Papa!«, rief Boba und zeigte auf den Leuchtpunkt, der sich nun ebenfalls innerhalb des Asteroidenfelds befand. »Er ist wieder da!«

»Behalte ihn im Auge«, sagte Jango und steuerte die *Sklave I* durch eine Reihe wilder Sturzflug-, Steig- und Wendemanöver, dann wechselte er zu einem schnellen Geradeausflug und drückte einen Auslöser am Steuerpult. »Seismische Ladung«, erklärte er Boba, und der Junge grinste.

Aber dann schrie der Junge eine Warnung, als dicht vor dem Schiff ein gewaltiger Asteroid auftauchte.

Jango war bereits dabei, die erstaunlich manövrierfähige *Sklave I* zu kippen und dicht über den riesigen Felsen zu ziehen.

»Immer mit der Ruhe, Sohn«, erklärte er. »Alles in Ordnung. Der Jedi wird uns nicht folgen können.«

Seine Erklärung wurde von einem plötzlichen Aufblitzen und Rucken unterstrichen, als die Mine hinter ihnen explodierte.

»Er ist durch!«, rief Boba einen Augenblick später, als er sah, wie das Schiff des Jedi wieder auf dem Monitor auftauchte.

»Der Junge versteht wirklich keine Andeutungen«, sagte Jango unerschüttert. »Nun, wenn wir ihn nicht abhängen können, müssen wir ihn anderweitig loswerden.«

Wieder schrie Boba auf, aber sein Vater hatte die Situation im Griff. Er zog das Schiff durch eine enge Schlucht auf einem der größeren Asteroiden. Er musste ein wenig langsamer werden, um manövrieren zu können, und als die *Sklave I* am anderen Ende herauskam, sahen Jango und Boba, wie der Jedi-Sternjäger über sie hinwegraste. Nun waren die Gejagten zu Jägern geworden.

»Schnapp ihn dir, Papa!«, rief Boba. »Hol ihn dir! Feuer!«

Lasersalven zuckten aus der *Sklave I* und rasten auf den Sternjäger zu, der nach rechts unten ausbrach.

Jango blieb direkt hinter ihm, versuchte, ihn für den nächsten Schuss ins Visier zu bekommen, aber der Jedi war gut, flog immer wieder waghalsige Kurven, die ihn dabei jedes Mal näher an einen Asteroiden brachten, hinter dem er dann in Deckung gehen konnte.

Boba feuerte seinen Vater hektisch an, aber Jango blieb geduldig, denn er nahm an, dass der Jedi die Deckung früher oder später auch wieder verlassen würde.

Ein rascher Sturzflug, dann ein plötzliches Hochreißen und ein Kippen nach rechts hatten den Jedi hinter einen weiteren Asteroiden gebracht, aber diesmal folgte Jango nicht, sondern raste direkt an dem Felsen vorbei und feuerte dabei blind.

Und tatsächlich flog der Sternjäger des Jedi direkt in die Feuerlinie! Das Schiff bockte, und Teile wurden abgerissen, als die Lasersalve es streifte.

»Du hast ihn erwischt!«, schrie Boba triumphierend.

»Jetzt müssen wir ihm nur noch den Gnadenschuss geben«, erklärte der stets ruhige Jango. »Jetzt gibt es kein Ausweichen mehr.« Er drückte eine Reihe von Knöpfen, machte einen Torpedo scharf und ließ ihn in die Röhre gleiten, aber bevor er den roten Knopf drückte, hielt er inne, lächelte und winkte Boba, näher zu kommen.

Boba wagte kaum zu atmen, als sein Vater seine Hand packte, sie auf den glatten Abzug schob und ihm dann zunickte.

Der Junge bediente den Auslöser, und die *Sklave I* vibrierte, als der Torpedo herausglitt, auf den fliehenden Sternjäger zuschoss und mit der Verfolgung begann.

Nur kurze Zeit später zeigte der Sichtschirm der *Sklave I* eine gewaltige Explosion, die Boba und Jango zwang, die Augen abzuschirmen. Als sie sich erholt hatten und wieder hinschauen konnten, sahen sie Wrackstücke und Metallbrocken. Der Scannerschirm war klar.

»Erwischt!«, rief Boba. »Jaaaa!«

»Guter Schuss, Junge«, stellte Jango fest und zauste seinem Sohn das Haar. »Das ist dein Verdienst. Den sehen wir nie wieder.«

Ein paar rasche Wendungen brachten die *Sklave I* aus dem Asteroidengürtel, und trotz allem, was er zuvor gesagt hatte, erlaubte Jango Fett nun seinem Sohn, das Schiff auf Geonosis zu landen. Nein, das war kein Landeanflug für ein Kind, aber Boba Fett war auch alles andere als ein normaler kleiner Junge.

Anakin flog durch Schluchten aus buntem Gestein, über Dünen aus wehendem, ewig in Bewegung befindlichem Sand und durch ein uraltes, längst ausgetrocknetes Flussbett. Er folgte nur einem Gefühl, seiner Wahrnehmung von Shmis Schmerz. Aber das war kein eindeutiges Signal, und obwohl er annahm, in die richtige Richtung unterwegs zu sein, war Tatooine doch ein riesiger und leerer Planet, und niemand wusste besser als die Tusken-Banditen, wie man sich unter Sand und Steinen verbarg.

Auf einem hohen Felsvorsprung hielt Anakin inne und spähte zum Horizont. Im Süden bemerkte er ein großes Fahrzeug, das an eine riesige, gekippte Kiste erinnerte und sich seinen Weg durch die Wüste bahnte. Anakin wusste, das waren Jawas, und nun fiel ihm wieder ein, dass niemand die Bewegungen sämtlicher Geschöpfe in der Wüste besser kannte als diese kleinen Schrottsammler, und er setzte sich wieder in Bewegung.

Er holte sie schon bald ein, fuhr mitten in die Gruppe von

Geschöpfen in braunen und schwarzen Gewändern, deren rote Augen im tiefen Schatten ihrer Kapuzen neugierig leuchteten. Ihr ununterbrochenes Schwatzen umgab Anakin wie seltsame Musik.

Es dauerte einige Zeit, bis er die Jawas davon überzeugt hatte, dass er nicht daran interessiert war, Droiden zu kaufen, und noch länger, bis sie verstanden, dass er nur Informationen über die Tusken wollte.

Sie begannen aufgeregt aufeinander einzureden, zeigten in alle möglichen Richtungen, hüpften umher. Jawas waren keine Freunde der Tusken, die diesen kleinen Geschöpfen ebenso auflauerten wie allen anderen Wesen, die verwundbar genug waren. Und was für die Jawas mit ihrem Händlerdenken noch schlimmer war: Tusken kaufen ihnen niemals Droiden ab!

Endlich kam die Gruppe zu einem Ergebnis, und sie zeigten nun alle nach Osten. Mit einem Nicken machte sich Anakin wieder auf den Weg. Es schien die Jawas zu ärgern, dass sie für ihre Auskunft nicht bezahlt wurden, aber Anakin hatte keine Zeit, sich um so etwas zu kümmern.

Die Asteroiden drehten sich lautlos weiter, ungestört und scheinbar unerschüttert von den Explosionen und den hin und her rasenden Schiffen.

In einer tiefen Senke auf der Rückseite eines solchen Felsens duckte sich ein kleiner Sternjäger, dessen Umriss und Farben einen heftigen Kontrast zu den zerklüfteten und verwischten Mineraladern des Asteroiden bildeten.

»Verdammt. Deshalb hasse ich das Fliegen so«, sagte Obi-Wan zu R4, und das Piepsen des Droiden klang ausgesprochen zustimmend. Es gab nicht viel, was einen Jedi erschüttern konnte, aber ein Kampf mit einem so hervorragenden Piloten wie Jango Fett gehörte zweifellos dazu. Außerdem hatte Obi-Wan im Gegensatz zu vielen anderen Jedi Raumfahrten nie genossen – schon gar nicht, wenn er selbst am Steuer saß.

Er verzog das Gesicht, als die Drehung des Asteroiden ihm einen Blick auf ein glühendes Stück zerfetzten Metalls gewährte, das nun mit dem Asteroidengürtel die Umlaufbahn teilte. Obi-Wans Schiff war von den Lasern getroffen worden – nichts Lebenswichtiges, nur ein Schubkorrektor, aber das hatte ihm so viel Manövrierfähigkeit genommen, dass er keine Chance gehabt hätte, dem Torpedo zu entgehen. Also hatte er R4 alle Kanister mit Ersatzteilen ausstoßen lassen, und zum Glück hatte das genügt, das Geschoss auf eine falsche Spur zu locken und zur Explosion zu bringen. Trotz seines Erfolges war Obi-Wan nach dem Treffer, der Druckwelle der Explosion und der raschen, schwierigen Landung auf dem Asteroiden allerdings sehr erleichtert, dass sein Schiff noch intakt war.

Auf keinen Fall wollte er weitere Kämpfe mit Jango und seinem seltsamen, aber sehr effizienten Schiff riskieren, also blieb er, wo er war, und ließ die Minuten verstreichen.

»Hast du ihren letzten Vektor?«, fragte er den Droiden, dann nickte er, als R4 ihm versicherte, dass er alles Erforderliche unternommen hatte. »Nun, ich glaube, wir haben lange genug gewartet. Also los.« Dennoch ließ er sich einen weiteren Augenblick Zeit und versuchte, all die erstaunlichen Dinge zu begreifen, die ihm bei der Verfolgung von Jango Fett zugestoßen waren. »Dieses Geheimnis wird immer komplizierter, R4. Glaubst du, wir werden jetzt endlich ein paar Antworten erhalten?«

R4 gab ein Geräusch von sich, das Obi-Wan nur als akustische Version eines Schulterzuckens deuten konnte.

Sie folgten dem Kurs, den die *Sklave I* genommen hatte. Obi-Wan war nicht überrascht, dass das Schiff direkt auf den roten Planeten Geonosis zugeflogen war. Erstaunlich war jedoch, dass sie nicht allein waren.

Eine Reihe von Pfiffen von R4 machte Obi-Wan aufmerksam, und als er die Umgebung scannte, sah er eine riesige Schiffsflotte vor sich, die sich auf der anderen Seite des Asteroidengürtels befand.

»Schiffe der Handelsföderation«, murmelte er und versuchte, einen besseren Blickwinkel zu finden. »So viele?« Er schüttelte verwirrt den Kopf. In der Flotte befanden sich auch diverse große Schlachtschiffe; dank ihres einzigartigen Entwurfs – eine Kugel, umgeben von einem beinahe geschlossenen Ring – waren sie nicht zu übersehen. Wenn diese Klonarmee für die Republik bestimmt war, bestellt von einem Jedimeister, und Jango Fett der Prototyp für die Klone war, was band Jango dann an die Handelsföderation? Und wenn Jango tatsächlich hinter den Attentaten auf Senatorin Amidala stand, die führende Stimme gegen die Aufstellung einer Armee der Republik, warum war der Kopfgeldjäger dann gleichzeitig mit der Handelsföderation verbündet?

Obi-Wan überlegte, ob er Jango oder seine Motive vielleicht falsch eingeschätzt hatte. Vielleicht hatte Jango, ebenso wie Obi-Wan und Anakin, die Kopfgeldjägerin verfolgt, die versucht hatte, Amidala zu töten. Vielleicht hatte der Giftpfeil nicht dem Zweck gedient, die Attentäterin zum Schweigen zu bringen, sondern war als Bestrafung für den Mordversuch gedacht gewesen.

Aber irgendwie konnte der Jedi an diese Theorie nicht so recht glauben. Er ging immer noch davon aus, dass Jango hinter den Attentatsversuchen steckte und dass er die Gestaltwandlerin getötet hatte, damit sie ihn nicht verraten konnte. Aber wozu die Klonarmee? Und worin bestand die Verbindung zur Handelsföderation? Er konnte in dieser Sache einfach keine Logik erkennen.

Der Jedi wusste, dass er hier oben keine Antwort erhalten würde, also hielt er auf den Planeten zu, wobei er darauf achtete, dass der Asteroidengürtel stets zwischen ihm und der Flotte der Handelsföderation blieb.

Er ging sehr tief, sobald er die Atmosphäre von Geonosis durchstoßen hatte, schoss dicht über rote Ebenen und zerklüftete Felsen hinweg, wand sich durch Schluchten. Der gesamte Planet schien eine unfruchtbare, trockene rote Ebene zu sein, aber in der Ferne verzeichneten die Scanner Spuren von Aktivität. Obi-Wan flog darauf zu, zog das Schiff auf eine felsige Hochebene und bis zu deren anderem Ende. Dort verbarg er den Jäger unter einem Felsüberhang, stieg aus und ging zu der Stelle, wo die Felsen wieder steil abfielen.

Es hing ein seltsamer, metallischer Geschmack in der Nachtluft, und die Temperatur war angenehm. Wind blies Obi-Wan ins Gesicht und brachte diesen seltsamen metallischen Geruch und Geschmack mit – und hin und wieder einen merkwürdigen Ruf.

»Ich bin bald wieder da, R4.«

Der Droide stieß ein langgezogenes »Ooooo« aus.

»Du bist hier nicht in Gefahr«, versicherte ihm Obi-Wan. »Und ich werde nicht lange bleiben.« Er war froh, wieder festen Boden unter den Füßen zu haben. Er sah sich noch einmal um und machte sich dann auf den Weg in die Richtung, in der der Scanner die Aktivität festgestellt hatte.

Die Stunden vergingen für Padmé unerträglich langsam. Owen und Beru waren nett zu ihr, und Cliegg war offensichtlich froh über die zusätzliche Gesellschaft in dieser Zeit tiefer Trauer, aber sie konnte kaum mit ihnen sprechen, so große Sogen machte sie sich um Anakin. Sie hatte ihn noch nie in einer solchen Stimmung erlebt – seine Entschlossenheit war deutlich spürbar gewesen, so verzehrend, dass sie beinahe destruktiv schien. Padmé hatte bei diesem Abschied Anakins Macht deutlich gespürt, eine innere Kraft, die über alles hinausging, was sie je gekannt hatte.

Wenn seine Mutter wirklich noch lebte – und das glaubte Padmé fest, denn Anakin hatte es gesagt –, dann würde keine Armee stark genug sein, um den jungen Jedi von ihr fernzuhalten.

In dieser Nacht tat sie kein Auge zu. Sie stand häufig wieder auf und irrte überall im Haus umher. Schließlich schlenderte sie in den Garagenbereich, wo sie allein mit ihren Gedanken war – oder es jedenfalls glaubte.

»Hallo, Miss Padmé«, erklang eine lebhafte Stimme, und sobald Padmé ihren ersten Schrecken überwunden hatte, erkannte sie, wer da gesprochen hatte.

»Könnt Ihr nicht schlafen?«, fragte C-3PO.

»Nein, ich fürchte, ich mache mir zu viele Gedanken.«

»Macht Ihr Euch Sorgen wegen Eurer Arbeit im Senat?«

»Nein, nur um Anakin. Ich habe Dinge gesagt … ich fürchte, ich habe ihn gekränkt. Ich weiß es nicht. Vielleicht habe ich nur mir selbst wehgetan. Zum ersten Mal im Leben bin ich wirklich verwirrt.«

»Ich bin nicht sicher, ob Euch das irgendwie helfen wird, Miss Padmé, aber ich glaube nicht, dass es irgendeine Zeit in meinem Leben gab, in der ich nicht verwirrt war.«

»Ich möchte so gern, dass er weiß, wie gern ich ihn habe, 3PO«, sagte Padmé leise. »Denn ich habe ihn wirklich gern. Und jetzt ist er da draußen, in Gefahr …«

»Macht Euch keine Sorgen um Master Annie«, versicherte ihr der Droide und kam auf sie zu. »Er kann auf sich aufpassen. Selbst an diesem schrecklichen Ort.«

»Schrecklich?«, fragte Padmé. »Bist du hier denn nicht glücklich?«

C-3PO trat zurück und hielt ihr seine Hände hin, zeigte die verkratzte, verbeulte Abdeckung und die Risse in der Isolierung, wo man seine Verdrahtung sehen konnte. Padmé beugte sich vor und bemerkte, dass in den Gelenken des Droiden Sand klebte.

»Nun, es ist leider eine sehr unwirtliche Umgebung«, erklärte der Droide. »Und als Meister Annie mich gebaut hat, hatte er nicht mehr die Zeit, mir eine Hülle zu geben. Mistress Shmi hat ihr Bestes getan, um mich zu vervollständigen, aber selbst mit der Abdeckung sind der Wind und der Sand schwer zu ertragen. Der Sand gerät unter die Abdeckung, und dann … dann juckt es.«

»Es juckt?«, wiederholte Padmé lachend – dieses Lachen hatte sie wirklich gebraucht!

»Ich kann es nicht anders beschreiben, Miss Padmé. Und ich fürchte, dass der Sand meine Verdrahtung beschädigt.«

Padmé sah sich um und entdeckte einen Flaschenzug mit einer Kette über einer offenen Wanne voll dunkler Flüssigkeit. »Du brauchst ein Ölbad«, sage sie.

»Oh, das hätte ich wirklich gerne!«

Froh, sich ablenken zu können, ging Padmé zu der Ölwanne und begann, die Kette zu ordnen. Bald schon hatte sie C-3PO an dem Flaschenzug befestigt und ließ den Droiden langsam ins Öl gleiten.

»Oooh!«, rief C-3PO. »Das kribbelt!«

»Es kribbelt? Bist du sicher, das es nicht juckt?«

»Ich kenne den Unterschied zwischen einem Kribbeln und einem Jucken durchaus«, antwortete C-3PO würdevoll, und Padmé kicherte und vergaß eine Weile ihre Sorgen.

Anakin wusste sofort, dass er das Werk von Tusken vor sich hatte. Drei Farmer lagen tot an einem erloschenen Lagerfeuer, die Leichen völlig zerfetzt. Ein paar Eopies, langbeinige, dromedarähnliche Tiere mit großen, breiten Füßen und einem Pferdegesicht, das nicht von sonderlicher Intelligenz kündete, standen in der Nähe angepflockt und brüllten kläglich, und hinter ihnen lagen die Überreste eines Speeders.

Anakin strich sich durch das blonde Haar. »Bleib ruhig«, sagte er zu sich selbst. »Such weiter.« Er tastete in sich hinein, verband sich mit der Macht und schickte seine Sinne aus, denn er brauchte die Bestätigung, dass es seiner Mutter nicht ebenso ergangen war wie diesen Männern.

Stechender Schmerz durchfuhr ihn, und ein Schrei, der ebenso hoffnungsvoll wie hilflos war, erklang in seinem Geist.

»Mom«, hauchte er, und er wusste, dass ihm nur noch wenig Zeit blieb, dass Shmi schreckliche Schmerzen hatte und dem Tod nahe war.

Er hatte nicht die Zeit, die armen Farmer zu begraben, aber er beschloss, später zurückzukommen. Er sprang wieder auf seinen Speeder und raste über die Wüstenlandschaft Shmis Ruf entgegen.

Der Weg war schmal und steil, aber Obi-Wan war froh, dass er wieder festen Boden unter den Füßen hatte.

Oder beinahe festen Boden, wie er bemerkte, als ein schrilles Kreischen durch die Luft gellte und ihn zusammenzucken ließ. Er rutschte und wäre beinahe gestürzt, als ein paar Steine den Abhang des Hochplateaus herabrieselten.

Der Jedi zog sein Lichtschwert, zündete es aber nicht. Er bewegte sich vorsichtig abwärts und um eine Biegung des felsigen Pfades.

Dann sah er das große, eidechsenartige Geschöpf auf sich zukommen. Es hatte sich auf die Hinterbeine erhoben, die kleinen Vorderbeine zuckten gierig, und von den riesigen Reißzähnen triefte der Speichel. Das Lichtschwert erwachte surrend zum Leben, und Obi-Wan wich seitlich aus und schlug dabei zu. Er schlitzte die Seite des Geschöpfs vom Vorder- bis zum Hinterbein auf. Die Eidechse versuchte sich umzudrehen, aber als sie schmerzerfüllt zusammenzuckte, verlor sie das Gleichgewicht und stürzte kreischend viele hundert Meter abwärts.

Obi-Wan hatte jedoch keine Zeit, ihr hinterher zu schauen, denn ein weiteres dieser Wesen näherte sich rasch, das zähnestarrende Maul weit aufgerissen.

Der Jedi stopfte ihm dieses Maul mit dem Lichtschwert, das durch Zähne und Zahnfleisch schnitt, bis die Klinge am Hinterkopf wieder herauskam. Der Jedi riss seine Waffe fest zur Seite, und die Energieklinge zerschnitt den Schädel des Tiers. Sofort musste sich Obi-Wan einem weiteren Ungeheuer zuwenden. Er wich ein Stück zurück, dann griff er an, hielt aber sofort wieder inne, veränderte den Griff am Lichtschwert und stach nach hinten, um eine vierte Echse zu durchbohren.

Er fuhr herum, warf die Waffe von der rechten in die linke Hand, zog sie dann in Vollendung des Bogens durch die Seite des sterbenden Tiers und stand wieder der Echse gegenüber, die an ihm vorbeigesprungen war.

Das Geschöpf umkreiste ihn langsam, als wollte es ihn abschätzen, und Obi-Wan drehte sich mit ihm, hielt aber Augen und Ohren auf die Umgebung gerichtet.

Er versuchte, die Echse zu verscheuchen, und nachdem zwei ihrer Genossen tot auf den Felsen lagen und ein dritter abgestürzt war, erwartete er eigentlich, dass sie fliehen würde.

Aber nicht dieses wilde Geschöpf. Es griff plötzlich an, schnappte mit dem zähnestarrenden Maul zu.

Ein Schritt zur Seite, einer nach vorn, dann ein Stoß, und der Kopf der Eidechse rollte über den Boden.

»Nett hier«, stellte der Jedi schließlich fest, nachdem er sich überzeugt hatte, das keine weiteren Echsen in der Nähe waren. Er steckte die Waffe wieder ein und ging weiter, und bald schon hatte er das Hochplateau halb umrundet.

Vor ihm erstreckte sich eine große Ebene mit vielen hoch aufragenden Silhouetten in weiter Ferne, die im Dunkeln nicht genau zu erkennen waren. Obi-Wan nahm sein elektronisches Fernglas vom Gürtel und spähte über die Ebene hinweg. Er sah eine Gruppe von Türmen – keine natürlichen Stalagmiten, wie er sie schon zuvor bei seinem Flug erblickt hatte, sondern Gebäude. Ein Fingerdruck erhöhte den Vergrößerungsfaktor und aktivierte den Restlichtverstärker, dann schwenkte er das Fernglas zur Seite.

Unmengen von Schiffen der Handelsföderation waren dort zu sehen, auf Plattformen aufgereiht. Der Jedi sah staunend zu, wie sich eine weitere Plattform neben einem Schiff hochschob und tausende von Kampfdroiden von dort aus ins Schiff marschierten, das daraufhin startete.

Dann ließ sich das nächste Sternenschiff zum Beladen nieder. Eine weitere Plattform erhob sich an der Seite, und wieder gingen tausende von Droiden an Bord.

»Unglaublich«, murmelte der Jedi und warf einen Blick zum östlichen Horizont, um festzustellen, wie viel Zeit er noch bis zum Morgengrauen hatte, ob er es schaffen könnte, die Anlage zu erreichen, bis es zu hell war, um sich verbergen zu können.

Nicht, wenn er weiterhin so langsam abwärts klettern musste, erkannte er, und daher zuckte er die Achseln, schloss die Augen und fand seine Kraft in der Macht. Er sprang über den Rand des Hochplateaus und bremste mit Hilfe der Macht seinen Sturz ab. Weit unten landete er auf einem Vorsprung, aber er sprang weiter, und wieder und wieder, halb springend, halb fliegend, bis er die dunkle Ebene erreicht hatte.

Die Sonne hing immer noch unter dem östlichen Horizont, aber es wurde langsam heller, als Obi-Wan den größten Turm des Komplexes erreichte. Der Eingang war scharf von Kampfdroiden bewacht, aber der Jedi hatte nicht vor, auf diese Weise einzudringen. Mit Hilfe der Macht kletterte er am Turm hoch, bis er ein kleines Fenster erreichte.

Er stieg lautlos hinein, huschte von Schatten zu Schatten, dann duckte er sich hinter einen Vorhang, als er hörte, wie zwei seltsam aussehende Geschöpfe sich näherten – das waren wohl Geonosianer. Sie trugen kaum Kleidung, und ihre Haut war ebenso rötlich wie Felsen des Planeten. Hautfalten hingen in großen Mengen um ihre schlanken Gestalten, und hinter ihren knochigen Schultern ragten ledrige Flügel hervor. Ihre Köpfe waren groß und langgezogen, die Schädel hatten Knochenwülste oben und an den Seiten sowie vorstehende Augen mit dicken Lidern. Ihre Mienen schienen zu einem permanent mürrischen Ausdruck verzogen.

»Es sind zu viele daran beteiligt«, hörte er einen von ihnen sagen.

»Es steht dir nicht zu, die Entscheidungen von Erzherzog Poggle dem Geringeren zu hinterfragen«, tadelte ihn der andere, und vor sich hin murmelnd gingen sie weiter.

Obi-Wan verließ hinter ihnen sein Versteck und bewegte sich in die Gegenrichtung. Wieder glitt er von Schatten zu

Schatten, diesmal einen schmalen Flur entlang, der mit Säulen gesäumt war. Der Kontrast zwischen diesem Ort und Tipoca City war auffallend. Die Stadt auf Kamino war ein Kunstwerk gewesen, ganz rund und glatt, Glas und Licht, aber hier war alles mit scharfen Kanten und Ecken versehen und an reiner Funktionalität orientiert.

Der Jedi schlich weiter und erreichte einen offenen Luftschacht, aus dem laute Geräusche und ein beständiges Dröhnen erklangen. Er ging in die Hocke und sah sich um, dann kroch er hin und spähte über den Rand.

Eine Fabrik, eine riesige Ansammlung von Förderbändern und dröhnenden Maschinen, lag unter ihm. Obi-Wan sah staunend zu, wie unzählige Geonosianer – diese allerdings ohne die Flügel, wie sie das Paar gehabt hatte, das an ihm vorbeigekommen war – Droiden zusammensetzten. Am anderen Ende des Fließbandes staksten fertige Droiden von selbst weiter und in einen Flur hinein.

Zu Plattformen, die sie zu den Schiffen der Handelsföderation bringen würden, begriff der Jedi.

Kopfschüttelnd eilte Obi-Wan weiter, und dann spürte er etwas – flüchtig, aber eindeutig. Er folgte seinen Instinkten durch diesen Irrgarten von Fluren, bis er schließlich zu einer riesigen unterirdischen Kammer gelangte, die hohe gewölbte Decken und grob behauene Stützpfeiler besaß. Wieder bewegte er sich von Pfeiler zu Pfeiler, denn er spürte, das etwas oder jemand in der Nähe war.

Er hörte ihre Stimmen, bevor er sie sah, und drückte sich flach gegen den Stein.

Eine Gruppe von sechs Gestalten kam vorbei, vier gingen voraus, zwei folgten. In der ersten Reihe befanden sich zwei Geonosianer, zusammen mit einem neimoidianischen Vizekönig, den Obi-Wan nur zu genau kannte, und einem Mann, dessen Züge ihm ebenfalls vertraut waren, denn er hatte im Jeditempel auf Coruscant erst vor kurzem seine Büste gesehen.

»Nun müssen wir die Kaufmannsgilden und die Firmenallianz dazu bringen, den Vertrag zu unterzeichnen«, sagte der ehemalige Jedi Graf Dooku gerade. Der Mann war hoch gewachsen und von königlicher Haltung; er bewegte sich sehr elegant. Sein Haar war silbern und sorgfältig geschnitten, seine Züge gleichmäßig, mit einem kräftigen Kinn und durchdringenden Augen. Er sah tatsächlich aus wie jemand, der einmal zu den größten Jedi gehört hatte. Er trug einen schwarzen Umhang, der mit einer Silberkette am Hals geschlossen war, und sein schwarzes Hemd und die passende Hose waren aus feinstem Stoff.

»Was ist mit der Senatorin von Naboo?«, fragte der Neimoidianer Nute Gunray, dessen kleine Perläuglein und schmales Gesicht unter dem dreizackigen Kopfputz, den er stets trug, noch kleiner wirkten. »Ist sie schon tot? Ich werde den Vertrag nicht unterzeichnen, bevor ich ihren Kopf nicht auf meinem Schreibtisch habe.«

Obi-Wan nickte, denn nun rückten große Stücke dieses Puzzles endlich an die richtigen Stellen. Es war klar, dass Nute Gunray den Tod von Amidala forderte, selbst wenn ihre Opposition gegen die Schaffung einer Armee sich eigentlich zu seinen Gunsten auswirkte. Amidala hatte den Neimoidianer immerhin beim Kampf um Naboo schrecklich blamiert.

»Ich stehe zu meinem Wort, Vizekönig«, antwortete einer der Separatisten.

»Mit diesen neuen Kampfdroiden, die wir für Euch gebaut haben, Vizekönig, werdet Ihr über die beste Armee der Galaxis verfügen«, erklärte der Geonosianer, von dem Obi-Wan annahm, dass es sich um Poggle den Geringeren handelte. Er sah den Flügelwesen und den Arbeitern, die Obi-Wan gesehen hatte, nicht sonderlich ähnlich. Seine Haut war heller, eher von grauer als rötlicher Tönung, und sein Kopf riesig. Er hatte den langen, unwillig verzogenen Mund ein wenig vorgeschoben, was ihm ein störrisches Aussehen verlieh, und sein verlängertes Kinn, das mehr wie ein Bart wirkte, bedeckte fast die Hälfte seines Oberkörpers.

Sie unterhielten sich weiter, aber nun waren sie außer Hörweite, und Obi-Wan wagte nicht, seine Deckung zu verlassen und ihnen sofort zu folgen. Sie gingen durch einen Torbogen und eine Treppe hinauf.

Nachdem er sich überzeugt hatte, dass sie nun weit genug entfernt waren, eilte Obi-Wan weiter, schlich die Treppe hinauf und erreichte so einen schmaleren Torbogen, der in ein kleineres Zimmer führte. Drinnen sah er die sechs, die an ihm vorbeigegangen waren, zusammen mit mehreren anderen, darunter drei oppositionellen Senatoren, die der Jedi erkannte. Einer war Po Nudo von Ando, ein Aqualish, der aussah, als trüge er einen Helm mit großer Schutzbrille, aber das war natürlich nicht so. Neben ihm saß der halslose Toonbuck Toora von Sy Myrth mit seinem nagetierähnlichen Kopf und dem breiten Mund, und schließlich der Quarren-Senator Tessek, der nervös mit den Gesichtstentakeln zuckte. Obi-Wan hatte dieses Trio schon auf Coruscant kennen gelernt.

Ja, erkannte er, hier war er mitten im Zentrum der Aktivitäten gelandet.

»Kennt Ihr Shu Mai bereits?«, fragte Graf Dooku, der am Kopfende des Tisches saß, die drei Senatoren? »Sie vertritt die Kaufmannsgilden.« Shu Mai, die ihm gegenübersaß, nickte zum Gruß. Ihr zarter, grauer, faltiger Kopf saß auf einem langen Hals, und abgesehen von langgezogenen waagrechten Augen bestand ihr verblüffendstes Merkmal in einer Frisur, die sehr an ein hautbedecktes Horn erinnerte, das sich aus ihrem Hinterkopf erhob und nach vorne bog.

»Und das hier ist San Hill, Ehrenwertes Mitglied des Intergalaktischen Bankenclans«, fuhr Dooku fort und zeigte auf ein Geschöpf mit dem längsten, schmalsten Gesicht, das Obi-Wan je gesehen hatte.

Die Versammelten tauschten eine Weile Begrüßungsfloskeln aus, dann schwiegen sie schließlich, und alle starrten Graf Dooku an, der hier offenbar das Sagen hatte, selbst in Anwesenheit des Erzherzogs des Planeten.

»Wie ich bereits zuvor erklärt habe, bin ich vollkommen überzeugt, dass sich, sobald Ihr uns öffentlich unterstützt, weitere zehntausend Systeme unserer Sache anschließen werden«, sagte der Graf. »Und ich möchte Euch noch einmal an unsere absolute Verpflichtung zum Kapitalismus erinnern … an die niedrigeren Steuern, die verringerten Zölle und die geplante Abschaffung aller Handelsbarrieren. Die Unterzeichnung dieses Vertrags wird Euch Profite bringen, die Ihr Euch bisher nicht einmal habt träumen lassen. Wir versprechen Euch vollkommen freien Handel.« Er sah Nute Gunray an, der nickte.

»Unsere Freunde in der Handelsföderation haben uns bereits ihre Unterstützung zugesagt«, fuhr Graf Dooku fort. »Wenn ihre Kampfdroiden mit den Euren zusammen kämpfen, werden wir eine Armee haben, die größer ist als jede andere in der Galaxis. Die Republik wird überwältigt werden.«

»Darf ich, Graf?«, sagte jemand – einer der beiden, die Dooku ins Zimmer gefolgt waren.

»Ja, Passel Argente«, sagte Graf Dooku. »Wir sind immer interessiert an Nachrichten von der Firmenallianz.«

Der geduckte und nervöse Mann verbeugte sich leicht vor Dooku. »Ich wurde von der Firmenallianz autorisiert, den Vertrag zu unterzeichnen.«

»Wir sind sehr dankbar für Eure Mitarbeit, Vorsitzender«, sagte Dooku.

Obi-Wan erkannte dieses Gespräch als das, was es war: eine arrangierte Szene, die den anderen, weniger begeisterten Anwesenden, als Beispiel dienen sollte. Graf Dooku versuchte, die Sache in Schwung zu bringen.

Dieser Schwung wurde gleich darauf wieder gebremst, als Shu Mai sich zu Wort meldete. »Die Kaufmannsgilden möchten zu diesem Zeitpunkt nicht offen in die Dinge verwickelt werden.« Sie schob jedoch sofort eine Einschränkung nach: »Wir werden Euch allerdings insgeheim unterstützen und freuen uns auf Geschäftsbeziehungen mit Euch.«

Einige lachten nun leise, aber Graf Dooku lächelte nur. »Mehr verlangen wir nicht«, versicherte er Shu Mai. Dann wandte er sich dem Ehrenwerten Mitglied des Bankenclans zu, und auch alle anderen Blicke richteten sich auf San Hill.

»Der Intergalaktische Bankenclan wird ganz auf Eurer Seite stehen, Graf Dooku«, erklärte San Hill. »Aber nur, solange das andere Bindungen für uns nicht ausschließt.«

Obi-Wan lehnte sich zurück und versuchte zu begreifen, was er da gehört hatte. Hier zeichnete sich eine Bedrohung für die Republik ab, die über alles hinausging, was sie erwartet hatten. Mit dem Geld der Banker und der Kaufmannsgilden und dieser Fabrik – und wahrscheinlich vielen ähnlichen Anlagen, die Armeen von Kampfdroiden produzierten – war das Gefahrenpotenzial überwältigend.

Hatte Sifo-Dyas deshalb die Klonarmee bestellt? Hatte der Meister diese wachsende Gefahr vielleicht gespürt? Aber wenn das stimmte, worin bestand dann die Verbindung zwischen Jango Fett und dieser Gruppe auf Geonosis? War es reiner Zufall, dass man ausgerechnet den Mann als Prototypen für die Klonarmee ausgewählt hatte, die die Republik verteidigen sollte, der von der Handelsföderation dafür bezahlt worden war, Senatorin Amidala zu töten?

Das kam Obi-Wan reichlich unwahrscheinlich vor, aber er wusste immer noch zu wenig. Er wäre gerne geblieben und hätte das Gespräch noch länger belauscht, aber er wusste, dass er von hier fliehen, zu seinem Schiff zurückkehren und dem Jedirat quer durch die Galaxis eine Warnung zukommen lassen musste.

Während der letzten Stunden hatte Obi-Wan kaum etwas anderes gesehen als Armeen, Klone und Droiden, und er wusste, dass sich all dies sehr bald zu einer kritischen Masse vereinigen würde, die schlimmer war als alles, was die Galaxis in vielen, vielen Jahrhunderten erlebt hatte.

Zwanzig

Mit ihren Augen sah sie nicht viel, denn sie waren so blutverklebt von den Schlägen, dass sie sich kaum mehr öffnen ließen. Sie hörte auch nicht viel mit ihren Ohren, denn die Geräusche rings um sie her waren harsch und drohend, und das ununterbrochen. Und sie spüre nicht mehr viel mit ihrem Körper, weil es ohnehin außer Schmerzen nichts zu spüren gab.

Nein, Shmi war tief in sich versunken und erlebte im Geist noch einmal die Jahre vor langer Zeit, als sie und Anakin noch Sklaven von Watto gewesen waren. Es war kein einfaches Leben gewesen, aber sie hatte ihren Annie bei sich gehabt, und daher erinnerte sich Shmi voller Freude an diese Zeiten. Erst jetzt, da die Aussicht, ihren Sohn je wiederzusehen, in so weite Ferne gerückt war, begriff sie wirklich, wie sehr ihr der Junge in den letzten zehn Jahren gefehlt hatte. All diese Nächte, in denen sie in den Sternenhimmel gestarrt hatte, hatte sie an ihn gedacht, hatte sich vorgestellt, wie er irgendwo durch die Galaxis flog, die Unterdrückten befreite und Planeten vor tobenden Ungeheuern und üblen Tyrannen rettete. Aber sie hatte immer erwartet, dass sie ihren Annie noch einmal sehen würde, hatte immer geglaubt, er würde eines Tages zur Feuchtfarm kommen, mit diesem schalkhaften Lächeln auf den Lippen, das ein ganzes Zimmer erhellen konnte, und sie begrüßen, als wären sie nie getrennt gewesen.

Shmi hatte Cliegg und Owen geliebt. Das hatte sie wirklich. Cliegg war ihr Retter, ihr stolzer Ritter, und Owen war wie ein Sohn für sie gewesen, stets voller Mitgefühl, stets willens, Shmis endlose Geschichten von Anakins Heldentaten zu hören. Und Sie hatte begonnen, auch Beru lieb zu gewinnen. Wer hätte sich schon dieser besonderen Mischung aus Mitgefühl und ruhiger innerer Kraft entziehen können, über die die junge Frau verfügte?

Aber trotz all des Glücks, das diese drei in ihr Leben gebracht hatten, hatte Shmi Skywalker immer einen besonderen Platz in ihrem Herzen für ihren Annie bewahrt, ihren Sohn, ihren Helden. Und daher konzentrierten sich ihre Gedanken nun, da das Ende ihres Lebens offenbar bevorstand, auf diese Erinnerungen an Anakin, während sie gleichzeitig mit ihrem Herzen nach ihm suchte. Er war immer schon anders gewesen, was diese Gefühle anging, war so eingestimmt auf die geheimnisvolle Macht. Der Jedi, der nach Tatooine gekommen war, hatte es deutlich erkannt.

Und daher würde Annie ihre Liebe zu ihm jetzt vielleicht spüren. Shmi brauchte das, sie musste den Kreis schließen, wollte ihren Sohn erkennen lassen, dass sie ihn all diese Jahre, in denen sie sich nicht gesehen hatten, über unendliche Entfernungen hinweg bedingungslos geliebt und ununterbrochen an ihn gedacht hatte.

Annie war ihr Trost, ihr Schutz gegen die Schmerzen, die die Tusken ihrem zerschlagenen Körper zugefügt hatten und immer noch zufügten. Jeden Tag folterten sie ein wenig mehr, stießen sie mit spitzen Speeren oder schlugen sie mit den stumpfen Schäften oder diesen kurzen Peitschen. Es ging ihnen nicht nur darum, ihr Schmerzen zu bereiten, begriff Shmi, obwohl sie die krächzende Sprache der Tusken nicht beherrschte. Die Banditen beurteilten auf diese Weise ihre Feinde, und am anerkennenden Nicken und dem Tonfall ihrer Peiniger erkannte sie, dass ihre Widerstandskraft sie beeindruckt hatte.

Die Tusken wussten nicht, dass diese Widerstandskraft allein der Mutterliebe entsprang. Ohne die Erinnerungen an Annie und die Hoffnung, dass er ihre Liebe zu ihm spüren würde, hätte sie sicher schon lange aufgegeben und sich gestattet zu sterben.

Unter dem hellen Licht des Vollmonds zog Anakin Skywalker den Speeder auf den Kamm einer hohen Düne und spähte über die Wüste von Tatooine. Nicht zu weit unter sich sah er ein Lager in einer kleinen Oase, und er wusste sofort, noch bevor er ein einziges Lebewesen erspäht hatte, dass es sich um ein Tuskenlager handelte. Er konnte seine Mutter dort drunten spüren, spürte ihren Schmerz.

Er kroch näher heran und suchte nach irgendwelchen Auffälligkeiten an den Hütten aus Stroh und Leder, die ihm vielleicht zeigen würden, wofür diese Behausungen gut waren. Eine besonders stabil gebaute Hütte am Rand der Oase erweckte seine Aufmerksamkeit: Es sah so aus, als wäre sie weniger gepflegt als die anderen, aber massiver. Als er weiterschlich, stellte er mit großem Interesse fest, dass nur diese eine Hütte bewacht wurde, und zwar von zwei Tusken, die vor dem Eingang standen.

»Mom«, flüsterte Anakin.

Lautlos wie ein Schatten glitt der Padawan durchs Lager, von einer Hütte zur anderen. Entweder gegen die Wände gedrückt oder auf dem Bauch über die offnen Bereiche kriechend, arbeitete er sich langsam vor bis zu der Hütte, in der er seine Mutter vermutete. Schließlich hatte er ihr Gefängnis erreicht und legte die Hände an die weiche Lederwand, spürte die Gefühle und die Schmerzen der Person dort drinnen. Rasch sah er sich um und erkannte, dass die beiden Wachen ein Stück von der Tür entfernt saßen.

Anakin zog sein Lichtschwert und zündete es, dann duckte er sich und verbarg das Schimmern so gut wie möglich. Er schnitt mit der Energieklinge durch die Wand und kroch durch das Loch in die Hütte, ohne zuvor auch nur nachzusehen, ob sich darin ebenfalls Tusken befanden.

»Mom«, hauchte er abermals, und seine Knie wurden weich. In der Hütte brannten Dutzende von Kerzen, und im Mondlicht, das durch ein Loch im Dach fiel, konnte er Shmi sehen, die an ein Gestell an der Seite des Zelts geschnallt war, mit dem Rücken zu ihm. Ihre Arme waren ausgestreckt und an den blutigen Handgelenken gefesselt, und als sie sich zur Seite drehte, sah er die Spuren wochenlanger Schläge in ihrem Gesicht.

Anakin schnitt sie schnell los und hob sie sanft von dem Gestell herunter, nahm sie in die Arme und legte sie dann auf den Boden.

»Mom ... Mom ... Mom«, flüsterte er leise. Anakin wusste, dass sie noch lebte, obwohl sie nicht sofort reagierte und sich so schlaff angefühlt hatte. Er konnte sie in der Macht spüren, obwohl es ein sehr dünnes, flüchtiges Gefühl war.

Er hielt ihren Kopf und redete leise auf sie ein, und endlich öffnete Shmi die Augen so weit, wie es trotz der Schwellungen und des getrockneten Blutes möglich war.

»Annie?«, flüsterte sie. Er konnte das Ächzen in ihrem Atem hören und wusste, dass einige ihrer Rippen gebrochen waren. »Annie? Bist du das?«

Nach und nach konzentrierte sie den Blick auf ihn, und er sah ein dünnes Lächeln des Wiedererkennens auf ihrem zerschlagenen Gesicht.

»Ich bin hier, Mom«, sagte er. »Du bist jetzt in Sicherheit. Halte durch. Ich bringe dich hier raus.«

»Annie? Annie?«, wiederholte Shmi und legte den Kopf ein wenig schief, wie sie es oft getan hatte, als Anakin noch ein Junge gewesen war und sie mit irgend etwas erheitert hatte. »Du bist so groß und hübsch geworden.«

»Spar deine Kraft, Mom«, versuchte er sie zu beruhigen. »Wir müssen hier weg.«

»Mein Sohn«, fuhr Shmi fort, und es schien, als befände sie sich an einem anderen Ort als Anakin, an einem sichereren Ort. »Mein erwachsener Sohn! Ich wusste, dass du zu mir zurückkehren würdest. Ich wusste es die ganze Zeit.«

Anakin wollte ihr wieder sagen, dass sie still liegen und ihre Kraft nicht verschwenden sollte, aber er brachte die Worte einfach nicht heraus.

»Ich bin so stolz auf dich, Annie. So stolz. Du hast mir so gefehlt.«

»Du mir auch, Mom, aber darüber können wir später reden …«

»Jetzt ist alles vollkommen«, verkündete Shmi nun, und dann schaute sie direkt nach oben, an Anakin vorbei, durch das Loch in der Decke hinauf zum leuchtenden Mond.

Irgendwo tief drinnen verstand Anakin, was geschah. »Bleib bei mir, Mom«, flehte er und strengte sich ungeheuer an, ihr nicht zu zeigen, wie verzweifelt er war. »Ich werde dafür sorgen, dass alles wieder gut wird. Alles …«

»Ich liebe …«, setzte Shmi an, aber dann wurde sie ganz still, und Anakin sah, wie das Licht aus ihren Augen wich.

Anakin konnte kaum atmen. Die Augen ungläubig aufgerissen, zog er Shmi an die Brust und wiegte sie lange Zeit. Sie konnte doch nicht tot sein! Das war unmöglich! Er sah sie wieder an, starrte ihr in die Augen, flehte sie lautlos an, ihm zu antworten. Aber es war kein Licht mehr in ihr, kein Lebensfunke. Er zog sie an sich, hielt sie fest.

Dann legte er sie wieder auf den Boden und schloss ihr sanft die Augen.

Anakin wusste nicht, was er tun sollte. Er saß reglos da und starrte seine tote Mutter an, dann blickte er auf, und seine blauen Augen blitzten vor Zorn und Hass. Er dachte daran, was in den letzten Monaten seines Lebens geschehen war, und fragte sich, was er vielleicht hätte anders, was er hätte besser machen können, damit Shmi am Leben geblieben wäre. Er hätte sie nie hier zurücklassen dürfen, er hätte nicht zulassen dürfen, dass Qui-Gon ihn von Tatooine wegbrachte, ohne auch seine Mutter mitzunehmen. Sie hatte gesagt, dass sie stolz auf ihn war, aber wie konnte er ihren Stolz verdient haben, wenn er sie nicht einmal hatte retten können?

Er wollte, dass Shmi auf ihn stolz war, er wollte seiner Mutter von all den Dingen erzählen, die sein neues Leben ausmachten, von seiner Jediausbildung, von all der guten Arbeit, die er bereits geleistet hatte, und vor allem wollte er ihr von Padmé erzählen. O wie sehr er sich wünschte, dass seine Mutter Padmé kennen gelernt hätte! Sie hätte sie bestimmt lieb gewonnen! Und Padmé hätte dieses Gefühl aus ganzem Herzen erwidert.

Aber was sollte er jetzt tun?

Die Minuten vergingen, und Anakin saß einfach weiter da, reglos vor Verwirrung, vor wachsendem Zorn und der schrecklichsten Leere, die er je empfunden hatte. Erst als das Licht um ihn herum heller wurde und die Kerzen allmählich erloschen, erinnerte er sich wieder daran, wo er sich befand.

Er sah sich um und fragte sich, wie er die Leiche seiner Mutter hier wegbringen sollte – er würde sie ganz bestimmt nicht den Tusken überlassen! Er konnte sich allerdings kaum bewegen. Alles kam ihm ausgesprochen sinnlos vor, eine Reihe bedeutungsloser Bewegungen.

Im Augenblick war die einzige Bedeutung, der einzige Sinn, den Anakin erkennen konnte, dieser Zorn, der in ihm wuchs – Zorn darüber, eine Person verloren zu haben, die er nicht hatte aufgeben wollen.

Ein kleiner Teil von ihm warnte ihn, sich nicht diesem Zorn zu überlassen, warnte ihn, dass dies zur Dunklen Seite gehörte.

Dann sah er wieder Shmi an, die so still dalag, scheinbar friedvoll, aber mit so deutlich sichtbaren Beweisen all der Schmerzen, die man ihr in diesen letzten Wochen zugefügt hatte.

Der Padawan stand auf und griff nach seinem Lichtschwert, dann stieß er die Tür der Hütte auf und ging nach draußen.

Die beiden Wachen keuchten erschrocken und hoben die Stäbe; sie stürzten sich auf ihn, aber dann zündete die blauschimmernde Klinge, und mit zwei Schlägen fällte Anakin die beiden Männer.

Seine Wut war noch nicht gestillt.

Tief in Meditation versunken, den Blick auf die Dunkle Seite gerichtet, spürte Meister Yoda plötzlich ein Aufwallen von Zorn, von vollkommen unkontrollierter Wut. Der Jedimeister riss angesichts der überwältigenden Kraft dieses Zorns erschrocken die Augen auf.

Und dann hörte er eine Stimme, eine vertraute Stimme, die rief: »Nein, Anakin! Nein! Tu das nicht! Nein!«

Es war Qui-Gon Jinn. Yoda wusste, das es Qui-Gon war. Aber Qui-Gon war tot, war eins mit der Macht geworden! Man konnte in diesem Zustand nicht das Bewusstsein und das Ich zurückerlangen, man konnte nicht aus dem Grab sprechen!

Dennoch hatte Yoda den geisterhaften Schrei deutlich gehört, und in seiner tiefen Meditation, seine Gedanken so präzise konzentriert wie noch nie, wusste der Jedimeister, dass er sich nicht geirrt hatte.

Er wollte sich darauf konzentrieren, wollte diesem Ruf zu seiner geisterhaften Quelle folgen, aber er konnte es nicht, denn wieder überwältigte ihn dieses Anschwellen von Zorn und Schmerz und … Kraft.

Er gab ein leises Geräusch von sich und beugte sich ruckartig vorwärts, dann kam er aus der Trance, als die Tür aufgerissen wurde und Mace Windu hereingestürzt kam.

»Was ist los?«, fragte Mace.

»Schmerz. Leid. Tod! Ich befürchte, dass etwas Schreckliches geschehen ist. Furchtbare Qualen der junge Skywalker erleidet.«

Er erzählte Mace nichts weiter, erwähnte nicht, dass Anakins Schmerz sich in der Nacht irgendwie so manifestiert haben musste, dass er eine Verbindung zu dem Geist des toten Jedimeisters hergestellt hatte. Zu viel war hier geschehen, was er selbst noch nicht verstand.

Aber diese körperlose vertraute Stimme hallte noch deutlich in Yodas Geist wider. Denn wenn das stimmte, wenn er es wirklich gehört hatte …

Auch Anakin hatte Qui-Gons Stimme gehört, die ihn anflehte, sich zurückzuhalten, sich von diesem Zorn abzuwenden. Er hatte sie allerdings nicht erkannt, denn er war zu erfüllt von seiner Qual und seinem Zorn. Vor einer anderen Hütte sah er eine Tuskenfrau, die einen Eimer mit schmutzigem Wasser nach draußen getragen hatte, und er entdeckte ein Tuskenkind im Schatten einer anderen Hütte, das ihn ungläubig anstarrte.

Dann bewegte er sich, obwohl er sich kaum dieser Bewegung bewusst war. Seine Klinge blitzte, und er eilte weiter. Die Tuskenfrau schrie auf und wurde durchbohrt.

Nun geriet das ganze Lager in Bewegung, Tusken stürzten aus jeder Hütte, viele mit Waffen in der Hand. Aber Anakin war schon tief in seinen Totentanz verstrickt, in der Energie der Macht. Er machte weite, hohe Sprünge, umging eine Hütte und landete vor einer anderen, und seine Klinge blitzte, noch bevor er landete, noch bevor die beiden Tusken erkannten, dass er da war.

Ein dritter griff an, stieß einen Speer nach ihm, aber Anakin hatte die Hand gehoben und eine Mauer der Macht errichtet, die so fest war wie Stein. Dann stieß er die Hand vor, und der Speerkämpfer flog dreißig Meter rückwärts und brach durch die Wand einer weiteren Hütte.

Anakin hatte sich schon wieder abgewandt, die Klinge zuckte hierhin und dahin, jeder Schlag streckte einen Tusken nieder, jeder Schnitt ließ ein Glied eines Gegners zu Boden fallen.

Bald schon stellten sich ihm keine Krieger mehr, alle versuchten zu fliehen, aber Anakin ließ das nicht zu. Er sah eine Gruppe auf eine Hütte zurennen und griff mit der Macht nach einem großen Felsblock. Der Stein folgte seinem Ruf, flog über den Sand, schlug einen fliehenden Tusken nieder und flog weiter.

Anakin ließ den Felsen auf die Hütte voller Tusken fallen und tötete sie alle.

Er rannte weiter, die Schritte von der Macht verlängert, überholte die Fliehenden und metzelte jeden Einzelnen nieder. Er fühlte sich nicht mehr leer, er spürte einen Rausch von Energie und Kraft, über alles hinaus, was er je gekannt hatte, fühlte sich von der Macht erfüllt, voller Kraft, voller Leben.

Und dann war es vorüber, scheinbar ganz plötzlich, und Anakin stand in den Trümmern des Lagers, umgeben von Dutzenden von Tuskenleichen, und nur eine einzige Hütte stand noch.

Er steckte das Lichtschwert weg und kehrte zu dieser Hütte zurück, wo er die Leiche seiner Mutter vorsichtig und sanft aufhob.

Einundzwanzig

»So«, sagte Padmé, als sie C-3PO wieder aus dem Ölbad holte. Sie musste sich anstrengen, nicht zu kichern, denn sie hatte den Droiden aus Versehen zu tief eingetaucht, und jetzt fuchtelte er wie verrückt in der Luft herum und verkündete, er sei blind.

Padmé hob ihn mit der Winde über den Rand der Wanne und wischte ihm mit einem Tuch das Öl vom Gesicht. Dann setzte sie ihn am Boden ab und löste ihn von der Kette.

»Besser?«, fragte sie.

»Viel besser, Miss Padmé.« Der Droide bewegte die Arme und schien sehr erfreut.

»Kein Jucken mehr?«, fragte Padmé und inspizierte ihre Arbeit.

»Kein Jucken mehr«, bestätigte der C-3PO.

»Gut«, sagte sie lächelnd. Aber ihr Lächeln wurde dünner, als ihr klar wurde, dass sie jetzt nichts mehr zu tun haben würde. Sie hatte diese Beschäftigung mit dem Droiden benutzt, um sich gegen ihre Angst abzuschirmen – tatsächlich hatte sie kaum bemerkt, dass die Sonne aufgegangen war –, und nun kehrte diese Angst wieder zurück.

Und sie wusste nicht mehr, wo sie sich noch vor ihr verstecken sollte.

»O Miss Padmé, ich danke Euch!«, sagte C-3PO. Er kam auf sie zu, die Arme ausgebreitet, um sie zu umarmen, und dann trat er plötzlich wieder zurück, denn er hatte sich offenbar daran erinnert, dass dies nicht dem Protokoll entsprach.

»Danke«, sagte er abermals, nun etwas würdevoller. »Ich danke Euch.«

Owen Lars kam herein. »Da bist du also«, sagte er zu Padmé. »Wir haben dich schon überall gesucht.«

»Ich war die ganze Zeit hier draußen und habe 3PO ins Ölbad gesteckt. Das hat er wirklich gebraucht.«

»Gut so«, sagte Owen, und als sie sich umdrehte und ihn ansah, erkannte Padmé, dass er breit grinste. »Ich werde Anakin den Droiden zurückgeben. Ich weiß, dass meine Mutter das gewollt hätte.«

Padmé lächelte und nickte lächelnd.

»Er ist wieder da! Er ist wieder da!«, erklang Berus Stimme von draußen. Padmé und Owen drehten sich um und liefen nach draußen.

Sie holten Beru rasch ein, und auch Cliegg kam aus dem Haus, wobei er mit dem Schwebestuhl an Möbel und Türrahmen stieß, so eilig hatte er es.

»Wo ist er?«, rief Padmé.

Beru zeigte in die Wüste hinaus.

Padmé kniff die Augen zusammen und schirmte sie gegen die gleißende Sonne ab. Endlich entdeckte sie den schwarzen Fleck, der auf sie zugerast kam. Als sich der Fleck zu einer erkennbaren Gestalt auflöste, sah sie, dass Anakin nicht allein war, dass jemand auf den Speeder gebunden war.

»Shmi!«, flüsterte Cliegg. Er zitterte sichtlich.

Beru schniefte und kämpfte gegen ein Schluchzen an, und Owen, der neben ihr stand, legte ihr den Arm um die Schultern. Als Padmé zu den beiden hinsah, bemerkte sie, dass auch über Owens Wange eine Träne lief.

Anakin lenkte den Speeder kurz darauf auf das Farmgelände und blieb dann vor den dreien stehen. Ohne ein Wort stieg er ab und machte sich daran, seine tote Mutter abzuschnallen, hob sie vom Speeder und wiegte sie in den Armen. Er ging zu Cliegg und blieb kurz vor ihm stehen, zwei Männer, die einen Augenblick der Trauer teilten.

Dann ging er, immer noch wortlos, an dem Mann vorbei und ins Haus.

Die ganze Zeit war Padmé am meisten erschüttert von Anakins Miene, einem Ausdruck, den sie noch nie bei ihm gesehen hatte: teils Zorn, teils Trauer, teils Schuldgefühl und teils Resignation, ja sogar Niederlage. Padmé wusste, dass Anakin sie brauchen würde, und zwar bald.

Aber sie hatte keine Ahnung, was sie für ihn tun konnte.

Auch den Rest des Tages wurde auf der Farm der Lars' nicht viel gesprochen. Alle gingen ihren Aufgaben nach und suchten sich noch mehr Arbeit, um der Trauer zu entfliehen, von der sie wussten, dass sie sie früher oder später einholen würde.

Padmé war damit beschäftigt, etwas für Anakin zu kochen, als Beru zu ihr kam, um ihr zu helfen, und sie war überrascht, als die junge Frau ein Gespräch begann.

»Wie ist es denn dort?«, fragte Beru.

Padmé sah sie neugierig an. »Wo denn?«

»Auf Naboo. Wie ist es dort?«

Padmé hatte die Frage kaum verstanden, denn ihre Gedanken galten Anakin. Sie brauchte einige Zeit, um antworten zu können, aber schließlich gelang es ihr zu sagen: »Es ist sehr … sehr grün. Du weißt schon, mit viel Wasser und Pflanzen überall. Es ist ganz anders als hier.« Sie wandte sich ab, sobald sie zu Ende gesprochen hatte, obwohl sie wusste, wie unhöflich das war. Aber sie wollte einfach nur bei Anakin sein, also belud sie das Tablett mit Essen.

»Ich glaube, es gefällt mir hier besser«, stellte Beru fest.

»Vielleicht kannst du eines Tages ja vorbeikommen und dir Naboo ansehen«, schlug Padmé vor, obwohl das nicht besonders realistisch war.

Aber Beru antwortete ganz ernst: »Das glaube ich nicht. Ich reise nicht gern.«

Padmé griff nach dem Tablett und wandte sich zur Tür. »Danke, Beru«, sagte sie und versuchte zumindest zu lächeln.

Sie fand Anakin an der Werkbank in der Garage. Er arbeitete an einem Teil des Speeders.

»Ich habe dir etwas zu essen gebracht.«

Anakin warf ihr einen Blick zu, dann arbeitete er weiter. Sie bemerkte, dass seine Bewegungen irgendwie übertrieben wirkten. Er war offensichtlich frustriert. »Die Gangschaltung ist kaputt«, erklärte er viel zu konzentriert. »Das Leben ist so viel einfacher, wenn man Dinge repariert. Ich kann das gut. Das konnte ich immer schon. Aber ich …«

Schließlich warf er den Schraubenschlüssel hin und blieb einfach nur mit gesenktem Kopf stehen.

Padmé erkannte, dass er kurz vor dem Zusammenbruch stand.

»Warum hat sie sterben müssen?«, flüsterte er. Padmé stellte das Tablett auf die Werkbank und trat hinter ihn, legte ihm den Arm um die Taille und ließ den Kopf an seinem Rücken ruhen.

»Warum habe ich sie nicht retten können?«, fragte Anakin. »Ich weiß, ich hätte es geschafft!«

»Annie, du bist übermüdet.« Sie umarmte ihn ein wenig fester. »Manchmal kann man eben nichts mehr tun. Du bist nicht allmächtig.«

Er erstarrte bei diesen Worten und riss sich plötzlich los. Sie begriff, dass er zornig war. »Das sollte ich aber sein!«, knurrte er, und dann sah er sie an, sein Gesicht eine Maske grimmiger Entschlossenheit. »Und eines Tages werde ich das auch schaffen!«

»Annie, sag so etwas nicht«, erwiderte Padmé verängstigt, aber er schien sie nicht einmal zu hören.

»Ich werde der mächtigste Jedi sein, den es je gab!«, tobte er weiter. »Das verspreche ich dir! Ich werde sogar lernen, die Toten wiederzuerwecken!«

»Anakin …«

»Es ist alles Obi-Wans Schuld!« Er stürmte wieder zur Werkbank und drosch mit der Faust darauf, wobei das Tablett mit dem Essen beinahe heruntergefallen wäre. »Er hat mich hier weggeholt.«

»Damit du auf mich aufpasst«, sagte sie leise.

»Ich hätte da draußen bei ihm sein und Attentäter jagen sollen! Ich hätte sie schon lange vorher erwischt und wäre rechtzeitig hergekommen, und dann wäre meine Mutter noch am Leben.«

»Das kannst du nicht wissen …«

»Er ist eifersüchtig auf mich«, fuhr Anakin fort, ohne auch nur auf sie zu achten. Padmé begriff, dass er nicht mit ihr sprach, sondern es sich selbst erzählte. Sie konnte kaum glauben, was sie da hörte. »Er hat mich aus dem Weg geschafft, weil ich weiß, dass ich jetzt schon besser bin als er. Er hält mich zurück!«

Mit diesen Worten griff er nach dem Schraubenschlüssel und warf ihn durch die Garage, wo er gegen eine Wand flog und klirrend auf ein paar Ersatzteile fiel.

»Annie, was ist los mit dir?«, rief sie,

Das erregte nun endlich seine Aufmerksamkeit. »Das habe ich dir doch gesagt!«

»Nein!«, schrie Padmé zurück. »Nein! Was ist wirklich los?«

Anakin starrte sie nur an, und sie wusste, dass ihr Instinkt richtig gewesen war.

»Ich weiß, dass es weh tut, Annie. Aber es gibt doch noch mehr, oder? Was ist los?«

Er starrte sie einfach nur an.

»Annie?«

Er schien regelrecht zu schrumpfen und sackte ein wenig nach vorn. »Ich … ich habe sie umgebracht«, gab er zu, und wenn Padmé nicht zu ihm hingerannt wäre und ihn gestützt hätte, wäre er vornüber gefallen. »Ich habe sie alle getötet«, sagte er. »Sie sind tot. Alle.«

Dann sah er Padmé an, und es kam ihr vor, als wäre er plötzlich von einem sehr, sehr weit entfernten Ort zurückgekehrt.

»Du hast sie bekämpft …«, wollte sie widersprechen.

Er ignorierte sie. »Nicht nur die Männer«, fuhr er fort. »Und bei den Tusken sind nur die Männer Krieger. Nein, nicht nur sie. Auch die Frauen und die Kinder.« Er verzog das Gesicht, als würde er zwischen Zorn und Schuld hin und her gerissen. »Sie sind wie Tiere!«, sagte er plötzlich. »Und ich habe sie abgeschlachtet wie Tiere! Ich hasse sie!«

Padmé wich ein wenig zurück, zu erschüttert, um reagieren zu können. Sie wusste, eigentlich hätte sie nun etwas sagen, etwas unternehmen müssen, aber sie war wie gelähmt. Er sah sie nicht einmal an, er starrte weiter ins Leere. Aber dann senkte er den Kopf und begann so heftig zu schluchzen, dass seine Schultern bebten.

Padmé zog ihn in die Arme und hielt ihn so fest, als wollte sie ihn nie wieder loslassen. Sie wusste einfach nicht, was sie sagen sollte.

»Warum hasse ich sie?«, fragte Anakin.

»Hasst du sie, oder hasst du, was sie deiner Mutter angetan haben?«

»Ich hasse sie!«, beharrte er.

»Sie haben deinen Zorn verdient, Anakin.«

Er blickte zu ihr auf, und sie sah, dass er Tränen in den Augen hatte. »Aber es war mehr als das«, begann er, und dann schüttelte er den Kopf und vergrub sein Gesicht an ihrer Brust.

Einen Augenblick später blickte er wieder auf, und sie sah ihm an, dass er unbedingt erklären wollte, was er getan hatte. »Ich habe nicht ... ich konnte nicht ...« Er hob eine Hand, dann ballte er sie zur Faust. »Ich konnte mich nicht beherrschen«, gab er zu. »Ich ... ich will sie nicht hassen – ich weiß, dass es keinen Platz für Hass gibt. Aber ich kann ihnen einfach nicht verzeihen!«

»Es ist nur menschlich, zornig zu sein«, versicherte ihm Padmé.

»Es gehört zu den Tugenden eines Jedi, seinen Zorn zu beherrschen«, erwiderte Anakin sofort, und dann löste er sich von ihr, wandte sich der offnen Tür zu und starrte in die Wüste hinaus.

Padmé war sofort neben ihm und umarmte ihn wieder. »Still«, sagte sie leise. Sie küsste ihn sanft auf die Wange. »Du bist ein Mensch.«

»Nein, ich bin ein Jedi. Ich hätte es besser wissen müssen.« Er sah sie an und schüttelte den Kopf. »Es tut mir Leid. Es tut mir so Leid!«

»Du bist genau wie jeder andere«, sagte Padmé. Sie versuchte, sich an ihn zu schmiegen, aber Anakin entzog sich.

Er konnte allerdings nicht lange so trotzig bleiben. Bald schon begann er wieder zu schluchzen.

Padmé war da, um ihn im Arm zu halten und zu wiegen und ihm zu sagen, dass alles wieder gut werden würde.

Obi-Wan Kenobi ließ sich wieder in den Sitz seines Sternjägers sacken und schüttelte frustriert den Kopf. Es hatte lange gedauert, sicher aus der Fabrikstadt zu entkommen, und als er schließlich wieder bei seinem Jäger gewesen war, hatte er geglaubt, sein Abenteuer wäre vorüber. Aber er hatte sich geirrt.

»Der Sender funktioniert«, sagte er zu R4, der zustimmend tutete. »Aber wir erhalten kein Gegensignal. Coruscant ist zu weit entfernt.« Er drehte sich zu dem Droiden um. »Kannst du es nicht noch mehr verstärken?«

Das Pfeifen, das zurückkam, war nicht besonders ermutigend.

»Na gut, dann müssen wir eben etwas anderes versuchen.« Obi-Wan sah sich nach einer Antwort um. Er wollte nicht wieder starten und riskieren, entdeckt zu werden. Aber innerhalb der von Metallpartikeln durchsetzten Atmosphäre von Geonosis hatte er keine Chance, das entfernte Coruscant zu erreichen.

»Naboo ist näher«, stellte er plötzlich fest, und R4 piepste. »Vielleicht können wir uns mit Anakin in Verbindung setzen, und er kann die Informationen weiterleiten.«

R4 schien begeistert, und Obi-Wan stieg wieder aus dem Cockpit, um die Botschaft für Anakin zu wiederholen, damit sein Padawan sie an den Jedirat weitergab.

Aber einen Augenblick später signalisierte ihm der Droide, dass etwas nicht stimmte.

Mit frustriertem Knurren stieg der Jedi wieder ein.

»Wieso ist er nicht auf Naboo?«, fragte er, und R4 gab ein »Ooooo« von sich. Obi-Wan überprüfte die Instrumente lieber noch einmal, statt sich mit dem Droiden zu streiten. Tatsächlich konnte er Anakins Signal nicht auf Naboo feststellen.

»Anakin? Anakin? Hörst du mich? Hier spricht Obi-Wan Kenobi«, versuchte der Jedi es noch einmal mit dem Schiffskom.

Nachdem minutenlang keine Antwort gekommen war, legte Obi-Wan das Komlink wieder hin und drehte sich zu R4 um. »Er ist tatsächlich nicht auf Naboo, R4. Ich werde versuchen, den Suchbereich zu erweitern.«

Er lehnte sich zurück, und die Minuten vergingen. Er wusste, dass er kostbare Zeit verlor, aber er konnte nicht viel anderes tun. Er durfte auf keinen Fall zur Stadt zurückkehren und riskieren, dort gefangengenommen zu werden – nicht, wenn er dem Jedirat so viele wichtige Informationen zu übermitteln hatte –, und aus den gleichen Gründen konnte er auch nicht starten. Er musste noch so vieles hier in Erfahrung bringen!

Also wartete er, und schließlich pfiff R4 nachdrücklich. Obi-Wan drehte sich zu den Instrumenten um, und seine Augen wurden größer, als er die Bestätigung erhielt. »Das ist tatsächlich Anakins Signal, aber es kommt von Tatooine! Was macht er denn dort? Ich habe ihm doch gesagt, er soll auf Naboo bleiben!«

R4 gab ein weiteres »Ooooo« von sich.

»Also gut, wir sind sendebereit. Die anderen Fragen werden warten müssen.« Er stieg wieder aus dem Cockpit und sprang auf den Boden. »Senden, R4. Wir haben nicht viel Zeit.«

Der Droide stellte sofort den Kontakt her.

»Anakin?«, fragte Obi-Wan. »Anakin, hörst du mich? Hier spricht Obi-Wan Kenobi.«

R4 übertrug die Antwort, eine Reihe von Pfiffen und Piepsern, wie sie ein R4-P normalerweise nicht abgab, die Obi-Wan aber recht vertraut waren.

»R2? Kannst du mich deutlich hören?«

Das Pfeifen bestätigte dies.

»Zeichne diese Botschaft auf und bring sie zu Jedi Skywalker«, wies er den Droiden an.

Wieder ein zustimmendes Piepen.

»Anakin, mein Langstreckensender reicht nicht weit genug. Leite diese Botschaft sofort nach Coruscant weiter.«

Dann begann der Jedi seine Geschichte zu erzählen. Er wusste nicht, dass die Geonosianer seine Sendung aufgefangen und sie genutzt hatten, um seinen Sternjäger zu lokalisieren. So sehr war er in seinen Bericht versunken, dass er nicht bemerkte, wie sich die bewaffneten Droidekas näherten und in Angriffsposition brachten.

Selbst die beiden glühenden Sonnen von Tatooine konnten die finstere Stimmung, ein beinahe spürbares Grau in der Luft, nicht durchdringen, die an dem neuen Grab vor der Lars-Farm herrschte. Zwei ältere Grabsteine standen schon neben Shmis neuem, deutliche Erinnerungen an das harte Leben auf Tatooine. Cliegg, Anakin, Padmé, Owen und Beru standen hier gemeinsam mit C-3PO, um sich von Shmi zu verabschieden.

»Ich weiß, wo immer du jetzt bist, es wird durch deine Anwesenheit ein besserer Ort«, sagte Cliegg Lars, griff nach einer Handvoll Sand und warf sie auf das neue Grab. »Du warst die beste Frau, die ein Mann sich wünschen konnte. Lebwohl, meine Liebste. Ich danke dir.«

Er warf rasch einen Blick zu Anakin, dann senkte er den Kopf und kämpfte gegen die Tränen an.

Anakin trat vor und kniete sich vor den Stein. Er nahm eine Handvoll Sand und ließ sie durch seine Finger gleiten.

»Ich war nicht stark genug, um dich zu retten, Mom«, sagte der junge Mann, der sich plötzlich wieder wie ein kleiner Junge fühlte. Seine Schultern zuckten ein- oder zweimal, aber er strengte sich an, die Beherrschung wiederzuerlangen, und holte entschlossen tief Luft. »Ich war nicht stark genug. Aber ich verspreche dir, dass ich nicht noch einmal versagen werde.« Er atmete schnell und angestrengt, weil die Trauer ihn fast erstickte. Aber dann richtete sich der junge Padawan entschlossen wieder auf. »Du fehlst mir so sehr.«

Padmé trat vor und legte die Hand auf Anakins Schulter, und dann blieben sie schweigend vor dem Grab stehen.

Der Augenblick stiller Trauer wurde allerdings bald von einer Reihe dringlicher Pfeifgeräusche unterbrochen. Sie drehten sich um und sahen, dass R2-D2 auf sie zugerollt kam.

»R2, was machst du denn hier?«, fragte Padmé.

Der Droide piepste hektisch.

»Es sieht so aus, als hätte er eine Botschaft von jemandem namens Obi-Wan Kenobi«, übersetzte C-3PO rasch. »Kennt Ihr jemanden, der so heißt, Meister Anakin?«

Anakin hob den Kopf. »Worum geht es denn?«

R2 piepste und pfiff.

»Weiterleiten?«, fragte Anakin. »Warum denn, was ist denn los?«

»Er sagt, es sei ziemlich wichtig«, stellte 3PO fest.

Mit einem Blick zu Cliegg und den anderen beiden, der schweigend um ihre Erlaubnis bat, folgten Anakin, Padmé und C-3PO dem aufgeregten Droiden zurück zu ihrem Schiff. Sobald sie drinnen waren, pfiff R2, drehte sich und projizierte ein Bild von Obi-Wan.

»Anakin, mein Langstreckensender reicht nicht weit genug«, erklärte das Hologramm des Jedi. »Leite diese Botschaft nach Coruscant weiter.« Nun hielt R2 die Aufzeichnung an, und Obi-Wan schien zu erstarren.

Anakin warf einen Blick zu Padmé. »Stell es zum Jedirat durch.«

Padmé drückte einen Knopf, dann wartete sie auf die Bestätigung, dass das Signal empfangen wurde. Sie nickte Anakin zu, der sich wieder zu R2 umdrehte.

»Weiter, R2.«

Der Droide piepste, und Obi-Wans Hologramm bewegte sich wieder. »Ich habe den Kopfgeldjäger Jango Fett zu den Droidenfabriken von Geonosis verfolgt. Die Handelsföderation übernimmt hier eine Droidenarmee, und es ist klar, dass Vizekönig Gunray hinter den Attentatsversuchen gegen Senatorin Amidala steht.«

Anakin und Padmé wechselten einen wissenden Blick. Sie waren nicht sonderlich überrascht über diese Informationen. Padmé erinnerte sich an ihre Besprechung mit Captain Typho und Captain Panaka auf Naboo, bevor sie nach Coruscant aufgebrochen war.

»Die Kaufmannsgilden und die Firmenallianz haben ihre Armeen Graf Dooku unterstellt und bilden eine …«

Obi-Wans Hologramm drehte sich um. »Was ist …«

Anakin und Padmé zuckten zusammen, als Droidekas neben Obi-Wan in dem Hologramm auftauchten und ihn packten und festhielten. Das Hologramm flackerte, dann war es verschwunden.

Anakin sprang auf und wollte zu R2-D2 eilen, aber dann blieb er stehen, denn er erkannte, dass er nichts tun konnte.

Überhaupt nichts.

In dem entfernten Coruscant beobachteten Yoda, Mace Windu und die anderen Mitglieder des Jedirats die Hologrammübertragung erschrocken.

»Er lebt noch«, verkündete Yoda, nachdem sie es sich noch einmal angesehen hatten. »Spüren in der Macht ich ihn kann.«

»Aber sie haben ihn gefangen genommen«, warf Mace ein. »Und nun drehen sich die Räder noch gefährlicher.«

»Noch mehr geschieht auf Geonosis, fürchte ich, als uns enthüllt wurde.«

»Das denke ich auch«, sagte Mace. »Wir dürfen nicht einfach untätig dasitzen.« Ebenso wie alle anderen im Raum sah er nun Yoda an, und der kleine Jedimeister schloss die Augen. Er schien sehr müde zu sein und große Schmerzen zu haben.

»Die Dunkle Seite ich spüre«, sagte er. »Und alles ist umwölkt.«

Mace nickte grimmig. »Eine Versammlung«, befahl er – ein Befehl, der seit vielen, vielen Jahren im Jedirat nicht mehr gegeben worden war.

»Wir werden uns um Graf Dooku kümmern«, sagte Mace dann durch das Komlink zu Anakin. »Für dich ist jetzt am wichtigsten zu bleiben, wo du bist. Schütze die Senatorin um jeden Preis. Das ist deine erste Priorität.«

»Verstanden, Meister«, erwiderte Anakin.

Padmé fiel auf, wie resigniert und besiegt er klang. Es ärgerte die leidenschaftliche junge Frau zu wissen, dass Anakin hier festsitzen sollte, um sie zu beschützen, während sein Meister so offensichtlich in Gefahr war.

Als das Hologramm verschwand, ging sie ans Steuerpult des Schiffs und begann, Koordinaten zu überprüfen, um sich noch einmal zu bestätigen, was sie bereits wusste. »Sie müssen durch die halbe Galaxis fliegen«, sagte sie zu Anakin gewandt, den das nicht zu interessieren schien. »Sie werden nie rechtzeitig dort eintreffen.«

Immer noch keine Reaktion.

»Sieh doch, Geonosis ist weniger als ein Parsec entfernt!«, erklärte Padmé und drückte andere Tasten, um auf dem Schirm den Kurs anzeigen zu lassen. »Anakin?«

»Du hast gehört, was Meister Windu gesagt hat.«

»Sie können nicht rechtzeitig dort sein, um ihn zu retten – nicht von Coruscant aus!«, wiederholte Padmé energisch. Nun legte sie ein paar Hebel um und bereitete die Triebwerke zur Zündung vor. Aber Anakin legte sanft seine Hand auf die ihre und hielt sie auf.

»Wenn er noch lebt«, antwortete der junge Jedi düster.

Padmé starrte ihn an. Er drehte sich um und ging davon.

»Annie, willst du einfach hier sitzen und ihn sterben lassen?«, rief sie und eilte über die Brücke, um ihn am Arm zu packen. »Er ist dein Freund! Dein Lehrer!«

»Er ist wie ein Vater für mich!«, erwiderte Anakin barsch. »Aber du hast Meister Windu gehört. Er hat mir den strikten Befehl gegeben, hier zu bleiben.«

Padmé verstand, was mit Anakin los war. Anakin zweifelte an sich. Er hielt sich für einen Versager, weil er seine Mutter nicht hatte retten können, und vielleicht zum ersten Mal in seinem Leben zweifelte er an seiner inneren Stimme, seinen Instinkten. Sie musste das irgendwie umgehen, ebenso um Anakins als um Obi-Wans willen. Wenn sie hier blieben und nichts unternahmen, befürchtete Padmé, gleich zwei Freunde zu verlieren: Obi-Wan an die Geonosianer und Anakin an seine Schuldgefühle.

»Er hat dich nur deshalb angewiesen, hier zu bleiben, damit du mich beschützen kannst«, korrigierte sie ihn mit einem Grinsen. Sie hoffte, Anakin daran erinnern zu können, dass sein vorheriger Befehl, den er ignoriert hatte, auch verlangt hatte, dass er auf Naboo blieb. Sie entfernte sich ein paar Schritte von ihm, kehrte zum Steuerpult zurück, drückte weitere Tasten, und die Triebwerke zündeten.

»Padmé!«

»Er hat dir befohlen, mich zu beschützen«, sagte sie abermals. »Und ich werde Obi-Wan retten. Wenn du also vorhast, auf mich aufzupassen, wirst du schon mitkommen müssen.«

Anakin starrte sie einen Moment an, und sie erwiderte seinen Blick. Sie hatte den Kopf zurückgelegt, ihr offenes Haar fiel ihr halb ins Gesicht, aber das verringerte nicht das Strahlen dieses Lächelns.

Anakin wusste, dass sie die Befehle von Meister Windu missachteten, ganz gleich, wie Padmé das rechtfertigte. Er wusste, was man von ihm als Padawan erwartete.

Aber wann hätte ihn das schon je aufgehalten?

Mit einer Entschlossenheit, die der Padmés in nichts nachstand, ging er zum Steuerpult, und einen Augenblick später stieg das Naboo-Sternenschiff in den Himmel von Tatooine auf.

Zweiundzwanzig

Die ruhige Schönheit des Regierungsgebäudes der Republik auf Coruscant mit seinen Brunnen und spiegelnden Teichen, Säulenhallen und Statuen verriet nichts von der Unruhe, die hinter dieser Fassade herrschte. Obi-Wans Nachricht war von Yoda und dem Jedirat an den Obersten Kanzler und die Führer des Senats weitergegeben worden. Die Stimmung im Büro von Kanzler Palpatine war gleichzeitig düster und hektisch, alle waren überwältigt von einem Gefühl der Verzweiflung und dem Bedürfnis zu handeln und gleichzeitig frustriert von dem offensichtlichen Mangel an Möglichkeiten.

Yoda, Mace Windu und Ki-Adi-Mundi waren als Vertreter des Jediordens anwesend und strahlten im Vergleich mit der nervösen Energie der Senatoren Bail Organa und Ask Aak und des Abgeordneten Jar Jar Binks eine gewisse Ruhe aus. Hinter seinem großen Schreibtisch hörte sich Kanzler Palpatine alles mit offensichtlicher Verzweiflung an, und Mas Amedda, der neben ihm stand, schien den Tränen nahe.

Nachdem Mace Windu seinen Bericht über Obi-Wans Botschaft von Geonosis abgegeben hatte, herrschte lange Zeit Schweigen im Raum.

Yoda, gestützt auf seinen Stock, sah Bail Organa an, der immer ein verlässlicher und kompetenter Mann gewesen war, und nickte ihm zu. Der Senator von Alderaan reagierte sofort und begann mit der Diskussion. »Die Handelsgilden bereiten sich auf den Krieg vor«, sagte er. »Nach diesem Bericht von Jedi Obi-Wan Kenobi besteht daran kein Zweifel mehr.«

»Wenn dieser Bericht der Wahrheit entspricht«, entgegnete der aufbrausende Ask Aak sofort.

»Das tut er, Senator«, versicherte Mace Windu ihm, und Ask Aak, ein Mann der Tat, akzeptierte das. Yoda wusste, weshalb der Senator diese Bemerkung gemacht hatte, denn er wollte, dass sich die Jedi eindeutig hinter den Bericht stellten, um allen anderen noch deutlicher zu machen, wie dicht sie am Rand einer Katastrophe standen.

»Graf Dooku muss einen Vertrag mit ihnen abgeschlossen haben«, erklärte Kanzler Palpatine.

»Wir müssen sie aufhalten, bevor sie bereit sind zuzuschlagen«, sagte Bail Organa.

Dann trat Jar Jar Binks vor, ein wenig zittrig, aber zumindest behielt er die Zunge im Mund. »Michse entschuldigen, Oberster Höchster Kanzler, Sir«, begann der Gungan. »Vielleicht können Jedi Rebellenarme aufhalten.«

»Danke, Jar Jar«, erwiderte Palpatine höflich und wandte sich Yoda zu. »Meister Yoda, wie viele Jedi stehen zur Verfügung, um nach Geonosis zu fliegen?«

»In der gesamten Galaxis tausende von Jedi es gibt«, sagte der kleine Jedimeister. »Für diesen Auftrag zur Verfügung stehen nur zweihundert.«

»Bei allem Respekt für den Orden, das klingt nicht ausreichend«, sagte Bail Organa.

»Durch Verhandlungen die Jedi den Frieden erhalten«, erwidert Yoda. »Einen Krieg zu führen, wir nicht planen.«

Er blieb weiterhin ruhig, aber genau das schien den aufgeregten Ask Aak beinahe in den Wahnsinn zu treiben. »Schluss mit dem Debattieren!«, rief er. »Jetzt brauchen wir diese Klonarmee, von der Ihr gesprochen habt, wirklich.«

Yoda schloss langsam die Augen, denn die offensichtliche Logik hinter diesen gefürchteten Worten schmerzte.

»Leider ist die Debatte noch nicht vorüber«, sagte Bail Organa. »Der Senat wird nie zustimmen, dass wir diese Armee einsetzen, bevor die Separatisten angreifen. Und dann wird es wahrscheinlich zu spät sein.«

»Wir befinden uns in einer Krise«, wagte sich Mas Amedda

vor. »Der Senat muss dem Kanzler Notstandsvollmachten übertragen! Dann könnte er befehlen, dass die Klone eingesetzt werden.«

Palpatine wich sichtlich erschüttert zurück. »Aber welcher Senator würde schon den Mut haben, ein so radikales Vorgehen vorzuschlagen?«, fragte er schließlich zögernd.

»Ich werde es tun!«, erklärte Ask Aak.

Bail Organa lachte hilflos und schüttelte den Kopf. »Ich fürchte, sie werden Euch nicht zuhören. Und mir auch nicht«, fügte er rasch hinzu, als Ask Aak ihm einen Blick zuwarf. »Wir haben zu viel von unserem politischen Kapital damit vergeudet, über die Philosophie der Separatisten zu debattieren und uns darüber zu streiten, was zu tun ist. Der Senat wird einen solchen Antrag, wenn er von uns kommt, nur als übertrieben betrachten. Wir brauchen eine Stimme der Vernunft, vielleicht eine, die angesichts des Ernstes der Situation sogar eine vorherige Position revidiert.«

»Wenn nur Senatorin Amidala hier wäre!«, sagte Mas Amedda.

Ohne Zögern trat Jar Jar Binks vor. »Michse super supremo Abgeordneter«, erklärte der Gungan und richtete seinen schlaksigen Körper so gerade wie möglich auf. »Ichse das machen«, erklärte er untertänigst den anderen. »Michse heftig stolz wenn können Vorschlag machen, der Euer Ehren Notstandsvollmachten geben.«

Palpatine warf einen Blick von dem zitternden Gungan zu Bail Organa.

»Er spricht tatsächlich für Amidala«, sagte der Senator von Alderaan nachdenklich. »Der Senat weiß, dass Jar Jar Binks' Worte Senatorin Amidalas Wünsche widerspiegeln.«

Palpatine nickte grimmig, und Yoda spürte, dass der Mann intensive Furcht ausstrahlte. Der Oberste Kanzler wusste, dass man ihn in die gefährlichste Position bringen würde, in der er und die Republik sich je befunden hatten.

Obi-Wan drehte sich langsam in dem Energiefeld, von knisternden blauen Blitzen an Ort und Stelle gehalten, und konnte nur hilflos zusehen, wie Graf Dooku hereinkam. Der stattliche Mann stellte eine Miene großen Mitgefühls zur Schau, die Obi-Wan ihm nicht abnahm.

»Verräter«, sagte Obi-Wan.

»Hallo, mein Freund«, erwiderte Dooku. »Das hier ist ein Fehler. Ein schrecklicher Fehler. Diese Leute sind zu weit gegangen. Das ist einfach Wahnsinn!«

»Ich dachte, Ihr wäret hier der Anführer, Dooku«, erwiderte Obi-Wan.

»Das hat nichts mit mir zu tun, das kann ich Euch versichern«, behauptete der ehemalige Jedi. Er schien über die Bezichtigung beinahe gekränkt. »Ich verspreche Euch, ich werde mich sofort dafür einsetzen, dass man Euch freilässt.«

»Nun, ich hoffe, dass es nicht zu lange dauern wird. Ich habe zu tun.« Obi-Wan bemerkte einen leichten Riss in Dookus reuiger Miene, eine Spur von … Zorn?

»Darf ich fragen, was einen Jediritter hierher nach Geonosis führt?«

Nachdem er einen Augenblick nachgedacht hatte, kam Obi-Wan zu dem Schluss, dass er nichts mehr zu verlieren hatte, und er wollte Dooku gerne weiter bedrängen, um vielleicht aus einer übereilten Reaktion des Mannes mehr über die Wahrheit erfahren zu können. »Ich habe einen Kopfgeldjäger namens Jango Fett verfolgt. Kennt Ihr ihn?«

»Ich wüsste nicht, dass sich hier Kopfgeldjäger aufhalten. Die Geonosianer haben kein Vertrauen zu ihnen.«

Vertrauen. Ein gutes Wort in diesem Zusammenhang, dachte Obi-Wan. »Na ja, das kann man ihnen wohl kaum übel nehmen«, erwiderte er entwaffnend. »Aber ich kann Euch versichern, Jango Fett ist hier.«

Graf Dooku hielt einen Augenblick inne, dann nickte er, als wollte er nur widerstrebend zugeben, dass Obi-Wan Recht haben könnte. »Es ist sehr schade, dass sich unsere Wege noch nie zuvor gekreuzt haben, Obi-Wan«, sagte er freundlich und einladend. »Qui-Gon hat immer in den höchsten Tönen von Euch gesprochen. Ich wünschte, er wäre noch am Leben – ich könnte seine Hilfe brauchen.«

»Qui-Gon Jinn hätte sich Euch nie angeschlossen.«

»Seid da nicht so sicher, junger Jedi«, erwiderte Graf Dooku sofort im Brustton tiefster Überzeugung. »Ihr vergesst, dass Qui-Gon mein Schüler war, genau wie Ihr der seine gewesen seid.«

»Und ihr glaubt, dass diese Loyalität für ihn über der Treue zum Jedirat und der Republik stünde?«

»Er wusste alles über die Korruption im Senat«, fuhr Dooku fort, ohne mit der Wimper zu zucken. »Das tun sie selbstverständlich alle. Allen voran Yoda und Mace Windu. Aber Qui-Gon hätte sich nie auf die Seite des Status quo und der Korruption geschlagen, wenn er die ganze Wahrheit gekannt hätte, so wie ich es tue.« Er legte eine dramatische Pause ein, die geradezu nach einer Nachfrage von Obi-Wan schrie.

»Die ganze Wahrheit?«

»Die ganze Wahrheit«, verkündete Dooku voller Selbstvertrauen. »Was, wenn ich Euch sagte, dass sich die Republik inzwischen in den Händen der Dunklen Lords der Sith befindet?«

Das traf Obi-Wan heftiger, als es einer der Laser, die ihn gefangen hielten, je hätte tun können. »Nein! Das ist unmöglich.« Seine Gedanken überschlugen sich. Er war der einzige unter den derzeit lebenden Jedi, der je einem Sith-Lord gegenübergestanden hatte, und dieser Kampf hatte seinen geliebten Meister Qui-Gon das Leben gekostet. »Die Jedi würden es wissen.«

»Die Dunkle Seite der Macht hat den Jedi den Blick getrübt, mein Freund«, erklärte Dooku. »Hunderte von Senatoren stehen nun unter dem Einfluss eines Sith-Lords namens Darth Sidious.«

»Ich glaube Euch nicht«, sagte Obi-Wan tonlos. Er wünschte sich nur, dass er ebenso überzeugt wäre, wie er sich anhörte.

»Der Vizekönig der Handelsföderation war einmal mit diesem Darth Sidious verbündet«, erklärte Dooku, und das war angesichts der Ereignisse vor zehn Jahren eine vernünftige Behauptung. »Aber er wurde vor zehn Jahren von dem Dunklen Lord verraten. Er hat sich an mich gewandt und mich um Hilfe gebeten. Er hat mir alles erzählt. Der Jedirat wollte ihm nicht glauben. Ich habe viele Male versucht, sie zu warnen, aber sie wollten mich nicht anhören. Wenn sie die Gegenwart des Dunklen Lords erst spüren und ihren Fehler begreifen, wird es zu spät sein. Ihr müsst Euch mir anschließen, Obi-Wan, und zusammen werden wir die Sith vernichten.«

Es schien alles so vernünftig, so logisch und so passend zu der Legende von Graf Dooku, wie Obi-Wan sie kannte. Aber unter den seidenglatten Worten und dem schmeichelnden Tonfall spürte Obi-Wan etwas, das jeder Logik widerstrebte. »Ich werde mich Euch nie anschließen, Dooku!«

Der kultivierte, königliche Mann seufzte enttäuscht, dann drehte er sich um, um zu gehen. »Es könnte schwierig sein, für Eure Freilassung zu sorgen«, warf er Obi-Wan noch über die Schulter zu, als er das Zimmer verließ.

Als er sich Geonosis näherte, benutzte Anakin die gleichen Techniken wie Obi-Wan zuvor und verbarg sich hinter dem Asteroidenring, um das Naboo-Sternenschiff vor der lauernden Flotte der Handelsföderation zu verbergen. Und wie sein Lehrer erkannte der Padawan sofort, was für eine Gefahr diese Flotte für die Republik darstellte.

Anakin brach mit dem Schiff durch die Atmosphäre und zog es abwärts, flog dicht über der Oberfläche, schlängelte sich durch Täler und um hoch aufragende Felsformationen, umkreiste Hochplateaus. Padmé stand neben ihm und hielt Ausschau nach Ungewöhnlichem.

»Siehst du diese Dampfsäulen dort?«, fragte sie und zeigte darauf. »Das sind offensichtlich Abgase, die dort aufsteigen.«

»Fliegen wir hin«, sagte Anakin, zog das Schiff in eine weite Kurve und auf die entfernten Säulen aufsteigenden weißen Dampfs zu. Er brachte das Schiff direkt in eine dieser Dampfwolken und senkte es in den Lüftungsschacht, an dessen Ende er landete.

»Was immer geschehen mag, folge meinem Beispiel«, sagte Padmé. »Ich habe kein Interesse daran, hier in einen Krieg verwickelt zu werden. Aber vielleicht kann ich als Senatorin einen diplomatischen Ausweg finden.«

Für Anakin, der erst vor kurzem die Diplomatie des Lichtschwerts angewandt hatte, und das mit vernichtender Wirkung, waren diese Worte quälend.

»Vertraust du mir?«, fragte Padmé, und er wusste, dass sie ihm den Schmerz angesehen hatte.

»Mach dir keine Sorgen«, erwiderte er und zwang sich zu lächeln. »Ich habe es aufgegeben, dir zu widersprechen.«

Als die beiden auf die Rampe des Schiffs zugingen, stieß R2 ein jämmerliches Piepsen aus.

»Bleibt beim Schiff«, wies Padmé beide Droiden an. Dann ging sie mit Anakin in den unterirdischen Komplex hinaus, und sie sahen sofort, dass sie sich in einer riesigen Droidenfabrik befanden.

Bald nachdem die beiden das Schiff verlassen hatten, fuhr R2-D2 seine Beine aus und hob sich von der Sicherheitsplattform. Dann rollte er auf den Ausgang zu.

»Mein trauriger kleiner Freund, wenn sie unsere Hilfe bräuchten, hätten sie darum gebeten«, erklärte C-3PO. »Du musst noch viel lernen, was Menschen angeht.«

R2 pfiff nur und rollte weiter.

»Für einen Mechaniker scheinst du erstaunlich viel nachzudenken«, entgegnete der Protokolldroide. »Ich bin darauf programmiert, Menschen zu verstehen.«

R2s darauf folgende Frage kam als abgehacktes Piepsen und Pfeifen heraus.

»Was das zu bedeuten hat?«, wiederholte C-3PO. »Es bedeutet einfach, dass ich hier das Sagen habe!«

R2 antwortete nicht. Er rollte nur weiter auf die Landerampe zu und direkt aus dem Schiff.

»Warte!«, rief C-3PO. »Wohin gehst du? Hast du denn vollkommen den Verstand verloren?«

Das folgende Tuten war recht disharmonisch.

»Wie unhöflich!«

R2 rollte nur noch schneller davon.

»Warte wenigstens auf mich!«, rief C-3PO. »Weißt du denn, wohin sie wollen?«

Die Antwort war zwar alles andere als überzeugend, aber C-3PO wollte im Moment auf keinen Fall allein gelassen werden. Er beeilte sich, R2 einzuholen, und folgte ihm unter nervösem Gemurmel.

Anakin und Padmé schlichen die riesigen, von Säulen gesäumten Flure der Fabrikstadt entlang, und ihre Schritte gingen in dem Surren und Dröhnen der vielen Maschinen, die in den großen Hallen unter ihnen eingesetzt wurden, unter. Diese Flure wirkten verlassen – zu verlassen, dachte Anakin.

»Wo sind sie geblieben?«, flüsterte Padmé und sprach damit, ohne es zu wissen, Anakins Gedanken aus.

Anakin hob die Hand, um ihr zu bedeuten, dass sie leise sein sollte, und er legte den Kopf schief und spürte … etwas.

»Warte«, sagte er.

Anakin hob die Hand höher und lauschte weiter, nicht mit seinen Ohren, sondern mit seinen Machtsinnen. Etwas war hier, ganz in der Nähe. Sein Instinkt veranlasste ihn, zur Decke hochzuschauen, und er sah staunend und entsetzt zu, wie die Balken über ihm zu pulsieren begannen, als wären sie am Leben.

»Anakin!«, rief Padmé, als mehrere geflügelte Gestalten direkt aus den Balken zu wachsen schienen, sich lösten und nach unten sprangen. Sie waren groß und schlank, sehnig stark und hatten orangefarbene Haut und ledrige Flügel.

Anakins Lichtschwert blitzte. Rasch drehte er sich, seinem Instinkt und seinen Reflexen folgend, und schlug zu, schnitt einen Teil eines Flügels ab. Das Geschöpf taumelte an ihm vorbei und fiel zu Boden, aber dann kam ein weiteres und dann noch eins, und alle stürzten sich auf den Padawan.

Anakin stach nach rechts und zog die Klinge sofort wieder aus dem qualmenden Fleisch. Dann riss er sie hoch über den Kopf, schlug nach links. Zwei weitere Fügelwesen fielen nieder. »Lauf!«, rief er Padmé zu, aber sie hatte sich bereits in Bewegung gesetzt, den Flur entlang und auf eine entfernte Tür zu. Anakin setzte das Lichtschwert ein, um weitere geflügelte Geschöpfe zurückzuhalten, und dann floh er ebenfalls. Er eilte hinter ihr durch die Tür und wäre dann beinahe von einer kleinen Brücke gestürzt, die auf einen tiefen Abgrund hinausging.

»Zurück,« wollte Padmé sagen, aber als sie und Anakin sich umdrehten, fiel eine Tür hinter ihnen zu, und sie saßen auf dem gefährlichen Vorsprung fest. Mehr Flügelwesen erschienen über ihnen, und was noch schlimmer war, der Vorsprung, auf dem sie standen, wurde rasch zurückgezogen.

Padmé zögerte nicht. Sie sprang dorthin, wo sie am wenigsten tief fallen würde: auf ein Fließband unter ihr.

»Padmé!«, schrie Anakin erschrocken. Er sprang ebenfalls und landete auf dem sich bewegenden Band. Und dann waren überall geflügelte Geonosianer, drangen auf ihn ein, und er musste verzweifelt mit dem Lichtschwert um sich schlagen, um sie in Schach zu halten.

»Meine Güte!«, sagte 3PO und betrachtete staunend die riesige Fabrik. Er und R2 standen auf einem hohen Sims, von dem aus man beinahe den ganzen Bereich überblicken konnte. »Maschinen, die Maschinen schaffen. Wie pervers!«

R2 stieß einen nachdrücklichen Pfiff aus.

»Beruhige dich!«, sagte 3PO. »Wovon redest du da? Ich bin dir nicht im Weg!«

R2 ließ sich erst gar nicht auf einen Streit ein. Er rollte vorwärts und schubste 3PO vom Sims. Der kreischende Droide fiel auf einen fliegenden Transportdroiden, dann krachte er auf ein Fließband. R2 rollte als Nächster vom Sims, und seine kleinen Raketendüsen trugen ihn rasch zu ein paar Schaltpulten.

»Also wirklich, R2!«, rief 3PO und versuchte, sich wieder zurechtzurücken. »Du hättest mich wenigstens warnen oder mir von deinem Plan erzählen können.« Endlich gelang es ihm aufzustehen – aber damit geriet er vor eine Schneidmaschine.

3PO konnte gerade noch einen einzigen Hilfeschrei von sich geben, bevor ihm die wirbelnde Klinge den Kopf von den Schultern schnitt, sein Körper auf das Förderband sackte, sein Kopf davonrollte und auf einem weiteren Band zu liegen kam, einem Band, auf dem noch andere Köpfe lagen. Sie gehörten zu Kampfdroiden.

Einen Arbeitsgang später war C-3POs Kopf auf den Körper eines Kampfdroiden geschweißt. »Wie hässlich!«, protestierte er. »Warum sollte jemand so unattraktive Droiden bauen?« Es gelang ihm, zur Seite zu schauen, wo sein immer noch aufrecht stehender Körper in einer Reihe mit den anderen Droiden darauf wartete, dass ihm ein Kampfdroidenkopf angeschweißt wurde.

»Ich bin ganz durcheinander!«, jammerte der arme 3PO.

Mehr Zeit hatte R2-D2 nicht, um nachzusehen, wie es seinem mechanischen Freund erging. Er hatte Mistress Padmé entdeckt und folgte ihr rasch.

Padmé fiel auf das Förderband, kam wieder auf die Beine, und dann musste sie sich auch schon unter einer dröhnenden Maschine hindurchducken, die aus großen Metallplatten Droidenbauteile ausstanzte. Sie schoss unter einer dieser Stanzen hindurch, kam dann direkt vor einer anderen wieder hoch, rannte hektisch auf dem Band rückwärts und wartete auf den richtigen Augenblick, wenn der schwere Stanzkopf wieder hochgezogen wurde.

Und dann stürzte sich ein geflügelter Geonosianer auf sie, packte sie und brachte sie aus dem Gleichgewicht. Sie nutzte gerade genug von ihrer Aufmerksamkeit, um sich loszureißen, und warf sich dann vorwärts, immer in der Hoffnung, die Zeit richtig abgeschätzt zu haben, kroch rasch weiter und kam gerade noch rechtzeitig heraus, bevor die Stanze wieder niederstieß.

Direkt auf den Kopf ihres Verfolgers.

Padmé sah sich mit einer weiteren Stanze konfrontiert. Auch unter diesem Stanzkopf huschte sie sicher hindurch, aber dann schoss ein geflügeltes Wesen vor ihr hoch und schlang die ledrigen Flügel um sie.

Padmé kämpfte tapfer gegen ihren Gegner an, aber das Wesen war zu stark. Es flog mit ihr zur anderen Seite des Förderbands und ließ sie dann einfach fallen. Padmé stürzte in einen großen leeren Behälter. Sie erholte sich rasch und versuchte, wieder herauszukommen, aber der Behälter war tief und die Innenwände waren glatt.

Anakin kämpfte währenddessen wild gegen einen Schwarm geflügelter Geonosianer und versuchte dabei gleichzeitig, ebenfalls den tödlichen Stanzen zu entkommen. Dennoch hatte er bemerkt, was geschehen war. »Padmé!«, rief er, als er einem weiteren Stanzkopf auswich. Es gab keine Möglichkeit, sie rechtzeitig zu erreichen, das sah er sofort, und der Behälter, in den sie gefallen war, rollte rasch auf eine Öffnung zu, aus der geschmolzenes Metall herausfloss. »Padmé!«

Und dann kämpfte er wieder, schlug nach einem weiteren Geonosianer und sah dabei voller Entsetzen, wie seine Liebste dem sicheren Tod entgegenrollte.

Er kämpfte wie ein Wahnsinniger, schlug die geflügelten Geschöpfe beiseite, versuchte verzweifelt, zu Padmé zu gelangen, und schrie ihren Namen. Er hechtete über ein weiteres Förderband, Droidenteile flogen in alle Richtungen, dann sprang er über das nächste Band und kam Padmé immer näher. Er glaubte schon, sie noch erreichen zu können, wenn er mit Hilfe der Macht sprang, aber dann kam er zu dicht an einer anderen Maschine vorbei, und ein Schraubstock schloss sich um seinen Arm und brachte ihn vor einer weiteren programmierten Schneidemaschine in Position.

Anakin trat um sich und traf mit beiden Füßen ein geflügeltes Wesen, das ihn verfolgt hatte. Er kämpfte gegen den unnachgiebigen Griff der Maschine und konnte sich gerade noch weit genug wegdrehen, um der Klinge zu entkommen – allerdings nur mit dem Arm. Voller Entsetzen musste er zusehen, wie die Maschine sein Lichtschwert in zwei Stücke schnitt.

Und dann schaute er zurück und erkannte, dass das Lichtschwert noch der geringste seiner Verluste sein würde.

»Padmé!«, schrie er.

R2-D2 war neben Padmés Behälter gelandet. Der kleine Droide arbeitete hektisch, steckte seinen Kontrollarm in die Zugangsbuchse und überprüfte unbeirrt die Dateien. Er ließ sich von dem Gedanken, dass Miss Padmé gleich von glühendem Metall übergossen würde, nicht aus dem Konzept bringen.

Und tatsächlich gelang es ihm, das richtige Band abzuschalten. Es kam zum Stehen, als Padmé weniger als einen Meter von dem Rohr entfernt war, aus dem das glühende Metall strömte. Sie hatte allerdings kaum Zeit, darüber erleichtert zu sein, denn nun stürzte sich ein weiterer Trupp geflügelter Geschöpfe auf sie und packte sie.

Anakin trat noch eines der Flügelwesen beiseite und kämpfte weiter mit der Maschine, die seinen Arm gepackt hatte. Er konnte nur verzweifelt zusehen, wie eine Gruppe schwerer Droidekas hereinrollte und sich rings um ihn her in Stellung brachte.

Und dann sank ein gepanzerter Raketenmann vor ihm nieder, den Blaster auf ihn gerichtet. »Rührt Euch nicht, Jedi!«, befahl der Mann.

Senatorin Amidala saß an einem großen Besprechungstisch, und Anakin hatte sich schützend hinter sie gestellt. Ihr gegenüber saß Graf Dooku, hinter dem Jango Fett sich aufgebaut hatte. Es war allerdings kaum eine Begegnung unter Gleichen, denn Jango Fett war bewaffnet, anders als Anakin, und an den Wänden standen geonosianische Wachen.

»Ihr haltet Obi-Wan Kenobi, einen Jediritter, gefangen«, sagte Padmé in demselben ruhigen Ton, der ihr schon bei vielen komplizierten Verhandlungen geholfen hatte. »Ich verlange in aller Form, dass ihr ihn freilasst und ihn mir übergebt.«

»Er hat sich der Spionage schuldig gemacht, Senatorin, und wird hingerichtet werden. In ein paar Stunden, wenn ich recht informiert bin.«

»Er ist ein offizieller Vertreter der Republik.« Padmé hatte die Stimme nun ein wenig erhoben. »Ihr könnt ihn nicht einfach hinrichten.«

»Wir erkennen hier die Republik nicht an«, erklärte Dooku. »Wenn sich Naboo allerdings unserer Allianz anschließen würde, könnte ich Eurer Bitte um Milde vielleicht nachkommen.«

»Und wenn ich mich Eurer Rebellion nicht anschließe, werdet ihr diesen Jedi, der mich begleitet, wohl ebenfalls töten?«

»Ich möchte nicht, dass Ihr Euch unserer Sache gegen Euren Willen anschließt, Senatorin, aber Ihr seid eine vernünftige, ehrliche Vertreterin Eures Volkes, und ich nehme an, Ihr wollt tun, was für diese Leute das Beste ist. Haben sie nicht auch genug von der Korruption, den Bürokraten, der Heuchelei? Seid doch ehrlich, Senatorin!«

Seine Worte trafen sie, denn sie wusste, dass darin eine gewisse Wahrheit lag – genug, um Dooku ein Mindestmaß an Glaubwürdigkeit zu geben, genug, dass er so viele Systeme hatte verlocken können, sich seiner Allianz anzuschließen. Und ihre derzeitige Situation beunruhigte Padmé natürlich ebenfalls tief. Sie wusste, dass sie Recht hatte, dass ihre Ideale wichtig waren, aber was zählte das angesichts der Tatsache, dass man sie hinrichten würde, wenn sie zu ihnen stand? Und noch mehr, wie wichtig waren ihre kostbaren Ideale, wenn dafür auch Anakin sterben müsste? In diesem Augenblick wusste sie, wie sehr sie den Padawan liebte, aber ihr war auch klar, dass sie nicht leugnen konnte, wofür sie ihr Leben lang gekämpft hatte, auch nicht um ihres und seines Lebens willen. »Die Ideale sind immer noch lebendig, Graf, auch wenn die Institution versagt.«

»Ihr glaubt an die gleichen Ideale wie wir!«, stürzte sich Dooku sofort auf diese scheinbare Chance. »Die gleichen Ideale, für die wir uns einsetzen.«

»Wenn das stimmt, dann solltet Ihr in der Republik bleiben und Kanzler Palpatine helfen, alles wieder in Ordnung zu bringen.«

»Der Kanzler meint es gut, M'Lady, aber er ist unfähig«, sagte Dooku. »Er hat versprochen, die Bürokratie einzudämmen, aber die Bürokraten sind stärker als je zuvor. Die Republik kann nicht gerettet werden, M'Lady. Es ist Zeit, neu anzufangen. Der demokratische Prozess in der Republik ist zu einem Ende gekommen – es ist nur noch ein Spiel, das mit den Wählern gespielt wird. Es wird eine Zeit kommen, in der dieser Kult der Habgier, den Ihr als Republik bezeichnet, jeglichen Schein von Demokratie und Freiheit verlieren wird.«

Padmé biss fest die Zähne zusammen und erinnerte sich bewusst daran, dass dieser Mann übertrieb, dass er die Tatsachen verzerrte, um sich mehr Glaubwürdigkeit zu verschaffen. Sie brauchte nur seine Lügen zu durchschauen, die Giftzähne hinter den schmeichelnden, verführerischen Bewegungen der Schlange zu erkennen. Sie musste sich stets daran erinnern, dass er Obi-Wan gefangen genommen hatte und ihn hinrichten lassen wollte. Hätte die Republik einen solchen Gefangenen gemacht und ihn zur Hinrichtung verurteilt? Hätte sie selbst so etwas getan?

»Ich kann das nicht glauben«, erklärte sie nun wieder entschlossener. »Ich weiß von Euren Verträgen mit der Handelsföderation, den Kaufmannsgilden und den anderen, Graf. Hier wird auch nicht nur eine Regierung von Kaufleuten übernommen, es ist ausschließlich das Geschäft, das regiert! Ich werde nicht alles, was ich je in Ehren hielt, aufgeben und die Republik verraten.«

»Dann verratet Ihr also lieber Eure Jedifreunde? Wenn Ihr nicht mit mir zusammenarbeiten wollt, kann ich nichts tun, um ihre Hinrichtung aufzuhalten.«

»Und in dieser Aussage liegt die ganze Wahrheit über die angebliche Verbesserung der Verhältnisse, die Ihr bewirken wollt«, erklärte sie tonlos. Ihre Worte bildeten einen Wall gegen den Schmerz, der ihr Herz und ihre Seele zerriss. In der darauf folgenden Stille wandelte sich Dookus Ausdruck von höflicher Würde zu Zorn und Feindseligkeit, allerdings nur für Sekunden, dann gewann der Graf seine übliche Ruhe und seine königliche Haltung zurück.

»Und was wird aus mir?«, fragte Padmé nun. »Soll ich ebenfalls hingerichtet werden?«

»So etwas würde ich niemals tun«, erklärte Dooku. »Aber es gibt hier einige, die ein intensives Interesse an Eurem Tod haben, M'Lady. Ich fürchte, das hat nichts mit Politik zu tun. Es ist eine ganz persönliche Angelegenheit, und es haben bereits größere Summen den Besitzer gewechselt, damit Ihr getötet werdet. Ich bin sicher, diese Seiten werden sich sehr dafür einsetzen, dass auch Ihr hingerichtet werdet. Es tut mir Leid, aber wenn Ihr nicht mit mir zusammenarbeitet, muss ich Euch den Geonosianern ausliefern. Ohne Eure Mitarbeit ist das alles, was ich tun kann – Euch ihrer Gerechtigkeit zu überantworten.«

»Gerechtigkeit«, wiederholte Padmé ungläubig und schüttelte höhnisch lächelnd den Kopf.

Dooku wartete eine Weile geduldig, ob sie noch etwas sagen würde, dann wandte er sich ab und nickte Jango Fett zu.

»Bringt sie weg!«, befahl der Kopfgeldjäger.

Sehr zu seinem Missbehagen fand 3PO genau heraus, was der Geonosianer gemeint hatte, als er sagte: »Zeigt ihm, wo er hingehört!«

Er befand sich in einer Gruppe von Kampfdroiden, die in einer Blockformation von einem Dutzend Zwanzigerreihen standen und ausführlich geprüft wurden, bevor sie auf die Plattformen gescheucht und in Föderationsschiffe geladen würden.

Der Protokolldroide war dermaßen verwirrt und unvertraut mit seinem neuen Körper, dass er sich nach rechts wandte, wenn der Geonosianer »Augen links« befahl, und als der Befehl »Vorwärts marsch!« erging, rannte der nächste Kampfdroide direkt in ihn hinein und schob ihn rückwärts, weil er seinen Befehlen wörtlich folgte, ohne improvisieren zu können.

»Hör bitte auf damit!«, flehte 3PO. »Du verkratzt mich! Bitte hör endlich auf!«

Er erhielt keine Antwort, denn die Droiden waren programmiert, nur ihrem Kommandanten zu antworten.

»Hör auf!«, bat 3PO wieder, denn er befürchtete, von dem Kampfdroiden und den vier anderen, die hinter ihm marschierten, umgerissen und niedergetrampelt zu werden. Seine Sensoren, die nun mit diesem neuen Körper verbunden waren, zeigten ihm allerdings eine wirkungsvolle Lösung für sein Problem. Ohne so recht zu begreifen, was er tat, feuerte 3PO seinen rechten Armlaser aus nächster Nähe gegen die Brust des marschierenden Kampfdroiden ab, und die Bestandteile des Droiden flogen in alle Richtungen.

»Ach du meine Güte!«, sagte 3PO.

»Stillgestanden!«, brüllte der Kommandant, und alle Droiden erstarrten sofort. Bis auf den armen 3PO, der vollkommen verdutzt dastand und den Oberkörper von einer Seite zur anderen drehte, während er überlegte, was er nun tun sollte. Er hörte, wie der Kommandant befahl, »4 Punkt 7« zur Neuprogrammierung zu bringen, und als er seine Position in der Formation berechnete, wusste er, dass der Geonosianer ihn meinte.

»Nein, wartet, das ist ein Irrtum«, rief er, als zwei kräftige Reparaturdroiden auf ihn zurollten und ihn mit ihren Schraubzwingearmen packten. »Nein, ihr habt das falsch verstanden. Ich bin darauf programmiert, mehr als drei Millionen Sprachen zu übersetzen, nicht zum Marschieren.«

Dreiundzwanzig

Noch bevor er das Ende des Flurs erreicht hatte, spürte Mace Windu Yodas Traurigkeit. Der Meister saß auf einem Besucherbalkon des Galaktischen Senatsgebäudes. Unten im Senat herrschte das Chaos. Aufruhr und Geschrei, laute Meinungsäußerungen aus allen Richtungen – die allgemeine Unruhe hatte Mace Windu ebenfalls zutiefst verstört, und er verstand Yodas Trauer und teilte sie. Das hier war die Regierung, die er und sein stolzer Orden zu schützen geschworen hatten, aber im Moment schienen die meisten Senatoren kaum des Schutzes würdig.

In diesem Augenblick erkannte Mace Windu alle Fehler der Republik, ebenso wie Meister Yoda es tat – der ganze bürokratische Unsinn, der so unvermeidlich jedem wahren Fortschritt im Weg stand. Das hier war das Chaos, aus dem Graf Dooku und seine Separatistenbewegung hervorgegangen waren. Das hier war der Unsinn, der ihren ansonsten seltsamen Behauptungen Glaubwürdigkeit verlieh und es den gierigen Eigeninteressen von Organisationen wie der Handelsföderation oder der Kaufmannsgilde erlaubte, die Galaxis auszubeuten.

Der hoch gewachsene Jedimeister ging zum Ende des Flurs und setzte sich neben Yoda. Er sagte nichts, weil es im Augenblick nichts zu sagen gab. Ihre Aufgabe bestand darin zu beobachten und für die Verteidigung der Republik zu kämpfen, so lächerlich auch viele der Abgeordneten dort unten ihnen nun vorkommen mochten.

Mace und Yoda beobachteten, wie die Senatoren einander wütend anschrien und mit Fäusten und anderen Anhängseln fuchtelten. Auf der Rednertribüne stand Mas Amedda, sah sich nervös um und rief zur Ordnung.

Endlich, nach langen Minuten, verklang das Geschrei.

»Ruhe! Ruhe im Saal!«, wiederholte Mas Amedda mehrmals in dem Versuch, die Dinge nicht wieder außer Kontrolle geraten zu lassen.

Kanzler Palpatine trat ans Pult und sah sich in dem Amphitheater um, sah vielen direkt in die Augen und versuchte, seinen Kollegen den Ernst der Lage zu vermitteln.

»Da Senatorin Amidala bedauerlicherweise abwesend ist«, erklärte er langsam und deutlich, »erteilen wir dem Abgeordneten von Naboo, Jar Jar Binks, das Wort.«

Mace sah Yoda an, der angesichts des aufbrausenden Jubels und des ebenso lauten Buhens die Augen schloss. Alle im Senat wussten, was geschehen würde, und das Gewicht dieser Angelegenheit drohte, die Versammlung zu spalten.

Mace schaute wieder nach unten und entdeckte schließlich Jar Jar, der mit seiner Plattform auf die Tribüne zuschwebte, flankiert von Gungan-Sekretären.

»Senatoren!«, rief Jar Jar! »Merehrte Vitabgeordnete ...«

Das Gelächter war beinahe so ohrenbetäubend wie die Streitereien zuvor, aber die Heiterkeit legte sich rasch, und höhnisches Gebrüll war zu hören.

»Bleib stark, Jar Jar«, flüsterte Mace und spähte zu dem Gungan hinab, dessen Gesicht und Ohren vor Verlegenheit rot angelaufen waren.

»Ruhe!«, rief Mas Amedda von der Tribüne aus. »Der Senat wird den Abgeordneten anhören!«

Langsam beruhigte sich alles wieder, und Mas Amedda gab Jar Jar, der sich fest an das Geländer seiner Plattform klammerte, ein Zeichen.

»In Reaktion auf diese direkte Gefahr für die Republik«, sagte der Gungan nun klar und deutlich, »michse vorschlagen, dass der Senat dem Obersten Kanzler sofort Notstandsvollmachten übertragen.«

Kurzes Schweigen folgte. Viele Senatoren drehten sich zu ihren Kollegen um, weil sie sehen wollten, wie diese reagierten. Langsam begannen einige zu klatschen, und als die Opposition in Hohngelächter ausbrach, wurde der Jubel nur noch lauter und übertönte bald das Buhen. Amidala war zwar nicht anwesend, trotzdem war ihr diese Wirkung zuzuschreiben – das begriff Mace sofort. Die Senatorin von Naboo hatte lange Jahre daran gearbeitet, das Vertrauen ihrer Kollegen zu gewinnen, und das hatte nun zu diesem wichtigen Sieg geführt. Hätte ein anderer als der Abgeordnete Naboos – eine Person, die an Senatorin Amidalas Stelle sprach – eine solch drastische Maßnahme vorgeschlagen, dann wäre die Debatte nie so klar entschieden worden. Aber da sich die Senatorin nun offensichtlich auf die Seite geschlagen hatte, die für die Aufstellung einer Armee war, folgten viele ihrer Parteigänger nun diesem Beispiel.

Der Lärm dauerte noch viele Minuten an, und als das Buhgeschrei am Ende verklang, wurde der Jubel um so lauter. Kanzler Palpatine hob schließlich die Hände und bat damit um Ruhe.

»Ich nehme diesen Antrag nur mit großem Widerstreben an«, begann Palpatine. »Ich liebe die Demokratie, und ich liebe die Republik. Ich bin von Natur aus ein friedfertiger Mensch und wünsche nicht, dass die Demokratie vernichtet wird. Die Macht, die Ihr mir nun verleiht, werde ich sofort wieder abgeben, sobald die Krise abgeflaut ist. Das verspreche ich Euch. Und als erste Amtshandlung dank meiner neuen Autorität werde ich eine Armee der Republik aufstellen, um sie der zunehmenden Bedrohung durch die Separatisten entgegenzustellen.«

»Es ist also geschehen«, sagte Mace zu Yoda, und der kleine Jedimeister nickte grimmig. »Ich werde alle Jedi nehmen, die uns geblieben sind, und nach Geonosis aufbrechen, um Obi-Wan zu helfen.«

»Und besuchen die Kloner auf Kamino ich werde, und diese Armee sehen, die sie geschaffen haben für die Republik«, erklärte Yoda.

Dann verließen die beiden Jedi das Senatsgebäude.

Der Gerichtssaal sah aus wie so viele in der Galaxis, ein runder Raum, der von Geländern in mehrere Bereiche aufgeteilt war und hinter der Hauptabtrennung Reihen von Plätzen für interessierte Zuschauer aufwies. Aber die Besetzung der Richterbank zeigte Padmé deutlich, dass alle Ähnlichkeit mit einem Ort, an dem Recht gesprochen wurde, mit der Architektur ein Ende hatte. Poggle der Geringere, Erzherzog von Geonosis, saß der Versammlung vor, unterstützt von seinem geonosianischen Adjutanten Sun Fac. So etwas wie Unvoreingenommenheit würde es nicht geben. Padmé sah, dass die anderen Richter separatistische Senatoren, Würdenträger der diversen Kaufmannsgilden und Angehörige des Intergalaktischen Bankenclans waren.

Sie beobachtete sie sorgfältig und bemerkte sofort den leidenschaftlichen Hass in ihren Blicken. Das hier war keine Anhörung, keine Verhandlung. Es war eine Erklärung der Feindseligkeit, sonst nichts.

Und daher überraschte es Padmé nicht, als Sun Fac vortrat und verkündete: »Man hat Euch der Spionage angeklagt und schuldig befunden.«

So viel zum Thema Beweise, dachte Padmé.

»Habt Ihr noch etwas zu sagen, bevor die Strafe vollstreckt wird?«, wollte Erzherzog Poggle der Geringere wissen.

Ungerührt starrte die Senatorin dem Geonosianer direkt in die Augen. »Diese Hinrichtung kommt einem kriegerischen Akt gleich, Erzherzog. Ich hoffe, Euch sind die Folgen klar.«

Der Geonosianer kicherte. »Wir sind Hersteller von Waffen, Senatorin! Das ist unser Handwerk! Selbstverständlich sind wir vorbereitet!«

»Macht schon!«, erklang die Stimme Nute Gunrays von der Seite. »Vollstreckt die Strafe. Ich will sie leiden sehen!«

Padmé schüttelte nur den Kopf. Das alles geschah, weil sie die Pläne des Neimoidianers vereitelt hatte, der ihren Planeten hatte ausbeuten wollen, als sie noch Königin gewesen war. Das alles geschah, weil sie sich nicht der Macht Gunrays und seiner Schergen ergeben hatte. Und dabei hatte sie sich sogar noch dafür ausgesprochen, die Neimoidianer nach ihrer Niederlage auf Naboo gnädig zu behandeln!

»Euer anderer Jedifreund wartet schon, Senatorin«, verkündete Erzherzog Poggle der Geringere und winkte den Wachen. »Bringt sie in die Arena!«

Weiter hinten im Gerichtssaal sah der Junge mit großen Augen zu und blickte dann zu seinem Vater auf – einer vollendeten älteren Version seiner selbst. »Wird man sie den Tieren vorwerfen?«, fragte Boba Fett.

Jango Fett schaute seinen begeisterten Sohn an und lachte leise. »Ja, Boba.« Er hatte Boba schon viel von der geonosianischen Arena erzählt.

»Ich hoffe, sie werden ein Acklay verwenden«, sagte Boba ganz sachlich. »Ich möchte sehen, ob sie wirklich so wild sind, wie ich gelesen habe.«

Jango lächelte nur und nickte. Es amüsierte ihn, dass sein Sohn sich schon so für diese Dinge interessierte, und er war froh über die Leidenschaftslosigkeit, mit der Boba das Thema betrachtete. Obwohl es hier immerhin um die Hinrichtung von drei Personen ging, betrachtete der Junge die ganze Sache mit dem kühlen, gelassenen Pragmatismus, der ihm einmal gestatten würde, in dieser gewalttätigen Galaxis zu überleben.

Er lernte schnell.

Das Durcheinander von Informationen, mit denen C-3PO vollgestopft wurde, hätte den Droiden zweifellos überwältigt und ihn so konditioniert, wie es beabsichtigt war, wären seine Schaltkreise nicht schon bis zum Rand mit linguistischen Informationen gefüllt gewesen. 3PO beschäftigte sich mit Übersetzungen jedes Musters von Anweisungen in unzählige Sprachen und verwässerte auf diese Weise alles genug, damit die Nachprogrammierung jede reale Wirkung verlor.

Solche Subtilität entging den Droiden, die ihn programmierten, vollkommen, und nach ein paar Stunden führten sie ihn wieder nach draußen und durch die große Versammlungshalle.

Und dort vernahm 3PO ein klägliches und vertrautes Heulen.

»R2!«, rief er und drehte den Kopf. Dort war sein kuppelköpfiger Freund und arbeitete an einem Schaltpult. R2-D2 drehte den Kopf und gab ein weiteres »Oooo« von sich.

»O R2!«, klagte nun auch 3PO, und bevor er auch nur genauer darüber nachdachte, hatte er sein Zielgerät vor die Augen gebracht und den Laser auf den Bolzen gerichtet, der die Bewegungsfreiheit seines Freundes einschränkte.

Ein einzelner Strahl flammte auf und riss den Bolzen aus der Halterung.

»He!«, rief einer der Drilldroiden und trat rasch neben 3PO.

»Sieht so aus, als bräuchte er noch mehr Programmierung«, stellte ein anderer fest.

Der oberste Reparaturdroide sah sich um und schüttelte den Kuppelkopf. »Nein«, sagte er. »Er hat keinen großen Schaden angerichtet. Bringt ihn raus auf den Hof.«

Sie führten C-3PO weg.

Kurz nachdem sie gegangen waren, rollte R2-D2 ganz unauffällig von seinem Schaltpult weg. Da all diesen relativ friedlichen Droiden, die an den Pulten arbeiteten, ein Reglerbolzen eingesetzt war, der ihre Funktionen einschränkte, gab es hier keine Wachen.

Bald schon war der kleine Droide frei.

Der Tunnel war dunkel und angemessen unheimlich, und es war still hier, wenn man von dem hin und wieder bis hierher hörbaren Jubel der riesigen Menge in der Arena absah. Ein einzelner Wagen wartete an einem Ende des Tunnels, ein offenes Oval mit einem schrägen Vorderende, das irgendwie an einen Insektenkopf erinnerte, bei dem man die obere Hälfte abgeschnitten hatte. Anakin und Padmé wurden einfach hineingeworfen und dann einander gegenüber an den Rahmen gefesselt.

Beide zuckten zusammen, als der Wagen in den dunklen Tunnel rollte.

»Hab keine Angst«, flüsterte Anakin.

Padmé lächelte ihn an. Sie schien ganz ruhig zu sein. »Ich habe keine Angst vor dem Tod«, sagte sie leise. »Seit du wieder in mein Leben getreten bist, bin ich jeden Tag ein bisschen gestorben.«

»Wovon sprichst du da?«

Dann sprach sie es aus, und es klang ehrlich und echt und liebevoll. »Ich liebe dich.«

»Du liebst mich?«, fragte er überwältigt. »Du liebst mich! Ich dachte, wir hätten beschlossen, dass wir uns nicht verlieben, weil wir sonst gezwungen wären, eine Lüge zu leben, und das unser Leben zerstören würde.« Aber ihre Worte hatten bewirkt, dass er sich trotz dieser unerträglichen Situation irgendwie zufrieden fühlte.

»Es sieht so aus, als wäre unser Leben ohnehin nichts mehr wert«, erwiderte Padmé. »Meine Liebe zu dir ist mir ein Rätsel, Anakin, auf das ich keine Antwort weiß. Ich kann sie nicht beherrschen, und inzwischen ist mir das auch gleich. Ich liebe dich, und bevor wir sterben, wollte ich, dass du es weißt.«

Padmé stemmte sich gegen die Fesseln und reckte den Kopf vor, und Anakin tat das Gleiche. So konnten sie einander nahe genug kommen für einen liebevollen Kuss, einen tiefer und tiefer werdenden Kuss, der alles ausdrückte, was sie schon lange hätten aussprechen sollen. Für die falsche Heldenhaftigkeit, mit der sie ihre Gefühle zuvor geleugnet hatten, war nun kein Platz mehr.

Aber dieser süße Augenblick war nichts weiter als das – ein Augenblick. Ein Peitschenknall ertönte, dann rollte der Wagen weiter durch den Tunnel und schließlich ins grelle Tageslicht und in ein gewaltiges Stadion hinaus, das mit geonosianischen Zuschauern gefüllt war.

Vier Säulen von je etwa einem Meter Durchmesser waren in der Mitte der Arena angebracht, alle mit Ketten versehen. An einer dieser Säulen war eine vertraute Gestalt angebunden.

»Obi-Wan!«, rief Anakin, als man ihn vom Wagen riss, zur Säule zerrte und an den Pfeiler neben seinem Meister fesselte.

»Ich hatte mich schon gefragt, ob du meine Nachricht erhalten hast«, erwiderte Obi-Wan. Sowohl er als auch Anakin verzogen das Gesicht, als sie sahen, wie Padmé ebenso grob zu der Säule neben Anakin gezerrt und daran festgebunden wurde. Sie sahen, wie sie sich ein wenig nach vorn beugte, wie in einem vergeblichen Versuch des Widerstands. Was sie allerdings nicht merkten war, dass die erfindungsreiche Padmé einen Draht aus dem Gürtel gezogen hatte.

»Ich habe Eure Botschaft weitergeleitet, wie Ihr gewünscht habt, Meister«, erklärte Anakin. »Und dann haben wir beschlossen, hierher zu kommen und Euch zu retten.«

»Gute Arbeit«, stellte Obi-Wan sarkastisch fest. Er knurrte, als man ihm die Arme über den Kopf riss und ihn so vollkommen hilflos machte. Anakin und Padmé wurden ebenso behandelt. Sie konnten sich allerdings noch ein wenig zur Seite drehen, daher war es ihnen möglich, die Ankunft der Würdenträger zu beobachten – Gesichter, die sie nur zu gut kannten.

»Die Verbrecher, die hier vor Euch stehen, haben sich der Spionage gegen das Herrschaftssystem von Geonosis schuldig gemacht«, verkündete Sun Fac. »Die Todesstrafe wird sofort vollstreckt werden.«

Der wilde Jubel betäubte die Gefesselten beinahe.

»Die Leute hier mögen Hinrichtungen«, stellte Obi-Wan trocken fest.

In der Loge der Würdenträger machte Sun Fac Erzherzog Poggle dem Geringeren Platz, der die Arme hob, in die Hände klatschte und damit um Ruhe bat. »Ich habe beschlossen, euch heute ein besonders unterhaltsames Spektakel zu bieten«, verkündete er unter weiterem lauten Jubel. »Welches unserer kleinen Schoßtierchen wäre wohl das geeignetste, solch wichtige Verbrecher hinzurichten? Das habe ich mich wieder und wieder gefragt, und viele Stunden habe ich keine Antwort gefunden.

Endlich habe ich ...« Er hielt theatralisch inne, und die Menge wurde still. »... mich für das Reek entschieden!«

An der Seite der Arena wurde ein Tor hochgezogen, und heraus stürmte ein riesiger Vierbeiner mit massiven Schultern, einem langgezogenen Kopf und drei tödlichen Hörnern, eines vorn an der Schnauze, die beiden anderen zu beiden Seiten seines breiten Mauls. Das Reek war so hoch wie ein Wookie, so breit, wie ein Mensch groß war, und mehr als vier Meter lang. Es wurde von einer Reihe von Picadoren in die Arena getrieben, die Speere trugen und auf Orrays saßen, kuhgroßen Geschöpfen mit langer Schnauze.

Nachdem der Jubel verklungen war, überraschte Poggle die Menge, indem er verkündete: »Und das Nexu!« Ein zweites Fallgitter wurde hochgezogen, und dahinter tauchte ein großes katzenartiges Tier auf. Sein Kopf machte beinahe die Hälfte des Körpers aus und hatte ein Maul voller Reißzähne, die einen Mann mit einem Biss zerteilen konnten. Ein Fellkamm stand vom Kopf bis zum Hinterteil steil in die Höhe und endete kurz vor einem peitschenden Katzenschwanz.

Bevor die überraschte Menge wieder in Jubel ausbrechen konnte, rief Poggle: »Und das Acklay!« Ein drittes Fallgitter erhob sich vor dem schrecklichsten Geschöpf der drei. Es bewegte sich spinnenartig auf vier Beinen, die alle in riesigen langen Klauen endeten. Weitere Gliedmaßen bewegten sich drohend durch die Luft und waren ebenfalls mit Klauen versehen, die das Tier auf- und zuschnappen ließ. Sein Kopf, gekrönt von einem langen, gebogenen Horn, befand sich mehr als zwei Meter über dem Boden. Das Acklay sah sich hungrig um, und während die beiden anderen Geschöpfe die Ermutigung durch die Picadoren gebraucht hatten, war das bei diesem hier nicht der Fall.

Das Acklay war der wahre Liebling der Menge, besonders des kleinen Boba Fett, der neben seinem Vater bei den Würdenträgern saß. Boba strahlte und begann alles zu zitieren, was er über das tödliche Ungeheuer gelesen hatte.

»Nun, das sollte Spaß machen – jedenfalls denen da!«, klagte Obi-Wan.

»Was?«, fragte Anakin.

»Schon gut«, erwiderte Obi-Wan. »Bist du bereit zu kämpfen?«

»Kämpfen?«, fragte Anakin skeptisch und warf einen Blick zu seinen mit Ketten gefesselten Handgelenken, dann wieder zu den drei Ungeheuern, die erst jetzt zu bemerken schienen, dass das Essen serviert war.

»Die Leute sollen für ihr Geld doch wenigstens etwas zu sehen bekommen. Nimm du das rechte, ich kümmere mich um das linke.«

»Und was ist mit Padmé?« Beide drehten sich um und bemerkten, dass ihre Begleiterin bereits den Draht benutzt hatte, um sich einer ihre Fesseln zu entledigen, und nun konnte sie sich mit dem Gesicht zur Säule drehen. Sie kletterte an der Kette die Säule empor, wo sie sich dann daran machte, die zweite Fessel zu lösen.

»Anscheinend ist sie uns schon voraus«, stellte Obi-Wan trocken fest.

Anakin warf sich gerade noch rechtzeitig herum, um das Reek angreifen zu sehen. Ein Reflex ließ den jungen Jedi steil in die Luft springen, und das Tier krachte in die Säule unter ihm. Anakin erkannte sofort seine Chance, ließ sich auf den Rücken des Ungeheuers fallen und wickelte die Kette um das Horn. Das Reek bockte und riss die Kette vom Pfeiler, und dann tobten sie durch die Arena – das Reek weiterhin bockend, und Anakin, der sich verzweifelt festklammerte. Er schlug mit dem freien Ende der Kette auf den Kopf des Reek ein, und das wütende Tier schnappte in seinem Zorn danach und lieferte Anakin damit unfreiwillig so etwas wie ein Halfter.

Nachdem er den Bauplan heruntergeladen hatte, fiel es R2-D2 nicht schwer, sich in dem riesigen Fabrikkomplex zurechtzufinden. Der kleine Droide rollte weiter und pfiff dabei lässig vor sich hin, um bei den Geonosianern, denen er unterwegs begegnete, keine Aufmerksamkeit zu erregen.

Aber die schienen ohnehin nicht sonderlich an ihm interessiert zu sein, und R2 glaubte zu wissen warum, denn er hatte schon von dem gewaltigen Ereignis gehört, das gerade stattfand: einer dreifachen Hinrichtung. Es fiel ihm nicht schwer zu erraten, wer die unglückseligen Todeskandidaten waren.

Er folgte einem komplizierten Kurs durch das Gelände und mied dabei die Geonosianer so gut wie möglich. Wenn er es überhaupt nicht vermeiden konnte, ihnen zu begegnen, rollte er scheinbar zerstreut an ihnen vorbei und versuchte, nicht fehl am Platze zu wirken.

Er wusste, er würde auf mehr von ihnen treffen, je näher er der Arena kam, und konnte nur hoffen, dass sie durch das aufregende Ereignis genügend abgelenkt waren, um einen kleinen Navdroiden nicht zu bemerken.

Obi-Wan sollte bald schon erfahren, wieso das Acklay der Liebling der Zuschauer war. Das Geschöpf bäumte sich hoch auf und kam direkt auf ihn zugerast. Als Obi-Wan hinter der Säule Deckung suchte, nahm das Acklay den direkten Weg und warf sich gegen den Pfeiler, wobei es mit den riesigen Klauen die Kette durchtrennte. Durch die Wut seines Gegners befreit, drehte sich Obi-Wan um und rannte direkt auf den nächsten Picador zu, dicht verfolgt von dem Acklay. Der Geonosianer senkte den Speer, aber Obi-Wan wich aus und packte die Waffe. Er riss sie dem verblüfften Geonosianer aus den Händen und schlug damit nach dessen Orray, das sich daraufhin aufbäumte. Ohne wesentlich langsamer zu werden, setzte Obi-Wan dann das stumpfe Ende des Speers auf den Boden und sprang über den Picador und sein bockendes Reittier hinweg.

Wieder nahm das Acklay den direktesten Weg und krachte gegen den Reiter und den kuhähnlichen Vierbeiner, was den Geonosianer aus dem Sattel riss. Das Ungeheuer packte den Picador mit einer Klaue und quetschte das Leben aus ihm heraus.

Oben auf ihrer Säule strengte sich Padmé verzweifelt an, auch noch die zweite Fessel zu lösen. Aber das katzenhafte Nexu versuchte bereits, nach oben zu springen, und schlug mit tödlichen Krallen nach ihr. Padmé konnte ausweichen, aber das Nexu griff sofort wieder an.

Padmé schlug mit der Kette nach dem Tier.

Das katzenartige Geschöpf gab nicht auf und riss bei dem Versuch, auf die Säule zu klettern, große Splitter aus dem Holz. Dann nahm es schließlich mehr Anlauf, schaffte es bis oben auf den Pfeiler und bäumte sich vor Padmé auf, um ein triumphierendes Brüllen auszustoßen.

Die Zuschauermenge schwieg angespannt und wartete auf den ersten Tod.

Als das Nexu zuschlug, drehte sich Padmé rasch um, und obwohl die Klauen ihr Hemd zerrissen und oberflächlich auch ihren Rücken streiften, fuhr sie schwungvoll wieder herum und landete mit dem freien Ende der Kette einen festen Schlag gegen den Kopf des Tiers. Das Nexu fiel von der Säule, Padmé sprang seitlich herunter, und als die Kette sie zurückriss und schwungvoll um den Pfosten wirbelte, zog sie die Beine an, trat mit beiden Füßen zu und schmetterte das Nexu zu Boden.

Ohne einen weiteren Blick auf das Ergebnis zu werfen, kletterte sie wieder nach oben und machte sich hektisch daran, sich weiter zu befreien.

Die Menge schrie wie aus einem Mund.

»Schiebung!«, brüllte Nute Gunray in der Loge. »Das geht doch nicht! Schießt sie ab!«

Boba Fett hingegen konnte sich ein bewunderndes »Wow!«, nicht verkneifen. Jango legte seinem Sohn die Hand auf die Schulter. Er genoss das Schauspiel ebenso wie der Junge.

»Das Nexu wird sie schon erwischen, Vizekönig«, versicherte Poggle der Geringere dem empörten Neimoidianer.

Gunray war aufgeregt aufgesprungen, wie auch alle anderen in der Loge und die übrigen Zuschauer. Niemand setzte sich wieder hin. Die Menge schrie abermals auf, als Obi-Wan hinter dem niedergestürzten Reittier des Picadors hervorrannte und dann dem wütenden Acklay den geraubten Speer in den Hals stieß. Das Tier kreischte vor Schmerz und schlug das sich windende Orray beiseite.

In der Mitte der Arena arbeitete Padmé weiter an der Kette, während das Nexu wieder auf die Beine kam und zum Pfosten zurückkehrte. Endlich gelang es der jungen Frau, sich zu befreien.

Aber nun war das Nexu direkt unter ihr und blickte hinauf. Speichel lief aus dem übergroßen Maul des Tiers, Mordlust stand in seinem Blick. Es duckte sich zum Sprung.

Und wurde von Anakin, der auf dem Reek saß, niedergeritten.

»Alles in Ordnung?«, rief er Padmé zu.

»Klar doch.«

»Spring!«, rief Anakin, und Padmé war bereits in der Luft, um direkt hinter Anakin zu landen.

Sie kamen an dem verwundeten und wütenden Acklay vorbei, und Obi-Wan ergriff rasch Padmés Hand und sprang hinter sie.

Wieder jubelte Boba Fett, ebenso wie viele Geonosianer.

Nute Gunray allerdings war alles andere als erfreut. »So hatte ich mir das nicht vorgestellt!«, schrie er Graf Dooku an. »Sie sollte längst tot sein!«

»Geduld«, erwiderte der Graf ruhig.

»Nein!«, schrie Nate Gunray zurück. »Jango, tötet sie auf der Stelle!«

Jango sah Nute Gunray amüsiert an und nickte wissend, als Graf Dooku ihm bedeutete zu bleiben, wo er war.

»Geduld, Vizekönig«, sagte der Graf abermals zu dem vor Wut schäumenden Gunray. »Sie wird sterben.«

Noch bei diesen Worten, noch während Gunray beinahe explodierte, zeigte der Graf wieder zur Arena, und die Neimoidianer sahen eine Gruppe von Droidekas hereinrollen. Sie umringten das Reek und die drei Gefangenen und nahmen die Kampfposition ein. Anakin hatte keine andere Wahl, als fest an dem improvisierten Zügel zu reißen und das Geschöpf zum Stehen zu bringen.

»Seht Ihr?«, fragte der Graf ruhig.

Seine Miene veränderte sich allerdings für einen Augenblick, als hinter ihm ein vertrautes Summen erklang. Er schaute rasch nach rechts und sah eine violette Lichtschwertklinge direkt neben Jango Fetts Hals, dann drehte er sich weiter um und erkannte, wer die Waffe hielt.

»Meister Windu«, sagte er mit seinem typischen Charme. »Wie nett von Euch, uns zu besuchen! Ihr kommt gerade rechtzeitig für den Augenblick der Wahrheit. Ich finde, diese beiden Jungen dort bräuchten noch ein wenig mehr Ausbildung.«

»Es tut mir Leid, Euch zu enttäuschen, Dooku«, erwiderte Mace kühl. »Die Party ist vorbei.« Der Jedimeister gab mit seinem schimmernden Lichtschwert das verabredete Zeichen, dann brachte er die Klinge wieder nah an Jango Fetts Hals.

Überall im Stadion blitzten Lichtschwerter auf, als hundert Jediritter ihre Waffen zündeten.

Die Menge wurde vollkommen still.

Graf Dooku drehte sich ein wenig zur Seite und warf Mace Windu aus dem Augenwinkel einen Blick zu. »Mutig, aber dumm, mein alter Jedifreund. Ihr seid zahlenmäßig vollkommen unterlegen.«

»Das glaube ich nicht«, entgegnete Mace. »Die Geonosianer sind keine Krieger. Jeder einzelne Jedi muss mindestens hundert von ihnen wert sein.«

Graf Dooku sah sich im Stadion um, und sein Lächeln wurde ausgeprägter. »Ich hatte auch nicht an die Geonosianer gedacht. Wie gut wird sich denn ein einzelner Jedi gegen tausend Kampfdroiden schlagen?«

Er hatte den Zeitpunkt perfekt gewählt, denn gerade, als er den Satz beendete, kam eine Reihe von Kampfdroiden den Flur hinter Mace Windu entlang und begann zu feuern. Der Jedi reagierte sofort, wirbelte herum und schlug die Geschosse mit dem Lichtschwert zu seinen Angreifern zurück. Er wusste allerdings, dass diese paar Droiden sein kleinstes Problem waren, denn als er sich umsah, bemerkte er den Grund für Dookus Selbstvertrauen: Tausende von Kampfdroiden rollten über die Rampen auf die Zuschauertribünen und in die Arena.

Der Kampf begann sofort, und das gesamte Stadion füllte sich mit kreischenden Lasergeschossen. Die Jedi versuchten eilig, sich zu Verteidigungsgruppen zusammenzufinden, und schlugen wild mit den Schwertern die Geschosse zurück. Geonosianer waren überall. Einige versuchten, die Jedi anzugreifen, und fanden beinahe sofort den Tod, andere wollten einfach nur fliehen.

Mace Windu spürte, dass sich die gefährlichsten Feinde hinter ihm befanden und fuhr herum. Er fand sich einem Flammenwerfer gegenüber, den Jango Fett auf ihn richtete.

Flammen zischten auf und setzten das fließende Gewand des Jedimeisters in Brand. Mace sprang einfach hoch, hob sich mit Hilfe der Macht aus der Loge und landete in der Arena. Er riss sich das brennende Gewand ab und warf es weg.

Rings um ihn her wurde der Kampf heftiger. Die Jedi traten

auf den Tribünen gegen Unmengen von Geonosianern an, und viele andere eilten in die Arena, um sich dem Kampf gegen die Mehrzahl der Droiden anzuschließen. Mace verzog das Gesicht, als er sah, wie Obi-Wan, Anakin und Padmé von dem bockenden Reek abgeworfen wurden. Er winkte den anderen Jedi, aber das wäre nicht notwendig gewesen, denn jene, die den dreien am nächsten waren, eilten schon auf sie zu und warfen Anakin und Obi-Wan Lichtschwerter zu.

Als die beiden ihre Klingen zündeten und Padmé zwischen sie trat, eine Blasterpistole in der Hand, die sie einem Droiden abgenommen hatte, konnte Mace wieder ein wenig leichter atmen.

Aber nur für einen Augenblick. Dann war der Jedimeister schon wieder in blitzschneller Bewegung und arbeitete mit seiner Klinge, um die Geschosse zurückzuschlagen, die die Kampfdroiden auf ihn abfeuerten. Bald schon stand er neben Obi-Wan in der Mitte der Arena, und Rücken an Rücken machten sie sich an die Arbeit, bewegten sich auf eine Gruppe von Droiden zu, brachten mehrere davon mit zurückgelenkten Geschossen zu Fall, dann zerschnitten sie sie mit den Lichtschwertern. Obi-Wan griff einen Droiden mit hoch erhobener Waffe an, aber wenn dieser versuchte, den Schlag zu parieren, schnitt Mace den Droiden mit gesenktem Schwert entzwei.

Hinter Mace Windu und Obi-Wan kämpften Anakin und Padmé ebenfalls Rücken an Rücken, wobei Anakin überwiegend defensiv arbeitete und die Laserstrahlen ablenkte, während Padmé einen Droiden nach dem anderen traf.

Aber trotz all dieser mutigen Anstrengungen, trotz des Bergs niedergestreckter Feinde, Geonosianer wie Droiden, wurde das Ergebnis des Kampfes immer klarer, und die Jedi wurden von der zahlenmäßigen Übermacht immer weiter zurückgedrängt. Der Rückzug fand in der Arena statt, obwohl dieser Bereich ihnen kaum Deckung bot. Außer den Droiden und Jedi waren immer noch die beiden Tiere hier unterwegs und töteten alles, was sich ihnen in den Weg stellte.

Mitten in dieses Chaos marschierte C-3PO – beziehungsweise sein Körper, versehen mit dem Kopf eines Kampfdroiden. Bald schon wurde dieser zusammengestückelte Droide jedoch von einem Blasterstrahl am Hals erwischt. Er fiel zu Boden, und der Kampfdroidenkopf löste sich vom Körper.

Auf der anderen Seite der Arena, in einem Tunnel und auf dem Weg ans Tageslicht, spürte C-3POs Kopf etwas davon, aber nur vage.

»Meine Beine bewegen sich nicht mehr!«, rief er, obwohl seine derzeitigen Beine selbstverständlich problemlos funktionierten. »Ich brauche Öl!«

Sie mussten improvisieren – die Situation war zu verworren für koordinierte und abgesprochene Strategien.

Es war genau die Art von Kampf, in der Padmé sich stets bewährt hatte. Bei jedem Schritt den Blaster abfeuernd, eilte sie auf den Wagen zu, der sie und Anakin in die Arena gebracht hatte, und kletterte auf das verwirrte Orray, das ihn zog.

Hinter ihr kam Anakin, sein Lichtschwert ununterbrochen in Bewegung, und wehrte die Laserschüsse der Kampfdroiden ab. Er sprang in den Wagen, und Padmé trieb das Orray an.

Sie stürzten sich in den Kampf, rollten und hüpften über die niedergestürzten Geonosianer und Droiden. Padmé feuerte einen Schuss nach dem anderen ab, und Anakin schuf eine noch breitere Spur der Zerstörung, indem er alle Schüsse zurückschlug, die die Droiden auf sie abfeuerten.

C-3PO betrat die Arena, und wenn seine Augen es gestattet hätten, größer zu werden, hätte er sie sicher überrascht und entsetzt aufgerissen.

»Wo sind wir?«, rief er. »Ein Kampf! O nein! Ich bin ein Protokolldroide. Ich bin für so etwas nicht gebaut. Ich kann das nicht! Ich will nicht zerstört werden!«

Der Droide mit dem fremden Körper hielt nicht viel länger

stand als seine andere Hälfte auf der andern Seite der Arena. Bald schon fand er sich der Jedimeisterin Kit Fisto gegenüber, die ihn sofort mit der Macht zu Boden schleuderte. Danach vollführte die Jedi eine anmutige Drehung und schlug mit einem festen Hieb ihres Lichtschwerts den Kampfdroiden nieder, der hinter 3PO marschiert war. Der Droide fiel auf den bereits am Boden liegenden 3PO.

»Hilfe! Ich sitze fest! Ich kann nicht aufstehen!«, jammerte 3PO – ein Ruf, den niemand hörte.

Bis auf einen.

R2-D2 rollte in die Arena und umging geschickt Gemetzel und Gefahr.

Es war den Kampfdroiden nicht gelungen, Mace und Obi-Wan voneinander zu trennen, so gut waren ihre Bewegungen aufeinander abgestimmt. Aber die schiere Masse des Reek war auch für zwei Lichtschwerter zu viel, und als das wütende Tier angriff, hatten sie keine andere Wahl, als in unterschiedliche Richtungen auszuweichen.

Das Reek folgte Mace, und er musste wild um sich schlagen, um es abzuwehren. Es gelang ihm schließlich, aber er wurde umgestoßen und verlor dabei sein Lichtschwert. Als er wieder auf die Beine kam, fand er sich abermals dem Reek gegenüber. Er nahm an, dass er das Monster ausmanövrieren und sich sein Lichtschwert zurückholen könnte, aber dann flog ein Raketenmann in Rüstung zwischen sie, den Blaster auf Mace gerichtet.

Mace verband sich mit der Macht, zog das Lichtschwert zurück in seine Hand und benutzte es, um Jangos ersten Schuss abzuwehren. Beim zweiten Schuss war der Jedimeister besser vorbereitet und ließ das Geschoss direkt zu dem Kopfgeldjäger zurückprallen. Jango jedoch hatte sich schon wieder in Bewegung gesetzt, war seitlich ausgewichen und drehte sich, um nochmals auf den Jedi zu schießen.

Er hatte allerdings nicht mit dem Reek gerechnet, das nicht

zwischen Freund und Feind unterscheiden konnte und sich auf ihn stürzte. Der Kopfgeldjäger traf das riesige Tier ein paar Mal, aber die Schüsse ließen es kaum langsamer werden, und Jango wurde beiseite geschleudert. Das Reek folgte ihm und versuchte ihn niederzutrampeln. Jango war schnell. Wieder und wieder rollte er sich in letzter Sekunde beiseite, und jedes Mal schoss er. Noch mehr Lasergeschosse bohrten sich in den Bauch des wütenden Reek.

Endlich begann das riesige bullenhafte Geschöpf zu schwanken, und Jango schaffte es gerade noch, sich zur Seite zu werfen, damit das Tier nicht auf ihn stürzte. Das brachte ihn wieder in die Nähe von Mace Windu, der sofort angriff. Jango wich aus und hob sich mit Hilfe der Raketen in die Luft. Er versuchte, der tödlichen Klinge des Jedimeisters immer ein Stück voraus zu sein, und es gelang ihm sogar, dabei noch den einen oder anderen Schuss auf Mace abzugeben.

Der Mann war gut, das musste Mace zugeben. Er war sogar sehr gut, und mehr als einmal musste der Jedi verzweifelt parieren, um den Angriff noch abwehren zu können. Er machte jedoch weiter und hielt Jango mit plötzlichen Ausfällen und weit geschwungenen Schlägen in der Defensive.

Ein falscher Schritt ...

Und dann geschah es. Mace täuschte eine Bewegung nach links an, brach sie aber ab und stach geradeaus zu, dann veränderte er seinen Griff und zog das Lichtschwert von links nach rechts.

Er drehte sich einmal um die eigene Achse, bereit, einen weiteren Schuss abzuwehren, aber es kam keiner.

Diese Kreisbewegung hatte gesessen. Jango Fetts Kopf fiel von seinen Schultern und rollte aus dem Helm heraus auf den Arenaboden.

»Immer geradeaus«, sagte sich Obi-Wan, als das Acklay angriff und die riesigen Klauen in der Luft zuschnappen ließ.

Er bewegte sich nach links, dann rechts, dann rollte er geradeaus auf das Tier zu, zwischen den starken Armen und zuschnappenden Klauen hindurch, drehte sich und stach mit seinem geliehenen Lichtschwert zu, um ein Loch in die Brust des Geschöpfs zu bohren.

Das Acklay sackte nach vorn und drohte, Obi-Wan unter sich zu begraben, aber der Jedi sprang steil nach oben. Er landete auf dem Rücken des Tiers und stach mehrere Male zu, bevor er wieder aus dem Weg sprang.

»Geradeaus«, sagte er sich abermals, als das zornige Tier erneut angriff.

Obi-Wan bemerkte das Geschoss, das von der Seite auf ihn zukam, in letzter Sekunde und riss das Lichtschwert nach unten, um den Schuss direkt in das Gesicht des Acklay zu lenken.

Das Geschöpf wurde kaum langsamer, und jetzt musste der Jedi sich zu Boden werfen, um einer zuschnappenden Klaue zu entgehen.

Er rollte zur Seite, um einem stampfenden Bein auszuweichen, und konnte dabei noch einmal zustechen und eine tiefe Wunde verursachen.

Das Acklay heulte und griff weiter an, und gleichzeitig wurden mehrere Blasterschüsse auf den Jedi abgegeben.

Sein Lichtschwert zuckte wild hin und her, lenkte ein Geschoss nach dem anderen direkt auf das angreifende Tier, und endlich gelang es ihm, es aufzuhalten.

Obi-Wan rannte auf das Acklay zu und bohrte die Laserklinge direkt in den Kopf des Tieres. Er stützte den Fuß auf seine Schulter und sprang am Kopf vorbei. Hinter sich hörte er das Acklay niederstürzen und in Todeszuckungen um sich schlagen, aber er wusste, zumindest dieser Zweikampf war vorüber, und konzentrierte sich wieder auf die Droiden.

Der größere Kampf war noch lange nicht gewonnen, und es sah auch nicht so aus, als wäre das für die Jedi möglich. Mace Windu hatte Jango Fett inzwischen getötet, und auf der andern Seite setzten Anakin und Padmé ihre vollendete Zusammenarbeit hinter dem umgekippten Hinrichtungswagen fort. Anakin wehrte alle Schüsse ab, die auf Padmé gerichtet waren, und Padmé fällte einen Droiden nach dem andern. Aber selbst nach all diesen heldenhaften Szenen und obwohl alle überlebenden Jedi ihr Bestes gaben, drangen die Droiden weiter vor und trieben sie alle in eine hoffnungslose Position.

»R2, was machst du denn hier?«, fragte C-3PO, als sein kuppelköpfiger Freund an seinem festgeklemmten Körper vorbeirollte.

Zur Antwort schoss R2-D2 einen Saugnapf ab, der sich fest an C-3POs Kopf klebte.

»Warte!«, rief 3PO, als R2 zu ziehen begann. »Nein! Wie kannst du nur? Du ziehst zu fest! Hör auf, an mir zu zerren, du Bleikopf!« Er spürte, wie Funken sprühten, als sein Kopf von dem Kampfdroidenkörper abgerissen wurde, und dann zog R2-D2 3POs Kopf zu seinem rechtmäßigen Körper. R2 fuhr einen Arm mit Schweißvorrichtung aus und begann, den Protokolldroiden wieder zusammenzusetzen.

»R2, sei vorsichtig, damit du meine Schaltkreise nicht durchbrennst! Bist du sicher, dass mein Kopf richtig sitzt?«

Weitere Jedi fielen unter den ununterbrochenen Angriffen der Droiden. Weniger als die Hälfte stand noch aufrecht.

»Unsere Möglichkeiten sind begrenzt«, sagte Ki-Adi-Mundi zu dem erschöpften und blutenden Mace Windu.

Bald schon waren es kaum mehr als zwanzig, und man hatte sie in der Arena zusammengetrieben, während rings um sie her im Stadion Reihe um Reihe von Kampfdroiden die Waffen auf sie richteten.

Und dann hörten sie alle auf, sich zu bewegen.

»Meister Windu!«, rief Graf Dooku aus der Loge der Würdenträger. Man sah ihm an, dass ihm dieses Spektakel sehr gefallen hatte. »Ihr habt tapfer gekämpft. Das wird im historischen Archiv der Jedi angemessen erwähnt werden. Aber nun ist der Kampf zu Ende.« Er hielt inne und sah sich um, lenkte den Blick der Jedi auf die Reihen und Aberreihen von Feinden, die bereitstanden, um sie zu vernichten.

»Ergebt Euch«, befahl Dooku. »Dann wird Euer Leben geschont werden.«

»Wir lassen uns nicht von Euch zu Geiseln machen, mit denen Ihr feilschen könnt«, erkläret Mace ohne das geringste Zögern.

»Dann tut es mir Leid, alter Freund«, sagte Graf Dooku in einem Tonfall, der alles andere als bedauernd war. »Wir werden Euch vernichten.« Er hob die Hand und warf seinen Kommandanten einen Blick zu, bereit, das Zeichen zu geben.

Aber dann blickte auch Padmé nach oben, erschöpft, schmutzig und blutig, wie sie war, und rief: »Seht doch!« Alle Augen richteten sich zu dem halben Dutzend Geschützschiffen, die rasch auf die Arena zugeflogen kamen, in einer Staubwolke nahe bei den Jedi landeten und Klonkrieger ausspuckten.

Ein Hagel von Laserfeuer traf die Neuankömmlinge, aber die Geschützschiffe hatten ihre Schilde aktiviert und gaben den landenden Soldaten Deckung.

In der plötzlichen Verwirrung erschien Meister Yoda an der Rampe eines der Schiffe und grüßte Mace und die anderen.

»Jedi, Bewegung!«, rief Mace. Die Überlebenden rannten zu den nächsten Schiffen und eilten an Bord. Mace stieg direkt hinter Yoda ein, und ihr Schiff startete sofort mit feuernden Geschützen. Als es aus der Arena schwebte, zerfetzten seine Laser noch Dutzende von Kampfdroiden.

Mace konnte kaum glauben, was für ein seltsamer Anblick sich ihm bot: Tausende von Schiffen der Republik griffen die Flotte der Handelsföderation an und setzten zehntausende von Klonkriegern auf der Planetenoberfläche ab. Yoda, hinter ihm, lenkte weiterhin die Schlacht. »Mehr Truppen nach links«, wies er seinen Signalgeber an, der seine Befehle weiter an die Kommandanten gab. »Einkreisen wir sie müssen, dann aufteilen.«

Nach vielen Minuten so hellen Gleißens, dass es C-3PO in den Augen wehtat, zog R2-D2 seinen Schweißarm ein und verkündete, dass er fertig sei und 3POs Kopf sich wieder dort befinde, wo er hingehörte.

»O R2, du hast mich wiederzusammengesetzt!«, rief 3PO, und es gelang ihm mit einiger Anstrengung, sich wieder hinzusetzen. Dann begriff er, dass er noch lange nicht in Sicherheit war; er richtete sich schnell auf und begann davonzulaufen. Leider hatte R2-D2 den Saugnapf immer noch nicht von seiner Stirn entfernt. Die Leine spannte sich, und 3PO wurde rückwärts zu Boden gerissen.

R2 pfiff entschuldigend, als er vorbeirollte und dabei den Saugnapf löste und wieder einzog.

»Das werde ich mir merken!«, verkündete der Protokolldroide empört, dann kam er wieder auf die Beine und schlurfte hinter seinem Freund drein.

Als die Geschützschiffe starteten und die Kampfdroiden sie weiter beschossen, gelang es Boba Fett endlich, sich in die Arena zu stehlen. Mehrmals rief er nach seinem Vater, rannte von Leichenberg zu Leichenberg. Er kam an dem toten Acklay vorüber, dann an dem Reek, und rief abermals nach Jango, aber er wusste schon, was geschehen war, denn sein Vater, der immer da gewesen war, antwortete nicht mehr.

Und dann entdeckte er den Helm.

»Papa«, hauchte der Junge. Seine Beine gaben nach, und er sackte neben Jango Fetts leerem Helm auf die Knie.

Vierundzwanzig

Erzherzog Poggle der Geringere führte Graf Dooku und die anderen in die geonosianische Kommandozentrale, einen riesigen Raum mit einem großen runden Sichtschirm in der Mitte und vielen weiteren Monitoren an den Wänden. Von hier aus überwachten und lenkten die geonosianischen Militärs die sich ausbreitende Schlacht.

Poggle eilte zu einem der Kommandanten und wechselte ein paar Worte mit ihm, dann kehrte er zurück zu Dooku und Nute Gunray. »All unsere Kommunikationskanäle sind gestört!«, erklärte er hektisch. »Wir werden zu Land und in der Luft angegriffen!«

»Die Jedi haben eine riesige Armee aufgestellt!«, rief Nute Gunray.

»Aber woher haben sie sie?«, fragte Dooku, offenbar vollkommen verdutzt. »Das ist doch unmöglich. Woher sollen die Jedi so schnell eine Armee bekommen?«

»Wir müssen alle verfügbaren Droiden in den Kampf schicken«, forderte Nute Gunray.

Aber Dooku, der die unzähligen Kampfszenen auf dem Monitor genau betrachtet hatte, die Kämpfe, die Explosionen, schüttelte den Kopf. »Es sind zu viele«, erklärte er resigniert. »Es kann nicht mehr lange dauern, bis wir umzingelt sind.«

Noch während er sprach, sah er auf dem Hautschirm eine Explosion, als eine der wichtigsten Verteidigungsstellungen der Geonosianer in die Luft flog.

»Das sieht nicht gut aus«, erklärte Nute Gunray.

»Befehlt den Rückzug«, sagte Poggle, der so heftig zitterte, dass es aussah, als könnte er jeden Augenblick umfallen. »Ich schicke all meine Krieger tief in die Katakomben, wo sie sich verstecken können!« Er nickte seinen Kommandanten zu, und sie beeilten sich, die Befehle per Kom weiterzugeben.

»Wir müssen unsere Schiffe wieder in den Raum zurückziehen!«, rief einer von Nute Gunrays Leuten, und Gunray konnte angesichts der niederschmetternden Kampfszenen auf den Schirmen nur zustimmend nicken.

»Ich kehre nach Coruscant zurück«, verkündete Dooku. »Mein Herr wird der Republik diesen Verrat nicht durchgehen lassen.«

Poggle der Geringere eilte auf ein Schaltpult zu und drückte ein paar Tasten, woraufhin die Holografie eines Bauplans für eine planetengroße Waffe erschien. Rasch lud er den Plan auf eine Datenscheibe, zog sie aus dem Laufwerk und wandte sich an Dooku. »Unsere Entwürfe dürfen auf keinen Fall den Jedi in die Hände fallen«, erklärte der Erzherzog. »Wenn sie auch nur den geringsten Hinweis darauf erhielten, was wir planen, wären wir am Ende.«

Dooku nahm die Scheibe. »Ich nehme die Entwürfe mit«, sagte er. »Die Pläne werden bei meinem Herrn sicherer sein als hier.«

Dann verbeugte er sich knapp und ging.

Obi-Wan, Anakin und Padmé hockten in der offenen Luke eines Geschützschiffs, das über das immer größer werdende Schlachtfeld außerhalb der Arena flog. Die Lasergeschütze dröhnten, die Schilde blitzten beim Gegenfeuer der Droiden auf.

Unter ihnen rasten Klonsoldaten auf Speedern über das Schlachtfeld und schossen dabei um sich.

»Sie sind wirklich gut«, stellte Obi-Wan fest, und Anakin nickte.

Ihre Aufmerksamkeit wandte sich allerdings gleich wieder der eigenen Situation zu, als sich ihr Schiff einem großen Sternenschiff der Techno-Union näherte und das Feuer eröffnete.

Die Lasergeschütze gaben Salve um Salve auf den Riesen ab, schienen aber wenig auszurichten.

»Zielt direkt auf den Bereich oberhalb der Treibstoffzellen«, rief Anakin dem Schützen zu. Der Mann veränderte das Ziel geringfügig und gab die nächste Salve ab.

Gewaltige Explosionen erschütterten das Sternenschiff, und es kippte unheilverkündend zur Seite. Das Geschützschiff und andere in der Nähe wichen aus, als das gewaltige Schiff absackte.

»Gute Idee!«, gratulierte Obi-Wan seinem Padawan, dann rief er der Besatzung zu: »Die Schiffe der Handelsföderation starten! Schießt schnell!«

»Sie sind zu groß, Meister!«, erwiderte Anakin. »Die Bodentruppen werden sich darum kümmern müssen.«

Das Geschützschiff raste über das sich immer weiter ausdehnende Schlachtfeld hinweg. Die Laser feuerten ununterbrochen, eine Explosion jagte die nächste – Szenen spektakulärer Zerstörung und Kampfeswut. Mace Windu schüttelte den Kopf und warf einen Blick zu Yoda. Selbst diese beiden Jedimeister hatten noch nie einen solchen Tumult erlebt.

»Dooku wir finden müssen«, erklärte Yoda. Mace war froh, sich in einem solchen Augenblick auf einen Mitstreiter von derart unerschütterlicher Ruhe verlassen zu können. »Wenn er entkommen kann, noch mehr Systeme von seiner Sache überzeugen er wird.«

Mace nickte grimmig. »Captain, landet das Schiff an diesem Versammlungspunkt dort«, befahl er dem Klon, der am Steuer seines Geschützschiffs saß, und der gehorsame Pilot steuerte das Schiff entsprechend. Mace, Ki-Adi-Mundi und ein Heer von Klontruppen verließen das Schiff, aber Yoda folgte ihnen nicht.

»Zum vorderen Kommandozentrum ihr mich bringt« befahl er, und das Geschützschiff startete wieder.

Sobald sie sich in der relativen Sicherheit des Kommandozentrums befanden, eilte der Klonkommandant zur offenen Luke des Geschützschiffs. »Meister Yoda, alle Voraustruppen sind auf dem Weg.«

»Sehr gut, sehr gut«, sagte Yoda. »Das Feuer auf das nächste Sternenschiff konzentriert.«

»Jawohl, Sir.«

Der Klonkommandant eilte davon und gab dabei Befehle an seine Unteroffiziere weiter. Kurz darauf begannen die Voraustruppen, ihre Ziele auf koordiniertere Weise zu beschießen, und das konzentrierte Feuer hatte Erfolg und schoss ein Sternenschiff der Föderation nach dem anderen ab.

Das Geschützschiff wurde langsamer und schwenkte plötzlich zur Seite, umkreiste eine Geschützstellung der Droiden, und das zu schnell, als dass die feindlichen Laser folgen konnten. Heftiger Beschuss zerstörte die Verteidigungsstellung vollkommen, aber vorher gelang es den Droiden, noch einen Treffer zu landen, der das Geschützschiff gewaltig durchrüttelte.

»Festhalten!«, rief Obi-Wan und packte die Kante der offenen Luke.

»Daran hatte ich auch schon gedacht«, schrie Padmé zurück.

Obi-Wan grinste sie spöttisch an – oder setzte zumindest dazu an –, aber dann entdeckte er, wie ein geonosianischer Speeder davonraste, in dessen offenem Cockpit eine unverwechselbare Gestalt saß. Zwei Kampfjäger flankierten den Speeder, der sich rasch vom Schlachtfeld entfernte. »Seht mal da drüben!«

»Das ist Dooku!«, rief Anakin. »Schießt ihn ab!«

»Wir haben keine Munition mehr, Sir!«, erwiderte der Captain.

»Dann folgt ihm!«, befahl Anakin.

Der Pilot kippte das Schiff und zog es in eine scharfe Kurve, um den fliehenden Grafen zu verfolgen.

»Wir werden Hilfe brauchen«, stellte Padmé fest.

»Keine Zeit«, erwiderte Obi-Wan. »Aber Anakin und ich schaffen das schon.«

Als das Geschützschiff dem fliehenden Grafen näher kam, brachen die beiden Kampfjäger seitlich aus, um anzugreifen. Der Klonpilot des Geschützschiffs war seiner Aufgabe allerdings hervorragend gewachsen und wich ihrem Feuer geschickt aus. Dann jedoch erschütterte eine weitere Explosion das Schiff; Obi-Wan und Anakin mussten sich gut festhalten und darum kämpfen, drinnen zu bleiben.

Padmé hatte nicht solches Glück.

Gerade hockte sie noch neben Anakin, dann war sie aus der offenen Luke gefallen.

»Padmé!«, schrie Anakin. Alles schien in Zeitlupe zu passieren, aber das traf auch auf seine eigenen Bewegungen zu, und er konnte Padmé nicht mehr festhalten, konnte sie nicht schnell genug packen.

Padmé schlug am Boden auf und blieb reglos liegen.

»Padmé!«, schrie Anakin abermals, dann brüllte er dem Klonpiloten zu: »Sofort landen!«

Obi-Wan legte seinem Padawan die Hände auf die Schultern und hielt ihn fest. »Lass nicht zu, dass deine Gefühle dir im Weg stehen«, mahnte er Anakin. Dann wandte er sich an den Piloten: »Folgt dem Speeder.«

Anakin bewegte sich ein wenig zur Seite, spähte über die Schulter seines Meisters und knurrte: »Landet das Schiff!«

Obi-Wan zwang Anakin, ihn wieder anzusehen, und diesmal lag kein Mitgefühl mehr in seiner Stimme. »Anakin«, sagte er in einem Tonfall, der keinen Raum für Diskussionen ließ. »Ich kann Dooku nicht alleine festsetzen. Wenn wir ihn erwischen, können wir diesem Krieg jetzt und hier ein Ende bereiten. Wir haben zu tun.«

»Das ist mir egal!«, schrie Anakin. Wieder spähte er seitlich an seinem Meister vorbei und schrie dem Piloten zu: »Landet das Schiff!«

»Man wird dich aus dem Orden ausstoßen«, sagte Obi-Wan grimmig.

Das traf Anakin schwer. »Ich kann sie doch nicht einfach zurücklassen«, flüsterte er.

»Komm endlich zu Verstand«, forderte Obi-Wan unnachgiebig. »Was würde Padmé wohl an deiner Stelle tun?«

Anakin senkte den Blick. »Sie würde ihre Pflicht tun«, gab er zu. Er drehte sich um und schaute zu der Stelle zurück, wo Padmé lag, aber sie waren nun schon zu weit entfernt, und es hing zu viel Staub in der Luft.

Geschützschiffe rasten kreischend vorbei und beschossen Stellungen am Boden. Tausende von Klonsoldaten kämpften gegen die Droiden, und es wurde ziemlich offensichtlich, dass diese neuen Soldaten tatsächlich überlegen waren. Im direkten Zweikampf konnte ein Kampfdroide einem Klonsoldaten beinahe Paroli bieten, und ein Superkampfdroide war sogar noch besser. Aber in Gruppen und Formationen gaben die Improvisationsfähigkeit der Klonsoldaten, ihre schnellen Reaktionen auf sich verändernde Situationen und die Art, wie sie auf die Befehle ihres Jedi-Kommandanten reagierten, ihnen einen deutlichen Vorteil. Sie konnten sich rasch die besseren, leichter zu verteidigenden Positionen sichern.

Die Schlacht ging bald auch am Himmel weiter, als Kriegsschiffe der Republik jene Schiffe der Handelsföderation angriffen, denen es gelungen war, den Planeten zu verlassen, oder die noch nicht gelandet waren. Die meisten Föderationsschiffe, die sich innerhalb des Asteroidengürtels und damit direkt im Bereich der Schlacht befanden, waren Truppentransporter und keine Kriegsschiffe, und daher gewann auch dort die Republik rasch die Oberhand.

In der Kommandozentrale gesellte sich ein erschöpfter und schmutziger Mace Windu zu Meister Yoda, und in dem Blick, den die beiden wechselten, lag ebenso Hoffnung für die Gegenwart wie Angst hinsichtlich der Zukunft.

»Ihr habt Euch also entschieden, sie herzubringen«, stellte Mace fest.

»Beunruhigend es ist«, erwiderte Yoda und blinzelte träge mit seinen großen Augen. »Zwei Wege offen standen, und dieser allein gab Hoffnung auf die Rückkehr so vieler Jedi.«

Mace Windu nickte zustimmend, aber Yoda schaute nur auf den Aufruhr und die Zerstörung hinaus, die sie umgaben, und blinzelte noch einmal.

Als das Geschützschiff Dookus Speeder einholte, stand dieser bereits vor einem hohen Turm. Das Schiff ging so nahe wie möglich heran, und Anakin und Obi-Wan sprangen heraus und eilten zur Tür des Turms. Ohne Zögern brach Anakin durch die Tür, das Lichtschwert in der Hand, und fand sich in einem riesigen Hangar wieder, voll mit Kranen und Schaltpulten, Winden und Werkbänken.

Graf Dooku stand an einem Schaltpult und bediente die Instrumente dort. Ein seltsames interstellares Segelschiff wartete schon in der Nähe, ein anmutiges, schimmerndes Schiff mit einer runden Kapsel auf zwei Stützen. Die Segel sahen wie angelegte Flügel aus, die sich zu zwei Spitzen nach hinten zogen.

»Ihr werdet für das Leben aller Jedi bezahlen, die heute gestorben sind, Dooku!«, schrie Anakin ihm zu und wollte sich auf den Grafen stürzen. Wieder spürte er, wie Obi-Wan ihn entschlossen zurückhielt.

»Wir gehen gemeinsam vor«, erklärte Obi-Wan. »Du näherst dich langsam von …«

»Nein! Ich töte ihn sofort!« Anakin riss sich los und griff an.

»Anakin, nein!«

Wie das angreifende Reek rannte der junge Jedi auf seinen Feind zu, das grüne Lichtschwert bereit, Dooku in Stücke zu schneiden. Der Graf sah ihn aus dem Augenwinkel an und lächelte, als wäre er ehrlich amüsiert.

Anakin begriff das nicht. Sein Zorn trieb ihn weiter, wie es schon bei den Tusken geschehen war.

Aber er stand hier keinem schlichten Stammeskrieger gegenüber. Dookus Hand schoss vor und errichtete eine Mauer der Macht, die so fest war, als bestünde sie aus Stein. Blaue Machtblitze, wie sie die Jedi nicht kannten, entluden sich rings um den Padawan und hielten ihn fest.

Anakin konnte allerdings sein Lichtschwert festhalten, als ihn die Macht des Grafen in die Luft hob. Mit einer Geste ließ der Graf den Padawan quer durch den Hangar fliegen und brutal gegen eine Wand krachen, wo er betäubt niedersackte.

»Wie du siehst, übertreffen meine Jedikräfte die deinen bei weitem«, erklärte Dooku voller Selbstvertrauen und Ruhe.

»Das glaube ich nicht«, entgegnete Obi-Wan und kam gemessener und defensiver auf seinen Gegner zu, das geliehene blaue Lichtschwert diagonal vor dem Körper.

Dooku lächelte und zündete seine rot leuchtende Klinge.

Obi-Wan bewegte sich zunächst langsam, aber dann rannte er, und das blaue Lichtschwert fegte von rechts nach links.

Aber mit einer kaum merklichen Bewegung zog Dooku seine rote Klinge unter der blauen durch und hob sie dann, und Obi-Wans Lichtschwert traf ins Leere. Mit einer leichten Drehung des Handgelenks führte Dooku sein Schwert nach vorn, und Obi-Wan musste rasch ausweichen. Er brachte die Waffe vor sich und versuchte zu parieren, aber Dooku hatte seine Klinge bereits zurückgezogen und wieder eine vollkommen defensive Position eingenommen.

Gegen diese Position schien Obi-Wans plötzliche Serie von Angriffen übertrieben und wirkungslos, denn Dooku wehrte sie alle ab, einen nach dem anderen, und schien sich dabei kaum zu bewegen. Wo Obi-Wan und die meisten Jedi typische Schwertkämpfer waren, war Graf Dooku ein Fechter und folgte einem älteren Kampfstil, einem, der überwiegend für den Kampf gegen Lichtschwerter entwickelt worden war, nicht gegen Waffen wie Blaster. Die Jedi hatten diesen alten Stil beinahe aufgegeben, weil sie ihn gegen die Feinde, die die Galaxis dieser Tage hatte, für irrelevant hielten, aber Dooku hatte sich stets störrisch daran geklammert und ihn für die höchste Kampfdisziplin gehalten.

Nun zeigte dieser Stil im Kampf gegen Obi-Wan seine Überlegenheit. Obi-Wan sprang und drehte sich, schlug von einer Seite zur anderen, hackte und stieß zu, aber Dookus Bewegungen waren stets viel wirkungsvoller. Er folgte einer einzelnen Linie, stets nur vor- und rückwärts, und seine Füße bewegten sich dabei geringfügig, aber beinahe ununterbrochen, um ihn vollkommen im Gleichgewicht zu halten, wenn er sich zurückzog und dann plötzlich wieder vernichtende Stöße führte, die Obi-Wan rückwärts taumeln ließen.

»Meister Kenobi, Ihr enttäuscht mich«, spottete der Graf. »Und dabei hält Meister Yoda so viel von Euch.«

Seine Worte trieben Obi-Wan vorwärts zu einer weiteren Serie von Schlägen und Stichen, aber Dookus rote Klinge bewegte sich leicht nach links und nach rechts und dann gerade weit genug nach oben, um Obi-Wans herabsausendes Schwert beiseite zu schlagen. Obi-Wan musste sich schon bald nach Luft ringend zurückziehen.

»Kommt schon, Meister Kenobi«, sagte Dooku und verzog den Mund zu einem boshaften Lächeln. »Erlöst mich aus meinem Elend.«

Obi-Wan fasste sich wieder und wechselte das Lichtschwert von einer Hand in die andere, um es besser in den Griff zu bekommen. Dann stürmte er vorwärts, und sein blaues Lichtschwert schien überall gleichzeitig zu sein. Diesmal maß er seine Bewegungen besser ab und veränderte den Winkel häufig, wandelte einen weiträumigen Schlag in ein plötzliches Zustoßen, und bald schon wich Dooku zurück, und die rote Klinge musste rasch arbeiten, um Obi-Wan weiterhin fern zu halten.

Obi-Wan bedrängte seinen Gegner immer leidenschaftlicher, aber Dooku konnte sich weiterhin verteidigen, und dann ließ Obi-Wans Schwung nach. Er war zu weit vorgedrungen, aber sein Gegner befand sich immer noch im Gleichgewicht und war nun bereit zum Gegenschlag.

Nun war es der Graf, der angriff, und so plötzlich zuckte seine rote Klinge vor und zurück, dass Obi-Wan selbst beim Parieren häufig nur noch Luft traf. Obi-Wan musste rückwärts springen, wieder und wieder, und jeder Stoß seines Gegners brachte ihn mehr in Bedrängnis.

Plötzlich machte Dooku einen weiten Ausfall und zielte auf Obi-Wans Oberschenkel. Die blaue Klinge zuckte nach unten, um die rote abzufangen, aber zu Obi-Wans Entsetzen zog Dooku die Waffe zurück und stieß gleich wieder zu, oben und auf der anderen Seite. Obi-Wan konnte nicht rechtzeitig parieren, und er konnte auch nicht schnell genug zurückweichen.

Dookus rote Klinge bohrte sich in seine linke Schulter, und als er zurückwich, zog er die Klinge heraus, stieß sie in die ursprüngliche Richtung und traf Obi-Wans rechten Oberschenkel. Der Jedi taumelte rückwärts, stolperte und stieß hart gegen die Wand. Aber noch während er fiel, war Dooku bei ihm, seine rote Klinge glitt über Obi-Wans blaue, und mit einem plötzlichen Ruck ließ er Obi-Wans Lichtschwert über den Boden schlittern.

»Und so endet es denn«, sagte Dooku zu dem hilflosen Obi-Wan. Mit einem Achselzucken hob der elegante Graf die rote Klinge und ließ sie auf Obi-Wans Kopf heruntersausen.

Eine grüne Klinge fing sie ab, hielt sie mit einem Funkenschauer auf.

Der Graf zog seine Waffe sofort zurück und wandte sich Anakin zu. »Das ist mutig von dir, Junge, aber dumm. Man sollte annehmen, dass du deine Lektion gelernt hast.«

»Ich lerne nur langsam«, erwiderte Anakin kühl. Dann griff er an, so plötzlich und mit solcher Kraft, und seine grüne Klinge bewegte sich mit solcher Geschwindigkeit, dass er ganz von Licht umgeben zu sein schien.

Zum ersten Mal verschwand das kleine selbstsichere Lächeln des Grafen. Er musste sich heftig anstrengen, um Anakins Schwert abzuwehren und wich mehr aus, als dass er parierte. Er wollte einen Schritt zur Seite machen, aber dann hielt er inne, als wäre er gegen eine Wand geprallt, und er riss die Augen erstaunt auf, als ihm klar wurde, dass dieser junge Padawan mitten in einem Schwertkampf die Macht benutzt hatte, um ihm den Fluchtweg zu versperren.

»Du hast ungewöhnliche Kräfte, junger Padawan«, gratulierte er Anakin. Das Lächeln kehrte zurück, und nach und nach wurde Dooku seinem Gegner wieder ebenbürtig, tauschte Stoß gegen Schlag und zwang den Padawan ebenso oft auszuweichen oder zu parieren, wie er versuchte zuzuschlagen.

»Ungewöhnlich«, sagte Dooku noch einmal. »Aber es wird nicht genügen, um dich auch diesmal zu retten!« Er griff abermals an und hatte vor, Anakin zurückzutreiben und aus dem Gleichgewicht zu bringen, wie er es mit Obi-Wan getan hatte. Aber Anakin hielt störrisch seine Stellung, seine grüne Klinge zuckte nach links, nach rechts und nach unten, so schnell und mit solcher Kraft, das keiner von Dookus Angriffen Erfolg hatte.

Obi-Wan wusste, dass es nicht so weitergehen konnte. Anakin verbrauchte erheblich mehr Energie als der effiziente Dooku, und sobald er müde würde …

Obi-Wan begriff, dass er etwas tun musste. Er versucht, sich vorwärts zu bewegen, aber sofort sackte er wieder zurück, so intensiv waren die Schmerzen. Dann sammelte er seine Gedanken und bediente sich stattdessen der Macht, griff damit nach seinem Lichtschwert. »Anakin!«, rief er und warf dem jungen Padawan die Waffe zu. Anakin fing sie auf, ohne den Fluss seiner Bewegungen zu unterbrechen, zündete sie sofort und integrierte sie in seinen wirbelnden Angriff.

Obi-Wan sah bewundernd zu, wie sein Padawan die beiden Klingen in vollendeter Harmonie benutzte, sie mit blendender Geschwindigkeit und Präzision wirbelte und drehte.

Und er beobachtete mit ähnlichen Gefühlen, wie Graf Dookus rotes Lichtschwert mit der gleichen Präzision vor und zurück zuckte, einen Angriff nach dem anderen abwehrte und sogar ein- oder zweimal den Fluss von Anakins Schlägen unterbrach.

Obi-Wans Herz schlug schneller, als Anakin plötzlich vorwärts stürmte, die grüne Klinge über die Schulter hob und dann schräg auf den Grafen niederriss. Obi-Wan verstand sofort, noch bevor er Anakins blaues Schwert aus der Gegenrichtung kommen sah: Die grüne Klinge sollte das Lichtschwert des Grafen wegschlagen und der blauen den Weg bahnen!

Aber Dooku zog sich unglaublich schnell zurück, und Anakins abwärts zuckende grüne Klinge traf nur die Luft.

Dooku stach zu und fing die blaue Klinge ab. Der Graf bewegte die Hand nach innen und drehte sie, dann zog er sie plötzlich zurück und riss damit das blaue Lichtschwert aus Anakins Hand. Sofort ging Dooku wieder in die Offensive und trieb den überraschten und aus dem Gleichgewicht geratenen Anakin zurück.

Der Padawan musste sich anstrengen, wieder in eine Kampfposition zu kommen, aber Dooku war gnadenlos, stieß wieder und wieder zu und ließ Anakin weiter rückwärts stolpern.

Und dann hielt er plötzlich inne, und Anakin griff beinahe im Reflex wieder an, brüllte und schlug fest zu.

»Nein!«, schrie Obi-Wan.

Dooku stieß zu und zog die Klinge plötzlich zur Seite, und diesmal traf er nicht Anakins grünes Lichtschwert, sondern den Arm des Padawan am Ellbogen. Der untere Teil von Anakins Arm flog zur Seite, seine Hand immer noch um das Lichtschwert gekrallt.

Anakin sackte zu Boden und umklammerte schmerzerfüllt seinen Armstumpf.

Wieder zuckte Dooku resigniert die Achseln. »So endet es denn«, sagte er zum zweiten Mal.

Noch während dieser Worte glitten jedoch die großen Hangartore auf, und Rauch vom Schlachtfeld wehte herein. Und durch diesen Rauch kam eine kleine Gestalt, die seltsamerweise in diesem Augenblick größer wirkte als alle anderen.

»Meister Yoda«, flüsterte Dooku.

»Graf Dooku«, sagte Yoda.

Dooku hob das Lichtschwert vor das Gesicht, dann schaltete er die Klinge aus und zog den Griff in förmlichem Salut nach unten. »Ihr habt Euch zum letzten Mal in unsere Pläne eingemischt.«

Eine Geste von Dookus freier Hand ließ ein Maschinenteil auf den kleinen Jedimeister zufliegen, und es sah aus, als würde es ihn mit Sicherheit zerquetschen.

Aber Yoda war bereit, bewegte selbst die Hand und schob das auf ihn zufliegende Metall einfach beiseite.

Dooku griff nach der Decke und riss große Blöcke los, die auf Yoda zustürzten.

Aber kleine Hände bewegten sich, und die Blöcke flogen zur Seite und polterten rings um den Jedimeister nieder.

Dooku knurrte leise und stieß die Hand nach vorn, ließ eine Serie blauer Machtblitze auf den kleinen Jedi los.

Yoda fing sie mit der eigenen Hand auf und lenkte sie ab, aber das fiel ihm nicht leicht.

»Mächtig du geworden bist, Dooku«, gab Yoda zu, und der Graf grinste – aber Yoda brachte das Grinsen wieder zum Schwinden, indem er hinzufügte: »Die Dunkle Seite ich spüre in dir.«

»Ich bin mächtiger geworden als jeder andere Jedi«, konterte Dooku. »Sogar mächtiger als Ihr, mein alter Meister!«

Weitere Blitze zuckten aus Dookus Hand, aber Yoda fing sie alle ab und schien dabei jedes Mal in seiner defensiven Haltung sicherer zu werden.

»Viel lernen du noch musst.«

Dooku beendete den vergeblichen Angriff. »Es ist klar, dass dieser Kampf nicht von unserem Wissen um die Macht, sondern von unserer Kunstfertigkeit mit dem Lichtschwert entschieden wird.«

Yoda zog ehrfürchtig sein eigenes Schwert, und die grüne Klinge erwachte summend.

Dooku salutierte, zündete seine eigene rote Klinge wieder, und dann sprang er sofort vorwärts und versuchte einen vernichtenden Stoß.

Es gelang ihm nicht. Beinahe ohne sich zu regen, lenkte Yoda die Klinge ab.

Dooku griff in einem wilden Wirbel an, ließ Schläge auf den Meister niederprasseln, wie er es bei Obi-Wan und Anakin nicht getan hatte. Yoda schien sich nicht einmal zu bewegen. Er wich keinen einzigen Schritt zurück oder zur Seite, aber seine subtilen Ausweichmanöver und sein präzises Parieren bewirkten immer wieder, dass Dookus Klinge weit vorbeiging.

So ging es weiter und weiter, aber schließlich wurden Dookus Angriffe langsamer, und der Graf, der erkannte, wie vergeblich seine Anstrengungen waren, wich schnell zurück.

Nicht schnell genug.

Mit einem plötzlichen Ausbruch reiner Kraft flog Meister Yoda vorwärts, und seine Klinge arbeitete so mächtig, dass ihr Schein sogar heller war als der von Anakins zwei Lichtschwertern, als er sich auf dem Höhepunkt seines Tanzes befunden hatte. Dooku hielt allerdings stand, seine rote Klinge parierte hervorragend, jedes Mal von der Kraft der Macht unterstützt, sonst wären Yodas Schläge direkt durch das rote Schwert gedrungen.

Aber gerade als er zum Gegenangriff ansetzen wollte, war Yoda verschwunden, war hoch in die Luft gesprungen, um nach einem Salto hinter Dooku zu landen, vollkommen im Gleichgewicht, und sofort wieder zuzustoßen.

Dooku veränderte seinen Griff und stach nach hinten, fing den Stoß ab. Dann warf er seine Waffe hoch, ließ sie vollkommen los, drehte sich und fing sie wieder auf, bevor sie sich vollständig von Yodas Klinge gelöst hatte.

Mit einem zornigen Knurren verband Dooku sich tiefer mit der Macht, ließ sich von ihr durchdringen, als wäre sein Körper nur noch ein Kanal für ihre Kraft. Er wurde plötzlich erheblich schneller, machte drei Schritte vorwärts, zwei zurück, alles vollkommen im Gleichgewicht. Sein Kampfstil beruhte überwiegend auf Balance, auf schnellen, geraden Ausfällen und Paraden. Nun griff er Yoda mit einer Reihe tückischer Vorstöße an, erst von links, dann von rechts, konnte jedoch keinen Treffer landen. Nie schien Yoda sich direkt auf dem Boden zu bewegen; er drehte sich, sprang, flog geradezu, fing jeden Angriff ab und konterte so geschickt, dass Dooku sich hastig zurückziehen musste.

Der Graf zielte höher und veränderte dabei den Winkel seines Angriffs, weil er erwartete, dass Yoda nach links ausweichen würde. Aber Yoda schien all das schon vorausgesehen zu haben, wich weder nach links noch nach rechts aus, sondern ließ sich fallen. Der Graf hatte die Waffe nach dem fehlgeschlagenen Angriff bereits wieder zurückgezogen und versuchte einen zweiten Vorstoß, diesmal tief unten, aber Yoda hatte auch das vorweggenommen und kam direkt hinter Dookus Klinge wieder hoch.

Ein plötzlicher Ausfall des kleinen Jedimeisters ließ Dooku noch weiter zurückweichen, was ihn zum ersten Mal ernsthaft aus dem Gleichgewicht brachte, und dann flog Yoda davon, hoch und nach hinten.

Der wütende Dooku verfolgte ihn und stieß nach Yodas Kopf. Als er abermals nur ins Leere traf, holte er außer sich vor Zorn zu einem seitlichen Schlag aus.

Yodas grüne Klinge fing den Schlag ab, und Klinge an Klinge, Grün gegen Rot, standen sich beide in einem Zweikampf der Kraft gegenüber, sowohl körperlich als auch in der Macht.

»Gut gekämpft du hast, mein alter Padawan«, gratulierte Yoda und bewegte sein Lichtschwert nach vorn, nur ein wenig, aber er zwang Dooku damit zurückzuweichen.

»Der Kampf ist noch lange nicht vorbei«, widersprach Dooku störrisch. »Das hier ist erst der Anfang.« Er verband sich mit der Macht, erfasste einen der riesigen Krane im Hangar und warf ihn nach Obi-Wan und Anakin.

»Anakin!«, schrie Obi-Wan. Er griff mit der Macht nach dem stürzenden Kran, und Anakin, der aufgeschreckt war, tat das Gleiche. Doch auch gemeinsam hatten sie nicht die Kraft, um den zerschmetternden Sturz aufzuhalten.

Aber Yoda half.

Er packte den Kran und hielt ihn fest, musste dabei allerdings von Dooku ablassen. Der Graf verschwendete keine Zeit und rannte die Rampe zu seinem Segelschiff hinauf. Als Yoda begann, den stürzenden Kran beiseite zu schieben, zündeten bereits die Triebwerke des Segelschiffs, und alle drei Jedi mussten hilflos zusehen, wie Graf Dooku davonraste.

Anakin und Obi-Wan eilten auf den erschöpften Yoda zu, und dann kam auch Padmé in den Hangar gestürzt und umarmte den schwer verwundeten jungen Mann fest.

»Ein finsterer Tag dies ist«, sagte Yoda leise.

Epilog

In den Gossen der unteren Ebenen von Coruscant, in einem Viertel, das viel heruntergekommener war als die Gegend von Dexter's Diner, ging ein anmutiges Segelschiff nieder, faltete die Flügel, als es zum konventionellen Antrieb überging, und ließ sich elegant auf dem geborstenen Pflaster in einem scheinbar verlassenen Gebäude nieder.

Graf Dooku stieg aus und ging auf den Schatten an der Seite der geheimen Landerampe zu, wo eine Gestalt im Kapuzenumhang wartete. Er trat vor die schattenhafte Gestalt und verbeugte sich ehrfürchtig.

»Die Macht ist mit uns, Meister Sidious.«

»Willkommen daheim, Lord Tyranus«, erwiderte der Sith-Lord. »Ihr habt Euch gut geschlagen.«

»Ich bringe Euch gute Nachrichten, Herr. Der Krieg hat begonnen.«

»Hervorragend.« Sidious' heisere Stimme erinnerte an ein Zischen. Im dunklen Schatten seiner Kapuze wurde das Lächeln des Dunklen Lords ausgeprägter. »Alles verläuft wie geplant.«

Auf der anderen Seite der Stadt, im Jeditempel, herrschte düstere Stimmung, denn alle beklagten den Verlust von Freunden und Kollegen. Obi-Wan und Mace Windu starrten aus dem Fenster von Meister Yodas Zimmer, während der kleine Meister auf einem Sessel saß und über die beunruhigenden Ereignisse nachdachte.

»Glaubt Ihr, was Graf Dooku gesagt hat – dass Sidious den Senat beherrscht?«, brach Obi-Wan schließlich das nachdenkliche Schweigen. »Es fühlt sich irgendwie nicht richtig an.«

Mace setzte zu einer Antwort an, aber Yoda war schneller. »Unzuverlässig geworden Dooku ist. Der Dunklen Seite er nun gehört. Lügen, Betrug und das Schaffen von Misstrauen seinen Weg bestimmten.«

»Dennoch, ich denke, wir sollten den Senat besser im Auge behalten«, warf Mace ein, und Yoda stimmte zu.

Nach weiterem Nachdenken sah Mace Obi-Wan neugierieg an. »Wo ist eigentlich dein Schüler?«

»Auf dem Weg nach Naboo«, antwortete Obi-Wan. »Er eskortiert Senatorin Amidala nach Hause.«

Mace nickte, und Obi-Wan entdeckte eine Spur von Sorge in seinen dunklen Augen – Sorge, die Obi-Wan teilte, was Anakin und Amidala anging. Aber im Augenblick sprachen sie nicht weiter darüber, denn es schien weit größere Probleme zu geben. Wieder war es Obi-Wan, der das Schweigen brach.

»Ich muss zugeben, dass wir ohne die Klone niemals gesiegt hätten.«

»Sieg?«, fragte Yoda skeptisch. »Von einem Sieg du sprichst?«

Obi-Wan und Mace Windu wandten sich wie ein Mann dem kleinen Jedimeister zu, betroffen von der tiefen Traurigkeit in seinem Tonfall.

»Meister Obi-Wan, kein Sieg das war«, fuhr Yoda fort. »Die Finsternis der Dunklen Seite sich über alles senkt. Erst begonnen dieser Klonkrieg hat!«

Seine Worte blieben noch lange im Raum stehen – die schrecklichste Voraussage, die im Jedirat je geäußert worden war.

Senator Bail Organa und Mas Amedda standen zu beiden Seiten des Obersten Kanzlers Palpatine, als er auf dem Balkon stand und auf zehntausende von Klonsoldaten hinabschaute, die in enger Formation marschierten – eine ordentliche Prozession, die die Klone zu den Landerampen der riesigen Kriegsschiffe brachte.

Tiefe Trauer zeichnete sich auf Bail Organas Zügen ab, aber als er zum Obersten Kanzler hinüberschaute, erkannte er in Palpatines Augen nur grimmige Entschlossenheit.

Auf dem fernen Naboo standen Anakin und Padmé Hand in Hand in einer Rosenlaube am glitzernden See. Anakin trug sein Jedigewand, Padmé ein wunderschönes blaues Kleid mit Blütenbordüren. Anakins neuer mechanischer Arm hing an seiner Seite, die Finger krümmten sich immer wieder zur Faust und öffneten sich dann erneut.

Vor ihnen stand ein Geistlicher und hatte die Hände über ihre Köpfe erhoben, als er die uralten Worte der Trauungszeremonie sprach.

Und als die beiden zum Paar erklärt wurden, pfiffen und klatschten R2-D2 und C-3PO, die Zeugen, begeistert.

Anakin Skywalker und Padmé Amidala küssten sich zum ersten Mal als Mann und Frau.